»Was zählt denn in der Liebe – außer der Liebe?
Versprechen? Nichts.
Erinnerungen? Nichts.
Nichts – außer der Liebe.«

J. am 26. Mai

Ich vermute, dies ist eine Situation, in der mein Vater sagen würde: Haltung, Johanna, Haltung!

Dann würde er zu meiner Mutter hinsehen und fragen: Und du, Astrid? Was sagst du?

Meine Mutter würde mich aufmerksam von oben bis unten betrachten und sagen: Ich denke, du machst dich jetzt ein wenig frisch, Hanna.

Also gut. Ich mache mich ein wenig frisch. Die Ratschläge meiner Mutter ließen sich immer leichter befolgen als die meines Vaters. Ich gehe in das Badezimmer, in dem nur noch ein Zahnputzbecher steht, mit einer Zahnbürste; nur ein Badetuch, nur noch ein Schwamm. Auch der Geruch ist schon verändert. Den Bademantel hat er an der Tür hängenlassen. Dunkelblau mit weißen Streifen, schon ein wenig schäbig, der Kragen abgescheuert und oberhalb des linken Knies das eingesengte Loch von meiner Zigarette. So etwas bleibt dann übrig.

Ich betrachte mich aufmerksam im Spiegel. Irgendwo habe ich gelesen, daß nicht die eitlen Frauen vor den Spiegeln stehen, sondern die klugen und die einsamen, das kommt am Ende auf dasselbe heraus. Vor einem Spiegel fühlt man sich weniger einsam, wenn man weint. Man hört dann auch bald auf. Wenn man über dreißig ist, schaden Tränen dem Teint; aber das sagt meine Mutter. Ich vermute, auch das ist Lebensweisheit, ungefähr dasselbe, was mein Vater meint, wenn er sagt: Haltung, Johanna, Haltung!

Nährcreme auf die Augenlider, Skin Tonic, Puder. Selbst Cremedosen bekommen so was wie Vergangenheit.

Ich ziehe Alberts Bademantel an. Wie früher, wenn ich abends auf seine Rückkehr gewartet habe. Ich hocke mich in den Sessel, die Beine hochgezogen, »Embryostellung«, auch das wie früher. Ich denke darüber nach, wo er jetzt wohl ist, ob er schon unterwegs ist, wann er ankommt, ob er Ärger gehabt hat, ob – ob – ob. Und wenn es zehn Uhr wird und elf und halb zwölf, dann werde ich denken, es könnte ihm etwas passiert sein. Er war nicht zur Inspektion mit dem Wagen. Es ist neblig. Das Radio hat Bodenfrost angesagt. Ich werde versuchen zu lesen, ich werde auf und ab gehen, am Fenster stehen. Wenn ihm wirklich etwas passiert, wird man nicht mehr mich verständigen. Ich werde ins Schlafzimmer gehen und die Betten aufdecken. Ich werde – nein, das werde ich sicher nicht tun. Es gab eine Zeit, da stopfte ich Alberts Schlafanzug mit Sofakissen aus und legte ihn neben mich ins Bett. Die Puppe Albert bekam eine Zeitung zu lesen, manchmal bekam sie auch eine Flasche in den Arm, manchmal ein Taschentuch, eine Rose – je nachdem.

Ich sitze und warte. Warte auf nichts und niemanden, höchstens, daß es Morgen wird, der 15. November. Der Tag, an dem ich Albert zum zweitenmal mein Jawort geben werde. Ich weiß diesmal so wenig, ob ich ja oder nein sagen soll, wie damals, als ich ihn geheiratet habe. Damals hätte ich am liebsten nein gesagt. Nein – nein – nein. Heute –

Es ist einerlei, was ich am liebsten tun würde; ich tue, was man von mir erwartet, und damals wie heute erwartet man mein Ja. Haltung, Johanna. Das schwarze Kostüm ist gereinigt. Ich habe mir eine weiße Bluse gekauft. Albert wird finden, daß sie proper sei und zu mir passe. Alle Vorbereitungen sind getroffen. Alles geschieht mit meinem Einverständnis, sogar auf meinen ausdrücklichen Wunsch hin. Nichts Elenderes als dieses: Ich habe es selbst so gewollt.

Habe ich es gewollt? Allem Anschein nach. Sonst träfen wir uns nicht morgen am Landgericht. Anschließend gehen wir zusammen frühstücken. Das Programm für solche Familienfeierlichkeiten bestimme immer ich. Frühstück mit Sekt. Wir können uns das jetzt leisten. »Morning after night before« nannte Albert das früher. Sehr viel früher. Jetzt also nur noch das Frühstück. Aber mit Sekt.

Ohne Zeugen. Ohne Alberts Professor, der ihn aufgegeben hat, ohne Max, der mich aufgegeben hat. Ohne Publikum. In aller Stille. Albert wird verlegen sein. Man erledigt das alles rascher, nüchterner nach seiner Meinung. Aber er wird sich Mühe geben, er ist froh, daß ich sowenig Schwierigkeiten gemacht habe, daß ich großzügig bin. Warum ist er nicht mißtrauisch? Frauen pflegen nicht großzügig zu sein. Er wird ein paar Blumen mitbringen, so etwas hat er gelernt im Umgang mit der »Tochter aus gutem Hause«. Er wird den Strauß im Auto lassen. Sicher sind es wieder Nelken; er hat nicht begriffen, daß ich Nelken nicht mag, daß es bei Blumen nicht auf die Haltbarkeit ankommt. Er ist ein Kaufmann. Nachher, wenn wir zusammen im Auto sitzen, werde ich ihm eine Nelke ins Knopfloch stecken und mir auch, und man wird uns für Brautleute halten, in gesetztem Alter; und dann fahren wir noch ein Stück am Rhein entlang, und ich werde nichts sagen, und das wird ihm unheimlich sein. Er wird sich räuspern und Sätze anfangen, immer neue Sätze, Sätze, bis ich ihn erlöse und sage: Fahr mich nach Hause. Ganz ruhig werde ich das sagen, jedes Wort für sich. Mich nach Hause. Und wenn er dann vor unserer Tür hält und nicht weiß, was denn nun, dann sage ich: Komm, steig mit aus, es ist noch eine Kleinigkeit zu erledigen. An der Haustür hole ich den Schraubenzieher aus der Handtasche und bitte ihn, sein Türschild abzuschrauben. Dr. Albert Grönland. Und dann gebe ich ihm den Zettel, den ich vorbereitet habe, mit

Tusche auf einer Visitenkarte, länger als ein Jahr braucht er nicht zu halten. Johanna Grönland.

Und dann noch die Schlüssel, Albert.

Und er wird sagen: Doch nicht hier vor der Tür, das hat doch Zeit. Und ich werde lächeln und sagen – nein, sagen werde ich nichts, nur abwarten und die Schlüssel, zweimal gekerbt für die Etagentür, einmal gekerbt für die Haustür, einstecken und ihm die Hand reichen. Vermutlich wird er sie küssen, was er sonst nie tut, nur wenn er mir gegenüber unsicher wird; er wird sich umdrehen und zum Auto gehen.

Und vorher wird sich hoffentlich eine Gelegenheit ergeben haben, daß ich sage: Begnadigt zu zehn Jahren. Damals, vor der Tür des Standesamtes, hat er zu mir gesagt: Lebenslänglich Grönland, arme Johanna!

18. November

Um elf Uhr war der Beamte von den Stadtwerken hier und hat den Zählerstand der Gas- und Stromuhren abgelesen.

Seit drei Tagen hatte ich mit niemandem gesprochen. Als er schon gehen wollte, habe ich ihn gebeten, den Namen des Haushaltungsvorstandes zu ändern. Das sei jetzt ich, Johanna Grönland. Er hat nicht einmal hochgesehen, nur gefragt: Beruf? – Ohne. Wahrscheinlich haben solche Leute Übung darin, sie sehen soviel in den Wohnungen. Takt wird es nicht sein. Weil ich einmal dabei war, habe ich mich an die Schreibmaschine gesetzt und es den anderen auch mitgeteilt. Dem zuständigen Postamt für Zeitungen und Rundfunk. Dem Fernsprechamt, der Bank, der Versicherungsgesellschaft für Hausrat und Diebstahl. Aber man kann es nicht dem Weinhändler und dem Kohlenlieferanten mitteilen. Im Haus weiß man es, seit Albert ausgezo-

10

gen ist. Albert hat nur ein paar Koffer mit seinen persönlichen Sachen mitgenommen. Er wollte nicht einmal seine Bücher haben, obwohl es sich um medizinische Zeitschriften, Fachbücher, Lexika handelt. Was soll ich damit?

Und was soll er damit? Keiner hat das gesagt. Gedacht haben wir es beide. Das gehört zu den Themen, über die wir nicht mehr reden. Jetzt sind seine Bücher fort, auch den Globus hat er mitgenommen. Mein erstes Geschenk. Weil damals Grönland der Mittelpunkt einer Welt war, die sich um Albert drehte – so etwas sagt man; es hat sogar lange gestimmt. Nur wenn man es aufschreibt, ist es banal.

An jenem Abend, als Albert seine Sachen zusammenpackte und den Finger auf Grönland legte und die Welt sich noch einmal drehen ließ, da war es auch nicht banal. Was blieb mir denn zu sagen als: Sieh zu, daß du trockenen Auges fortkommst!

Trockenen Fußes, trockenen Auges. Bahnsteiggespräche. Aus dem ersten Jahr. Sieh zu, daß du trocken nach Hause kommst! Es muß wohl immer geregnet haben in jenem Frühling. Albert hatte dann zu sagen: Trockenen Fußes? Und ich sagte: Trockenen Auges, Herr Doktor! Und dann fuhr der Zug ab, und er rief hinterher: Trockenen Genitivs, Johanna! Und wir lachten, weil wir so unglücklich waren. Ich stand vor dem Wäscheschrank, er kniete vor seinem Koffer, und ich reichte ihm seine Aussteuer. Das gehört sich wohl so, daß ein Mann in seine zweite Ehe eine Aussteuer mitbringt. Ich habe redlich geteilt und nicht versäumt zu sagen: Ihr seid zu zweit, ihr braucht natürlich mehr Handtücher. Hat Lisa eigentlich Wäsche und so etwas? Habt ihr so ein großes französisches Bett gekauft, wie wir es immer haben wollten? Wahrscheinlich haßt er mich dafür. Dabei ist das meine einzige Möglichkeit, gegen die Sentimentalität anzukämpfen. Man nennt die Dinge beim Namen.

Jeder war großzügig. Jeder sagte: Nein, behalt du das! Das hast du doch immer gern gehabt. Das habe ich dir geschenkt. Nein, ich. Nein, du mir. Und dann hat er seinen Koffer genommen. Es war spät, nach elf schon. Auf dem Treppenabsatz hat er kehrtgemacht, ist noch einmal nach oben gekommen und hat gesagt: Wielandstraße 30. Wenn du mich brauchen solltest.

Ich weiß nicht, ob er allein dort wohnt. Ich habe nicht gefragt. Wir haben während des Packens Wodka getrunken, und ich habe gesagt wie früher: Skål, du Eisheiliger.

Vielleicht ist er nun erleichtert. Wahrscheinlich sogar. Wir sind beide strapaziert. Jeder weiß zu gut, an welchen Stellen der andere verletzbar ist, und schont ihn nicht mehr. Wir halten die Spielregeln nicht mehr ein.

Ich bin nicht ans Telefon gegangen. Es hat ein paarmal geläutet in den drei Tagen. Soll ich sagen: Dr. Grönland erreichen Sie unter einer anderen Nummer. Nein, ich kann Ihnen nicht sagen, ob er zur Zeit in der Stadt ist. Nein, ich weiß es nicht.

Wozu?

Ich will auch nicht mit J. telefonieren. Ich will nicht, und ich kann nicht. Was könnte er mir sagen? Was ich ihm? Er hat keine Blumen geschickt. Er ist auch nicht am selben Abend noch gekommen, wie ich's gehofft hatte. Merkwürdig, daß ich noch immer nicht weiß, wie er reagiert. Manchmal denke ich, daß ich, meine Art ihn irritieren, auch ihn, genau wie Albert. Keine Blumen. Ich hätte ihm schreiben müssen: Termin am 15. November vor dem hiesigen Landgericht.

Er weiß nichts. Und ich nehme ihm übel, daß er es nicht weiß.

Vor dem Hauptportal des Landgerichts wartete Albert auf mich. Es war zwei Minuten vor halb, er sagte anerkennend: Pünktlichkeit gehörte immer zu deinen Tugenden. Und dann, als er mir die Tür aufhielt, warnend: Dies ist nur ein juristischer Akt, Hanna, bitte! Vielleicht hat es daran gelegen, ich hatte auf einmal kein Konzept mehr. Ich konnte meine Rolle nicht. Er war viel besser. Wir mußten in diesem schrecklichen Gang warten, ich wurde immer nervöser, und drinnen, in diesem Zimmer 31, habe ich dann genau das getan, was ich nicht tun wollte. Ich habe geweint. Als ob nicht vorher und nachher genug Gelegenheit dazu gewesen wäre. Es war peinlich für alle, besonders für Albert. Er mußte sich vorkommen wie ein Verbrecher. Alles klang fadenscheinig, was mein Anwalt gegen ihn vorbrachte. Einen Augenblick lang sah es so aus, als ob Albert »die Wahrheit über unsere Ehe« sagen wollte, vor den Schranken des Gerichts. Ausgerechnet. Alles verlief ganz anders, als ich es mir vorgestellt hatte.

Immerhin weiß ich seit diesem 15. November, daß ich außer dem einen auch noch ein physisches Herz habe. Albert mußte mich nach Hause fahren. Kein Frühstück und kein Sekt. Er hat gewartet, bis ich mich hingelegt hatte. Er hat mir Kompressen verordnet, kam mit Frotteetüchern und einer Schüssel mit heißem Wasser an mein Bett. Wring das Tuch gut aus, warm auflegen, so warm, wie du es vertragen kannst. In die Herzgegend. Flach atmen. Und dann ging er aus dem Zimmer. Nicht mehr mein Mann und auch kein Arzt mehr. Mein Herz geht ihn nichts mehr an, weder das eine noch das andere. Er hat mir noch einen Kognak gebracht und gefragt, ob er sich ebenfalls einen eingießen dürfe. Und er hat mir die rosa Dragées zur Beruhigung hingestellt. Den ganzen Vorrat an Ärztemustern hat er mir hiergelassen. Für gute Verdauung, gegen Appetitlosigkeit, Schlaflosigkeit, zur Beruhigung, für alles ist gesorgt. Lebenslänglich, zwei Fächer voll. Was für eine weitgehende Fürsorge.

Er weiß natürlich, daß dieser Kollaps daher rührt, daß ich zuviel Kaffee trinke, daß ich zuviel rauche; auch zuviel Alkohol. Ich schlafe zuwenig, ich esse nicht regelmäßig. Was soll man darüber reden? Nach dem Kognak war es besser. Albert ist gegangen. Den Hausschlüssel hat er noch. An der Tür steht noch sein Name. Am Abend habe ich die Kompresse erneuert, ich dachte, ich würde schlafen können. Ich bin liegengeblieben. Auch als das Telefon geläutet hat. Vielleicht war es J.

Das alles ist erst drei Tage her.

Meine Mutter hat das auch getan. Von Zeit zu Zeit nahm sie ein paar Tage lang nicht am Leben der Familie teil. Sie blieb dann aus einem für uns Kinder nicht ersichtlichen Grund im Bett. Dreimal am Tag bekam sie ein Tablett mit den Mahlzeiten in ihr Zimmer gebracht, die sie kaum anrührte. Vater ließ sie gewähren, er nannte das: Mutter hat sich dispensiert. Eines Morgens saß sie dann wieder am Frühstückstisch, gelassen, ausgeruht, in dem ihr möglichen Maße sogar heiter. Was vorher geschehen war, was dazu führte, weiß ich nicht. Ich weiß überhaupt nicht viel von ihr. Sie hat nie versucht, mich zu verstehen.

Ich liege und sehe zur Zimmerdecke, sehe zum Fenster hin. Nachts lasse ich die Vorhänge offen. In der letzten Nacht zog der Mond vorbei, er benötigt dazu drei Stunden. Manchmal schlafe ich ein, für eine halbe Stunde, länger wohl nicht. Ich denke nicht einmal nach. Ich liege da, liege und sehe zur Decke, nichts sonst. Draußen geht das Leben weiter. Ich weiß das, aber ich glaube es nicht.

Gegen Morgen wird es sehr laut unten auf der Straße, in den späten Vormittagsstunden wird es ruhiger, gegen achtzehn Uhr hat der Straßenlärm seine höchste Phonzahl erreicht. Um zweiundzwanzig Uhr dreißig ist die letzte Kinovorstellung aus, das dauert dann noch einmal eine Viertelstunde. Motoren, die warmlaufen, Türen, die zuschlagen. Aus einem großen Behälter voller Menschen füllen sich kleine Behälter mit zweien, manchmal mit dreien und fahren fort. Meist sind es zwei, die aus dem Kino zusammen nach Hause fahren. Dann nur noch Turmuhren, Schritte, vereinzelt Autos, und ab sechs Uhr dann die Glocken.

Heute regnet es. Gegen Morgen hat es angefangen. Ich höre es gern, dieses Tropfen auf das Blech vom Fenster. J. sagt, es mache ihn nervös.

Meine Uhr ist stehengeblieben. Wenn die Nachmittagspost kommt, ist es fünfzehn Uhr fünfzehn. Fast auf die Minute. Dann werde ich gehen und meine Einkäufe machen. Hundert Gramm gemischten Aufschnitt, ein Viertel Butter, ein Paket Knäckebrot, einen Streichkäse, sechs Eier. Ich habe oft Frauen beobachtet, wenn sie einkaufen, alleinstehende Frauen. Abendbrot und Frühstück für eine Person. Die einen stehen am Fensterbrett und essen ihr Brot aus dem Papier. Wozu der Umstand? Es lohnt nicht. Die anderen machen es sich behaglich, decken den Tisch, mit Kerze, mit Blumen. »Verwöhn dich selbst!« – »Du mußt das Leben genießen!« – »Hab Sonne im Herzen!« Konditionen.

Noch ist ungewiß, zu welcher Sorte ich gehöre. Bisher: Apfelsinen, Schokolade, Nüsse. Und natürlich Kaffee, Zigaretten.

20. November

Albert war hier. Warum ich nicht ans Telefon gehe. Ich könne mir doch wohl vorstellen, daß er sich Sorgen mache.

Ich habe nein gesagt. Nein, das kann ich mir nicht vorstellen.

Er hat Ingwerstäbchen mitgebracht. Ausgerechnet. Lisa

ißt gern Ingwer. Er hat sie im Flur auf den Tisch gelegt. Ich habe sie erst gefunden, als er fort war; vielleicht hat er sie versehentlich liegenlassen. Er hat an der Korridortür geklingelt, und erst als ich nicht kam, um zu öffnen, hat er seinen Schlüssel benutzt. Ich lag auf dem Bett. Ich habe mich dann angezogen. Ich habe uns Kaffee gekocht. Aber was soll das? Was um alles in der Welt soll das! Wir haben über die Erdölfunde in der Sahara gesprochen, über die Versuche, die Wüste zu bewässern, und Vermutungen angestellt, wie viele Menschen dort, falls das Vorhaben gelingen sollte, Arbeit und Brot finden könnten. Was soll das?

An der Tür: Paß auf dich auf, Hanna!

Keine Angst, ich verwahrlose nicht.

Verwahrlosen, warum sage ich das? Ich weiß, daß er solche Ausdrücke nicht mag. Sie passen auch nicht zu mir.

Kuß auf die Backe.

Warum ziehst du keinen Mantel an bei dem Wetter? Du wirst dich erkälten, aber bitte, das geht mich ja nichts an.

Er hat den Wagen nicht vorm Haus geparkt.

Noch einer, der sein Auto in einer Nebenstraße abstellt.

27. November

Der Anwalt hat zwei Ausfertigungen des außergerichtlichen Vergleichs geschickt. Mein Anspruch bezieht sich vornehmlich auf meine Mitarbeit. Das Führen von Alberts Büchern, die Erledigung seiner Korrespondenz. Bei der ersten Unterredung hat der Anwalt gesagt, daß ich diese Summe allein der Großmut meines Mannes verdanke. Ohne die würde ich lediglich ein angemessenes Übergangsgeld bekommen, für ein halbes Jahr etwa, während dem ich mir eine Tätigkeit suchen müsse. Nach diesem halben Jahr bin ich laut BGB verpflichtet, mir meinen Unterhalt wieder selbst zu verdienen. Kein Kündigungsschutz für Ehefrauen. An seinem zynischen Ton bin ich schuld, er weiß sich auf seine Mandantinnen einzustellen. Die Wohnung für mich und zehntausend in bar. Albert behält das Haus in W. Was sollte ich mit einer Jagd? Mit einem abgelegenen Blockhaus im Wald, ohne Auto, ohne ...

Es war nicht schwer, sich zu verständigen. Albert fühlt sich im Unrecht, er wagt nicht zu widersprechen. Es ist leicht, einem Mann das Gefühl beizubringen, er sei im Unrecht. Ich habe ihm gesagt: Du mußt selbst am besten wissen, wieviel dir deine Freiheit wert ist. Ein Kaufvertrag. Dabei will ich nicht mehr als ein Jahr Ruhe. Ein Jahr Unabhängigkeit. Ein Jahr für mich allein, in dem ich mich nicht entscheiden muß, nicht für einen Beruf, nicht für einen Menschen, für nichts. In dem ich leben kann, wie es mir paßt. Reisen, vielleicht auch reisen, oder einfach: in Ruhe lernen, eine geschiedene Frau zu sein. Ich fühle mich den Anforderungen, die man an eine berufstätige, alleinstehende Frau stellt, nicht gewachsen, so wie ich jetzt bin.

Was gehen diese Erwägungen den Anwalt an, was gehen sie Albert an? Manchmal glaube ich, daß er mehr weiß, daß er vielleicht sogar begriffen hat, worum es eigentlich zwischen uns geht.

Albert hat mir ein Konto eingerichtet und das Geld gleich nach Unterzeichnung des Vergleichs angewiesen. Vermutlich hat er einen Kredit aufnehmen müssen bei seiner Firma. Er muß außerdem seine neue Wohnung einrichten, für die er eine hohe Mietvorauszahlung hat leisten müssen. Die Anwaltskosten, die Gerichtskosten. Er verstrickt sich immer mehr in Geldangelegenheiten. Geld, das er braucht, Geld, das er verdienen muß, das er nicht mehr entbehren kann. Aus dem Arzt ist ein Arzneimittel-Vertreter geworden.

Der Schlußpassus dieses Schriftstückes: Die Beklagte

hat für die Zukunft keinerlei Ansprüche zu stellen, es sei denn, daß sie unverschuldet in Not gerät.

So viel Not gibt es hoffentlich nicht, daß ich Albert noch einmal bemühen müßte.

2. Dezember

Heute morgen hat es geschellt. Eine Frau stand vor der Tür, vermutlich in meinem Alter, ihr kleines Mädchen an der Hand, mit einem Blumenstrauß. Ich kannte sie vom Sehen, gegrüßt hatten wir uns nie. Man traf sich beim Bäcker oder in der Drogerie. Sie war verlegen, sie wollte mir offensichtlich einen Besuch machen, ich bat sie herein.

Die Kleine heißt Waltraut, wird aber Mausi genannt, sie hat ein blasses, spitzes Gesichtchen, sie ist nicht hübsch. Ich war noch beim Frühstück, ich holte eine zweite Tasse, für die Kleine eine Banane. Sie habe mich schon immer gern kennenlernen wollen; aber erst seit heute nacht oder, genauer, seit heute früh, wo sie die Namensschilder neben der Klingel gelesen habe, wisse sie, daß wir Wand an Wand wohnen. Sie sei auch soviel allein.

Während die Kleine im Flur mit einer Apfelsine und meinem Schirm Hockey spielte, hat sie es gesagt. Ich weine nachts. Sie hört das. Unsere Schlafzimmer liegen Wand an Wand. Sie schläft oft schlecht.

Vielleicht hat sie gedacht, ich würde ihr mein Herz ausschütten. Aussprache zwischen Nachbarinnen.

Was sollte ich tun? Ich wollte sie nicht kränken. Der Weg zu mir – »aus einer Einsamkeit in die andere« – wird ihr nicht leicht geworden sein. Oder doch? Ein Vorwand für ihre Neugierde? Vielleicht.

Wir haben noch eine Zigarette geraucht, ich habe ihr gesagt, daß ich als Kind oft im Schlaf geweint hätte, meine

Eltern wären darüber beunruhigt gewesen. Ich habe ge-
lächelt und sie daran erinnert, daß vor einiger Zeit als
Schlagzeile über einer Wochenzeitung stand: »Millionen
Frauen weinen jede Nacht.«

Sie heißt Sylvia, ihr Mann ist Ingenieur und arbeitet seit
einem halben Jahr in einem Stahlwerk in Argentinien, oder
war es Brasilien? Ich habe nicht hingehört. Sie will das Kind
herüberschicken, damit ich nicht immer allein bin.

6. Dezember

Ein Brief von Vater. Ob ich schon einmal daran gedacht
hätte, zu ihnen zu ziehen, nach Hamburg. Es sei zu erwä-
gen, das Haus sei groß genug. Wahrscheinlich haben sie
lange überlegt, ob sie mir das vorschlagen sollen oder
nicht. Er schreibt es nicht, aber er, und Mutter wohl erst
recht, sind betroffen, daß ich sie vor vollendete Tatsachen
gestellt habe. Sollte ich denn mit Albert nach Hamburg
kommen, damit er meinen Eltern die Hand der Tochter
zurückgibt, um die er sie einmal gebeten hat? Da habt ihr
sie wieder, ich brauche sie nicht mehr; was für szenische
Möglichkeiten, die da noch ungenutzt sind!

Sie möchten, daß ich zu Weihnachten zu ihnen komme.
Ich weiß keinen Grund, das abzulehnen. Es muß schwer
sein für Eltern, eine erwachsene Tochter zu haben.

Manchmal vergehen ein paar Stunden über zwei, drei
Sätzen. Immerhin. Es vergehen zwei und drei Stunden.
Vielleicht schreibe ich nur deshalb. Aber es ist auch Neugierde dabei. Ich will im nächsten Jahr, am 15. November,
nachlesen können, was ich mit diesem Jahr Freiheit angefangen habe. Es gibt Perioden, in denen man nur leben
kann in der Vorstellung, daß das alles vorübergehen wird
und nicht von Dauer sein kann. Wieviel schlimmer ist es,

19

wenn man sich von einer Situation, menschlichen Konstellation, nicht vorzustellen vermag, daß sie von Dauer sein
könnte, beständig, zuverlässig. Dann rächt sich das: Es ist
alles nur ein Übergang. Dann hat man nichts als Angst:
Auch das geht vorbei. Endgültig ist nichts.

J. war hier. Für eine Stunde.

Wieder habe ich nichts gesagt.

8. Dezember

Ich habe Albert gesehen. Was tut er vormittags am Bahnhof? Er hatte die Reisetasche mit.

Ich saß oben in dem Bahnhofscafé und trank einen
Weinbrand. Ich bin gern am Bahnhof, da ist alles rascher,
wirklicher, man sieht Gesichter, unkontrollierte Gesichter.
J. sagt: Wenn ich ein lachendes Gesicht sehen will, muß ich
es mir für sechzig Pfennig am Kiosk kaufen. Alberts Haar
wird dünn. Von oben kann man das sehen. Er hält sich
schlecht. Er wirkt angestrengt. Ist etwas mit dem Auto?
Wohin wollte er? Nach W.? Allein?

Merkwürdig. Ich kann mir das nicht vorstellen: Albert
allein. Was tut er dann? Ist er dann mehr er selbst? An
einen einsamen Albert zu denken ist schwer, an Albert zusammen mit Lisa, das ist schlimmer, aber vorstellbar. Wie
er zu Frauen ist, weiß ich.

Diese Wohnung ist jetzt oft wie eine Gruft. Nässe und
Dunkelheit dringen ein. Ich könnte ausgehen, natürlich
könnte ich das. Ich habe Geld. Theater, Konzerte, Kino,
Vorträge, Ausstellungen, Restaurants, eine ganze Industrie
wartet darauf, daß ich einen Stuhl besetze, ihnen mein
Geld bringe, daß ich Beifall klatsche und konsumiere, was
sie mir vorsetzen.

Aber: ich gehe nicht, höchstens an den Bahnhof. Ich

könnte telefonieren. Ich könnte sogar J. anrufen. Er ist jetzt, im Weihnachtsgeschäft, abends lange in seinem Laden und meist allein. Oder die Eltern, die es sehr beunruhigen würde, so spät, nach zehn Uhr abends, ohne dringenden Anlaß. Haltung, Johanna!

Am besten ruft man am Abend Frauen an, solche wie mich, denen man nichts zu erklären braucht. Aber: ich rufe niemanden an.

Ich könnte das Radio einschalten. Albert hat mir zum Geburtstag den kleinen Apparat geschenkt, wohl schon im Hinblick darauf, daß er den großen mitnehmen würde, den ich ja doch nicht ausnutze. Eine Rundfunkzeitung kaufe ich nicht mehr. Ich lebe ohne Programm. Manchmal drehe ich an den Knöpfen. Wortfetzen, Musikfetzen, und dann schalte ich aus. Keine Hilfsmittel.

Ich lese auch nicht. Manchmal schreibe ich Briefe. Statt besonderer Anzeige.

Heute hat Marlene geantwortet. »Was soll man dazu sagen, Hanne? Was könnte man dazu sagen? Daß es schlimm ist, aber mit jedem Tag leichter wird? Nicht einmal das stimmt. Wenn man gerade eben meint, man hätte es nun geschafft und sei fertig damit, dann wirft einen irgend etwas um, ärger als in der allerersten Zeit, wo man gewappnet ist bis an die Zähne. Jedes Angriffs gewärtig, parierend, nicht mit einem Schild, sondern gleich mit dem Dolch. (Ich gebe gerade Geschichte in einer Quarta!) Später, dann kommen Abende ... Warum sage ich das überhaupt? Am Ende verwindet es sich. Genau das: Es verwindet sich. Ein Vorgang, der von uns unabhängig ist, intransitiv. Die Zeit frißt sogar unseren Kummer. Ich hatte Albert gern, sehr gern, wer hatte das nicht? Manchmal scheint mir, als scheiterten mehr glückliche als unglückliche, von vornherein nicht auf Glück hin angelegte Ehen. Aber kaum hat man einen solchen Satz aufgeschrieben, sieht man, wie falsch er ist. Manche Menschen meinen, reden nützt. Nur einfach darüber reden. Wenn es das ist, dann besuch mich. Wir können auch darüber schweigen, es gibt vieles andere, zum Beispiel den Geschichtsunterricht in der Quarta! Ich bin älter. Über diese fünf Jahre haben wir früher manchmal gelacht; aber heute merke ich es deutlicher denn je: Ich habe das, was in meinem Leben Schicksal war, hinter mir. Schon lange. Viele denken, ich sei bitter geworden, doch das stimmt nicht. Wir geben uns alle anders, als wir sind, und leiden dann darunter, daß man uns nicht versteht. Immer wollen wir verstehen und immer verstanden sein. Ach, Hanne! Dabei kommt es doch nur darauf an, sich selbst zu erkennen und zu begreifen und sich nichts vorzumachen. Und die anderen zu lieben. Statt dessen ist es umgekehrt, statt dessen wollen wir die Menschen, die wir lieben sollten, verstehen; und lieben tun wir uns selber, gehen behutsam mit uns um, vermeiden, hinter unsere wahren Beweggründe zu kommen. Sagen will ich mit alledem aber nur: Du bist jetzt dran, damals war ich's. Alles, was vorher war, war Vorbereitung für diesen Augenblick. Bis jetzt hat Dich das Leben geschont, wenn wir mal von Tutti absehen, das war natürlich schlimm, aber doch kein Schicksal. Jetzt muß sich entscheiden, was an Dir dran ist, was gut ist, was böse. In jedem Falle ist es ein Scheitelpunkt. Gott sei Dank hat jedes Leben nur einen, zwei höchstens ...«

Seit dieser Brief hier ist, denke ich an Marlene. Zum erstenmal seit langem bin ich imstande, an einen Menschen zu denken, der nicht verstrickt ist in dieses Gewirr von ...

Marlene ist Studienrätin an einem Lyzeum. Man sieht ihr nichts mehr an. Wenn sie in den Pausen auf dem Ecksofa im Lehrerzimmer sitzt, unterscheidet sie sich in nichts von ihren Kolleginnen. Ihr Leben wird durch den Philologenkalender bestimmt. Es ist Jahre her, da hat sie ihn mir gezeigt und gesagt: Jetzt brauche ich, bis ich fünfundsechzig bin, nichts anderes zu tun, als diesen Kalender abzuleben, er bestimmt den täglichen Stundenplan, er bestimmt, wann ich Ferien habe, wann meine Feiertage sind, wieviel Geld ich zur Verfügung habe. Und das sollte ich mir nicht zutrauen? Ein sorgfältig abgegrenzter Lebensbereich, in dem mir nicht mehr viel passieren kann. Man sieht ihr nichts mehr an. Aber: sie hat ihr Geheimnis. Das mögen andere auch haben, jeder meint ja, er trüge etwas an sich, das ihn unverwechselbar macht, aber sie hat außerdem ihren Sohn, der sie manchmal am Schultor abholt. Sein Gymnasium liegt nicht weit von der Schule entfernt, an der sie unterrichtet. Ein junger Humanist, wie seine beiden Väter.

Sie ist ein Stück meiner Vergangenheit, längst vergangener Vergangenheit, jetzt steigt das wieder auf. Ich bin fortgegangen, und sie ist geblieben. In der Stadt, in der das alles geschehen ist. Das Leben hat ihr recht gegeben, es ist ein merkwürdiger Richter. Ihr Sohn wächst auf, wie sie es gewollt hat. Wer erinnert sich noch? Was weiß ihr Sohn? Was wird sie ihm je sagen? Lebt überhaupt noch einer von denen, die mit dabei waren, außer mir? Ich studierte. Mein erstes Semester. Und sie hielt ein Proseminar über Shakespeares Königsdramen. Es war März. März neunzehnhundertvierundvierzig. Man vergißt das ganz, es gab Proseminare. Man las Shakespeare, begierig nach Erschütterungen, die von Dauer waren und von innen her kamen.

März. März vierundvierzig. Marlenes Hochzeit war auf den zwölften angesetzt, nachmittags, drei Uhr. Die auswärtigen Gäste waren bereits am Vortag eingetroffen, die Trauung sollte im Haus stattfinden, damit die Mutter der Braut daran teilnehmen konnte. Ein Onkel Marlenes sollte die Zeremonie vollziehen. Den Bräutigam erwartete man am Morgen des Hochzeitstages, zusammen mit einem Freund, dem Trauzeugen. Sie kamen aus dem Westen, von der ruhigen Front, die Invasion hatte noch nicht begonnen, aber man rechnete schon damit.

Keiner wußte, warum Marlene diesen Mann heiraten wollte, einen aktiven Offizier, sie, eine ehrgeizige Philologin. Liebte sie ihn? Man hatte wenig Zeit, darüber nachzudenken, man brauchte sie, um alle Schwierigkeiten zu überwinden, die sich einem Fest entgegenstellten. Im nächsten Semester hätte sie ihr Staatsexamen ablegen sollen; statt dessen hatte sie sich exmatrikulieren lassen. Anglistin im neunten Semester.

Am Vorabend kamen alle Gäste zu uns. Unsere Gärten grenzten aneinander. Gegen zweiundzwanzig Uhr gab es Luftwarnung. Wir nahmen das Radio mit in den Luftschutzkeller, die Gläser auch, der Wein lagerte unten. Es gab Wein, ebenso wie es Shakespeare gab. Alles nebeneinander. Es passierte nichts in jener Nacht, zum tausendstenmal passierte nichts. Die Stadt blieb nahezu bis zum Kriegsende unversehrt. Aber nur nahezu. In der Ferne schoß die Flak. Marlenes Vater nannte es die Salutschüsse zu Ehren seiner Tochter. Ein heiterer Abend. Wir waren an Kellerfeste gewöhnt. Marlene war still. Wir beide standen zusammen auf der Treppe, vor dem dunklen Haus. Zwei junge Mädchen. Die Nacht war sternenhell, unten lag dunkel die Stadt. In regelmäßigen Abständen strichen Scheinwerfer über den Himmel, wischten die Sterne weg, die zitternd wieder auftauchten. Marlene legte mir den Arm um die Schulter. Ich spürte, wie erregt sie war. Etwas war nun vorbei. Diese Nacht beendete unsere Freundschaft, ich wußte das; sie machte auch mich älter. Ich habe sie gefragt. Sie drehte ihr Gesicht weg, sie war blaß, aber das war sie immer, ist sie heute noch. Ich will etwas haben zum Verlieren, sagte sie. Sonst lebt man nicht wirklich. Ich will leben, wie eine Frau im Krieg leben muß, die wartet und Angst hat und … Aber da heulten die Sirenen auf, ich weiß nicht, was sie noch sagen wollte. Die Gäste kamen aus dem Keller, die Gläser in der Hand. Als die Sirenen schwiegen, rief es von irgendwo: Licht aus, Licht aus. Man durfte die Tür seines Hauses nicht öffnen, wenn irgendwo noch eine Lampe brannte. Die Gäste verabschiedeten sich, laut und fröhlich. Mein Vater nahm mich beim Arm und ging den Gartenweg mit mir auf und ab. Die Veilchen dufteten. Shakespeare – Wein – Veilchen und ein Vater, der mit seiner Tochter in einer Frühlingsnacht im Garten spazierengeht. Drei Wochen Genesungsurlaub. Keine Verwundung, nur Gelenkrheumatismus, der ihn zeitweise völlig lähmte. Aber doch nur zeitweise. In wenigen Tagen mußte er zurück an die Front. Rußland. Mittelabschnitt. Sieben Jahre ist er fortgeblieben. Nicht in Rußland. Auch er war erregt, blieb immer wieder stehen, setzte zum Sprechen an, aber mehr als »etwas geschieht, etwas geschieht« hat er nicht gesagt. Dann rief meine Mutter nach uns: Kommt doch herein, ihr werdet euch erkälten, es ist feucht. Vater lachte auf, wie das seine Art war. Hörst du, Johanna, vor Erkältungen muß man sich in acht nehmen, merk dir das!

Am Morgen des Hochzeitstages gingen wir abwechselnd zum Bahnhof, genau wußte man nicht, wann die Fronturlauberzüge eintrafen. Gegen Mittag fielen die ersten noch lachend geäußerten Bemerkungen. Hochzeitsreise ohne Mann! Die einzige, die unverändert blieb, war Marlene. Um zwei Uhr ging sie in ihr Zimmer, um ihr Brautkleid anzuziehen. Schlimm war bis dahin nur die Mutter, die in ihrem Stuhl von einem Raum in den anderen rollte, mit dem Stock kurz und heftig gegen die Türen stieß, bis man sie ihr öffnete. Sie fuhr an den Gästen vorbei, die in Gruppen herumstanden und nur, wenn der Rollstuhl auftauchte, nervöse Gespräche führten. Sie trug ein schwarzes Kleid, die verkrüppelten Beine waren von einem Plaid bedeckt, demselben, aus dem ihr Enkel später seinen ersten Mantel bekommen hat. Der Onkel saß schon seit ein paar Stunden am Klavier, gelegentlich raffte er sich zu einem Choral auf, intonierte, präludierte. In meiner Erinnerung ist das zu einem endlosen »O selig Haus, wo man dich aufgenommen« geworden.

Um fünf Uhr ging ich zum drittenmal an den Bahnhof. Ich steckte das Kleid hoch, damit es nicht unter dem Mantel hervorsah. Ich hatte mich umziehen wollen, aber Marlene ließ das nicht zu. Bleib so, sagte sie, bleibt alle so, wir müssen auf den Bräutigam warten. Mir gab sie die Taschenlampe mit, falls es spät würde. Sie küßte mich, was sie nie getan hatte. Als ich gegen sieben Uhr zurückkam, war alles unverändert. Blumensträuße lagen auf den Tischen, niemand hatte sie in Vasen gestellt, keiner hatte etwas gegessen, seit dem Vormittag nicht. In der Küche stand alles bereit für das Hochzeitsmahl. Die Frau, die es richten sollte, saß am Küchentisch und strickte. Der Onkel schien seinen Platz am Klavier nicht verlassen zu haben. Als ich eintrat, sang er wieder: »O selig Haus, da du die Wunden heilest.« Aber vielleicht apostrophiert mein Gedächtnis eigenmächtig.

Der Rollstuhl war endlich zur Ruhe gekommen. Die Gäste hatten sich in der geräumigen Wohnung verteilt, hatten Bücher aus den Schränken genommen und gaben vor zu lesen. Man wartete. Man hatte Angst. Das scheint immer zusammenzuhängen. Warten und Angsthaben. Marlene war nach oben gegangen. Ich fand sie in ihrem Zimmer. Sie war dabei, ihren Koffer auszupacken. Sie hatte noch das weiße Kleid an, Kranz und Schleier hatte sie abgelegt. Ich hatte vorher nie gesehen, daß sie schön war. Sie lächelte. Siehst du, nun fängt das schon an! Um acht Uhr gingen wir zusammen nach unten. Als wir eintraten, drehte sich der

Onkel auf seinem Klavierschemel um, er rauchte eine Zigarre. Er schien darüber nachzudenken, ob die Situation bereits seinen seelsorgerlichen Beistand erfordere. Als sein Blick auf Marlene fiel, sagte er und hob dabei in einer Geste, die so ungeschickt und berufsmäßig war, daß wir alle zusammenzuckten, die Arme, ließ sie dann wieder sinken, rief dabei: Mein armes, liebes Kind! Wir dachten, Marlene würde die Fassung verlieren und aufweinen. Vielleicht hätte sie es tun sollen, damit wir alle es konnten, aber sie sah uns gar nicht, ging an uns vorbei zum Rundfunkgerät und schaltete den Deutschlandsender ein. Sie mußte vorher auf die Uhr gesehen haben, denn unmittelbar darauf wurden die Nachrichten durchgegeben.

Am Ende des Wehrmachtsberichtes wußten wir es. Es gab keine andere Möglichkeit. Der Onkel räusperte sich. Er fühlte sich wohl zuständig für Erklärungen und Trost. Aber bevor er nur den Mund auftun konnte, rief Marlenes Mutter: Kein Wort jetzt, Karl! und setzte ihren Rollstuhl in Bewegung. Ich lief, ihr die Tür zu öffnen, bevor sie mit ihrem Stock dagegenstoßen konnte. Ich machte die Schlafzimmertür auf, aber sie wies zur Küche hin.

In diesem Augenblick klingelte es an der Haustür. Im Wohnzimmer blieb es still, niemand außer mir schien es gehört zu haben. Vor der Tür stand der Freund. Ich wußte sofort, daß er es war. Unter der Uniformmütze, die er nicht abnahm, trug er einen Stirnverband. Er sagte: Ich muß Marlene sprechen, sofort, allein. Ich nickte. Ich ging ins Zimmer. Ich sagte laut: Ein Fremder steht vor der Tür, er will dich sprechen. Während Marlene draußen im Hausflur war, präludierte der Onkel auf dem Klavier; wenn er leise spielte, hörte man das Klappern der Pfannen und Töpfe aus der Küche. Stimmen aus dem Flur hörte man nicht.

Später erfuhren wir ein paar Einzelheiten. Der Frontur-

lauberzug, der aus Richtung Lyon kam, war in der Höhe
von Bonn von feindlichen Tieffliegern angegriffen worden.
Es war Befehl gegeben worden, die Waggons zu verlassen
und an den Böschungen Deckung zu suchen. Drei Tote,
der Bräutigam einer davon. Der Freund ließ sich, nachdem
er verbunden war, zur zuständigen Kommandantur bringen und erreichte dort, daß man ihm einen Wagen zur
Verfügung stellte. Man händigte ihm sogar die Papiere
des Toten aus, um sie den Angehörigen zu überbringen,
ebenso wie die Ringe, die der Bräutigam bei sich trug. Bis
dahin verlief alles folgerichtig. Im Krieg gilt als folgerichtig,
daß ein Mann am Tag seiner Hochzeit an einem Bauch-
schuß stirbt.

Marlene kam wieder ins Zimmer, den Fremden hatte sie
nach oben gebracht, damit er sich waschen konnte. Sie benutzte seine Abwesenheit, um uns mitzuteilen, was sie erfahren hatte. Zum Schluß sagte sie uns dann, daß die Trauung vollzogen werden sollte. Juristisch sei das möglich, der
Fremde wisse auch darüber Bescheid. Die notwendigen
Formalitäten könnten nachträglich in Ordnung gebracht
werden, sage der Fremde. Noch mehrere Male sagte sie
»der Fremde«, nie sagte sie »sein Freund«. Sie wolle von
nun an den Namen ihres Mannes tragen und seinen Ring.
Dann wandte sie sich an den Onkel, sprach leise und ein-
dringlich auf ihn ein, und wir gaben uns Mühe, nicht
hinzuhören. Zuletzt forderte sie uns auf, in zehn Minuten
in der Diele zu sein.

Keiner erhob Einspruch. Wir waren wohl erleichtert,
daß endlich etwas geschehen würde, das in absehbarer
Zeit dem allen ein Ende machte. Keiner kam auf den Gedanken, seinen Mantel zu nehmen und dieses Haus zu verlassen. Nur das Kind schickte man fort, das bis dahin die
Tür geöffnet und die Gratulationen in Empfang genommen hatte. Was jetzt kam, war nichts für Kinder.

Der Pastor, der inzwischen den Talar angelegt hatte, nahm mich mit in die Diele. Wir richteten zusammen den Tisch, stellten die Schale mit Narzissen darauf und Kerzen. Er legte die Bibel aufgeschlagen in die Mitte und fragte, ob ich Klavier spielen könne, dann sollte ich jetzt nach nebenan gehen und anfangen. Ich könne ja weiterhin »Befiehl du deine Wege« spielen, das passe immer.

Als ich mich umdrehte, um seinem Auftrag nachzukommen, stand im Halbdunkel oben auf der Treppe der Fremde. Ich schrie auf, der Pastor faßte mich beim Arm, aber ich weiß, daß auch er gesehen hat, was ich gesehen habe. Es war der Tod. Lange danach habe ich ihn noch immer so gesehen, und als Tutti starb, da sah der Tod wieder so aus wie der Fremde. Inkarnation des Krieges, des verlorenen Krieges, dieses Krieges, der nie ein Ende nahm. Der Fremde trug den Stirnverband wie einen Nimbus. Er setzte sich in Bewegung und kam auf uns zu, starr und fremd und schön.

Ich lief nach nebenan, setzte mich ans Klavier und versuchte, den Choral zu spielen. Ich weiß nicht, wie lange ich so saß und nichts hörte von dem, was meine Finger spielten. Als ich in die Diele zurückkehrte, hatten die Gäste sich im Halbkreis um den Tisch gestellt, der Brautvater hinter den Rollstuhl, die Hände auf den Schultern seiner Frau. Marlene wandte sich an den Fremden. Mein Mann war Ihr Freund. Ich bitte Sie, neben mir zu stehen während der Trauung. Als sein Stellvertreter! Es verwunderte uns nicht, niemand verwehrte es; es schien ganz natürlich, daß hier ein Mädchen dem Tod angetraut wurde. Sie stand stellvertretend für uns alle. Der Pastor schien nicht mehr der, der im Wohnzimmer ratlos am Klavier gesessen hatte. Sein geistliches Gewand gab ihm Sicherheit ebenso wie der Umgang mit dem vertrauten Gerät. Er hielt uns eine Predigt, von der ich glaubte, daß ich sie nie vergessen würde. Aber ich habe alles vergessen, Wort für Wort. Das Gleichnis von den klugen und törichten Jungfrauen, das wird es wohl gewesen sein, es lag nahe. Aber es war nicht die Ansprache, die er im Konzept bei sich trug, die er zur Hochzeit seiner gelehrten Nichte vorbereitet hatte.

Die Trauungszeremonie. Kein Zögern, als er sagte: Bis daß der Tod euch scheide. Er nahm die Ringe und schob den ersten an die Hand der Braut, nahm den zweiten, um ihn über den ersten zu schieben. Eine Witwe. Aber Marlene zog die Hand zurück, griff mit der anderen selbst nach dem Ring und gab ihn dem Fremden. Sie blickte ihn an, und für die Dauer dieses Augenblicks ging etwas wie ein Lächeln, ein Erkennen über beide Gesichter. Marlene nahm dann den Arm des Fremden und sagte: Wir wollen zu Tisch gehen. Die beiden voran, der Vater folgte, immer noch eine Hand auf der Schulter der Gelähmten. Wir anderen schlossen uns an.

Auf dem Platz des Bräutigams saß der Fremde, der Platz neben mir blieb leer. Nach der Vorspeise sollte es Sekt geben. Die Braut wandte sich an ihren Vater: Willst du uns nicht einschenken? Als das geschehen war und immer noch keiner zum Glas griff, stand sie auf und fragte: Trinkt keiner auf mein Wohl?

Ich weiß nicht, von welchem Zeitpunkt an wir vergessen haben, daß der wahre Bräutigam tot war und nur ein Stellvertreter auf seinem Platz saß. Wann sie es vergessen hat, ob sie es überhaupt vergessen hat? Keiner hat erfahren, was zwischen den beiden geschehen ist in den Minuten der Trauung. Allmählich wich die Erstarrung von uns. Wir griffen häufiger zum Glas, wir redeten, lachten. Bald nach Mitternacht erhob sich der Pastor, wartete, bis das Gespräch verebbt war, und sagte, daß wir dieses Fest nun beenden wollten, aber wir sollten es doch nicht tun, ohne

30

Gott zu danken und ihn um eine ruhige Nacht zu bitten. Er hat in seinem Gebet den Toten nicht erwähnt. Keiner von uns hat das bemerkt, die meisten kannten ihn ja auch nicht.

Am darauffolgenden Tag ging ich mittags ins Nachbarhaus. Beim Frühstück hatte ich versucht, den Eltern zu berichten, was geschehen war. Die sachlichen Zwischenfragen meiner Mutter verwirrten mich, alles, was ich erzählte, erschien auf einmal unglaubwürdig, als habe ich es nur geträumt. Marlenes Vater öffnete mir die Tür. Für ihn war ich, auch noch nach dieser Nacht, das Kind aus dem Nachbargarten.

Ich entnahm seinen wenigen Worten nur, daß Marlene fort sei. Wohin, erfuhr ich nicht. Auch der Fremde war fort. Das Haus war leer, aufgeräumt, als habe dieses Fest nie stattgefunden.

Sie ist mit ihm gegangen. Sie sind zusammengeblieben, bis sein Urlaub zu Ende ging. Zehn Tage. Sie ist nicht zur Beisetzung des Mannes gefahren, dessen Namen sie und ihr Sohn führen. Der Fremde wurde bald nach jenem Urlaub zur Heeresgruppe Süd kommandiert. Rußland. Die Invasion hatte noch immer nicht begonnen. Es wird wohl im Juni gewesen sein, sie haben sich noch einmal getroffen, für zweimal zwölf Stunden, bevor er zum Einsatz kam.

Im letzten Kriegswinter erreichte mich in meiner Flakstellung ihr Brief, in dem sie mich bat, die Patenschaft für ihr Kind zu übernehmen. Ein fremder Pfarrer hat es getauft, auf den Vornamen des Mannes, auf dessen Heimkehr sie wartete. Oder wartete sie schon nicht mehr –? Wartet sie heute noch?

Was dann kam, war Leben wie andere Leben auch. Ihre Eltern starben bald nacheinander. Nach Wiedereröffnung der Universitäten legte sie ihr Staatsexamen ab. Sie wurde

Referendarin, sie promovierte zum Dr. phil., sie bezog das Haus ihrer Eltern, wurde Assessorin am Lyzeum. Heute ist sie Studienrätin, sitzt in den Pausen auf ihrem Platz in dem Ecksofa des Lehrerzimmers, kaum zu unterscheiden von ihren Kolleginnen. Aber manchmal holt Klaus sie am Schultor ab.

Marlene –

Hier sitze ich und werfe mein Netz aus. Fange mir Menschen ein. Denke an sie. Rede mit ihnen. Und dann öffne ich das Netz und gebe sie wieder frei.

Die Abendvorstellung im Kino ist schon lange aus. Die Nacht ist dunkel, naß, ölig. Die Autos fahren langsam durch den Nebel. Wieder ist ein Tag vorbei. Einer von diesen mühsamen Tagen.

Geh schlafen, Johanna.

10. Dezember

Die Kleine von nebenan war hier. Manchmal höre ich sie jetzt. Das tackernde Geräusch, von dem ich bisher nicht wußte, was es sein könnte, macht ihr rotes Blechauto, in dem sie auf dem langen Korridor hin und her fährt. Auf die Straße darf sie es nicht mitnehmen. Auch das Nebenhaus hat keinen Fahrstuhl.

Ob ich keinen Adventskranz habe, hat sie gefragt. Sie hat mir »Tochter Zion« vorgesungen und weiß doch nicht einmal, was Jerusalem ist. Alles sind noch Worte, sie will noch gar nicht wissen, was sich dahinter verbirgt. Worte und Dinge sind noch zweierlei.

Dann fragte sie: Hast du keine Kinder?

Nein. Ich zögerte, aber nur einen Augenblick, dann sagte ich, weil es diesem Kinde gegenüber leicht ist, davon zu reden: Ich hatte ein kleines Mädchen, das ist gestorben, als es zwei Jahre alt war.

Richtig tot?

Ich nickte. Richtig tot.

Sie nickte auch und betrachtete mich ernsthaft, mit neuem Interesse.

Rundgang durch die Wohnung. Zeig mir alles! Alles! Zeig mir, wo du schläfst! Hinter der Wand wohnen wir!

Ich kann dich hören, wenn du Auto fährst, Mausi.

Sag nicht Mausi zu mir! Wer schläft in dem anderen Bett?

Mein Mann.

Wo ist der?

Genug gefragt, Mausi, komm, wir kochen uns Schokolade.

Dann haben wir gemalt. Katzen von hinten, Eichhörnchen von der Seite, Eulen von vorn. Sie hat die Bilder mitgenommen.

Ich kann ja auch mal mit dir spazierengehen, Tante Grönland, wenn du immer allein bist. Sie ist sich ihres Auftrags bewußt.

Als sie fort war, habe ich die Adventskette hervorgeholt und über der Couch aufgehängt. J. sollte sie haben. Einen Tag habe ich damit zugebracht, alle die Dinge einzukaufen, kleine Schnapsflaschen, Zigaretten, goldene Nüsse, Marzipan, ein Feuerzeug, und alles eingepackt in buntes, glänzendes Papier und an eine Kette aus gedrehten Goldfäden gehängt, für jeden Adventstag ein Päckchen und für den ersten Sonntag einen blauen gläsernen Vogel. Und nun liegt die Kette da. In einer Schublade. J. hat keine Wand, an die er sie hängen könnte. Aber das ist mir erst eingefallen, als die Kette fertig war. Jetzt schwebt der blaue Vogel unter der Decke meines Wohnzimmers. Abends, wenn die Lampe brennt, scheint er zu fliegen.

Wie lange ist das her, daß ich Albert eine solche Kette geschickt habe. Fünf Jahre, sechs Jahre. Es war jener Herbst, in dem er den ganzen November und noch den Dezember fort war. Bodenseegebiet. Zum ersten Mal besuchte er Kliniken, er fing an, Erfolg zu haben, er konnte nicht nach Hause kommen, er mußte die neugeknüpften Beziehungen ausnutzen, damit ihm kein anderer dazwischenkam. Alles wiederholt sich. Als ich die Kette für J. knotete, hatte ich vergessen, daß ich das schon einmal tat, für einen anderen. Das Gefühl bleibt. Der Gegenstand wechselt. »Das Bittersalz der Ironie«.

Später am Abend rief Albert an. Er will mich wohl kontrollieren. Ich nehme an, er fürchtet, daß ich zuviel trinke. Vielleicht auch, daß ich so auf dem Bettrand sitze wie einmal im letzten Herbst, als er unerwartet kam. So kannst du doch nicht sitzen bleiben, Hanna!

Was soll ich sonst tun?

Deine Mutter würde sagen: Kind …

… mach dich ein wenig frisch, ich weiß. Aber diese Sätze passen nicht mehr. Wir lachen nicht mehr darüber. Formeln, die ihren Zauber eingebüßt haben. Ich stand trotzdem auf, als sei alles wie sonst, ging ins Badezimmer, machte mich frisch. Solange ich seine Frau war, hatte er Anspruch darauf, daß ich gepflegt aussah, proper, wie er's gewöhnt war.

Seitdem hat er Angst um mich. Vorher war er von meiner Selbständigkeit und Sicherheit überzeugt. Er hielt mich für eine von den Frauen, die durchaus allein mit dem Leben fertig werden. Oft genug habe ich es ihm in den beiden letzten Jahren gesagt, wahrscheinlich zu oft.

Er fragt am Telefon: Wie geht es? Er sagt: Paß auf dich auf, Hanna! Genau wie Vater: Haltung, Johanna, Haltung!

Ich wollte, ich paßte weniger auf. Ich wollte, es paßte

ein anderer auf. Das habe ich alles nicht gesagt, sondern: Ja, natürlich, danke.

Kann ich etwas für dich tun? – zögernd gefragt. Hast du alles? Nach einer Pause: Ich war draußen, mit der Bahn.

Ich weiß.

Hast du mich gesehen?

Ja.

Er will unser kleines Haus verkaufen. Er hat einen Interessenten. Ob ich mitkommen will. Es wäre gut, wenn wir zusammen Ordnung machten vorher. Vielleicht ist da noch das eine oder andere, was du haben möchtest, zur Erinnerung? Entschuldige!

Mein Gott, Albert! Wozu denn? Erinnerungen. Es sind doch so schon zu viele.

Langer Exkurs über warum und wozu. Warum fragt nach der geistigen Ursache; wozu nach dem Ziel, zu dem hin und so weiter. Nicht alles habe einen Zweck. Ich sei realistisch, wie alle Frauen übrigens.

Ich: Aus dem Stadium des Fragens nach dem Warum sei ich hoffentlich endlich heraus. Wenn man die Zwangsläufigkeit einer Entwicklung erkannt hat, dann muß man zusehen dahinterzukommen, zu welchem Zweck es einem widerfahren ist. Mit anderen Worten, wozu es gut ist.

Albert: Gut ist –? Gut –?

Ich: Gut war.

Am Telefon können wir leichter miteinander reden. Wenn wir uns gegenüberstehen, irritieren wir uns wie früher.

Am nächsten Sonnabend fahren wir. Er holt mich schon früh ab, damit genug Zeit ist zum Aufräumen und zum Aussortieren. Warum habe ich nicht nein gesagt? Warum – wozu. Wie war der Unterschied? Zu welchem Zweck? Heute früh wußte ich es noch.

11. Dezember

Am Rhein mit der Kleinen von nebenan. Vorher Kaugummi gekauft in der Drogerie an der Ecke.

Nanu, Frau Doktor? Ein Seitenblick auf das Kind.

Warum sagte der Mann Frau Doktor zu dir, Tante Grönland?

Das tut man, wenn der Mann einen Titel hat.

Was ist ein Titel? Wo ist der Titel? Wohnt der nicht bei dir?

Geduldig alles beantwortet.

Vielleicht hätte ich gleich fortziehen sollen. Hier kennt man mich, hier fragt man. Ich glaubte, es sei besser, man redet über mich, als daß niemand mich kennt. Dafür muß ich das »Guten Morgen, Frau Doktor« hinnehmen und die Seitenblicke auch. »Sie essen doch auch Sanella, Frau Doktor?« Margarinereklame. Vor Jahren, vielen Jahren, heute essen sie alle keine Margarine auf dem Brot. Wir wollten es auch nicht, schon damals nicht. Vielleicht hat alles daran gelegen? Unser täglich Brot gib uns heute. Als ich fünf Jahre alt war, habe ich Mutter gefragt: Vater verdient das Brot, aber was ist mit der Butter? Frauen sind realistisch.

Die Schiffe sind gezählt. Schlepper, Tanker. Keine Personendampfer mehr, auch das Fährschiff liegt still. Der Tag dunkelte so hin, die Autos fuhren mit Nebellichtern über die Brücken, und die Sirenen der Schlepper tuteten. Bei Ostwind kann ich sie nachts bis hierher hören.

Ich habe dem Kind versprochen, daß die weißen Pappglocken an den Girlanden über den Straßen in der Weihnachtszeit läuten werden. Zum erstenmal wieder mit einer Kinderhand in meiner.

J. hat mir einen Band moderner französischer Lyrik geschickt. Nur ein Zettel lag darin: Statt eines Besuches. So vieles ist bei ihm: statt dessen, anstatt –

Irgendwo wird in dem Buch etwas stehen, das für mich bestimmt ist. Ohne Bezug wird es nicht sein. Angestrichen ist nichts. Ich bin nicht aufmerksam genug, ich müßte hell-höriger sein für alles, was von ihm kommt. Wie anders das einmal war. Da sagte ich: Ich weiß. Aber damals war es Albert. Ich bin so leicht zu irritieren, ich bin meiner Sache nicht sicher genug. Ein Traumwandler, der schon einmal abgestürzt ist –

Es ist lange her, daß ich etwas übersetzt habe. Vielleicht ist das eine Möglichkeit, für später?

Ich habe über dem Buch gesessen und jene Stelle, die für mich dort steht, gesucht; ich habe mit blinden Fingern auf eine Zeile getippt. Des Fleurs du Papier – Papierblumen.

»Je t'avais dit tu m'avais dit
Je t'avais dit je t'avais dit tu m'avais dit
Je t'avais dit tu m'avais dit je t'avais ...«

Ein paar Zeilen weiter: Es ist unmöglich, die Zeit der Sonne wiederzufinden, die Zeit der Zukunft – des fleurs du papier! Und wieder dieses quälende: Ich habe dir gesagt, du hast mir gesagt. – Worte! Worte! Hundertmal gesagt und weggeworfen wie Papierfetzen, wie Blumen, wertlos, zerrissen, staubig, welk. Diese doppelte, ver-zweifelte Vergänglichkeit, Blumen – Papier – Worte. Die fremde Sprache, die fremde Wahl von Rhythmus und Wort, es ist, als ob durch die zweifache Verschlüsselung vieles deutlicher würde, als höbe das eine Geheimnis das andere auf.

Oder hat er das gemeint:

»Elle est l'amour qu'elle refuse
pour la comprendre il faut l'ouvrir
Il ne restera rien qu'un pas imperceptible
De pétales froissés ...«

Wieder die Rose, wieder ein Gleichnis, seit Ewigkeiten die Rose. Sie ist die Liebe, die sich verweigert. Um sie zu

37

verstehen, müßte man sie öffnen. Nichts wird dann bleiben als die Unvollkommenheit eines zerstörten, welken Blütenblattes. Wenn man das könnte: dem anderen sein Geheimnis lassen. Und nicht Hülle auf Hülle abschälen, mit ungeduldigen Fingern. Immer: es wird nichts bleiben. Nur Unvollkommenheit, nur Enttäuschung, Ernüchterung, man wird wieder abstürzen, man weiß es und tut es wieder.

Il ne restera rien – es bleibt nichts.

Vielleicht finde ich morgen eine bessere Zeile.

12. Dezember

Ein Brief von Carola. Wieder ein Angebot, meine Beine unter einen fremden Tisch zu strecken, als ob es damit getan wäre. Als ob man nur wegzugehen brauche, den Rükken kehren, einen neuen Schauplatz suchen und von vorn anfangen.

Sie kommt sich sehr weise vor, meine kleine Schwester, sie hat ja auch alles so gut und richtig gemacht bisher. »Du bist doch noch gar nicht so alt. Das Leben liegt doch noch vor Dir.«

Ganz recht. Es liegt noch vor mir, nur nicht wie eine blühende Wiese. Weihnachten bei euch? Lieber nicht. Mit den Kindern ist es jetzt so hübsch? Sie lernen schon Gedichte und können sieben Weihnachtslieder. Kann sein. Auch das ist nicht eben ein Anreiz.

Schreiben kann man ihr das nicht. Sie hält mich für verbittert, für ungerecht, das bin ich ja auch. Alles ist gut gemeint, was sie schreibt, treuherzig. »David sieht Dir so ähnlich, er hat Dein Kinn, und die kleine Falte über der Nase, die hast Du doch auch, wenn Du Dich ärgerst, und er ärgert sich so leicht.«

Und nachher dann: »»Laß die Traurigkeit aus deinem Herzen und tue fröhlich deine Arbeit!‹ Sprüche Salomonis, die mußt Du unbedingt mal lesen!«

Sprüche, Cora, außerdem falsch zitiert. Es gibt Zeiten, da kann man mit Sprüchen gar nichts anfangen, da sind einem Sprüche verhaßt, es gibt nämlich für alle Lebenslagen die passenden Sprüche; hoffentlich erfährt sie es nie. Ich werde ihr schreiben: »Weh dem, der allein ist! Wenn er fällt, so ist kein anderer da, der ihm aufhelfe.« Ebenfalls der Prediger Salomo. Spruchweisheit. Kaum besser als Horoskope.

Sie hat darüber nachgedacht und ist zu dem Ergebnis gekommen, daß es doch alles wohl gut so war, wie es gekommen ist: »Du weißt, daß ich fest daran glaube, daß uns alle Dinge (alle Dinge zweimal unterstrichen) zum besten dienen. Auch daß Tutti gestorben ist. Du bist unabhängig, Du kannst noch mal neu anfangen. Es ist so schwer, ein Kind allein zu erziehen. Kinder ohne Vater tun mir immer entsetzlich leid.«

Warum schickt sie nicht einfach eine schwarzgeränderte Karte: Herzliche Teilnahme, Deine Schwester.

Sie weiß doch nichts. Warum mischt sie sich ein? Warum denkt sie, es sei nicht auch mein Wille gewesen; glaubt sie denn, daß Albert mich verlassen hat? Warum redet sie von dem Kind? Ich habe es ihr damals nicht gestattet und werde es heute erst recht nicht tun. Soll ich denn auch darüber noch nachdenken, was geworden wäre, wenn Tutti noch lebte? Ob Albert und ich zusammengeblieben wären, um des Kindes willen, ob es besser wäre, ich wüßte jetzt, wofür ich zu sorgen hätte, wofür es sich lohnte, nur das: morgens aufzustehen. Und nachts hörte ich wieder das Atmen des Kindes. Soll ich das auch noch alles denken: Was geworden wäre, wenn, alle Möglichkeiten, die es auch noch gegeben hätte. Nein, Cora, nein! Keine Sprüche, weder die von Salomo noch die von Carola Levius.

»Ich bin so glücklich mit meinem Mann!« Gewiß, Cora, sei es, vor allem bleib es, aber red nicht drüber, sonst würde ich eines Tages aus Versehen, nur weil du mich reizt, etwas sagen, was du nicht gern hören würdest, zum Beispiel, warum ich meine Beine nicht unter euren Familientisch zu strecken gedenke. Dein Mann hat nämlich eine fatale Angewohnheit, so zu tun, als habe er die Schwester seiner Frau mitgeheiratet. Willst du Einzelheiten?

Ich behellige dich nicht mit meinen Dingen – deinem Leid, sagt sie –, tu du es bitte nicht mit deinem Glück.

Glück! Da genügt doch schon ein Wort. Und sie schreibt es einfach so hin, in einen Brief, nach Tisch, wenn die Kinder schlafen und die Aufwartefrau in der Küche den Abwasch macht.

Die Maßstäbe sind verschieden, auch die für das Glück.

Selbst wenn ich sage: Man muß da gerecht sein, bin ich noch ungerecht.

13. Dezember

Keine Post.

Mittags beim Friseur. Sie sollten die Haare kurz tragen, gnädige Frau, das ist jugendlicher. Sie haben eine so schöne Stirn.

Albert wollte immer, daß ich das Haar lang trug. Er schlang es sich ums Handgelenk. An irgendwas muß sich ein Mann doch halten können.

Die Haare sind kurz. Aus Demonstration? Was tut man eigentlich, ohne etwas demonstrieren zu wollen? Neben mir saß eine Frau mit einem trägen, schwer gewordenen Körper, die Hände flach auf den Schenkeln, vier Ringe.

Geschenke eines schlechten Gewissens. Nach kurzer Zeit schlief sie ein, und durch das Gesumm der Trockenhauben drang ihr gleichmäßiger blasender Atem. Das Gesicht erhitzt, aufgedunsen. Heiße Tortur, für wen? Das ist jugendlicher, gnädige Frau. Ein ganzes Leben lang. Spielregeln, an die man sich hält. Niemand lobt sie mehr dafür.

Weihnachtseinkäufe.

In der Nähe vom Neumarkt ein Menschenknäuel, aus dem ein Reporter mit ein paar raschen Schritten auf mich zukam, das Mikrophon in der Hand: Junge Frau, darf man einmal fragen, wieviel Geschenke Sie bereits gekauft haben? Sie machen doch eben gerade Weihnachtseinkäufe? Wieviel Geld geben Sie in diesem Jahr für Geschenke aus? Was wollen Sie anlegen, was können Sie anlegen? Für unsere Hörerinnen: Die Dame ist etwa dreißig Jahre alt – fünfunddreißig, junger Mann! –, elegant, grauer Tuchmantel mit Seehundkragen, weiße Stiefel, weißer Garbohut, der Wagen steht vermutlich in einer Nebenstraße. Sie fahren doch einen Wagen? Nein, bitte, nein, nennen Sie keine Marke, wegen der Reklame, gnädige Frau, das ist hier kein Werbefunk. Sie sind nicht von hier, nicht wahr, die Rheinländerin ist schneller zu Fuß mit der Zunge. Würden Sie uns nun einmal verraten, was in dem großen Paket ist? Warten Sie, darf ich einmal raten, ein – ein Reiseplaid für den Herrn Gemahl, stimmt's?

Er machte eine Pause, in die hinein ich sagte: Ja, mit Fransen, drehte mich um, konnte entkommen. Ich war nicht befriedigt von meinem Abgang, ich fand ihn nicht einmal witzig.

In der Hohen Straße wurden bereits die neuesten Karnevalsschlager verkauft. Gemischten Aufschnitt zum Abendbrot. Das Kirschwasser hat Albert noch gekauft.

16. Dezember

Vielleicht lag es einfach daran: etwas vorhaben. Erwartet werden. Vorbereitungen treffen. Vielleicht auch dieses Stück heraufbeschworene Vergangenheit. Es würde noch einmal sein wie früher, nur ohne die Selbstverständlichkeit von früher.

Müßig, jetzt, zwei Tage danach, Erwägungen anzustellen, ob es richtig war, daß ich mich darauf eingelassen habe. Ich weiß ja nicht einmal, ob ich es bereue, es ungeschehen wünsche. Dabei – geschehen, was ist schon geschehen? Ein bandagierter Fuß und neue Unruhe, sonst nichts.

Albert kam pünktlich um halb neun. Ich erwartete ihn schon, ich war fertig, ich brauchte nur noch den Mantel überzuziehen. Zuverlässig im Kleinen. Pünktlich. Proper. Prädikate, die Mutter zukommen, nicht mir.

Es war noch dämmrig, als wir abfuhren. Die Geschäfte hatten eben erst aufgemacht. Wir kauften ein, zusammen, wie früher. Petroleum ist noch genug draußen, Tee auch. Erinnerst du dich, ob noch Salz da war?

Seit dem letzten Sommer war ich nicht mehr in der Arche. Albert zählte auf, was seiner Ansicht nach fehlen würde, viel brauchten wir nicht für diesen einen Tag. Wir hatten den Reisesack zwischen uns, und jeder kaufte, was der andere gern mag. Salm für Albert und Räucheraal für mich. Paranüsse, Kirschwasser, Schrotbrot, Vorräte, als ob wir eine Woche draußen bleiben wollten und nicht die paar Stunden, die nötig sein würden, das Haus für den Nachfolger in Ordnung zu bringen. Der Handfeger ist verschwunden, sagte Albert, wir kauften einen neuen. Putzmittel. Die Tasche wurde schwerer. Es war halb zehn, als wir über die Mühlheimer Brücke fuhren. Schweigend.

Nur die paar Zwischenfragen. Bist du warm genug angezogen? Es wird kalt sein im Haus.

Ob die Pumpe wohl eingefroren ist?

Soll die Bettwäsche und das Geschirr auch im Haus bleiben?

Sachliches. Aber früher werden wir kaum anders miteinander geredet haben, wenn wir Samstag mittag oder Freitag abend rausgefahren sind. Nur fiel mir das damals nicht auf.

Albert fragte: Rauchst du mir eine Zigarette an? Dann brauche ich nicht anzuhalten. Im Handschuhfach, wie immer. Im Handschuhfach lag ein Lippenstift, er hat gemerkt, daß ich ihn gesehen habe.

Er hatte den Handschuh ausgezogen, er wollte nach der Zigarette greifen. Ich sah, daß er den Ring trug. Ich legte meine Hand aufs Steuerrad. Er sah's, beide Ringe. Wir lachten. Wir hatten die alten Requisiten hervorgeholt, ohne Verabredung.

In der Ebene war es neblig gewesen. Wir kamen allmählich höher, es lag Reif. Zehn Kilometer weiter, und auf den Wiesen lag Schnee. Verweht, an manchen Stellen sah der Acker schwarz hervor; es war trübe, die Wolken schleiften über die Tannen, es würde wohl bald anfangen zu schneien. Ein grauer, melancholischer Tag.

Eine Weile kämpfte ich gegen die Versuchung an, auszusteigen und dieses Unternehmen aufzugeben. Ich tat es nicht. Aussteigen, allein die Straße zurückgehen, stundenlang, nur gehen, die Autos vorbeifahren lassen, die Hände in den Taschen, bis es dunkel wird, das letzte Stück mit dem Omnibus, und wieder zu Hause, müde und ausgeleert.

Immer habe ich das gehabt, dieses Bedürfnis, auf halber Strecke kehrtzumachen. Und nie habe ich dem nachgegeben. Oder doch, natürlich, dieses eine Mal, aber da lagen die Dinge ja auch ganz anders.

Albert pfiff vor sich hin.

Ich sagte: Zweite Strophe. Er sagte: Wie bitte? Ich

sagte: Zweite Strophe, die zweite Strophe hast du gepfiffen: »Sehn wir uns nicht wieder, ei, so wünsch' ich dir
Glück, du mein einzig schönes Mädchen, denk oftmals
zurück.«

Stimmt! Stimmt. Wie immer, Johanna.

Eines unserer alten Spiele, wenn wir zusammen gereist
sind. Man pfeift oder summt ein Lied und läßt den anderen
raten, welche Strophe es war.

Er hörte auf zu pfeifen.

Als wir endlich hielten, war ich froh, aus dem stummen,
ratlosen Nebeneinander herauszukommen. Albert fuhr den
Wagen in den Waldweg und spannte das Schutzdach über,
klemmte Zeitungen vor die Windschutzscheibe, es war
Frost, er ist besorgt um sein Auto. Und ich wartete, bis er
kam und die Tür aufschloß. Für dieses Haus hat es immer
nur einen Schlüssel gegeben. Die Spur eines Hasen am
Zaun entlang, bis zu den kleinen Fichten, die Albert vor
zwei Jahren gepflanzt hat. Der Weg verschneit. Die Fensterläden dicht verschlossen, wie tot das alles, wie sehr
schon Vergangenheit.

Albert vornweg, ich hinterher in seinen Fußspuren. Und
dann: die Fenster auf, die Läden auf, und tief geatmet, und
dann den Kittel angezogen und fröhlich an die Arbeit
gegangen, pfeifend, geräuschvoll.

Albert hatte im Herbst die Pumpe nicht mit Stroh umwickelt wie in anderen Jahren, sie war eingefroren, wie er
gefürchtet hatte. Er ging als erstes daran und machte ein
Reisigfeuer, um sie aufzutauen. Ich spaltete hinter dem
Haus Holz, um warm zu werden. Holz von der Birke, die
im ersten Herbst, als wir hier draußen waren, vom Sturm
geknickt wurde und uns das Dach fast eingedrückt hat.
Albert hat sie zersägt, auf dem Sägebock des Nachbarn;
wir haben zusammen die Rundhölzer aufgemaltert an der
Hauswand, zum Wald hin, von dorther kommt der Wind,

man merkt, wie die Holzwand wärmt. Immer habe ich das Holz spalten dürfen für den Ofen, was als Vergünstigung galt; wir tun das beide gern. Das Dach hängt weit über, das Holz ist trocken, es heizt gut.

Albert hatte mit seinem Feuer unter der Pumpe zu tun, das immer wieder auszugehen drohte, die Luft hatte zuviel Feuchtigkeit; zwischendurch machte er auch den Ofen im Haus an. Ich fegte, packte die Vorräte aus, deckte uns den Tisch. Romantik ohne Komfort. Ohne Kamin, ohne fließendes Wasser, ohne elektrischen Strom. So wollte es Albert. Albert, der immer noch etwas vom Naturburschen hat. Haben möchte. Vor Jahren hat er gesagt, daß es für ihn keine schlimmere Vorstellung gäbe, als daß man auch ihn dazu brächte, ein »zweireihiger Herr« zu werden. Er ist längst einer geworden. Nur hier draußen legt er ihn ab. Da läuft er in den Cordhosen herum, hat den grauen Pullover an, den er trug, als er aus der Gefangenschaft kam, den er sich nie hat wegnehmen lassen; als erstes stülpt er sich einen schäbigen Filzhut auf und nimmt ihn auch im Haus nicht ab. In der ersten halben Stunde kommt er mir verkleidet vor, dann nicht mehr. Wenn er hinter dem Tisch hockt, wenn er mit der Büchse hantiert, die Läufe prüft, wenn seine Hände ölverschmiert sind und er seine Stumpen raucht. Ich habe ihm damals eine Pfeife geschenkt, eigens für die Jagd, aber er hat mich ausgelacht. Bloß nicht stilvoll, Hanna, das wäre das Schlimmste, was uns hier draußen passieren könnte. Kein »Jagdhaus des Dr. G.«, fotografiert für »Schöner wohnen«.

Weil er das nicht wollte, darum hat das Haus heute Stil. Da ist nichts, was man nicht braucht, aber da fehlt auch nichts. Die Petroleumlampe blakt zwar manchmal, und über dem Ofen ist die Decke rußig, aber die Fenster schließen dicht, und nur manchmal bläst der Wind, wenn er von Osten kommt, einen Streifen Schnee unter der Tür durch.

Die Pumpe war noch nicht aufgetaut. Albert brachte einen Topf mit fast sauberem Schnee. Ich kochte uns Kaffee. Als wir uns gegenübersaßen, jeder an seinem Platz, sah Albert mich zum erstenmal richtig an. Warum hast du dir die Haare abschneiden lassen? Ich hob die Augenbrauen, sah ihn erstaunt an, zuckte mit den Schultern, was soviel heißen sollte wie: Mein Lieber ...

Und dann sagte er es auch schon: Natürlich, du hast recht, das geht mich nichts mehr an.

Wir waren verstimmt.

Und eben das wollte ich vermeiden. Ich wollte, daß dieser Tag geriet, ich hatte mir vorgenommen, eine angenehme erste Frau zu sein.

Es kam noch etwas dazu. Während wir Kaffee tranken, erschien unser Nachbar. Es stehen sieben solcher Häuser an dem Waldhang, die anderen sind größer und komfortabler als unseres, aber unseres erschien uns immer als das schönste. Zusammen mit diesem Nachbarn hat Albert die Jagd gepachtet, die anderen Häuser sind lediglich Ferienhäuser, nur im Sommer manchmal bewohnt. Albert wollte erst nach dem Kaffee zu ihm gehen und den Verkauf besprechen, er hatte sich bei ihm angemeldet. Nun kam er ihm zuvor, setzte sich zu uns, trank Kaffee, aß Salm und Räucheraal und Rühreier. Mittlerweile hatte sich die Wärme im Raum ausgebreitet, ein paar Kerzen brannten, weil es draußen nicht hell wurde. Als wir bei unserem traditionellen Kirschwasser angelangt waren und Arens seinen Bericht über den Wildbestand gegeben hatte, lehnte er sich im Stuhl zurück, wippte ein wenig, sog an seiner Pfeife, sah Albert an, dann mich, dann wieder ihn und sagte: Man ist gern bei Ihnen, man spürt das, wenn man die Tür aufmacht, wenn es stimmt zwischen zwei Menschen. Grönlands. Er hob sein Glas und sagte: Harmonie!

So ähnlich. Zunächst dachte ich, er meine es ironisch, er

46

habe irgendein Gerücht gehört, möglich war das ja, und er warte nun darauf, daß wir ihm davon Mitteilung machten, wozu aber weder Albert noch ich die geringste Neigung hatten. Er sollte von dem Verkauf erfahren, das war schon schlimm genug, von unserer Scheidung nichts, das ging ihn nichts an. Aber er hat es nicht ironisch gemeint, es war ihm ganz ernst, er war arglos, heiter, er saß immer noch mit dem erhobenen Glas da, endlich sagte Albert: Na, nun mal zu, Hanna. Prost auf die Harmonie! Ich trank mein Glas aus. Nachher würfelten wir. Das haben wir an manchen Regennachmittagen getan. Er fragte, wie lange wir draußen blieben, diesmal, wir seien lange nicht dagewesen. Die Frage blieb unbeantwortet.

Später machten sich die beiden Männer an der Pumpe zu schaffen. Ich räumte auf, stellte das Geschirr zusammen, das dort bleiben sollte, sah nach, was an Bettwäsche und Tischdecken da war. Dann kam Albert herein, allein, stellte sich an den Ofen und wärmte sich den Rücken. Ich erkundigte mich, ob er denn nun die Sache mit der Pacht besprochen habe. Er hatte es nicht getan, das könne er schließlich immer noch; geschossen hätte Arens mittlerweile nichts. Sein Bein mache ihm zu schaffen, aber er habe sich auch diesmal auf keinerlei medizinische Gespräche, geschweige denn auf ärztliche Ratschläge eingelassen. Dann fragte er, ob wir jetzt ein Stück laufen wollten, er würde gern noch mal zum Hochsitz gehen. Es hatte nun doch noch angefangen zu schneien. Wir zogen uns Skistiefel an und gingen los. Zuerst zum Stausee, dann die Chaussee entlang und weiter, die Schneise hinauf, quer über die Wiese. Und immer im fahlen Dunkel von Abenddämmerung und Schnee. Stille, auch unsere Schritte waren nicht zu hören, manchmal brach ein Ast.

Am Hochsitz waren ein paar Sprossen der Leiter nicht in Ordnung. Albert half mir. Wir saßen eine Weile oben, jeder auf seiner Bank, man nahm kaum die Umrisse des anderen wahr. Der Schnee fiel dichter. Wir saßen geschützt. Die Tannen, in die der Hochsitz eingebaut ist, sind hoch und ihre Zweige dicht gewachsen.

Es ist dir doch nicht kalt, Hanna? Solche Fragen klingen sogar besorgt. Früher hat er das nie gefragt, da hat er wohl gedacht, ich würde es sagen, wenn mir kalt sei. Und sonst nur Schweigen, das in dieser Viertelstunde im Schutz der Tannen nicht lastend war, auch früher haben wir schweigend hier gesessen, wenn Albert auf das Aufkommen des Rotwildes wartete. Jetzt gab es nichts zu sagen. Nichts, was der andere nicht auch gespürt hätte. Einmal meinte Albert, daß er gern noch mal ein paar Enten geschossen hätte, aber Arens habe ja auch den Hund nicht mehr. Es sei schade, daß wir uns nicht rechtzeitig einen Hund zugelegt hätten. Was meint er mit rechtzeitig? Er würde sich vermutlich für einen Münsterländer entschieden haben.

Ich weiß, wie schwer es ihm wird, die Jagd aufzugeben. Es hatte aber keinen Sinn zu sagen, daß er vielleicht in einem anderen Gebiet eine neue Jagd pachten könnte. Dies war etwas, das sich nicht wiederholen ließ. Als wir dort saßen, schien es mir jedenfalls unwiederholbar. Beim Absteigen habe ich dann eine Sprosse der Leiter verfehlt. Albert sagte es nicht, aber wir dachten natürlich beide: eine Fehlleistung. Er lachte, nahm mich beim Arm. Na komm schon, Penny, hierbleiben können wir nicht.

Ich hinkte. Unterwegs schmerzte der Fuß immer mehr, als wir am Haus ankamen, konnte man kaum noch den Stiefel ausziehen. Das Fußgelenk war geschwollen bis zur Wade. Ich fühlte mich schlecht von der Anstrengung des Gehens, etwas mochte daran auch das Kirschwasser schuld sein, das wir mittags getrunken hatten. Albert traf Anordnungen. Er fühlt, daß ich ihn beobachte, wenn er sich auf seine ärztlichen Pflichten besinnt. Dann sitze ich da wie sein leibhaftiges Gewissen, das ihm unbequem geworden ist. Das Lauernde zwischen uns. Feindseligkeit. Man kennt sich. Vor allem kennt man das, was der andere einmal gewollt und nicht erreicht hat. Er holte Schnee herein, füllte ihn in ein Handtuch und legte den Umschlag um das Gelenk, er sagte: Hübsche Füße, habe ich das eigentlich früher nie festgestellt? Er schloß meine Zehen einen Augenblick fest in die Hand. Ich bewegte sie, erkannte das Innere der Handflächen, wir sahen uns an, da war kein Lachen mehr, kein Spott, keine Feindschaft. Dann griff er zu dem trockenen Handtuch, packte es um den feuchten Umschlag. Der Augenblick war vorüber.

Ich habe ihm immer gern zugesehen, wenn er hantiert; er hat geschickte Hände, ob er nun ein Instrument in der Hand hat, ein Gewehr oder eine Zange. Ich achte erst darauf, seit ich J. kenne, der ungeschickt ist und Männer mit technischer Geschicklichkeit für primitiv hält.

Arzt und Patientin mußten zur Beruhigung einen Schluck trinken, hungrig waren wir auch wieder, der Ofen mußte versorgt werden, Albert holte ein paar Arme voll Holz herein. Von der Rückfahrt war nicht mehr die Rede. Ich saß auf der Eckbank, das Bein hochgelegt und in eine Decke eingepackt. Albert kochte Tee und briet Eier. Die Lampe blakte wieder, draußen fiel Schnee, alles wurde unwirklich und unglaubwürdig. Ich lehnte mich fest an die Wand, um eine Verbindung zu dieser scheinbaren Wirklichkeit zu behalten, und versuchte zu denken, aber ich konnte nichts denken. Und was fühlte ich? Geborgenheit, das wird es wohl gewesen sein. Noch einmal wurde dieses Haus zur Arche, unserer Arche, in die wir aus der Stadt flüchteten. »Sintflut der Steine«, wie vieles fällt einem da ein. Albert hat sich nie an das Leben in der Großstadt gewöhnt, er ist in einem Dorf aufgewachsen. Er tat uns Kandis in den Tee, und immer, wenn er Kandis sieht, fängt er an, von seiner friesischen Großmutter zu erzählen, Erinnerungen, bei denen nichts passieren kann. Dann spielten wir Offiziersskat, die Karten waren im Schrank. Zwischendurch bekam ich einen neuen Umschlag um den Fuß.

Es war spät, als wir schlafen gingen. Albert stand ein paarmal auf und legte Holz nach, und während der ganzen Nacht fiel aus der Feuerungstür ein Lichtschein auf die Dielen.

Wir kannten uns so gut und waren uns so fremd.

Wir sprachen in der Dunkelheit miteinander. Unsere Schultern berührten sich. Ich weinte, und Albert strich mit dem Daumen meine Tränen weg. Keine Erregung mehr, daß da ein Mann neben mir lag, mein Mann. So einfach war das nicht zu lösen, nicht zwischen Albert und mir. Wie lange ist das her, daß wir nebeneinander gelegen haben wie Mann und Frau? Der Staatsanwalt hat danach gefragt. Was für Formulierungen haben die Juristen dafür! Ich habe gesagt: Zwei Jahre, und Albert hat das bestätigt. Wir hatten uns nicht darüber verständigt. Stimmte das? Wußte er, daß man danach gefragt wird? Dann hätte er mich wohl darauf vorbereitet.

Es muß fast Morgen gewesen sein, da wurde ich wach, halb wach, und spürte, daß ich mich im Schlaf an ihn gedrängt hatte, den Arm um ihn gelegt. Erst als er sich von mir löste, aufstand und sich auf den Bettrand setzte, erwachte ich völlig und merkte, daß er es war. Er nahm mich bei den Schultern und versuchte, das zu bagatellisieren, so gut es noch ging. Aber es ging eben nicht gut. Er wies auf meinen Fuß und sagte: Ein Fehltritt, Penny, das genügt für diesmal, meinst du nicht?

Ich fühlte mich verschmäht. Ich war mir der Torheit dieser Empfindung bewußt, aber das machte es nur schlimmer. Ich drehte mich auf die Seite, kümmerte mich nicht darum, daß Albert anfing, in der Hütte zu hantieren,

dann hinausging, um Holz hereinzuholen, dann das Feuer
schürte. Alles hätte von vorn angefangen. Wieder neue
Schwierigkeiten, neue Auseinandersetzungen, neues In-
fragestellen aller endlich getroffenen Entscheidungen. Ich
mußte froh sein, daß Albert sich so und nicht anders
verhalten hatte. Ich war aber nicht froh, ich nahm es ihm
übel. Eitelkeit, was sonst?

Als es heller wurde, ging er ums Haus und machte die
Läden auf. Er klopfte an das Fenster neben dem Bett, und
ich sah in sein ratloses Gesicht. Was sollte ich tun? Ich
lachte. Spielregeln.

Er kam wieder herein. Dann rasierte er sich. Ich hatte
mich ebenfalls angezogen. Es fiel mir auf, daß er den Apparat mitgenommen hatte. Ich sagte anerkennend: Ein klu-
ger Mann ist immer ausgerüstet für alle Wechselfälle des
Lebens. Er wußte nicht gleich, was ich meinte. Er hat einen
neuen Rasierapparat. Im Wildlederetui, mit Batterie. Es ist
so lästig, auf Reisen immer nach einem passenden Anschluß zu suchen. Ich sagte: Ein zweireihiger Herr. Seinen
ersten elektrischen Rasierapparat habe ich ihm gekauft.
Auf Raten.

Die Heiterkeit war nicht echt, wir waren befangen. Beim
Frühstück unterließ ich nicht zu sagen: Morning ...

Und er fuhr fort: ... after night before –

Dann ich: Il tempo fa passare l'amore –

Dann Albert: Ich weiß noch ein Zitat, zur Abwechslung
ein deutsches, das jetzt auch passen würde, aber wollen
wir das nicht lassen mit den Sprüchen, Penny?

Warum sagt er jetzt so oft Penny?

Ich saß auf der Eckbank und sah Albert zu, der unsere
Taschen packte, das Bettzeug wegräumte, die Laken, die
wir benutzt hatten, für die Wäscherei zusammenrollte.
Später diktierte er mir die Listen des Inventars für den Käu-
fer. Dann ging er zu Arens. Ich fror, das Feuer war ausge-

51

brannt. Albert verläßt das Haus nicht, bevor nicht auch der letzte Funke im Ofen verglüht ist. Ich blickte aus dem Fenster. Die Hasenspur war verschneit, nur die Schritte von Albert, fort von dem Haus, der Weg zur Gartentür, fort von mir – verlassen, schon wieder verlassen.

Es war Mittag, als wir schließlich fertig waren. Ich humpelte zum Auto. Albert hatte den Fuß notdürftig bandagiert, in seiner Reiseapotheke fehlte die elastische Binde. Er sagte: Ein schlechter Arzt, Hanna, ich weiß, sag nichts! Ich hatte gar nichts sagen wollen. Er packte mich auf den Rücksitz, damit ich den Fuß hochlegen konnte, der Schuh war in der Reisetasche, anziehen konnte ich ihn nicht. Er schloß die Fensterläden, verschloß die Tür, dann das Gatter, die Pumpe hatte er schon am Abend mit Stroh umwickelt, die losgerissenen Latten am Zaun hatte er festgenagelt. Es war nun wirklich gar nichts mehr zu tun. Einen Augenblick saß er dann regungslos am Steuer, die Hände auf dem Lenkrad, dann sah er sich nach mir um. Wollen wir? Wieder ein Stück weiter.

Weiter? Wohin, Albert?

Vorwärts, Johanna, vorwärts natürlich!

Er gab Gas, fuhr bis zur Weggabelung, wendete, man sah das Haus noch einmal. Arens kam ans Auto und sagte mir Lebewohl. Wir sehen uns sicher noch mal. Sie halten es doch nicht aus. Sie sind doch Waldgänger, Sie beide. Kommen Sie mal zur Hasenjagd, nach dem Fest. Wie ist denn die Telefonnummer?

Albert, sag deine Nummer!

Statt dessen sagte er: Ich lasse von mir hören, vielleicht klappt das mal mit der Hasenjagd, schönen Dank auch.

Und dann zur Bundesstraße, die am Sonntagmittag sehr befahren ist. Schneeglätte. Es war noch nicht gestreut. Albert mußte sich auf die Fahrbahn konzentrieren, zumindest tat er, als fordere das Fahren seine ungeteilte Aufmerksamkeit. Einmal nur fragte er: Liegst du auch gut, tut das Bein sehr weh?

Danke nein, mach dir keine Sorgen, wirklich nicht, es geht ganz gut, bestimmt, fahr nur weiter. Ich konnte gar nicht wieder aufhören. Ich wurde müde, ich gähnte.

Albert sah es im Rückspiegel und sagte: Gähne ...

Ich fuhr fort: ... und die Welt gähnt zurück.

Er: Lächle ...

Ich: ... und die Welt lächelt zurück. Und wer zuerst lacht, lacht am schwersten. Das ist Ehe. Das sind diese zehn Jahre. Man weiß, was der andere sagen wird. Man hat ein gemeinsames Wörterbuch, das kein Dritter kennt. Und wenn man es benutzt in Anwesenheit von Dritten, isoliert man sich, entschwindet miteinander auf eine Insel, zu der niemand sonst Zutritt hat. Darin lag einmal ein großer Zauber. Heute ist das alles bitter geworden. In solchen Augenblicken spürt man, er auch, nicht nur ich, wie schwer das wird, da ist noch nichts abgetan. Man schleppt den anderen noch immer mit sich herum.

Es war dunkel, als wir zu Hause ankamen.

Leg dich gleich hin. Mach noch einen Umschlag. Hast du essigsaure Tonerde da oder reinen Alkohol? Vergällter Spiritus tut's aber auch. Wenn die Geschwulst morgen früh noch nicht zurückgegangen sein sollte, ruf Joerden an. Ich muß nach Frankfurt, ich kann mich nicht um dich kümmern, entschuldige. Vermutlich bin ich Mittwoch zurück. Ist es dir recht, wenn ich dann einmal anrufe? Hast du etwas zu essen im Haus? Kann man dich auch allein lassen?

Das ist keine Frage des Könnens, das ist eine Frage des Habens, des Alleingelassenhabens, du verwechselst die Tempi, Albert. Aber das habe ich natürlich nicht gesagt, er kann das von meinem Gesicht ablesen, ohne daß ich den Mund aufmache. Meine Möglichkeiten, gelassen zu sein, liebenswürdig, unkompliziert, waren erschöpft. Ich war froh – froh? Oder erleichtert? Oder verzweifelt? Was war ich denn nun wirklich, als die Tür hinter ihm zufiel?

Ich lag auf der Couch, der Fuß tat weh, ich hatte wohl auch Temperatur, aber das habe ich in der letzten Zeit oft. Draußen war Sonntag abend. Die Glocken läuteten zur Messe. Auf den Straßen war es laut. Silberner Sonntag.

Heute früh habe ich versucht, Frau Marein zu erreichen. Ich habe an die Wand zu ihrer Wohnung geklopft. In kurzen Abständen immer wieder. Es reagierte keiner, ich hörte das Blechauto des Kindes quietschen. Dann habe ich im Telefonbuch nachgesehen, angerufen, gleich darauf ist sie gekommen. Das ist doch Menschenpflicht, sagte sie. Ob es nicht besser sei, einen Arzt zu Rate zu ziehen. Ich sagte, das hätte ich bereits getan, der habe Umschläge verordnet und das Übliche, Ruhe, Geduld. Ich könne nur nicht auftreten, und ob sie mir ein paar Besorgungen machen würde, ich hätte nichts zu essen im Haus, ich sei zwei Tage verreist gewesen. Sie tat das auch. Als sie zurückkam, hatte sie die Kleine mit, wollte gegen Abend auch noch einmal hereinschauen, aber ich habe das abgelehnt, es sei nicht nötig, mein Mann käme.

Warum? Warum sage ich das noch immer zu fremden Menschen? Mein Mann. Nur weil sie gesagt hat, es muß doch schrecklich sein, wenn man auf die Hilfe von Fremden angewiesen ist. Sie weiß nicht einmal, was sie da gesagt hat.

Ich habe den Schreibblock auf den Knien. Der Rücken tut mir weh, wenn ich so sitze. Was tut mir nicht weh? Es wäre leichter aufzuzählen als das, was mir weh tut.

J. hat das einmal gesagt, als er Angina hatte. Er habe mit Überraschung festgestellt, daß der kleine Finger seiner linken Hand völlig schmerzfrei sei. Er kann das. Er distanziert sich mit Hilfe von Worten, Formulierungen. Nicht nur, wenn es um reale Dinge geht. Verfremdung.

Ich überlege, ob der verstauchte Fuß ein hinreichender Grund ist, nicht nach H. zu fahren. Allein hierbleiben. Diese Schwierigkeit, sich über Weihnachten unterzubringen, auch dann noch, wenn man nicht einmal verlangt, daß es der richtige Platz ist.

22. Dezember

Die letzten Weihnachtsgeschenke. Pakete gepackt. Ohne Kerzen, ohne Tannenzweige, ohne Goldfäden und ohne Strohsterne. Nur das Geschenk, eingewickelt in neutrales weißes Seidenpapier. Und auf einer ebenso neutralen Briefkarte: Fröhliche Weihnachten wünscht Johanna. Auffällige Unauffälligkeit. Effekte, immer aus auf Effekte, jede Handlung kontrolliert. Effekte, sagt Albert, die anderen sagen es vielleicht auch. Er hat es gutmütig gemeint und gelacht und nicht ganz ernst genommen. Du kannst nichts dafür, man hat dich ja so erzogen.

Als letztes das Paket für J. Ich habe den Pullover nun doch nicht eingepackt. Wie sollte er dessen Existenz motivieren? Wann sollte er ihn tragen? Unverdächtige Geschenke, Allerweltsgeschenke, die man vorzeigen kann, oder besser noch: so klein, daß man sie im Schreibtisch aufheben kann und niemand sie, nicht einmal man selbst, zu Gesicht bekommt.

Auch der Pullover hat eine Vergangenheit. Preußischblau, für Albert, für das Wochenende, wenn wir zur Jagd fuhren, vor allem aber für unsere Reise. Für unsere fünf Wochen Mittelmeer, Kreuzfahrt mit der »Apollo«, für den Juni geplant. Ich strickte, obwohl ich kein Talent zu weiblichen Handarbeiten habe, obwohl es nicht zu mir paßt. Ich tat damals, was ich nur konnte, mir hausfrauliche Tugenden zuzulegen. Ich kochte nach internationalen Kochbüchern, ich nähte, und: Ich strickte meinem Mann einen Pullover. »Dein Perfektionismus.« Wenn Albert mich so vorfand, wenn er abends nach Hause kam, in meinem Sessel, die Beine über der Lehne, das Radio spielte und ich in meinem Gewirr von blauen Fäden, das Strickmuster auf dem Schoß und Zahlen murmelnd, zwei links, ein Umschlag, zwei zusammenstricken, ein Umschlag, nahm er eines der Knäuel, wickelte um mich und den Sessel blaue Wollfäden, bis ich gefesselt saß. Dann stellte er sich befriedigt ans Fenster, betrachtete mich und sagte – ich sehe ihn noch so dastehen, in dem kurzen Kamelhaarmantel, den blauen Kaschmirschal lose um den Hals: Der vorzeitig heimgekehrte Odysseus, und ich unterbrach ihn, wie so oft: Ich bin nicht Penelope, mein Lieber! Eines Tages werde ich dir das schon noch beweisen.

Tutti war erst ein Jahr tot. Wir hatten uns diese Wohnung ausbauen lassen, mit dem ersten ersparten Geld. Kein anderer hatte vor uns hier gewohnt. Es war beinahe ein neues Leben, zumindest aber ein neuer Anfang. Albert arbeitete im Innendienst seiner Firma, mir zuliebe, damit ich nicht wieder allein sei, oder doch nur noch tagsüber. Ein neues Präparat wurde entwickelt. Es handelte sich um etwas gegen periphere Durchblutungsstörungen, er war vormittags in einer Klinik, dort wurden Versuchsreihen durchgeführt. Ich ging in die Bibliothek und besorgte die Bücher, die er brauchte, machte häufig die Auszüge im Lesesaal. Ich betrachtete es auch als meine Arbeit. Abends saßen wir und sahen die Fachzeitschriften durch. Ich übersetzte Aufsätze für ihn, soweit ich die Terminologie beherrschte; fast alle Veröffentlichungen zu dem Thema standen in amerikanischen Zeitschriften. Albert brachte sogar einmal über ein Wochenende ein Mikroskop mit nach Hause, damit ich besser wüßte, um was es eigentlich dabei ging. Er zeigte mir, wie in der ersten Biologiestunde im Lyzeum, Schnitte einer Zwiebel, ein Stück menschliche Haut, einen Wassertropfen. Wir hatten im Anschluß daran eines unserer grundsätzlichen Gespräche. Ich behauptete, daß mich die Dinge in ihrer Vergrößerung nicht interessierten, mich sogar abstießen. Ich wollte auch nicht den Mond durch sein Fernrohr betrachten, das er sich damals angeschafft hatte, ich wollte vielmehr, daß man die Dinge in ihrer Ordnung beließe, denn Ordnung, das sei vor allem auch Größenordnung.

Albert fand, ich verdürbe ihm den Spaß, wie so oft, ich kompliziere alles. Außerdem sei ich unwissenschaftlich wie alle Frauen, und ich solle nur nicht glauben, daß ihm dieses Sitzen im Labor Spaß mache.

Er hat auch nicht lange durchgehalten. Immerhin: diese Arbeit hat er noch abgeschlossen. Er hat das Ergebnis sogar in einer medizinischen Zeitschrift veröffentlicht. Wir haben Sonderdrucke verschickt, auch an den Professor, dessen Assistent Albert einmal gewesen ist, unser Trauzeuge. Ich war sehr stolz, Alberts Namen gedruckt zu lesen. Ich dachte damals noch, es könnte so weitergehen, er würde sich als Wissenschaftler einen Namen machen können, nicht als Arzt, aber doch auf verwandtem Gebiet, der Pharmazie. Die Zusammenarbeit mit der Klinik hatte sich gut eingespielt. Albert sagte wohl manchmal, daß er schon zu lange aus allem heraus sei, als Internist würde er schon nicht mehr arbeiten können, aber ich habe ihm das nicht geglaubt. Ich hatte auch etwas anderes noch übersehen: Albert war kein Wissenschaftler, er war vor allem kein Mensch für ein Labor oder gar ein Büro. Ein halbes Jahr später gab er auf. Vermutlich hat man ihn auf seinen eigenen Wunsch hin wieder im Außendienst beschäftigt. Ich

57

habe nicht gefragt, sonst hätte er vielleicht, mir zuliebe, lügen müssen. Das Präparat ist nicht in den Handel gekommen.

Er fuhr wieder fort, für eine Woche, für zwei Wochen. Ich blieb allein, und das Warten fing aufs neue an. Diesmal tat ich es hauptberuflich, nichts anderes.

Ich bin nicht Penelope.

In jenem Winter hat er mich oft Penny genannt, er tut es heute noch manchmal aus Versehen. Penny, sag nur, daß du mehr wert bist als einen Penny! Oder: Ich habe einen Pennbruder geheiratet. Lachend gesagt, aber auch mit Befremden. Wo bist du, wenn du schläfst?

Einmal hat er meine Zehen mit Bindfäden an die Türklinke gebunden, und ich bin nicht wach geworden. Ich schlafe tief, ohne zu träumen, ich schlafe schwer ein, und ich werde schwer wach. Die beiden Zonen sind weit voneinander entfernt und schwer zu erreichen.

Wir hatten noch einmal eine gute Zeit. Woran lag es? Warum war es gut, warum blieb es nicht so?

Der Pullover wurde nicht weitergestrickt. Er blieb liegen, so wie er war, der Rücken halb fertig, das Vorderteil dreiviertel fertig. Wir fuhren nicht mit der »Apollo« durchs Mittelmeer.

Im Herbst nahm ich mir den Pullover ein zweites Mal vor, oder war das im Herbst danach? Von da an strickte ich heimlich, wenn ich sicher war, daß Albert nicht kommen würde. Ich konnte fast immer sicher sein. Aber einmal überraschte er mich, bevor ich die Handarbeit wegräumen konnte. Er sah mich an, und ich wich seinem Blick aus. Er blieb vor mir stehen und sah mich weiter an, sagte nichts, schließlich wandte er sich dann doch ab, ging in die Diele, hängte Hut und Mantel auf und kam erst nach Minuten zurück.

Penelope! sagte er.

Und ich sagte: Ich bin nicht Penelope, das habe ich nie versprochen.

Wir lachten nicht darüber.

Es war unsere Art, über das zu sprechen, worüber wir sonst nicht reden konnten. Er fragte dann später, als wir beim Essen saßen: Wie weit bist du mit deinem Pullover? Ich sagte: Es geht jetzt an den Kragen. Albert aß weiter. Nach einer Weile: Dann ist es wohl bald soweit? Ich sagte: Ja – mehr nicht. Er stand auf, schob den Stuhl zurück, hielt ihn, oder sich an ihm, einen Augenblick fest und sagte: Frauen sind realistisch. Aber das hat er schließlich oft gesagt.

Auch in jenem Herbst wurde der Pullover nicht fertig. Er blieb liegen, vier unverbundene Teile. Es gab keinen Grund, ihn fertigzumachen. Erst in diesen letzten Tagen habe ich ihn zu Ende gestrickt. Ich strickte den Kragen, nähte die Teile zusammen und dachte, daß ich ihn vielleicht doch noch J. schicken könnte. Auch wenn er ihm zu groß sein würde, auch wenn ihm Blau nicht stehen wird. Er trägt nur selten eine blaue Krawatte. Pullover passen nicht zu ihm. Vielleicht passe ich auch nicht zu ihm.

Ich hätte ihn natürlich Albert schenken können, ohne irgendein Wort. Aber das wäre ein Zugeständnis gewesen. Welche Schlüsse hätte er daraus ziehen müssen? Immerhin, zu mehr als einem Drittel ist er noch für ihn gestrickt. Der Pullover liegt wieder im Schrank. Vorhin habe ich ihn übergezogen. Zum erstenmal habe ich gesehen, daß eine Ähnlichkeit zwischen Albert und mir besteht, andere haben das früher oft gesagt, und wir haben es immer abgestritten. Es wird deutlicher, seit die Haare kurz geschnitten sind.

Für Albert ein Buch, ein Bildband, repräsentativ, ohne alle Bezüglichkeiten, soweit das zwischen uns überhaupt möglich ist. Der Preis ist nicht ausradiert, falls er es umtau-

59

schen will. Ich habe es auch nicht bei J. gekauft, wie die anderen Bücher, die ich zu Weihnachten verschenke. Ein neutrales Buch, ohne Widmung, und einen Brief dazu, in dem nichts steht. Vielleicht hätte ich gar nichts tun sollen, kein Paket und keinen Brief. Er wird auch hieraus Rückschlüsse ziehen. Man kennt sich zu gut.

Für J. die Gedichte, die zwölf, die mir die schönsten schienen aus dem Band französischer Lyrik, den er mir geschenkt hat. Ins Deutsche übertragen und auf steifen grauen Karton geschrieben, der Umschlag lila: »Fleurs du Papier pour J.« Handarbeiten für einen ästhetischen Freund. Ein türkisches Mokkagerät, mit Kocher und Mühle und Kännchen, etwas verbeult und nicht ganz blank, antiquiert, wie er es bevorzugt, die Spuren vieler Benutzer tragend. Auch darin unterscheiden wir uns: Ich möchte die Dinge neu haben, unbenutzt, er glaubt, daß sie durch die Hände, die sie berühren, schöner werden. Wenn er will, kann er sich seinen Mokka jetzt in seinem »Laden« zubereiten. Und alles in lilafarbenes Japanpapier gehüllt. Wieviel Mühe muß ich mir geben, etwas Besonderes für ihn zu finden. Wir lieben nicht die gleichen Dinge. Aber ich weiß jetzt wenigstens schon, was ihm lieb ist.

Ich werde in D. aussteigen und mit dem nächsten Zug weiterfahren. Wohin sollte ich das Paket schicken? Zu ihm nach Hause? Damit er es unterm Weihnachtsbaum auspackt und die Kinder ihn fragen und seine Frau gekränkt oder taktvoll beiseite sieht? In die Buchhandlung, wo es seine Buchhalterin auspackt oder der Lehrling, wie ein Schnellpaket von einem Verlag? Also bringe ich es selbst hin, stehe ein paar Minuten mit ihm vor den Regalen, habe ein Buch in der Hand, bereit zu einem offiziellen literarischen Gespräch. Wir reden leise, vielleicht sogar zwei Minuten allein in dem hinteren Zimmer, vielleicht. Am Tag vor Weihnachten wird auch das kaum möglich sein. Er wird liebe gnädige Frau sagen, wie zu anderen guten Kundinnen, ich werde lächeln und sagen: Gibt es wirklich immer noch jemanden, der keinen Kunstkalender zu Weihnachten eingekauft hat? Und vielleicht wird er meinen Zettel, den ich an die Innenseite des Kartondeckels geklebt habe, nicht finden und nicht wissen, wo ich in Hamburg wohne, und nicht schreiben können, vielleicht weiß er schon nicht mehr, daß in Hamburg meine Eltern leben. Er kennt sie nicht, er kennt mich nur als Frau Grönland; was weiß er von dem Mädchen, das nun wieder zu Weihnachten zu den Eltern fährt, er hat sich nicht einmal darüber gewundert. Er vermeidet zu fragen.

Nach Weihnachten

J. ist mit an den Bahnhof gekommen, zerstreut, eilig. Dazwischen: mißlungene Versuche, zärtlich zu sein, verstohlen, falls uns jemand beobachtet. Trotz meines Protestes kaufte er am Kiosk weißen Flieder, er hatte vergessen, ein Geschenk für mich zu besorgen. Wenn du zurückkommst, suchen wir zusammen etwas aus, ich weiß nicht, was deinem Geschmack entspricht. Ich begreife nicht, wie er das fertigbringt. An manchen Tagen, mit irgendeiner Bemerkung, einer einzigen Bewegung, plötzlich fühle ich mich wie eine Freundin, die man zu Weihnachten wegschickt. Mit Blumen. Ohne Blumen wäre es nicht besser.

»Deine fatale Nüchternheit, Hanna!«

Weihnachten! Das Fest der Familie. Alljährliche Registratur der gesetzmäßigen Gefühle.

Leider hat er dann auch noch gesagt: Vielleicht können wir zu Weihnachten einmal wegfahren, zusammen, später. Gut gemeint, tröstend. Als ob ich wegfahren wollte, ich wollte ja auch diesmal nicht fort, wenigstens nicht aus der

Reichweite des Telefons. Bleiben, bleiben. Komm und bleib, viens et reste! Auch das hat schon einmal ein anderer gesagt. Wiederholung.

Klappsitz im Gang des D-Zuges. Ich hatte versäumt, mir eine Platzkarte zu besorgen. Mein Fuß war noch bandagiert, ein junger Mann sah es, sorgte dafür, daß ich einen Sitzplatz bekam. Im Abteil für Mutter und Kind. Statt eines Kindes den Blumenstrauß des Geliebten auf dem Schoß. Penatencreme und Aletekost, ewiges Gespräch über Schnuller, erweitert um die Psychologie des Daumenlutschens. Ich saß allein zwischen den Müttern. Babygeruch, der mir so leicht Übelkeit verursacht. Kartons mit Weihnachtsgebäck von Hand zu Hand. Rezepte für Zimtsterne, auf Oblaten gebacken. Als wir fast in Hamburg waren, sangen die größeren Kinder: »Morgen, Kinder, wird's was geben«, und die Mütter summten mit. Es dunkelte draußen, Lichterketten in den Straßen, Lichterbäume auf allen Plätzen. Fröhliche Weihnacht überall.

Als wir in Altona einfuhren, freute ich mich. Ich fuhr nach Hause, wie alle anderen in diesem Zug, die Freude der anderen hatte mich angesteckt. Vater war auf dem Bahnsteig. Mit Blumen. Ein Vater, der seine Tochter am Bahnhof mit Blumen abholt, am Tag vor Weihnachten. Da ist etwas verkehrt, ich spürte das ganz deutlich, das stimmt so nicht.

Zwei Blumenpakete im Arm, Vater winkte einem Träger, wir gingen zum Parkplatz, setzten den Koffer in den Wagen, er bezahlte den Gepäckträger. Ich fragte: Soll ich lieber fahren, Vater?

Er sah mich an, begriff meine Frage wohl gar nicht, setzte sich ans Steuer und fuhr in gemäßigtem Tempo nach Hause, dem Verkehr schenkte er kaum Aufmerksamkeit, einmal überfuhr er eine Ampel, die auf Rot stand, hinter uns wurde gehupt. Er kümmerte sich nicht darum, er sprach nicht mit mir, aber das hat er früher auch oft nicht getan, wenn er im Auto saß. Ich erzählte also, von der Fahrt, den Kindern im Abteil, dem Durcheinander, viel zu hastig, zu lustig, die Fröhlichkeit war schon auf dem Bahnsteig vorbei.

Mutter kam an die Haustür, als sie den Wagen hörte. Vielleicht hätte sie die Treppe herunterkommen müssen. Bis ich oben war, mit den Taschen und den Blumen, war das spontane Bedürfnis, in ihre Arme zu laufen, vorüber. Wir gaben uns die Hand. Sie sagte: Hattest du eine gute Fahrt, Hanna? Das Mädchen nahm mir das Gepäck ab, ich gab auch ihr die Hand, erfuhr, daß sie Fräulein Hedwig sei, dann wurde ich ins Bad geschickt. Du willst dich doch sicher erst ein wenig frisch machen, bevor wir essen.

Das Abendessen stand bereit. Ich hatte Mutter gleich als erstes fragen wollen, ob das mit Vater jetzt immer so sei, soviel schlimmer als früher. Aber wann hätte ich das tun sollen? Es gab keine Lücken im Gespräch, in die hinein man solche Fragen stellen konnte.

Rauchst du?

Magst du etwas trinken?

Bist du müde von der Fahrt?

Die gleichen Fragen, die ich meinem Besuch auch stelle.

Du siehst gut aus, Hanna.

Es geht mir doch auch nicht schlecht, Mutter. Der Fuß ist soweit in Ordnung, ich muß ihn nur noch bandagieren, aber ich kann ganz gut gehen.

Wie ist es passiert?

Am Hochsitz, ein paar Sprossen der Leiter waren nicht in Ordnung.

Keine weiteren Fragen. Vater trank seinen Rotwein. Später holte ich mir doch noch ein Glas.

Möchtest du mit Mutter allein sein? Gefragt, als sie einen Moment das Zimmer verlassen hatte.

Warum, Vater? Vielleicht hat er gemeint, daß der erste Abend angemessen sei für ein Mutter-Tochter-Gespräch.

Gegen elf Uhr gab Mutter mir einen Wink. Wir ließen ihn zurück, bei seinem Rotwein und seinem Schweigen. Vorher hatte ich einmal zu ihr geblickt, rasch und fragend. Sie hatte die gefalteten Hände um die Knie gelegt, so saß sie früher schon gern, sie hat nur die Daumen abgespreizt und meinen Blick erwidert. Ein Lächeln dazu, geduldig, schmerzlich, verständnisvoll. Tapfere Resignation.

Sie hat mir ihr Zimmer eingeräumt. Sie blieb noch einen Moment in der Tür stehen. Hanna?

Ja?

Er ist großartig. Auch wenn er trinkt. Er ist noch immer ganz er selbst, auch dann.

Und du …?

Ich? Ich gestatte mir nicht, unglücklich zu sein, wenn du das meinst. Hast du auch alles? Obst? Schokolade? Was ißt du gern abends im Bett?

Danke, wirklich, Mutter, ich habe alles.

Dann schlaf gut, Hanna.

Danke, Mutter.

Vorbei. Wieder verpaßt.

Nüsse esse ich gern. Paranüsse. Aber woher solltest du das wissen. Nach dem Zähneputzen, Mutter.

Der Flieder welkt schon. Die roten Nelken von Vater sind noch frisch. Zehn Tage lang werde ich J.s Stimme nicht hören und zu keinem seinen Namen sagen können. Er wird aufhören zu existieren. Keiner wird nach Albert fragen. Ich werde seine Grüße nicht ausrichten. Der geschiedene Mann der Tochter ist als verschollen zu erachten. Irgendwo muß es einen Kodex geben, nach dem sich alle richten, nur vor mir verbirgt man ihn.

Zwei Jahre lang bin ich nicht hiergewesen. Das letzte Mal mit Albert zusammen. In diesem Zimmer haben wir auch damals geschlafen. Tuttis Bild hatte Mutter bereits weggeräumt. Sie wird diesmal, bevor ich gekommen bin, überlegt haben, ob sie das Bild von Albert und mir stehenlassen soll, zwischen den Fotografien von Cora und ihrem Mann und den Kindern. Selbst der Schreibsekretär der Großmutter wird zum Barometer des Familienlebens. Es ist noch nicht auf den letzten Stand gebracht. Aber was sie auch tun würde, sie wußte wohl, daß es mir auffallen muß; also hat sie es gelassen.

Dieser Sekretär mit den paar Familienbildern ist die einzige Stelle in der Wohnung, an der man merkt, daß die Eltern einmal Kinder gehabt haben und daß es jetzt Enkelkinder gibt. Alle sind zusammengetrieben auf diesen einen Quadratmeter. Klappt man die Schreibplatte hoch, sind auch diese Spuren verschwunden. Die Eltern haben uns aus ihrem Leben entfernt. Sie erwarten nichts mehr von uns.

Das ist viel, das ist ihnen hoch anzurechnen. Auch wenn es schmerzlich ist. Wir hatten sie schon viel früher aus unserem Leben vertrieben, ich schon damals, schon bevor ich Albert geheiratet habe. Sie sind sehr verändert, seit sie keine Eltern mehr zu sein haben. Überall sonst dieses gespannte, angestrengte Verhältnis zwischen Eltern und erwachsenen Kindern. Da ist Zuneigung und Abneigung, Haß und Liebe nebeneinander und übereinander. Ob das daher rührt, daß die Eltern sich unter der permanenten Anklage fühlen, an der Existenz ihrer Kinder schuldig zu sein? Die Kinder lassen in schwierigen und unglücklichen Situationen die Eltern spüren, daß man sie nicht gefragt hat, daß sie für das Am-Leben-sein-Müssen nicht auch noch lebenslänglich dankbar sein wollen. Dieses Ungefragt-Sein. Daß wir einmal abhängig waren. Albert würde jetzt sagen: Abhängig? Meinst du die Nabelschnur? Drück dich deutlicher aus, Hanna, eine Nabelschnur ist nichts

65

Unanständiges, man kann darüber durchaus reden, du wolltest doch einmal eine Arztfrau werden.

Gelegentlich streift mich Vaters Blick. Wie steht er zu mir? Empfindet er irgend etwas für mich, das mich heraushebt aus der Menge anderer, ihm noch gleichgültigerer Menschen? Sein Kind.

Beim Abendessen hat er gefragt: Willst du nicht reisen, Johanna? In den Süden, wenn es Frühling wird? Im Rheinland ist der Winter sicher nicht angenehm. Neue Eindrücke. Neue Menschen. Wenn es dir Schwierigkeiten macht, eine größere Reise zu finanzieren –

Ich bitte dich, Vater! Ich bin gut gestellt, ich habe eine Abfindung bekommen.

Nennt man das so?

Ja, das ist sogar der amtliche Ausdruck. Vielleicht sollte ich wirklich reisen. Willst du nicht mitkommen, Vater? Das ist doch ein alter und wahrscheinlich sogar bewährter Brauch, daß Väter mit ihren Töchtern verreisen, wenn sie eine unglückliche Liebe vergessen sollen. Ägypten soll da das beste sein, Palmen und Pyramiden. Vielleicht kann man nach der Reise sogar seine Tochter noch einmal auf den Markt bringen.

Schweigen.

Vater trank, Mutter faltete die Serviette zusammen und schellte, damit Fräulein Hedwig den Tisch abdeckte. Ich hätte mich entschuldigen müssen, aber auch das tat ich nicht. Ich muß erst ihren Ton wieder lernen, ich bin gewöhnt, alles zu sagen. Alles. Dabei würde ich gern mit ihm reisen. Vielleicht müßte man ihn hier herausholen.

Ich mache alles falsch.

Wenn ich es nicht besser wüßte, würde ich denken, hier sei die Zeit stehengeblieben. Das lastende Schweigen von Generationen. Traditionen, die zu Ende gelebt werden müßten.

Aber: sie leben noch nicht lange hier, erst seit Mutter dieses Haus geerbt hat, als auf einmal alles eine unerwartete und unverhoffte Wendung genommen hat. Sie zogen hier ein und lebten ein Leben, das diesem Haus, nicht aber ihnen gemäß war. Keinem aus der Familie hat es gehört, eine Schenkung von jemandem, der meiner Mutter zu Dank verpflichtet war für etwas, von dem keiner gewußt hat, auch nicht Vater, der es hätte verhindern müssen.

Vater hat dann angefangen, an der Börse zu spekulieren. Als ob es gälte, das Leben eines Hamburger Kaufmanns zu Ende zu leben und nicht sein eigenes, das eines Offiziers, der in ein falsches politisches Fahrwasser geraten war, ein Belasteter, einer, der lange inhaftiert war.

Genausogut wie er jetzt jeden Morgen um dreiviertel zwölf die Börse betritt, genausogut hätte er abends einen Spielsaal betreten können, wenn Mutter statt des Hauses in Blankenese ein Haus in Neuenahr oder in Baden-Baden geerbt hätte. Er entdeckte die Magie der Zahlen, dafür halte ich es. Daß er dem Geld, dem Geld als Zahlungsmittel, verfallen sein könnte, glaube ich nicht. Allerdings hat er, als wir zum erstenmal hier waren, Albert ausführlich dargelegt, ausführlicher, als das sonst seine Art ist, daß man Geld lenken müsse, daß man zusehen müsse, in dem »großen Orchester« den Part des Dirigenten zu bekommen. Es fällt mir immer mehr auf, daß er seine Vergleiche aus der Musik nimmt, seitdem er nicht mehr selbst spielt. Er trage den dunklen Anzug, mit dem er die Börse betrete, nicht anders, als er früher die Uniform getragen habe, und ob da nicht am Ende auch eine gewisse Verwandtschaft im Milieu sei? Eine Art Schlachtfeld, ein sehr zeitgemäßes übrigens. Ob es weniger blutig und grausam sei, vermöge er nicht einmal zu entscheiden. Hier wie da müsse man ein Organ für die Fixierung einer Situation haben, wann sie günstig ist, wann gefährlich, wann unsicher, man müsse rasch handeln können, bereit sein, sich zu engagieren, und dennoch distanziert bleiben, einen kühlen Kopf behalten. Vielleicht sei also die Börse gar kein so schlechtes Betätigungsfeld für einen ehemaligen, wenn auch nicht gerade ab-gedankten Offizier i. G. Wenn Mutter nicht in der Nähe ist, fällt er manchmal in diesen pathetischen Ton. Ich mag das gern bei ihm, wenn er einmal etwas von seiner Distanziertheit aufgibt.

Und Mutter? »Ich gestatte mir nicht, unglücklich zu sein.« Zu keiner Zeit hat sie das getan. Sie war immer so, wie es die Situation von ihr verlangte, vielleicht immer eine Nuance zu kühl, zu sachlich. Aber man wußte, woran man mit ihr war. Man erwartete nichts. Sie hat zu jeder Zeit Vaters Leben mitgelebt. Freiwillig. Nicht aus einer wie auch immer gearteten Abhängigkeit heraus. Sie hatte sich einmal dazu entschlossen, und dann hat sie das durchgeführt. Das und nichts anderes. Ob es leicht war oder schwer, davon haben wir Kinder nichts gemerkt, wahrscheinlich überhaupt niemand. Dieser Vorsatz ist nicht einmal sehr durch Cora und mich beeinflußt worden, wir kamen erst an zweiter Stelle. Daß sie in der Lage war, sich ein eigenes Leben aufzubauen und zu führen, auch finanziell, hat sie bewiesen. Als Vater im Lager war und unser Haus und alle Möbel, alles, was wir besaßen, beschlagnahmt war, hat sie jahrelang in einer Wäscherei gearbeitet. Am Waschautomaten zuerst, und nachher hat sie die Aufsicht in der Plätterei geführt, zuletzt hatte sie eine eigene Filiale. Und heute lebt sie das Leben einer Hamburgerin, distanziert und kultiviert, als täte sie das von jeher. Sie hat sich nicht eigentlich verändern müssen. Die beiden haben mit aller Vergangenheit gebrochen und leben heute ein gespenstisches, fremdes Leben, auf einer fremden Bühne, in fremden Kostümen.

Aus dieser Ehe dringt nichts nach außen. Was ist geschehen zwischen den beiden in vierzig Jahren? Nie wird es jemand erfahren.

Vater sitzt nicht an allen Abenden in seinem Sessel und trinkt zu Hause. Manchmal muß sie ihn holen. Es ist immer dasselbe Restaurant, in dem er sich dann aufhält, suchen muß sie ihn wenigstens nicht. Gegen Mitternacht geht sie hin, setzt sich an seinen Tisch, bestellt für ihn und sich einen Mokka, bleibt eine Viertelstunde noch dort, gibt kein höheres Trinkgeld als sonst, man verbündet sich nicht mit einem Kellner, und verläßt an Vaters Arm das Restaurant. Niemand merkt, daß sie ihn führt; sie gestattet keinem, das zu merken. Sie bittet ihn um die Wagenschlüssel, setzt sich ans Steuer. Es fällt kein lautes Wort, es fällt überhaupt kein Wort. Aber es ist etwas zwischen ihnen, um das ich sie beneide.

Kein Versuch, ein Weihnachtsfest zu begehen. Warum etwas vortäuschen? Fräulein Hedwig hat man nach Hause geschickt. Der vierundzwanzigste Dezember verläuft wie jeder andere Abend auch. Kein Weihnachtsbaum, keine Lieder. Kein Rückfall in Kinderweihnachten, nur weil die Tochter plötzlich wieder mit dabei ist.

Möchtest du zur Christvesper gehen? Gefragt hat man mich, man ist tolerant, nicht nur untereinander, auch gegenüber der Tochter. Du kannst den Wagen nehmen.

Ich bin geblieben. Was soll ich dort? Zwischen lauter glücklichen Familien. Am Weihnachtsabend sehen Familien immer glücklich aus.

Natürlich fehlt etwas. Natürlich sehnt man sich in Weihnachtsstuben. Aber es gehört zum Lebensprinzip der Eltern, eher etwas weniger zu tun als zuviel. Lieber etwas zu entbehren, als einen Überdruß aufkommen zu lassen. Ein nobles Prinzip, nannte das Albert. Der Wein mochte ein paar Jahre älter sein, schwerer als die Weine, die Vater an anderen Abenden trinkt. Wir hörten ein Konzert, ich beschäftigte mich eine Weile mit der Plattensammlung. Mutter saß an ihrem runden Tisch und legte Patiencen. Ich sah ihr zu, wie sie die Karten aufblätterte, ihre Hände werden jetzt knotig. Sie trägt keine Ringe mehr, was sie früher doch gern tat. Besitzt sie ihren Schmuck überhaupt noch? In den Gelenken sind die Finger stark verdickt, aber nicht häßlich. Sie hat nie in ihren kurzen Briefen erwähnt, daß ihr Rheuma sich so verschlimmert hat. Sie sieht nicht mehr gut, aber nur selten trägt sie eine Brille, und wenn, dann benutzt sie die Gläser wie ein Lorgnon, hebt sie mit der linken Hand vor die Augen, läßt die Bügel umgeklappt.

Die Napoleonpatience. Die hat sie schon gelegt, als ich noch ein Kind war. Wenn ich kam, um gute Nacht zu sagen, legte sie die Karten aus der Hand, strich mir übers Gesicht. Vergiß nicht, die Zähne zu putzen, Hanna. Geküßt hat sie mich nie, nur zum Geburtstag oder wenn ich krank war.

Sie begegnete meinem Blick. Tust du das auch manchmal, Hanna? Ich sagte nein, ich müsse diese Einmannspiele erst noch lernen. Ich könne nur Skat und Canasta, Pokern könnte ich auch. Männerspiele, weißt du! Sie blickte mich noch einen Augenblick aufmerksam an, ich glaubte schon, sie würde mich fragen, was ich denn an den Abenden immer tue, aber dann ließ sie es. Mit wie wenig Sätzen man in diesem Haus auskommt. Kein Versuch, von früher zu reden. Von anderen Weihnachtsfesten, im Krieg oder nachher oder aus unserer Kinderzeit. Man gestattet es sich nicht, Erinnerungen zu haben, Vergleiche zu ziehen, die zu leicht auf Kosten der Gegenwart gehen. Merkwürdig: die Erinnerungen gehorchen, sie gelangen nicht an die Oberfläche. Kein Moment der Rührung. Meine Weihnachtspost und die Päckchen, die ich mir mitgenommen hatte für diesen Abend, bleiben ungeöffnet und ungelesen bis zum nächsten Morgen.

Früh dann wieder den Tee ans Bett, diesmal von Mutter, weil Fräulein Hedwig nicht da ist. Es hat nie ein gemeinsames Frühstück zu Hause gegeben. Morgens durfte man seine Eigenheiten pflegen. Nach dem Frühstück wurde erwartet, daß man sich einfügte. Mit Albert frühstückte ich gern, es waren unsere glücklichsten Stunden. Die Gemeinsamkeit der Nacht noch zwischen uns, Wärme, Vertrautheit. Der Tag hat uns immer getrennt. Abends stritten wir oft, beide gereizt, beide abgespannt, wenn wir vom Dienst kamen, beladen mit Fremdem. Später war es noch schlimmer, wenn ich nervös war vom langen Warten.

Die Zimmer sind dunkel und viel zu hoch. Das ist mir früher nicht aufgefallen. Aber ich war auch nie an so trüben Tagen hier und immer nur für kurze Zeit. Im Wohnzimmer und in der Diele brennen, auch tagsüber, zwei oder drei Kerzen. Ein Versuch, gegen den Rauch von Vaters Zigarren anzugehen. Mutters Asthma hat sich offensichtlich verschlimmert. In Abständen geht sie in das Badezimmer, um zu inhalieren. Ich vermute das; wenn sie zurückkommt, atmet sie leichter. Sie ißt eine reizarme Diät, trinkt nur wenig Kaffee, raucht nicht mehr. Alles, ohne es zu erwähnen. Bei Asthmatikern sehr ungewöhnlich. Hier verliert alles an Wichtigkeit. Alles erscheint zu belanglos, um darüber zu reden. Aber was ist dann überhaupt noch von Belang? Fange ich ein Gespräch an, über Cora, was doch naheliegt, frage: Hat sie sich nicht sehr verändert in ihrer Ehe, ist sie nicht eine richtige Kindermutter geworden, ihr Mann kommt doch wohl zu kurz bei ihr, dann nimmt keiner dazu Stellung, oder er äußert sich unbestimmt. Man lebt hier eigentümlich im Vagen. Unwillkürlich spricht man gedämpft. Ich ziehe meine hochhackigen Schuhe nicht an, sie klappern zu hastig und aufdringlich.

Am Neujahrsmorgen mit Vater an der Elbe. Wind, staubiger Schnee.

Es war Flut. Wir gingen unten am Ufer. Manchmal mußte ich springen, wenn die Wellen kamen; einmal nahm Vater mich beim Arm und zog mich zurück und behielt mich dann so, leicht und fest, beim Arm. Er wirkte verjüngt, sein Gesicht war aufgehellt, man sieht die Auswirkungen des Alkohols noch nicht sehr. Nur abends, wenn Hände und Füße schwer werden, dann wird auch sein Blick langsam, die Lider schwellen an, dann muß man vermeiden, ihn anzusehen. Aber an diesem Morgen merkte man nichts. Da war auch nicht diese Kluft zwischen uns. Ich habe ihn gefragt, was ich nun wohl tun könnte. Er blieb stehen, er schien nachzudenken, er ließ meinen Arm los, sah einem der Schiffe nach. Tun – tun, Johanna? Sicher müßten Väter einen Rat wissen, immer etwas parat haben. Lebensweisheit. Lebenserfahrung. Laß es an dich herankommen, Johanna, und dann …

Ich packte ihn bei beiden Armen, und auf einmal waren die Tränen da. Und dann: Haltung, Johanna!

Ich weiß, Vater.

Wir gingen weiter. Jeder für sich. Er schien betroffen. Er sagte, es sei sicher immer zuwenig gewesen, was er mir hätte geben können, ob er das vielleicht zu oft gesagt habe, Haltung? Man dürfe den Feind nicht aus dem Auge lassen, müsse bereit sein, auf dem Sprung sein. Mehr könne man eigentlich nicht tun nach seiner Meinung. Das Leben sei nun mal unser Feind, wie der Tod, alles sei uns feindlich.

Er bleibt allgemein. Albert tat das auch immer. Wahrscheinlich tun das alle Männer. Immer möchte man fragen: Wie meinst du das denn? Wie soll man das anwenden? Heute, hörst du! Heute! Was soll ich heute tun, was morgen, wie soll es weitergehen?

Das Leben, der Feind! Und das hat er über sechzig Jahre lang ausgehalten.

Sobald man dann fragt, ist das Mißverstehen da, dann

72

wird er ratlos wie man selbst. Diesmal habe ich es trotzdem versucht. Ich habe ihn gefragt, warum er Mutter geheiratet hat, und sogar: Warum seid ihr zusammengeblieben, ihr beide?

Vater half sich zunächst, wie das andere auch tun, mit einer Gegenfrage. Du fragst ausgerechnet mich, Johanna? Das ist unüblich und sogar unfair dem Vater gegenüber. Unfair, eine seiner eleganten Wendungen. Diesmal hat sie ihm nichts genutzt.

Einen muß man doch fragen dürfen, Vater! Hundert Menschen müßte man fragen, irgendwo muß doch eine Antwort sein, eine, die auf alle Fragen paßt, weißt du.

Jede Frage gebiert zwei neue, Johanna.

So leicht gab ich ihn nicht frei. Wann würden wir wieder miteinander sprechen können? Zu Hause war das nicht möglich, und wenn er erst wieder getrunken hatte …

Deine Mutter, sagte er, und wieder fiel mir auf, daß er immer »deine Mutter« sagt, was ihm doch ungewohnt sein muß, was sie doch sehr von ihm distanziert. Wie er sie wohl nennt, für sich? Astrid? Meine Frau? Irgendein Wort, das niemand kennt? Deine Mutter hält man für eine nüchterne, zumindest aber doch sachliche, lebenstüchtige und gewandte Frau, und das ist sie auch, manchmal schien mir – das liegt weit zurück –, es fehle ihr etwas. Sie ist aber auch anders. Als wir noch nicht verheiratet waren, beobachtete ich einmal, wie sie während eines Gesprächs, das ihre Eltern in meiner Gegenwart führten, das heftig zu werden drohte – ihre Mutter war eine heftige Frau, von unkontrolliertem Temperament –, wie sie da nach ihrem Fächer griff, sich auf die Gartenmauer setzte und mit diesem Fächer ohne alle Unruhe jene Distanz zwischen sich und dem, was ihr unangenehm zu werden drohte, herstellte. Ja, ich glaube, das ist es schon, was ich sagen wollte. Auch in unserer Ehe hat sie manches Mal zu ihrem Fächer gegriffen, nicht immer so wörtlich, wie ich das jetzt sage, aber sie besitzt die Fähigkeit, Zeiten, die schwer sind und unübersichtlich, schneller vorbeiziehen zu lassen. Denk dabei immer an den Fächer, mit dem sie etwas wegwischt und dabei gleichzeitig einen Vorhang zwischen sich und die Welt zieht. Eine Frau, die sich zu distanzieren weiß, nicht nur von Situationen, auch von Menschen. Sie kommt einem nie zu nahe.

Möglich, daß es eine Antwort auf meine Frage war.

Vater nahm mich beim Arm. In seinem Gesicht war wieder Resignation, gedämpft durch ein liebenswürdiges, entschuldigendes Lächeln, Ratlosigkeit gegenüber der Frau neben ihm, die behauptete, seine Tochter zu sein.

Von der Elbschloßbrauerei kam der süßliche Geruch von Maische. Wir kehrten um. Jeder wieder für sich; solche Minuten sind rasch vorbei. Aber ich weiß nun wieder, daß es ein Wort gibt, durch das man einen Zugang finden kann. Bei J. habe ich oft Angst, daß ich eines Tages das Schlüsselwort vergessen könnte und dann verzweifelt vor ihm stehe wie vor einem Geheimschrank, der mir nun und für immer verschlossen bleiben wird.

Abends kamen Gäste zu Tisch. Vorher ein Wink von Mutter: Sie wissen nichts von deiner Scheidung, erwähn es nicht. Es ist hier nicht üblich.

Was ist nicht üblich? Scheidungen? Scheidungen sind auch bei mir nicht üblich. Daß man darüber spricht? Ist das nicht üblich? Wir gingen zu Tisch. Die erwachsene Tochter weilt zu Besuch bei den Eltern, nach den Feiertagen.

Nach zehn Jahren Ehe ist man gern einmal wieder in der Weihnachtszeit bei den Eltern. Ihr Mann ist Arzt? An einer Klinik? Oder Privatpraxis? Ich denke, es sei hier nicht üblich zu fragen. Nein, er ist wissenschaftlich tätig, auf pharmazeutischem Gebiet. Warum sage ich nicht, was er wirklich tut, es ist doch nicht ehrenrührig, wenn ein Mediziner beschließt, rascher Geld zu verdienen. Wie interessant! Ja, sehr. Ein neues Serum? Die Versuche sind noch im Gange. Hat Ihre Frau Mutter nicht erwähnt, Sie trügen sich mit dem Plan, eine eigene Klinik aufzumachen? So etwas à la Kneipp, falls ich mich da nicht allzu laienhaft ausdrücke –? Ich lächle, ich sage liebenswürdig, daß der Plan auch noch keineswegs aufgegeben sei, aber heute erfordere das große Geldmittel, nicht einmal Hungerkuren seien heute billig. Ich war sogar schlagfertig, wir lachten.

Dann griff Mutter ein. Wir redeten über Preiselbeeren zu Hasenbraten. Später passierte es Vater, mich zu fragen: Habt ihr eigentlich die Jagd noch? – Nein, Albert hat das Haus verkauft. Es macht ihm keinen Spaß mehr.

Das Kind braucht Zerstreuung. Palmen und Pyramiden wären gar nicht so schlecht. Die Kamele fragen einen wenigstens nicht.

Theater, Kino. An einem Vormittag mit Mutter in der Stadt.

Wir haben gedacht, wir wollen dir ein Klavichord schenken, würde dir das Freude machen? Ich hatte mir das immer gewünscht. Für ein Klavier ist kein Platz in meiner Wohnung. Aber ich hatte den Wunsch vergessen. Wir waren lange in einer Musikalienhandlung. Jemand hat das Instrument gespielt. Sauber, übersichtlich, es gibt da keine Unklarheiten, eine einfache Melodie, einfache Tonfolgen. Wir haben ein Instrument gekauft. Es wird geschickt, es kann ein paar Wochen dauern.

Zurück mit der S-Bahn. Vormittags hat Vater den Wagen. Mutter saß mir gegenüber unter den Intarsien der Wandverkleidung. Sie fährt erster Klasse. Vor einiger Zeit hat sie ein Schaffner, als sie einsteigen wollte, gefragt: Haben Sie auch erster? Da hat sie ihm geantwortet: Ich habe nicht nur erster, ich bin auch erster Klasse. Das ist meine

Mutter. Sie sorgt für Abstand, nicht nur durch Fächeln. Sie schlägt auch zu. Ich habe mich erkundigt. Könnt ihr das auch, Mutter, ich weiß gar nicht, wie ihr jetzt zurechtkommt.

Sie lächelt. Wir tun es. Ob wir es können, ach, weißt du –

Warum?

Kind, ja, warum, warum fahren wir den großen Wagen? Das ist schwer zu sagen.

Aber wessen Geld ist es denn, von dem ihr lebt?

Von Geld eigentlich überhaupt nicht. Wir leben vom Renommee. Der Wagen, das Haus, Vaters Anzüge, vielleicht auch mein Auftreten, das alles gibt uns Kredit. Vater bekommt jetzt eine Pension, sie würde natürlich nicht ausreichen, wir haben ein paar Mieteinnahmen, wir lassen an dem Haus nichts mehr reparieren, es wird uns aushalten, wir haben ein paar Dividenden von den Aktien.

Wie soll es weitergehen?

Du fragst zuviel, Hanna! Es geht eben weiter, vielleicht morgen anders, aber weitergehen tut es doch immer, darauf kann man sich verlassen.

Für die wenigen Augenblicke, die dieses Gespräch dauerte, nahm ihr Gesicht einen kindlichen Ausdruck an. Als ob man sie zur Rechenschaft gezogen hätte. Als wir schon aufgestanden waren und die S-Bahn bereits einfuhr, drehte sie sich zu mir um: Und dann, weißt du, wir leben ja auch nicht ewig. Und bis es soweit ist, mogeln wir uns schon durch, mit ein wenig Geschicklichkeit. Coras Mann verkauft dann das Haus und die Papiere, und mehr Schulden hinterlassen wir nicht, wenn es nicht mehr gar zu lange dauert. Dabei sah sie mich mit einem Lächeln an, daß ich begriff, warum Vater sie liebt.

An einem anderen Morgen war ich mit Vater an der Börse. Er ist regelmäßig dort. Um elf Uhr verläßt er das

76

Haus, fährt zu seinem Bankhaus, holt sich die Kontoaus-
züge aus dem Schließfach, tauscht einen Gruß mit dem
Angestellten, der an dem Schalter für Wechsel und Kredite
sitzt, fährt zum Postamt, und um elf Uhr fünfzig betritt er
die Börse. Frauen sind dort nicht geschäftsfähig. Ich bekam
keinen Zutritt zum Saal, aber einen Platz auf der Galerie
und konnte hinuntersehen. In diese männliche Arena.
Punkt zwölf klang ein Gong. Vor den Schaltern drängten
sich die Männer zusammen, Stimmen über Lautsprecher,
Firmennamen, Zahlen, unverständliches Schreien, hasti-
ges Hin und Her, und mittendrin: Vater. Älter als sonst,
ruhiger als die anderen, aber auch hilfloser. Er paßt nicht
dorthin. Er wirkte isoliert, als kenne ihn dort keiner, als
versuche er nur mitzuspielen, als probiere er es immer wieder, und man läßt ihn nicht mitmachen, ihn, den Außenseiter. Manchmal stand er minutenlang allein an einem Pult.
Gesurr, Stimmen, Lautsprecher, Zahlen. – An Sie! – Von
Ihnen! – Geld! – Brief!

Mein Vater. Einmal sah er hoch, sein Blick suchte mich,
er hob, als er mich entdeckt hatte, die Hand. Ich sprang auf
und winkte.

Nachher hat er mir im Auto ein paar Begriffe erklärt.
Was ein variabler Verkehr ist. Anfangskurse, Schlußkurse.
Wann gerufen wird »Geld«, wann »Brief«. Immer werden
nur die letzten Zahlen gerufen, nicht dreihundertzwölf,
sondern nur zwölf, deshalb hatte ich auch nichts begriffen.
Begriffen? Begriffen habe ich auch mit Vaters Erklärungen
nichts. Wahrscheinlich habe ich wieder nicht richtig zugehört. Mein Interesse ist, wie so oft, nur oberflächlich, ein
scheinbares, konventionelles Interesse, eben so viel, daß
es für eine Konversation reicht. Man kann nicht einmal
sagen, ich fragte Vater zuliebe, dann würde ich mich um
seinetwillen konzentrieren. Vielleicht bin ich nur aus Langeweile mitgegangen, weil nichts, nichts anderes mehr

mich wirklich beschäftigt. Ich nahm das hin wie ein Schauspiel, irgendein Kinostück, das man mir zur Unterhaltung spielt.

Um so merkwürdiger dann, daß ich nachher zu Hause, als ich mich an Mutters Sekretär setzte, um an J. zu schreiben, sah, daß in der Buchreihe hinten in dem Schreibfach Bücher über Wirtschaftskunde stehen. »Wie liest man den Wirtschaftsteil einer Zeitung?«, »Das Börsenlexikon«. Ich war in Versuchung, in diesen Büchern zu blättern. Warum steht das hier? Warum nicht in Vaters Zimmer? Interessiert sie das? Ich habe nichts davon bemerkt, nie ist von Kursen und von Wertpapieren die Rede. Über Geld spricht man nicht, so war das früher schon.

Ich habe sie dann abends gefragt, als wir zusammen das Abendbrot richteten. Sie zögerte nur einen Augenblick, sie ist nicht gewöhnt, daß man direkte Fragen stellt, wie ich das tue. Wieder fiel mir auf, daß sie nie impulsiv antwortet, sondern immer erst, nachdem sie sich bedacht hat. Dann: Ich halte es für richtig, Bescheid zu wissen. Ich wußte bis vor ein paar Jahren auch nicht, was ein Kupon ist, was ein Kux, was ein Talon. Ich glaube, ich wußte nicht einmal genau, was Dividenden sind, ich nahm an, Geld sei am besten auf einer Bank aufgehoben und mache dort in aller Stille viele Zinsen. Ja, und dann, als wir hierherzogen und dein Vater anfing, sich für den Geldmarkt zu interessieren, als er zur Börse zugelassen wurde und beim Kursmachen dabei war, habe ich ihn einmal gefragt, ob er mich mitnehmen wollte. Er wollte das nicht. Ich habe nicht darauf bestanden. Er würde es als eine Art Bevormundung auffassen. Er ist empfindlicher, als du weißt. Er hat seit damals einen Sprung. Ja, und da habe ich mir ein paar Bücher besorgt, in denen das Notwendigste steht, und während er in der Börse war, habe ich mich in die Bücher vertieft. Vater streicht in den Börsenberichten an, was wichtig ist, und wenn er ein paar Tage später die Zeitungen in den Papierkorb wirft, hole ich sie wieder heraus und schneide das Angestrichene aus und hefte es in einer Mappe ab. Ich vermute, daß er es weiß. Es geschieht also nicht hinter seinem Rücken. Außerdem interessiert es mich wirklich. Es hat etwas Abenteuerliches. Falls du weißt, was ich damit meine.

Ich sagte ihr, daß ich das auch empfunden hätte, als ich auf der Galerie saß. Die Fäden, die dort zusammenliefen, wie ein Marionettentheater. Mutter spritzte gerade Mayonnaise auf das Rauchfleisch und schien in ihre Tätigkeit vertieft, aber irgend etwas, eine stumme Ablehnung spürte ich doch. Ich brach ab. Sie sagte dann: Ja, du bist da wohl anders. Dir genügt es zuzusehen. Ich würde wohl lieber etwas einsetzen. Möglicherweise sogar alles. Jetzt sah sie hoch, lächelte. Es ist also gut, daß dein Vater mich nicht mitgenommen hat. Magst du Sardelle zum Ei?

Schon einmal hat jemand zu mir gesagt: Du spielst mit halbem Einsatz und erwartest einen vollen Gewinn.

Wenn man auf diesem Zuschauerposten sitzt, kann man in die Kontore sehen. Von dort aus gehen die Verbindungen nach Amsterdam, München, London, New York. Fernschreiber, Telefone, man meint nach einer Weile, diese Leitungen wirklich zu sehen, Drähte, an denen Menschen hin und her gezerrt werden. Geld – Brief – Lohn – Gehalt – Umsatz, Abschlüsse, Schicksale, und derweil verschieben sich unten im Saal nur die Tafeln, werden neue Zahlen eingetragen, 10, 12½ ...

Ein Film, der zu hastig abgedreht wird. Ich hatte probiert, ob ich die Leute im Zeitlupentempo gehen lassen könnte. Langsam reden, langsam durch den Saal kommen und sie dann allmählich erstarren lassen, auf dem Fleck, an dem sie eben gerade waren, dreizehn Uhr fünfzehn. Eines von Alberts Spielen. Einmal, als wir durch München fuhren, durch eine sehr belebte Straße, entwickelte er mir

79

seine Idee: Jeder muß bleiben, wo er sich zu diesem bestimmten Zeitpunkt befindet, keiner darf sich weiter entfernen als fünf Kilometer im Umkreis, ich glaube, fünf Kilometer hatte er bewilligt, und aus dieser Grundsituation entwickelte er dann seine Theorie. Was nun? Was kann man tun? Das Bankkonto ist nicht mehr erreichbar, auch nicht der Koffer, in dem man sich neue Wäsche und einen zweiten Anzug holen könnte. Die eigene Familie kam bei der Gelegenheit auch abhanden. Er betrieb das wie ein amüsantes Gesellschaftsspiel. Bei einer Party, die seine Firma in jedem halben Jahr einmal veranstaltet, für Ärzte, Apotheker, Chemiker und die freien Mitarbeiter, hat er mit diesem Spiel dann alle unterhalten. Alle, besonders die mitgebrachten Frauen, gerieten in ein Stadium äußerster Beunruhigung, alle hielten das offenbar für durchaus im Rahmen des Möglichen; es war allen schon so viel geschehen, was einmal unmöglich gewesen war. Natürlich war es von Alberts Spekulation nicht mehr weit bis zu der Vorstellung, daß alle Bewegung auf der Erde zum Erliegen komme, Flugzeuge senkten sich, Schiffe verloren an Tempo, Motoren liefen aus, Eisenbahnen, selbst die Kinderroller blieben stehen; jeder lieferte sein Beispiel. Da war dieser Journalist, der für eine der medizinischen Zeitschriften gelegentlich schreibt, er wurde immer eingeladen, Albert kennt ihn gut, er heißt Fabian, der widerlegte dann mit einer Rhetorik, die der Alberts weit überlegen war, alle Gesetze der Naturwissenschaft von Schwerkraft und Fliehkraft und behauptete, daß die Bewegung, die der Mensch verursache, durch sein Gehen, Radfahren, natürlich erst recht durch die Motoren, die er in Gang setzt, die Erde in Bewegung halte. Sie kreise nicht aus eigener Kraft oder als ein Teil des Sonnensystems, sondern werde einzig vom Menschen in Betrieb gehalten, jede Geige, die gespielt werde, jede Umarmung, jedes Vogellied, jeder Düsenmotor, er wechselte wahllos vom Lyrischen zum Prosaischen, versetze sie in Schwingungen, und erstürbe das einmal alles, müsse sie erkalten und zum Stillstand kommen und ins Weltall zurückstürzen. Wir hatten viel getrunken. Aber es hat nicht nur daran gelegen, daß wir meinten, der Boden schwanke unter unseren Füßen, als wir tanzten und die Welt in Gang hielten. Nur Albert saß da und hatte seinen Spaß. Er hatte den Köder hingeworfen, die anderen hatten sich darüber hergemacht. Jetzt konnten wir gehen. Wir taten es. Wie immer als die ersten. Albert machte sich nichts aus Partys. Er hat eine eigentümliche Macht über Menschen. Er zwingt sie, sich ernst zu nehmen. Immer habe ich ihn im Verdacht, daß er es selbst nicht tut. Er nimmt das alles nicht ernst, »diesen ganzen Zauber«. Er schiebt ihnen einen Balken zu, und in dem Augenblick, in dem sie versuchen zu balancieren, läßt er ihn los. War das immer so? So darf ein Arzt nicht sein.

Am letzten Abend legte Mutter sich früher hin. Ich nehme an, daß sie Vater sonst nicht allein läßt, vielleicht muß sie ihm sogar behilflich sein. Das Wetter war wieder umgeschlagen. Die Luft war frostig und klar. Ich war nachmittags noch einmal allein draußen. Die Wolken hoch und hell. Kurze, unruhige Wellen. Im Schilf lärmten Vögel. Und dann der Wind und das Tuten der Schiffe, von keinem Nebel gedämpft. Die Hände tief in den Manteltaschen, Gehen im Sand. Ich fühlte mich leicht und befreit. Ohne Gedanken. Ohne Schwere. Alles wird gut. Irgendwann wird alles wieder gut sein. Alles wieder in Ordnung. Lange halten diese Stimmungen nicht vor.

Ich saß noch einmal mit Vater zusammen. Jeder in seinem Sessel, die Flasche zwischen uns auf dem Tisch, zwei weitere in Reichweite. Zwei Kumpane. Verbündet gegen niemanden, eine ganz besondere Art von Bündnis. Wie wir so dasaßen, war nicht einmal die Welt unser Gegner. Ein Bündnis ohne Trotz, nur im Einverständnis: So ist das. Und eigentlich ja auch gar nicht so schlecht. Das Glas gehoben, die Augen des anderen gesucht, genickt, die Spur eines Lächelns. Seine Hände, sein flach gescheiteltes Haar, alles vertraut, alles gut, alles geliebt. Man darf nur nicht mehr erwarten, als ein solcher Abend geben kann. Ich betrachtete lange ein Bild, das ich noch nicht kannte. Vater hat es vor einem Jahr gekauft. Eine Eule oder ein anderer Vogel, kauernd auf einem zu dünnen Zweig. Ein Uhu, das flackernde Licht der Kerzen ließ die Augen grün und manchmal lila aufblitzen, sie schienen hin und her zu streichen, über mich, über Vater, es ging etwas Irritierendes von diesem Vogel aus, gegen das ich mich wehrte. Ich versuchte zu lachen, ich sagte zu Vater: Ich werde diesen Vogel doch wohl zwingen können, still zu sitzen!

Ich glaube, bald danach nahm unser Gespräch dann die Wendung zu dem hin, worüber ich den Rest der Nacht nachgedacht und wach gelegen habe. Man muß das Leben bändigen. Man muß der Dompteur sein. Es ist ein Tier, wild und unberechenbar. Aber auch schwach, auch schwach, solange man es unter Kontrolle hat. Man ist ihm ausgeliefert, wenn man es auch nur einen einzigen Augenblick aus der Kontrolle verliert. Man muß auf dem Sprung sein, vorsichtig, leise. Es darf nicht den Blick, nicht die Peitsche – ich werde nie vergessen, wie Vater »Peitsche« sagte – spüren, man muß es umschleichen, gebückt, und wenn es einem gegenübersteht, achtlos tun. Nur wenn man es aus der Kontrolle verliert, dann packt es zu, zerfleischt uns, und man findet sich wieder, blutend aus Wunden, die niemals vernarben. Aber es umschmeichelt uns auch katzenhaft, harmlos und schön, und man erliegt.

Ich kann mir vorstellen, daß die Frauen Vater geliebt haben, Vater hat eine Dompteurstimme. Während er sprach, starrte mich dieser Uhu mit den flackernden lilafarbenen Augen an.

Wir saßen und tranken, und wieder spürte ich, wie sehr ich diesem alten, trinkenden Mann verbunden bin.

»Du mißt uns alle an deinem Vater.«

Später dann: Das Kinn liegt ihm schwer auf dem Kragen, der Rücken zusammengesunken, die Hand greift unsicher nach dem Glas. Ich hätte früher aufstehen sollen und gehen. Es kann nicht mehr lange dauern, dann wird alles, was in diesem Gesicht noch an Würde und Schönheit übrig ist, zerstört sein. Für Augenblicke wußte ich das und begriff sogar, daß es so kommen muß, kommen wird. Aber: mir ist nur diese Erkenntnis in Erinnerung, die Folgerichtigkeit, das Warum habe ich schon vergessen. Ich glaube nicht, daß man diesen Prozeß unterbrechen kann oder auch darf.

Das Geheimnis seines Lebens, heißt es Disziplin? Disziplin – bei einem Trinker?

Ich fahre ab. Ich sage: Ich muß nun wieder nach Hause. Aber was ist das noch außer ein paar Wänden und einer Tür, die ich hinter mir abschließen kann, an der mein Name steht.

In zwei Stunden wird Vater mich zur Bahn bringen. Er wird mir wieder rote Nelken kaufen, er wird den Hut lüften und weggehen, bevor der Zug abfährt. Und unter den wenigen Briefen, die er mir schreiben wird, wird weiterhin stehen: Dein treuer Vater.

4. Januar

Cora. Die nächste Station. Der Schwager am Bahnhof an der Sperre; ich habe ihn in Verdacht, daß er die Bahnsteigkarte spart. Wenn wir allein sind, gibt er sich weltmännisch, ist galant, fragt, ob wir einen Wagen nehmen wollen, worauf ich vorschlage, die paar Schritte zu Fuß zu gehen, ich sei von dem langen Sitzen ganz steif geworden. Er ist geizig. Oder, um es mit Coras Worten zu sagen, ein guter Haushalter. Er nahm mir die Reisetasche ab, wir stiegen nebeneinander die Straße hinauf, und als mir seine Blicke lästig wurden, sagte ich: Man kann es mir nicht ansehen, Helmut, bestimmt nicht. Die Haare hat ein richtiger Friseur kurz geschnitten, geschoren werden sie einem nicht bei der Scheidung. Außerdem, Herr Landgerichtsrat, bin ich schuldlos geschieden, falls du etwas von Prädikaten hältst.

Ich hasse mich, wenn ich aggressiv werde. Ich war den ganzen Tag gereizt. Cora im weißen Kittel an der Haustür. Liebe! Und versucht, mich in die Arme zu schließen. Alle drei Kinder mit bei Tisch. Ich habe es gern, wenn wir alle zusammen sind, weißt du, ein richtiger, großer Familienkreis, das hat uns zu Hause doch immer gefehlt, Hanne.

Das Tischgebet spricht der Hausherr, alle sagen amen, dann macht man einen Kreis. Gesegnete Mahlzeit!

Ich hatte ihre Tischsitten vergessen, ich war lange nicht bei ihnen. Ich hatte bereits nach der Serviette gegriffen. Cora fragte: Betest du nicht mehr bei Tisch? Ich ärgerte mich über ihre Frage. Es habe leider noch niemand Tischgebete für Alleinstehende erfunden, oder ob sie vielleicht eins kenne. »Unser Gast«, wenn man allein hinter seinem Teller säße, das käme einem leicht ein wenig unpassend vor. Ich lächle sie dabei freundlich an. Sie sagt erschrocken, begütigend gleich wieder: Liebes! Ist es so schlimm? Ich kann es nicht leiden, wenn sie Liebes zu mir sagt. Ich setze das Gespräch über Tischgebete fort, was den beiden offensichtlich nicht behagt, die Kinder starren mich an. Über Gebete spricht man wohl nicht.

Ich tue unbefangen. Manche Familien beten nur vor

warmen Mahlzeiten. Zum Frühstück betet eigentlich niemand, oder habt ihr das mal gehört? Andere wieder beten nur vor Tisch und lassen das Dankgebet weg, und wenn Gäste da sind, deren Gewohnheiten man nicht kennt und die man nicht in Verlegenheit bringen möchte ... Dann gab ich es auf. Das Thema war wohl doch weniger ergiebig, als ich gedacht hatte.

Cora oben am Tisch. Ganz Hausmutter. Frisch frisiert, sie wäscht sich das Haar selbst, hellt es selbst auf, sparsam und tüchtig. Besorgt nach allen Seiten. Der Schwager, der wohlgenährt ist, bekommt immer das größte Stück und wird wiederholt gefragt: Schmeckt es dir, wirst du auch satt, willst du nicht noch ein Stück? Und er, während er sich den Mund abwischt und die Serviette umständlich in die alten Falten legt und in den Bastring schiebt: Es war gut, wenn auch nicht so fett wie in anderen jüdischen Familien. Vermutlich gibt er das von sich, sobald Gäste da sind. Als ich es zum erstenmal von ihm hörte, lachte ich auch. Er hat ein paar solcher Sprüche, die sich einprägen, groß ist sein Repertoire nicht. Er mag originelle Leute nicht, sagt er, sie sind ihm verdächtig, sie ändern ihre Ansichten zu oft; den Vorwurf, originell zu sein, wird ihm keiner machen können.

Die Kinder wohlerzogen und leidlich still; vermutlich hat Cora ihnen vorher gesagt: Tante Hanne kommt, ihr müßt sehr lieb und brav sein, sie ist nämlich traurig. Da saß sie, meine Schwester, fest entschlossen, ihren Mann ein Leben lang glücklich zu machen und ihre Kinder zu guten, aufrechten Menschen zu erziehen.

Willst du die Kleinen ins Bett bringen? Sie schlafen nach dem Essen immer zwei Stunden. Daß sie es mir überhaupt zutraut, daß sie nicht Angst hat, es passiert den Kindern was. Vielleicht hat sie sprungbereit hinter der Tür gestanden.

David fragt: Warum sollen wir nicht nach dem Onkel Albert fragen? Er ist sehr hübsch geworden. Keine Spur von Ähnlichkeit mit mir. Er sieht seinem Vater ähnlich, genau wie die beiden anderen. Es gibt Leute, die behaupten, Kinder gerieten nach dem, der in der Familie dominiert. Hier dominiert jedoch höchst augenfällig meine Schwester.

Den Kaffee tranken wir drei allein. Cora hantierte an der Kaffeemaschine. Weißt du, Hanne, wir lieben unser häusliches Leben so. Man muß nur verstehen, sich einzuschränken. Sie fing meinen amüsierten Blick auf. Die Kaffeemaschine hat uns Mutter geschenkt, solchen Luxus kann man sich nicht leisten, wenn man eine kinderreiche Familie hat, wir trinken sonst auch nach dem Essen keinen Kaffee. Ich meine, Helmut hat keine großartigen Pläne. Landgerichtsrat, das ist ein schöner Abschluß seiner Karriere. Hauptsache, man ist zufrieden. Und das sind wir, nicht wahr, Helmut? Die Hand auf seinem Arm, mit dem er gerade zur Tasse greifen will. Er nickt bereitwillig, ein wenig verlegen zwischen den Schwestern, setzt die Tasse wieder hin.

Man versucht doch nur, es richtig zu machen, Hanne. Die meisten Frauen sind zu ehrgeizig für ihre Männer, sie stellen zu hohe Ansprüche, auch was den Lebensstandard angeht. (War das für mich gedacht?) Daraus entsteht alles, alle Unzufriedenheit, alle Verdrängungen. Ich beschäftige mich nämlich viel mit Psychologie und mit Tiefenpsychologie, schon wegen der Kinder, damit ich mit denen nichts falsch mache, das ist so wichtig. Man darf vor allen Dingen nicht ehrgeizig sein, nicht zuviel haben wollen. Auch die Kriege kommen daher. Lacht doch nicht!

Sie sagt das alles mit so viel heiterem Ernst und Eifer, warum sollte man ihr widersprechen. Ich lächle. Vielleicht hast du recht, Cora. Meine kleine Schwester. Sie war immer so, eifrig und bemüht, ihre Ideale zu verteidigen, an die sie vermutlich sogar glaubt. Sie ist natürlich, sie gibt sich soviel Mühe, natürlich zu wirken, unkompliziert, auf mich wirkt das penetrant, kompliziert mich noch mehr, wir provozieren uns gegenseitig. Schade.

Helmut holt einen Weinbrand, prostet mir zu mit: Belle et triste, schöne Schwägerin, auf dein Wohl! Cora sagt: Nicht doch, Helmut!

Und ich beschließe, einen Zug früher zu fahren als beabsichtigt, dann kann ich abends wieder allein sein. Derweil entwickelt uns Helmut seine These, daß es Menschen gäbe, denen es einfach besser steht, wenn sie traurig sind, so bei gedämpftem Licht. Er hätte einmal eine Freundin gehabt – mit einem Blick zu Cora: Weißt du, diese Ruth, vor deiner Zeit – sie macht trotzdem einen Schmollmund –, die sei höchst reizvoll gewesen, das könne man wohl sagen, solange sie unglücklich war. Blaß, leidend, melancholische Augen mit blauen Schatten, immer ganz nah an den Tränen. Und eines Tages hätte sie sich verliebt – nicht in ihn, versichert er, was ich ohne Widerspruch hinnehme – und sei aufgelebt, mit frischen roten Backen und blanken hellen Augen. Dicker sei sie auch geworden, richtig pummelig. Ein wahrer Jammer.

So kann man das auch ansehen. Ich versichere ihm, daß ich ihm diesen Kummer vermutlich nicht machen werde, und trinke ihm zu. Cora scheint nicht zu merken, was hier gespielt wird, sie horcht zum Kinderzimmer hin. Der Kleinste weint, sie läuft nach nebenan.

Entschuldigt, aber die Kinder kommen immer zuerst. Immer!

Der Augenblick schien nun gekommen für ein ernstes Gespräch. Helmut ging ohne zu zögern auf sein Ziel los. Warum hast du mich nicht um Rat gefragt, Hanna? Ich hätte dir doch ein paar gute und wichtige Tips geben können. Ich bin schließlich Experte auf dem Gebiet. Im Schnitt fünf Scheidungen pro Woche. Man bekommt dabei einen tiefen Einblick ins Leben, das kannst du mir glauben.

Ins Leben, Helmut? Meinst du das wirklich? Das sei das Leben, die Wahrheit, was sich vor euren Schranken abspielt?

Immerhin, wir sehen das Ende einer Ehe, und vom Ende her sieht man die Wahrheit deutlicher. Mir scheint, daß zwischen dem Tod und einer Scheidung gewisse Parallelen bestehen ...

Findest du das nicht etwas pathetisch ausgedrückt, Herr Landgerichtsrat? Ich hasse Gespräche über Leben und Tod! Kann sein, daß sich vom Ende her der Anfang, vielleicht sogar der ganze Weg erhellt, kann ja alles sein. Aber wenn wir schon darüber reden müssen: Ich glaube, daß vom Ende her, vom Tod, von der Scheidung, von jedem Abschied aus ein Schatten fällt. Dunkelheit, nun eben: Tod. Tod auch auf das Leben, das noch übrigbleibt danach. Aber nichts davon sage ich. Er ist enttäuscht. Er dachte, mit mir könne man über diese metaphysischen Dinge reden, Cora sähe das zu leicht von der materiellen Seite aus oder komme mit ihren psychologischen Erklärungen. Ich will mich mit ihm nicht über die Nachteile einer Ehe mit meiner Schwester aussprechen.

Kurze Pause. Dann kommt er auf den Ausgangspunkt des Gespräches zurück. Entschuldige, Helmut, ich habe tatsächlich nicht daran gedacht. Aber wenn ich es getan hätte, wäre ich wohl erst recht nicht zu dir damit gekommen. Es liegt mir nicht, jemanden um Rat zu fragen. Man kann auch gar nicht darüber reden, weißt du. Erst recht nicht mit einem Experten vom Landgericht, der mit meiner Schwester verheiratet ist und drei Söhne hat. Was ich brauchte, das war ein Anwalt, der fragt: Keine Kinder? Dem ich sagen konnte: Nein, und der dann beifällig antwortet: Das ist gut, das ist sehr gut, das erleichtert die Sache.

Helmut räuspert sich. Ist wenigstens alles zu deiner Zufriedenheit geregelt?

Völlig, Helmut, wirklich völlig. Albert hat mir so einen Anwalt, wie ich ihn brauchte, verschafft. Er war korrekt und versiert, er hatte angenehme Umgangsformen, du weißt ja, darauf lege ich Wert. Er hat nicht einmal versäumt zu sagen: Eine Kavaliersscheidung also. Und auf dem Gang im Landgericht hat er sich von mir verabschiedet, nach dem Termin, weißt du, und gesagt: Dann steht Ihrer nächsten Ehe ja nun nichts mehr im Wege, gnädige Frau.

Er räuspert sich wieder. Und, wie denkst du dir deine Zukunft?

Im Grunde genau wie Cora. Ich versuche, es richtig zu machen.

Kannst du es nicht weniger allgemein ausdrücken?

Kaum.

Wir denken mit Beunruhigung an dich.

Wirklich? Das solltet ihr nicht tun.

Dann kam Cora zurück. Was habt ihr? Ist etwas?

Nichts, Cora, wirklich nichts. Helmut kümmert sich um meine Angelegenheiten.

Sie holt die Familienbilder des letzten Jahres. Jedes Kind hat ein Album, jedes Bild kommt in jedes Album, damit keiner zu kurz kommt. Damit keine Verdrängungen entstehen.

Im August waren sie in Holland. An der See. Strandkorbidylle. Sehr reizend die Bilder, wo Helmut, im Bademantel, einen kleinen Leiterwagen durch die Dünen zieht. Der Wagen mit rot-weiß karierten Kissen gepolstert und angefüllt mit seinen drei Söhnen.

Er hat nachmittags noch auf dem Gericht zu tun und verabschiedet sich. Die Kinder mußten angezogen werden und »unbedingt noch an die Luft«. Ich schlug vor, daß sie alle mitkämen zur Bahn, zu dem Zug um siebzehn Uhr fünf. Schwacher Widerspruch: Willst du nicht über Nacht bleiben? Die Couch ist ganz bequem, wir haben allerdings nur die Reisedecke, du weißt ja, ein Gästezimmer kann man nicht haben, wenn man Kinder hat.

Als ich schon am Abteilfenster stand, hat sie gefragt: Siehst du diesen Buchhändler eigentlich noch? Wie hieß er, Jörn oder so? Doch, gelegentlich sehe ich ihn. Herzklopfen. Der Zug fuhr an. Winken, winken. Da stand sie zwischen ihrem Hümpelchen Kinder, alle mit handgestrickten blauen Zipfelmützen. Winkt, winkt tüchtig, die arme Tante Hanne, sie ist so allein. Ich sehe sogar noch, wie sie sich die Augen wischt und dann gleich alle drei Kindernasen putzt, weil sie das Taschentuch sowieso in der Hand hat.

Zwei Stunden Fahrt. Kurz vor Köln fing es an zu regnen. Ich nahm mir ein Taxi für die paar hundert Meter. Und dann, wie erwartet: die Wohnung kalt, dunkel, die Blumen welk in den Vasen. Das wenigstens hätte ich mir ersparen können. Auch das ist eine Frage der Disziplin. Drucksachen, Briefe, eine Benachrichtigung über eine Einschreibesendung, die am Postamt abzuholen sei.

Radio auf Lautstärke, Feuer anmachen, Uhren aufziehen, lüften, Koffer auspacken. Und dann wieder fort und das Licht brennen lassen, damit es beim zweiten Nachhausekommen schon besser ist. Zum Essen drüben in das kleine Lokal, wo der Ober sagt: Guten Abend, Frau Doktor, die Zeitung hinlegt und mir Pökelzunge mit Sahnemeerrettich empfiehlt. Ich frage: Meerrettich mit Zunge, ist das gut? Er weiß, wann ich reden will und wann er schweigen muß oder umgekehrt.

An der Tür, als ich nach einer halben Stunde wieder

gehe, hat er mir ein gutes neues Jahr gewünscht. Das haben nicht viele getan in diesem Jahr. Als ob dieses Jahr nicht gut werden könnte. Wenigstens wünschen hätte man es doch können.

6. Januar

Die Heizung ist kaputt. Irgend etwas an der Zuleitung zu den Heizkörpern im Wohnzimmer. Wahrscheinlich könnte man das selbst reparieren. Nur ich kann's nicht. Verzweiflung nutzt da nichts, Tränen nutzen nichts. Warum gehe ich nicht zu dem Nachbarn und bitte ihn? Nur weil er damals, als Albert mich schon verlassen hatte, gefragt hat: Sie haben Ihrem Mann wohl ein Pflanzenschutzmittel gegeben? Man kriegt ihn ja gar nicht mehr zu sehen. Für Sie ist das leicht, Sie können wenigstens an so etwas rankommen. Wenn ich mal was brauche, werde ich mich an Sie wenden.

Aber jetzt weiß er es ja. Er würde den Kirsch trinken, den ich ihm eingieße, und sich wichtig fühlen und irgendeinen Witz parat haben, und ich würde mich bedanken: Danke, ja, vielen Dank, wenn Sie mir nicht geholfen hätten! Und an der Tür würde er sagen: Das ist eben nichts, so ohne Mann im Haus, manches kann eben eine Frau doch nicht allein. Und die Heizung wäre wieder in Ordnung.

Statt dessen ist es kalt. Der elektrische Ofen reicht nicht aus. Vor Montag früh ist kein Monteur zu bekommen. Ich kenne niemanden, vielleicht kommt auch dann nicht gleich jemand. Ich könnte einen Koffer packen und ein paar Tage wegfahren, bis es milderes Wetter ist, es ist ja gleich, wo ich bin, es merkt ja auch keiner. Aber ich bin so schwerfällig, ich bin doch auch kaum erst zurück. Vermutlich liegt es nur wieder daran, daß Luft in den Heizkörpern ist, daß ich wieder nicht weiß, wo der Schlüssel für das Ventil liegt, daß ich nicht weiß, ob man den Zuleitungshahn am Ofen nach rechts oder nach links drehen muß. Warum habe ich nicht aufgepaßt, wenn Albert das besorgt hat? Vor allem aber: Warum nehme ich es tragisch? Die Heizung ist kaputt, ich sitze im Kalten, nichts weiter. Nichts weiter.

Zum erstenmal habe ich Alberts neue Nummer gewählt. War die Heizung dazu nur ein Vorwand? Vermutlich. Lisa war am Apparat. Sie hat meinen Namen genannt. Zuerst undeutlich. Dann habe ich noch einmal gefragt: Wer ist dort, bitte?

Grönland, dann, zögernd, trotzig: Frau Grönland.

Und ich habe gesagt: Hier auch, und habe aufgelegt. Vielleicht hatte sie schon vorher meine Stimme erkannt.

Ich hätte es ihr und mir ersparen sollen. Eine Stunde später rief dann Albert an. Vorwürfe. Warum hast du das getan, Hanna?

Fang doch nicht wieder an mit deinem Warum und Wozu! Sag mir lieber, ob du den Schlüssel für das Heizungsventil hast.

Natürlich hat er ihn nicht, natürlich weiß er nicht, wo er sein könnte, der Handwerkskasten sei doch bei mir und nicht bei ihm, außerdem sei er doch wirklich zu lange schon fort, um wissen zu können –

Ja, ja, ja!

Ob ich etwa im Kalten säße, wie lange denn schon, es sei doch Frostwetter. Seit wann ich zurück sei, warum ich mich nicht gemeldet hätte.

In eine Pause hinein habe ich gesagt: Laß es doch gut sein, mach dir keine Sorgen um mich, es lohnt nicht.

Also ist sie doch bei ihm. Er hätte es mir sagen können. Ich hätte ihn fragen müssen, es ihm leichter machen. Jeder

wartet auf ein Geständnis des anderen. Als ob wir uns
voreinander fürchteten.

Der Ventilschlüssel lag in meinem Nähkasten, wie Albert es vermutet hat.

»Ein wenig Ordnung möchte schon sein, Johanna!«

Es war tatsächlich nur Luft in den Heizkörpern. Ich ließ
sie ab, füllte Wasser nach, und jetzt sind die Heizrippen
warm. Aber gebessert ist nichts.

8. Januar

Keine Post.

Kein Telefon.

Kein Mensch.

»Prosit Neujahr« der Männer der städtischen Müllabfuhr. Für fünf Mark.

11. Januar

Arbeiten. Einen besseren Rat hat offensichtlich keiner zu
geben. Du mußt dir eine Beschäftigung suchen! Du hast
zuviel Zeit für dich. Wenn man von vierundzwanzig Stunden acht arbeitet und acht verschläft, bleiben nur – ganz
recht! Eine einleuchtende Rechnung. Und was ist, wenn
ich mir eine Arbeit suche? Wenn ich mich am Umsatz beteilige, mein Partikel zum Sozialprodukt beitrage? Mehr
würde es doch nicht sein, dann würden dieselben Leute
hingehen und sagen: Na also, wieder eine von diesen unbefriedigten Frauen, die sich in die Arbeit flüchten müssen.
Unbewältigte Einsamkeit. Kompensierte Gefühle. Was
könnte ich denn tun? Sprechstundenhilfe bei einem Arzt?
Das wäre das Naheliegende für eine ehemalige Arztfrau.

93

Alberts Kittel hängen sogar noch im Schrank. Oder Sekretärin in einer pharmazeutischen Firma? Vielleicht sogar in Alberts, dort sucht man Schreibkräfte. Das Vokabularium beherrsche ich durch Alberts Korrespondenz und durch die Aufsätze, die er damals veröffentlicht hat. Sprachen. Manche Leute halten es für interessanter, wenn man in einem Büro statt »mit verbindlicher Empfehlung« unter einen Brief schreibt: »Yours sincerely«.

Was habe ich denn vorzuweisen? Ein angefangenes Studium, ein paar Jahre im Büro des amerikanischen Verbindungsoffiziers, um Geld zu verdienen für Albert und mich. Gelernte Ehefrau und statt eines Zeugnisses eine Scheidungsurkunde, was etwa einem Zeugnis gleichkommt. Für eine Bewerbung ungeeignet.

Du bist doch intelligent! Ja, eben, bei meiner Intelligenz. Mag sein, daß sie mich zu manchem befähigt, sicherer aber ist, daß sie mir jetzt hinderlich ist.

Wie ich das aushalte, den ganzen Tag und auch die ganze Nacht, wir sind doch beide Frauen, wir können doch offen darüber sprechen. Das können wir zwar nicht, aber: darum geht es mir. Ich will es aushalten. Außerdem habe ich Übung. Ich war nämlich mit Albert verheiratet, mit einem Mann, der von sieben Tagen mindestens fünf, meist aber auch sechs und oft noch mehr, nicht bei mir war.

Warum ich so selten schreibe?

Um euch das zu ersparen, was hier steht. Ihr würdet sagen, eine wie die andere, ich sei verbittert; wenn ich so weitermache, würde ich vom Leben beiseite geschoben, stände außerhalb, dafür würde man immer bestraft, man müsse sich abfinden. Ich hätte mich in die Isolation begeben, jetzt noch freiwillig, aber eines Tages würde ich feststellen müssen, daß sie nicht mehr freiwillig ist. Arbeit trage ihren Sinn in sich selbst, genau wie das Leben. Cora bezieht solche Ansichten von ihrem Mann, sie macht sie sich mundgerecht, um dann ihren Brief mit einem hinge-kritzelten »Klausi ruft, er hat Durchfall, der arme Kerl, er wird ganz dünn dabei. David hat jetzt einen Scheitel, mit Wasser gebürstet, er sieht so süß damit aus, schreib doch mal, Du hast doch Zeit!« zu schließen.

Manchmal überlege ich, wie lange sie mir wohl schreiben werden, wenn ich nicht mehr antworte. Wie wird das sein, wenn man wirklich allein ist? Wenn man keinen hat, mit dem man telefonieren kann, keinen, dem man einen Brief schreiben mag. Wirklich allein in dieser Wüste voller Menschen. »Die wahren Eremiten wohnen heute in der Stadt«, eine von J.s Thesen. An jedem sogenannten einsamen Fleck auf der Erde sei man aufspürbar, finde man Zuschauer, Bewunderer, Publikum, nur nicht in der Etagenwohnung eines Mietshauses.

Beim Umräumen der Bücher fiel mir das »Abc der Verkaufskunst« in die Hände. Auf der ersten Seite steht, von mir geschrieben: »Wer A sagt, muß das ganze Abc sagen«, und dahinter mein H. Mittlerweile hat er dieses Alphabet gelernt. Von A bis Z, vorwärts und rückwärts. Das Abc der Verkaufskunst.

Wir saßen in unserem Zimmer in der Uhlandstraße, Albert, auch dort schon, auf der Fensterbank, immer halb draußen, sicher hätte mir das damals schon auffallen müssen, »Fluchttendenzen«, würde es Cora wohl nennen. Ich saß in dem einzigen Sessel, der uns gehörte. Wir lasen uns gegenseitig aus diesem Abc-Buch vor. Noch war alles Spaß. Noch war es nur eines unserer vielen Projekte, die wir in jenem Frühling machten, um endlich aus diesem möblierten Zimmer herauszukommen. Mein Gott, wie viele Projekte hatten wir! Albert hatte sich auf eine Anzeige hin beworben. Bis dahin hatte ich nicht einmal gewußt, was das ist, ein Arzt-Vertreter. Ich glaubte noch, das sei ein

Arzt, der einen anderen im Krankheitsfall oder im Urlaub vertritt. Albert hat das auch einmal getan und für vier Wochen eine Landpraxis übernommen. Bei dieser pharmazeutischen Firma wurden »einwandfreies Auftreten«, »gute Garderobe«, »Menschenkenntnis« und natürlich, aber was galt das schon, »abgeschlossenes medizinisches Studium« verlangt. Und geboten: Fixum, Provision, Firmenwagen, bei Privatwagen Kilometergeld.

Bis zu dem Tag bestand Alberts Fixum aus fünfzig Mark im Monat, bei freier Kost im Krankenhaus. Logis bei mir.

Albert las vor: Hör dir das an, Penny! »Verdienen wird groß geschrieben, dienen nicht minder.« Was habe ich denn immer gesagt: Der Arzt als Diener der Menschheit, Diener bekommen Trinkgelder. Und dann hier: »Der Anzug ... ist von großer Wichtigkeit.« Was meinst du, einwandfreies Auftreten, habe ich das? Manier und Manieren – wie ist das mit meinen Manieren? Er nahm seine Baskenmütze vom Haken an der Tür, ging zum Spiegel, lüftete die Mütze, lächelte gewinnend, sagte: Ah, guten Morgen, Herr Dr. Grönland. Dann zu mir: Was für ein liebenswürdiger Mensch! Und so dezent angezogen, geradezu bescheiden, um nicht zu sagen schäbig, ohne Krawatte! Und der Rock! Ehemaliger Offizier, was? Unterarzt? Aha! Steht ihm gut. Garantiert das Auftreten! In der Offiziersmesse gelernt, wie? Gut gewachsen! Hast du beobachtet, wie er mir zugelächelt hat? Und dieses Grübchen im Kinn, direkt sympathisch und noch so jungenhaft, noch so ohne allen Lebensernst, ein gewinnendes Verkäuferlächeln. Und dann, wieder zu seinem Spiegelbild: Leben Sie wohl, Herr Doktor, empfehlen Sie mich Ihrer reizenden Gattin, wirklich, es hat mich sehr gefreut, Sie sollten Vertreter werden, Herr Doktor, Sie sind der geborene Kaufmann.

Wir hielten uns in den Armen und lachten.

Ich nahm ihm das Buch weg und las weiter vor, irgendeine Stelle, es sind so viele rot und grün angestrichen. Ich glaube, keiner von uns hat nach diesem Nachmittag das Buch wieder in der Hand gehabt. Eine Woche später erhielt er das Angebot der Firma und nahm an. Einen Monat danach begannen unsere Trennungen.

Irgendwann hat Albert einmal geäußert, ob er seinen Dienst nun im Sprechzimmer versehe oder ob er die Stunden im Wartezimmer verbringe, er bliebe schließlich der, der er sei, auch wenn er als letzter drankomme, auch wenn er den Herrn Kollegen fragen müsse, ob er jetzt noch Zeit für ihn habe. Es komme nur darauf an durchzuhalten. Wenn man ihn erst für seriös genug ansehe, wenn er bekannt sei im Kollegenkreis, wenn man ihn erst einmal in die Kliniken ließe, wenn wirklich einmal ein medizinisches, ein pharmakologisches Gespräch zustande käme – darum ginge es doch. Es sei ja auch notwendig, daß die Arzneimittel von Leuten auf den Markt gebracht würden, die etwas davon verstünden, und die alten Praktiker benutzten nun mal mit Vorliebe die Medikamente, die man bereits vor zwanzig und dreißig Jahren verordnet hätte, als sie noch zur Universität gingen. Er versuchte sogar, so etwas wie Ideale dabei zu behalten.

So bleibt es ja nicht, hat er gesagt, da hatte er schon den Wagen, da trug er schon einen Anzug, den ein Schneider gearbeitet hatte. Der Wagen gehörte zwar noch der Firma, aber es war doch ein Auto, und er fuhr es gern, sein zweites Zuhause. Die Woche über und meist auch über das Wochenende hinaus lebte er in Gasthöfen. Das Fixum wurde höher, und die Provisionen wurden auch höher, und er war länger fort und kam immer seltener nach Hause, dafür brachte er dann größere Geschenke mit. Tutti wurde geboren, und er war nicht da. Sie lernte, nach meinem Finger zu greifen, und er war nicht da. Sie lernte laufen, lernte

97

sprechen, und ich unterrichtete ihn schriftlich von ihrem Ergehen, soweit ich das konnte, abends war ich oft müde. Tutti wurde krank, und nach zwei Wochen war sie tot. Ein halbes Jahr danach zogen wir in diese Wohnung, weil ich hoffte, ich wäre dann in seiner Nähe.

Wie leicht kann man heute sehen, woran es gelegen hat. Und daß es so hat kommen müssen und daß es der »Sog der Zeit« war, in den wir geraten sind. Alles ist folgerichtig. Albert stammt aus »kleinen Verhältnissen«, sein Vater war Lehrer auf dem Land und ist früh gestorben, seine Mutter ist ehrgeizig. Er hat wohl gedacht, er müsse seiner Frau etwas bieten, sie sei es gewohnt. Einmal hat er geäußert, er sei für einige Zeit kein Doktor, sondern er habe ihn, den Titel, den Grad, und man bezahle ihm den immerhin mit elfhundert Mark im Monat. Und du darfst nicht vergessen, Hanna, daß der vorige Staat ihn mir finanziert hat, während des Krieges, sonst hätte ich ihn nie erworben. Also: kein Selbstmitleid! Es geht den jungen Ärzten schlecht, immerhin sind sie mit dem Leben davongekommen. Das Leben ist gerecht. Man bekommt sein Teil, man bezahlt sein Teil, mal vorher, mal nachher. Man kann sich gar nicht genug hüten, in einer solchen Entwicklung eine Ungerechtigkeit des Lebens sehen zu wollen.

Warum wirft man solche Bücher nicht rechtzeitig fort? Nur weil ein Datum drinsteht und ein Name und weil das einmal wichtig war? Das tun nur Frauen, ihr Schiff mit solchem Ballast beladen. Immer einen Fuß in der Vergangenheit und immer die Angst, keine zu haben. Dokumente einer Zeit, in der man wichtig war, Mittelpunkt.

Behängt mit Gewichten. Und dann wundert man sich, daß man nicht zu springen vermag, daß man nicht loskommt von dem allen. Und weiß es. Weiß sogar, woran es liegt. »Erkenntnis ist ein schönes Mittel zum Untergang«, zitiert J. Man versteht sich auf die Analyse, nur von der

Therapie haben wir alle keine Ahnung, sagt Albert. Warum wirft man das nicht auf einen Haufen, Bücher, Bilder, Briefe, und macht ein Feuer davon, Schachteln mit Heidekraut, dürre Zweige und braune Krümel, vergessen, wo sie einmal geblüht haben, wer sie pflückte, aber: aufgehoben in einer Schachtel. Briefe, sortiert nach Daten, unten der Anfang und oben das Ende, zuerst dicke Briefe, dann dünne, gebündelt, Seidenbändchen. Fotos mit und ohne Widmung, eine ganze Truhe voll Vergangenheit. Einmal hat J. sich auf diese Truhe gesetzt, ich lachte, als mir das auffiel, er fragte nach der Ursache meines Lachens, ich habe nicht gesagt, daß er auf meiner Vergangenheit säße. Wo sollte ich da anfangen zu erzählen? Er fragt nicht danach. Manchmal erzähle ich, ohne Aufforderung, ein kleines Stück. Ich suche etwas Heiteres aus, man kann aus jedem Stück Vergangenheit eine Anekdote machen, Blinklichter, ein bißchen Spott, ein bißchen Ironie. Es ist alles so lange her, und man hat es ja auch überlebt, du siehst es ja, ich sitze hier leidlich wohlbehalten in meinem Sessel. Trotzdem wird er dann schweigsam und verdrossen und rückt von mir ab. Einmal nur hat er gefragt, wie ich denn ausgesehen hätte mit neunzehn, als junges Mädchen. Da habe ich die Truhe aufgemacht und in den Fotografien gesucht und ihm auch ein paar andere gezeigt; er sah zwischen den Bildern und mir hin und her und suchte mich. Der Vergleich ging nicht zugunsten der Gegenwart aus.

So ist es immer. Wenn ich ihn frage: Wo warst du damals, achtunddreißig?, dann denkt er einen Moment nach und antwortet bereitwillig: In Dresden, ich hatte eine Buchhandlung gepachtet, ich beabsichtigte, ein Antiquariat einzurichten. Zwei Stunden später weiß ich es dann schon nicht mehr genau. Ich verbinde keinerlei Vorstellungen mit diesen Sätzen. Ich kenne die Stadt nicht, aus der er kommt, nicht die Menschen, mit denen er zusammengelebt hat und heute zusammenlebt. Wenn ein Frauenname fällt, versuche ich ihn mir zu merken, frage manchmal, bei späteren Gelegenheiten: War das Mona? Meist stimmt es nicht. Man wird müde dabei. So viel Leben ohne den anderen und so wenig, was uns beiden gehört. Einmal, als wir am Abend im »Walfisch« saßen, hab' ich gesagt, er solle mir seinen Lebenslauf aufschreiben, mit Daten und Ortsnamen, ich verspräche, ihn gewissenhaft auswendig zu lernen. Da hat er ohne jede Ironie gesagt: Nur für den Fall, daß ich mich eines Tages offiziell bewerbe, sonst ist das nicht üblich. Vorher hat man das Herz als Kompaß, und das findet sich ohne Markierungen zurecht. Von solchen Sätzen lebe ich dann. Die Fragen gehen zurück in die Vergangenheit, die Antworten in die Zukunft, und beides gehört uns nicht. Nur dieser schmale Grat, auf dem wir balancieren, oftmals ohne die Hand des anderen zu spüren. Ich weiß nicht, wie andere das können.

Ich habe nicht den Mut, ihm zu schreiben, was geschehen ist. Daß ich seit Wochen schon frei bin. Frei von ... Frei für ... Er soll sich nicht verpflichtet fühlen. Es ist unabhängig von ihm geschehen. Aber die Aspekte sind nun verschoben. Als er anrief, gestern, hat er wie früher gefragt: Du bist allein? Und ich habe geantwortet: Ja.

Soll ich noch hinüberkommen?

Wenn du magst.

Also nein. Wie merkwürdig du jetzt oft bist.

Merkwürdig? Wahrscheinlich bin ich wirklich merkwürdig, auch für ihn, nicht nur für Außenstehende.

Nie war ich so unfrei wie jetzt. An manchem Abend sitze ich und denke mir Geschichten aus, falls er anruft. Aber meist ruft er dann nicht an. Und wenn er es tut, bin ich einsilbig, nichts fällt mir ein, was ich ihm erzählen könnte, es ist den Tag über ja nichts geschehen, was ihn interessiert. Und wenn er den Hörer auflegt, bin ich verzweifelt, daß schon vorbei ist, worauf ich stundenlang gewartet habe. Ich sitze vor diesem magischen Kasten, die Nummern, die ihn zurückrufen könnten, in den Fingerspitzen, und rühre das Telefon nicht an; alles beginnt von vorn. Abends verlasse ich das Haus nicht vor elf Uhr, weil ich denke, er könnte noch anrufen, er hat jetzt die Buchhalterin nur noch in den Abendstunden und ruft an, wenn sie gegangen ist, bevor er auch nach Hause geht. Nach elf Uhr hat es keinen Sinn mehr zu warten, dann gehe ich noch einmal ums Viereck, zum Bahnhof, und stehe dort eine Weile herum und komme zurück und sehe von unten her das Licht in meinem Zimmer und bilde mir ein, nach Hause zu kommen.

Vorhin war ich unten. Ich hatte keine Zigaretten mehr. Ich ging zu einem Automaten, warf die Geldstücke ein. Als ich die Lade aufzog, um die Schachtel herauszunehmen, sagte eine Stimme: Die Firma Beier dankt Ihnen für Ihren Einkauf. Auf Wiedersehen. Die einzigen Worte, die man heute zu mir gesagt hat. Was für ein menschenfreundlicher Apparat! Ich sollte mir einen Automaten in die Korridortür einbauen lassen. Guten Abend, Frau Grönland, herzlich willkommen, fühlen Sie sich wie zu Hause.

Anfang Februar

Ich habe diesen Fabian schon wieder getroffen.

Zufällig, so schien es zunächst. An der Ecke zum Dom. Er stand da herum, tat dann so, als habe er darauf gewartet, daß ich vorbeikommen würde. Er wirkte noch zerstreuter als sonst, noch nachlässiger in der Kleidung. Wahrscheinlich hält er für salopp, was nur unordentlich ist. Albert meint, sein fahriges Wesen sei nur ein Ausdruck seiner Faszination für etwas, was eben nicht im Blickpunkt anderer liegt, also nur eine scheinbare Unkonzentriertheit. Wie er aussieht, was er tut oder sagt, scheint ihm unwichtig in der Wirkung auf andere Menschen. Diese Gleichgültigkeit erreicht genau das Gegenteil, man versucht, sein Interesse zu wecken, instinktiv wehrt man sich gegen seine Mißachtung; im Gegensatz zu Albert glaube ich, daß er bewußt und absichtlich provoziert.

Er schlenderte neben mir her, ohne sich dann weiter um mich zu kümmern, ohne zu fragen, wohin ich wollte, ob mir seine Begleitung recht sei. Er ging mit zur Sparkasse, ich hob Geld von meinem Konto ab, ich schrieb ein paar Überweisungsformulare aus, und er wartete das ab. Er saß auf einem der Drehstühle, stieß sich mit dem Fuß ab und drehte sich im Kreise, wie es Kinder auf Klavierschemeln tun, erregte die Aufmerksamkeit der Mädchen hinter den Bankschaltern, sie kicherten. Er schien das nicht zu merken, stand bereitwillig auf, als ich fertig war, hielt mir die Drehtür auf, tat auch das so auffällig, daß ich mich über ihn ärgerte. Er fragte mit keinem Wort, wie es mir ginge, fragte wieder nicht nach Albert. Ich bin sicher, daß er ihn monatelang nicht gesehen hat und nichts weiß. Sein Haar hing in feuchten Strähnen in die Stirn. Sobald ich ihn ansah, hatte ich das Bedürfnis, sie wegzustreichen. Immer ist irgend etwas an ihm in Unordnung, das man richten möchte, der Hemdkragen, der Schlips, der Schal.

Später Vormittag. Die Luft milchig. Die Häuserwände feucht und fleckig. Rost und Dieselöl. Manchmal das hastige Flügelschlagen einer Möwe, die sich in die Seitenstraßen verirrt hat, vielleicht auch eine Taube vom Dom. Wir gingen durch die Straßen, ganz ohne Ziel und Plan. Ich dachte sogar darüber nach, warum ich das tat, warum ich nicht abbog und nach Hause ging. Von Zeit zu Zeit blieb Fabian stehen, faßte mich beim obersten Mantelknopf, redete auf mich ein, in Sätzen, die er in den langen Pausen poliert hatte. Sie blinkten vor Glätte: Was vermag schon eine Seele aus sich selbst? Immer braucht sie einen Katalysator, um sich verändern zu können, zu rühren. Einen Sternenhimmel, eine Melodie, ein Lächeln, einen Duft oder wenigstens einen Mokka. Ohne die Wahrnehmungen der Sinne bleibt sie stumm, taub, gelähmt. – Solche Sätze. Mit denen man nichts anfangen kann.

Mittags sind wir in ein Lokal gegangen und haben zusammen gegessen. Es war überfüllt. Eines der Lokale, in die ich seit Jahren nicht mehr gehe. Kleine Angestellte essen dort im Abonnement. Deutsches Beefsteak, Fischkoteletts. Eine Speisekarte, die schon beim Lesen satt macht, handgeschrieben. Es riecht nach Öl und verschüttetem Bier und aufgewärmter Bratensoße. An der Theke lehnen Arbeiter und trinken im Stehen ein Bier und einen Korn, sie kommen von der Baustelle nebenan. Karierte Baumwolltischdecken, eine Serviette drübergelegt. Bestecke aus Alpaka. Die Gabeln verbogen. Und über allem Karnevalsdekoration. Grüne und rote Papiergirlanden. Sonne, Mond und Sterne.

Als wir endlich einen Platz fanden, mit anderen an einem Tisch, sagte Fabian, daß es seine Angewohnheit sei, eine Frau mittags in ein solches Lokal zum Essen zu führen. Gewissermaßen zur Probe, sein privater Test auf die Brauchbarkeit einer Frau. Ich ärgerte mich, lachte trotzdem, gab von vornherein zu, daß ich diese Probe nicht bestehen würde, was er dann auch keineswegs bestritt, sondern mit einem: Sie? Nein! Niemals! bekräftigte. Kurze Pause, dann: Man hätte Ihnen das öfter sagen sollen. Seine Aufrichtigkeit ist zu einem großen Teil fehlende Erziehung, er kompensiert das.

Ohne mich zu fragen, bestellte er für uns deutsches Beefsteak mit gemischtem Gemüse und für beide ein obergäriges Bier. Als der Ober gegangen war, fragte er plötzlich: Wie heißen Sie eigentlich mit Vornamen? Ich sagte: Hanna. Ich sage sonst Johanna, warum ich es diesmal nicht tat, weiß ich nicht. Er zündete sich eine Zigarette an, blies mir den Rauch ins Gesicht, wischte ihn, soweit das noch ging, mit der Hand weg, ohne Entschuldigung, nicht meinetwegen, sondern um mich gründlich ansehen zu können, und sagte: Paßt großartig. Zitierte dann dieses verhaßte und mir wohl ein dutzendmal servierte »Es bleibt die Hanna Cash, mein Kind, bei ihrem lieben Mann«. Für alles gibt es Sprüche, sogar welche mit namentlicher Anrede. Dieser ist von Brecht. Zum erstenmal habe ich ihn zusammen mit Albert gehört, wir lachten, wir sahen uns an, einer griff nach der Hand des anderen.

Fabian kommentierte dann gleich weiter, daß man die Bezüglichkeiten nicht verschleiern dürfe, sie müßten deutlich sein, impertinent, widerwärtig, quälend, auf jeden Fall aber deutlich, nichts anderes, keine Fehldeutung zulassen, die Zeit der versteckten Symbole, der kunstvollen Metaphern sei vorbei, bloß keine Verfremdung.

Das Beefsteak war nicht einmal schlecht, ich aß sogar mit Appetit, wahrscheinlich weil ich nicht allein hinter meinem Teller saß. Wir tranken durstig das Bier in großen Zügen, auch das schmeckte mir. An der Wand ein Plakat »Durst wird durch Bier erst schön«. Fabian wies mit der Gabel drauf, sagte: Wie immer, die Umkehrung paßt genausogut, Bier wird durch Durst erst schön.

Wir aßen einen rosagefärbten Pudding mit Vanillesoße. Das Lokal leerte sich noch immer nicht, es wechselten nur die Gäste. Jemand hatte den Musikautomaten eingestellt, und man trank sein Bier zu »Weißer Holunder blüht wieder im Garten«. Die Angestellten kamen, deren Mittagszeit um eins beginnt.

Fabian gab zu, daß er mir aufgelauert habe. Er suche nämlich ein Modell. Ihm schwebe da eine Frau vor, er wisse noch nicht genau, wie sie auszusehen habe, er kenne diesen Typ überhaupt zuwenig, er verstände nicht genug von Frauen; wenn er über genügend Geldmittel verfügen würde, besäße er ein Haus mit zwanzig Frauen und mit vierzig Kindern. Ich lachte ihn aus, fragte: Ist Ihre Kapazität so groß? Wieder einmal beachtete er nicht, was ich sagte, sondern fuhr fort, daß es ihm darum gehe herauszubekommen, aus welchen Motiven eine derartige Frau handele. Passen Sie auf ...

Zuerst dachte ich, er habe J. kennengelernt. J. habe ihm alles erzählt. Ich war nicht einmal ärgerlich oder auch nur gekränkt, daß J. mit einem Fremden über uns gesprochen hatte, fast war ich erleichtert, als sei der Bann endlich von uns genommen. Es dauerte Sätze lang, bis ich begriff, daß Fabian unsere Geschichte erzählte, ohne sie zu kennen. Als Modellfall.

Es ist merkwürdig, Albert und ich haben einmal, nach einem Besuch Fabians, darüber gesprochen. Schriftsteller können nicht erzählen. Sie deuten immer nur an, werfen Bruchstücke hin. Sie erzählen nicht für den Zuhörer, nicht, um sich verständlich zu machen oder gar zu unterhalten, was sie mit Entrüstung ablehnen würden, sondern lediglich, um selbst hinter die Zusammenhänge ihrer eigenen Geschichte zu kommen.

Er sagte: Wie finden Sie den Titel: Nahm den Mantel und ging? Ich zuckte die Schultern. Er sagte: Der Titel ist theatralisch, das ist gut, das muß er sein, aber egal, wie Sie ihn finden. Also, die Konstellation ist folgende: Zwei Menschen begegnen sich. Beide nicht mehr jung und demzufolge beide gebunden. Jeder hat ein Bündel Vergangenheit, merkt aber im Augenblick der Begegnung, daß es keine befriedigende Gegenwart gibt, keine lohnende Zukunft. Übrigens, keine der flüchtigen, leicht vollzogenen Begegnungen, sondern eine dieser schwerwiegenden, die vom ersten Sehen an den tragischen oder wenigstens doch den melancholischen Grundton haben. Möglicherweise bereits den Todeskeim. Es kann sich nur darum handeln: immer oder nie.

Bei der zweiten Begegnung bereits beschließen sie fortzugehen. Nur eine solche Lösung ist möglich. Ich gebrauche hier ganz bewußt den Ausdruck Lösung. Eine der Vergangenheit gegenüber verantwortliche gibt es nicht. Sie fixieren einen Zeitpunkt und einen Treffpunkt. Der Mann ist in mancher Hinsicht eine poetische Natur, wie man das bei Männern in diesem Alter häufiger findet, eine mit, entschuldigen Sie, Inselromantik. Es kommt von vornherein für diese Flucht nur der Herbst und eine Insel in der Ägäis in Frage. Insel und Herbst, beides ist durchaus symbolisch zu nehmen. Sowohl das Datum als auch der Ort sind für beide mehr als Namen und Kalendertage. Sagen wir, es handele sich um ...

Ich warf ein: ... den zwölften September. Patmos.

Er wiederholte: Gut, sagen wir ruhig der zwölfte September, sagen wir Patmos. Wo liegt das übrigens? Bis zu diesem Datum regelt jeder für sich seine Angelegenheiten, daß er dann weggehen kann und nichts weiter zu tun hat, als seinen Mantel zu nehmen. Über das Wie wird nicht gesprochen, beide sehen sich in dem dazwischenliegenden Zeitraum nicht. Sie werden mittellos – unvermittelt! – ein neues Leben beginnen, das Schiffsbillett ist alles, was sie nun noch besitzen. Da sie alles zurücklassen, lassen sie auch die Schuld zurück. Ist Ihnen das klar, Hanna? Er redete mich zwar an, wartete aber natürlich keine Antwort ab, sah also auch nicht, daß ich den Kopf schüttelte.

Es geht dabei um folgendes, und da liegt das Problem: Hat ein Mensch nur die Verantwortung für das eine reale Leben zu tragen, das er führt? Also für Entscheidungen, die er bereits früher und zu früh getroffen hat, deren

Auswirkungen es ein ganzes Leben lang zu bewältigen gilt? Oder gibt es auch eine Verantwortung den Lebensmöglichkeiten gegenüber? Darum geht es. Hier tut sich für zwei Menschen spät noch die Möglichkeit auf, miteinander etwas Ungewöhnliches, Unalltägliches, vielleicht sogar Ungeheuerliches zu beginnen, etwas in die Wirklichkeit transponieren zu können, was von vornherein zu Verzicht bestimmt zu sein scheint. Die Gewichte sind dabei ungleich verteilt, der Mann gibt, mit allem anderen, auch mehr Schuld auf, mehr an Verantwortung, er hat Kinder, hat eine Frau, die der Fortführung seiner Geschäfte nicht gewachsen sein wird. Die Frau, diese andere, um die es sich handelt … Aber das spielt vorerst noch keine Rolle, das sind schon Details. Man vereinbart den Tag. Man will sich in einer Hafenstadt treffen, sagen wir in Genua. Was ich von Ihnen wissen will, ist nichts weiter als: Wer versagt?

Ich sah an ihm vorbei, sagte: Die Frau, stand auf, nahm meinen Mantel und ging.

Und jetzt sitze ich hier. Es ist längst Nacht geworden. Ich habe die Schiffskarte hervorgesucht. Das einzige, was geblieben ist.

Als ich eine Viertelstunde zu Hause war, klingelte es. Fabian kam, ich wußte, daß er es sein würde, ich habe ihn an der Tür stehenlassen. Er hat gefragt: Warum ist die Frau nicht gekommen? Darum geht es doch, um das Motiv. Was meinen Sie denn, warum ich Ihnen das unterbreitet habe?

Ich sagte: Vielleicht hatte sie keinen Mantel.

Er sagte: Unfug.

Dann habe ich gesagt: Sie ist ja gekommen, aber sie hat sich umgedreht.

Ich habe die Tür zugemacht. Ich war erschöpft, ich war außerstande, auch nur ein Wort noch von ihm anzuhören. Es wundert mich, daß er nicht gesagt hat, ich müsse ihm das Essen und das Bier noch bezahlen. Ich habe mich an den Tisch gesetzt und den Kopf in die Hände gelegt und gehofft, daß es vorbeigeht, wie ein Anfall, an den man gewöhnt ist, dessen Dauer man kennt, dessen Heftigkeit wechselt, den man über sich ergehen lassen muß. Schließlich habe ich dann doch ein paar von den rosa Dragées geschluckt und mich »beruhigt«.

Albert hat einmal geäußert, als er noch Assistent am Krankenhaus war, daß er eine Gebrauchsanweisung für Selbstmörder schreiben wolle, das würde der Unfallstation viel Arbeit ersparen. Wenn man zehn Jahre mit einem Arzt verheiratet war, taugt man nicht einmal mehr zum Selbstmord. Man wird dem eigenen Körper gegenüber mißtrauisch. Tabletten sind nicht tod-sicher.

Ich habe wieder lange in St. Columba gesessen. Ich bin gern dort, sitze hinten auf der Steinbank, ein Außenseiter. Die Abendandacht war fast zu Ende. Neben mir stand ein Kind, kaum älter als zwölf, ein Mädchen. Sie hat laut und deutlich das Vaterunser mitgebetet. »Und erlöse uns von dem Leben.« Vielleicht weiß sie es gar nicht anders. Vielleicht hat sie es von ihrer Mutter gehört: Erlöse uns von dem Leben.

Ich werde nie wieder das Vaterunser hören können, ohne an dieses Kind zu denken. Wahrscheinlich werde ich nun oft dasselbe denken, ob mein Denken Beten ist, weiß ich längst nicht mehr. Erlöse uns von dem Bösen – bei mir ist das Böse mit dem Leben identisch.

Müde, durchkältet, ungetröstet bin ich zurückgekommen.

Ein Verhältnis, in dem nur eines möglich ist: immer oder nie. Weiß er eigentlich, was er verlangt? Das sind doch Thesen. Thesen kann man nicht leben, das ist unmenschlich.

Als wir an jenem Nachmittag an der Stazione Marittima standen, vor dem Schiff, mit dem wir am nächsten Mittag Genua verlassen wollten, als man unser Gepäck schon verladen hatte, da hat er zu mir gesagt: Dreh dich nicht um, Hanna, dreh dich nicht um! Er hat dasselbe gemeint. Immer oder nie. Jetzt oder nie.

Männliche Alternative. Das Scheitern liegt darin bereits verborgen. Uns Frauen obliegt es, das Scheitern zu vollziehen, zu beschleunigen. Dreh dich nicht um!

Und ich habe gelacht. Ich fühlte mich unsicher. Der Mann neben mir war fremd. Das Land, die Sprache, alles war fremd. Ich versuchte sogar zu singen: »Dreht euch nicht um, der Plumpsack geht um, wer sich umdreht oder lacht …« Ich habe beides getan.

Er sagte: Es ist ernst, Hanna.

Ich kannte ihn nicht. Ich wußte nicht einmal so viel von ihm wie seine polizeiliche Meldestelle. Ich habe ihm in der Pension in Boccadasse, einem Vorort von Genua, wo wir zuerst wohnen wollten, den Anmeldeblock weggenommen und gelesen, was er eingetragen hatte. Er hat am sechsundzwanzigsten Juni Geburtstag. Ich sagte, daß ich immer mit Wassertieren zu tun hätte. Schon wieder ein Krebs! Man kommt so schwer vorwärts mit Krebsen, man muß sie mit Laternen fangen. Er ist fünfzehn Jahre älter als ich, und die übrigen Jahre kannte ich auch nicht. Er hat mir den Block weggenommen und gefragt: Wie heißt du mit Geburtsnamen? Er hat sogar gesagt: Was bist du für eine Geborene? Ich sagte: Schmied, Schmied ohne t, aber ich bin nicht deines Glückes Schmied. Er sagte: Laß das jetzt! Wann bist du geboren? Ich sagte: Am zwölften September.

Da liefen mir schon die Tränen übers Gesicht. Er hat mich auf dem Meldezettel als seine Frau eingetragen. Es war ja nur für diese eine Nacht, ich war es damals aber noch nicht gewöhnt. Mir schien, als brächten wir seine Frau um und Albert auch.

Er riß den Zettel ab, knüllte ihn zusammen, tat ihn in seine Jackettasche, er rief nach der Wirtin, ich verstand nicht, was er sagte, er bezahlte den Espresso, den wir getrunken hatten, sagte: Komm, komm schon, wir gehen weiter. Jeder nahm seine Reisetasche und seinen Mantel wieder auf. Es hätte mich nicht gewundert, wenn er nun gesagt hätte: Mach, daß du nach Hause kommst, mit Kindern reist man nicht. Aber er schwieg. Erst nach einer Weile sagte er: So geht es nicht, Hanna. Wir dürfen uns nicht umdrehen. Nicht umdrehen, nicht lachen. Und weinen darfst du auch nicht.

Kinderverse, merkwürdige Spiele von Kindern, in denen das Ja und das Nein und das Weinen und das Lachen verboten sind.

Es dunkelte schon, es war September, der Abend kam früh, Wolken zogen auf. An den Kais flammten kilometerlang die Lichter auf, im Nordwesten sah man den Lichtkegel der Lanterna. Wir waren in Genua. Und es war der zwölfte September.

Wir gingen zur Uferpromenade, schoben uns durch die fremden Menschen, wurden geschoben. Wir setzten uns auf eine Mauer am Wasser. Den Mantel umgehängt, die Taschen neben uns. Jörn sagte: Wenn erst aus morgen gestern geworden ist, dann sind wir fort, dann sind wir erlöst. Ein neues Land, Hanna! Ein neuer Mensch, Hanna! Jeder Tag wird neu sein, wir lassen alles zurück, wir wissen nichts voneinander. Ich kenne den Duft deiner Schultern nicht, ich weiß nicht, ob du lachen wirst, wenn ich dich küsse, ich weiß nicht, ob du Kaffee oder ob du Tee am Morgen trinkst, ich weiß nichts, nichts, nichts, Hanna. Vielleicht bist du wirklich ein Engel, aber vielleicht bist du auch eine Dirne. Vielleicht ist Patmos das Paradies, vielleicht wird es die Hölle.

Ich saß neben ihm und dachte, daß es besser wäre, mich zu küssen, als über den Duft meiner Schultern zu reden. Ich dachte, daß ich beides nicht bin, weder ein Engel noch eine Dirne, ich dachte, daß Patmos kein Paradies und keine Hölle sein würde, sondern eine Insel, auf der zweimal in der Woche ein Schiff anlegt, im Winter wohl überhaupt nicht, und es wurde bald Winter.

Ich konnte nicht fliegen wie er. Meine Arme wurden immer schwerer. Die Flut kam, das Wasser stieg, vielleicht war es auch nur der Wind, der abends am Mittelmeer aufkommt und die Wellen höher treibt, manchmal spritzte mir das Wasser bis ins Gesicht, ich wischte die Tropfen mit der Zunge fort, sie waren salzig. Jörn sah nicht, daß ich fror, daß ich nasse Füße bekam, daß ich müde war. Dreißig Stunden war ich gefahren. Und er redete, redete von Liebe.

Jedes Wort schloß mich ein. Ich wehrte mich dagegen, wie konnte er über mich verfügen und gleichzeitig neben mir sitzen und mich nicht beachten. Übers Meer blicken, als läge dort, wohin er bereits sehen konnte, Patmos. Als gehörte ich ihm schon.

Als er dann wieder sagte: Liebe, Hanna, Liebe, das ist …

Da habe ich ihn unterbrochen. Liebe kann man nicht sagen, Liebe kann man nur tun. Da erst sah er mich an. Und erkannte mich und ich ihn. Und ich wußte wieder, warum ich gekommen war und warum dies sein mußte. Wir hielten uns mit den Augen aneinander fest, und ich wußte, daß ich verloren war, wußte, daß es weh tun würde. Das Glück, das Unglück, immer würde alles weh tun.

Jörn stand auf, sagte: Wir müssen ein Dach für unsere Liebe suchen, und diesmal wirst du nicht dazwischenreden, sondern mitkommen. Ich nickte. Wir nahmen wieder unsere Taschen auf und gingen. Der Wind raschelte in den Palmblättern, man hörte, daß der Sommer zu Ende war. Woran? Ich weiß es nicht mehr, aber Jörn hat es auch gehört. Wir müssen uns beeilen, Hanna, daß wir wegkommen.

Er mußte in mehreren Hotels fragen. Ich habe draußen gewartet. Schließlich hat er mich geholt, hat mich in den Eßsaal gebracht und allein in der Halle die Formalitäten erledigt. Ich saß an einem Tisch am Fenster. Der Raum war kahl und hoch, von den grünen Bodenfliesen stieg Kühle auf. In der Ecke stand ein Fernsehgerät, niemand saß davor, es wurden Nachrichten gegeben. Nur wenige Tische waren besetzt, zwei Tische weiter am Fenster saß eine Familie mit Kindern, und ich überlegte, ob Jörn eigentlich zwei oder ob er drei Kinder hatte und wie alt die wohl wären und ob sie braune Haare hatten wie er und ob sie so wohlerzogen bei Tisch saßen wie diese Kinder. Ich brach von dem Weißbrot, das in einem Korb auf dem Tisch stand, ein Stück ab, ich hatte mir einen piccolo Chianti bestellt, weil mir nichts anderes einfiel als Chianti. Zu Hause war ein Piccolo immer Sekt, Albert hat den manchmal bestellt, zusammen mit Orangensaft. Gesund, aber man schmeckt es nicht durch, sagte er.

Ich wechselte den Platz, um die Kinder nicht sehen zu müssen. Dann fiel mir ein, daß Jörn sich mir gegenübersetzen würde, und das würde noch schlimmer sein, dann hatte er die Kinder vor Augen. Ich setzte mich wieder auf die andere Seite, mein Blick fiel in den Spiegel an der Wand. Jörn stand im Eingang und beobachtete mich. Er kam dann, setzte sich, sah mich an. Du hast Angst, Hanna?

Ich habe genickt, ja, ich hatte Angst.

Er gab mir den Zimmerschlüssel, sagte, daß es ein Zimmer im ersten Stock sei, links, ganz sauber für den Preis. Ich würde mich doch gewiß vor dem Essen waschen wollen. Ich nahm meine Tasche und den Mantel, dachte, daß ich von klein auf immer geschickt worden bin, um mich frisch zu machen, und ging nach oben. Als ich mich umdrehte, hatte Jörn sich bereits in die Speisekarte vertieft.

Ein Fenster unseres Zimmers ging zum Meer, ohne daß man es sehen konnte. Beide Flügel waren geöffnet, die Jalousie hochgezogen, man konnte auch von hier das Licht der Lanterna sehen. Der Himmel über Genua war erhellt, Sterne sah man nicht, kein Mond. Ich schaltete die Deckenbeleuchtung an. Das Zimmer hatte eine grüne Tapete mit Papageien. Rote Papageien, Tausende von roten Papageien, die sich in Ringen schaukelten. Hinter einem Vorhang war ein Waschbecken. Ich packte meine Tasche aus, schlug die Bettdecke auf, wie ich's gewohnt bin, legte mein Nachtzeug zurecht und zögerte, ob ich auch Jörns Sachen auspacken sollte, seine Tasche stand geöffnet auf einem Stuhl. Ich ließ es. Ich hätte gern ein paar Blumen hingestellt, irgend etwas getan, daß es anders gewesen wäre, nicht nur ein zufälliges Zimmer, gestern für den, morgen für andere und diese Nacht für Jörn und mich. Ich legte zwei Orangen in eine Schale, tat Zigaretten und Streichhölzer in einen Aschenbecher, die Prospekte von Patmos und Athen und vom Schiff auf den Nachttisch, und auf das Kopfkissen legte ich mein Schiffsbillett. Ich wusch mich, zog eine frische Bluse an, stand noch eine Weile am Fenster und dachte: Genua. Genua. Es war mein Geburtstag. Albert würde nun versuchen, mich anzurufen, und das Telefon würde in der leeren Wohnung schrillen.

Dreht euch nicht um. Ich wurde dreiunddreißig Jahre alt, und unten saß Jörn und kam nicht, um mich zu holen. Ich glaubte, er habe die größere Erfahrung, ich könnte mich in allem nach ihm richten. Ich wartete noch länger. Durch das Zimmer zuckten die Lichter von den Scheinwerfern der Autos, die unten um eine Straßenecke bogen, und jedesmal fingen die Papageien in ihren Ringen an, hastig zu schaukeln. Vor dem Haus mußte Lorbeer stehen. Auch die Gerüche waren fremd. Die Jalousien des Fensters, das zu einer Nebenstraße ging, klapperten. Ich versuchte, sie anzuhaken, und konnte es nicht. Endlich entschloß ich mich, nach unten zu gehen. Jörn würde warten. Vielleicht wurde er leicht ungeduldig. Albert wünschte, das Essen immer dampfend auf dem Tisch zu haben. Es würde schwer sein, sich an die Gewohnheiten eines anderen Menschen zu gewöhnen. Morgen, auf dem Schiff, würde es schon leichter sein.

Im Vestibül stand die Wirtin, fragte mich etwas, und ich verstand sie nicht, ich lächelte; sicher hat sie nur gefragt, ob ich mit dem Zimmer zufrieden sei. Ich würde in Zukunft alle Fragen so beantworten müssen. Ich konnte nicht Italienisch, und noch weniger konnte ich Neugriechisch, ich konnte »grazie« sagen und »va bene« und wußte nicht einmal, was man sagen muß, wenn etwas nicht »va bene« ist. Durch die Glasscheiben der Tür sah ich Jörn unverändert an dem Tisch sitzen, die Speisekarte noch immer in der Hand. Das Glas der Scheiben war blau getönt, er hat ein hageres, blasses Gesicht. Die Familie mit den Kindern war fort, alle anderen waren fort, nur ein Kellner stand und wartete darauf, uns das Essen zu servieren. In der Ecke hantierte ein Zauberer auf dem Bildschirm.

Jörn stand nicht auf, als ich hereinkam. Ich dachte, daß man eine Frau, die man gewissermaßen doch entführt hat, anders behandeln müsse, im gleichen Augenblick schämte ich mich, daß ich so dachte. Ich hatte falsche, romantische Vorstellungen. Jörn sah dann hoch, drückte die Zigarette aus, winkte dem Kellner, sagte, daß wir hungrig seien. Irgendwoher konnte er etwas Italienisch, er ist Humanist, er hilft sich mit Latein, alles, was er mit Worten erledigen kann, tut er mit Geschicklichkeit und Unbefangenheit.

Wir aßen Gerichte, die ich nicht kannte. Ich mochte die Oliven nicht, und vor dem in Öl gebratenen Tintenfisch ekelte ich mich. Jörn merkte etwas von meinem Mißbehagen, er versprach mir, daß ich in Zukunft zu jeder Mahlzeit kalte Bohnensuppe mit einer Ölschicht obenauf bekommen würde, etwas anderes gäbe es im Winter auf den Inseln nicht, und zum türkischen Kaffee müsse ich süße Konfitüre essen. Er bestellte eine Flasche Asti, sagte: So etwas mögen doch Frauen, alles, was perlt, was glitzert und nicht ganz echt ist. Er bemerkte sogar, daß ich eine andere Bluse trug als am Nachmittag, er sagte, daß ich Feldblumenaugen habe, ich gehöre in die Kategorie der Flachsblütler, nicht nur einfach Blüte, sondern schon der Schrank mit sauberem Linnen im Hintergrund, und derweil saß er und hatte eine Olive auf einen Zahnstocher gespießt, und man hätte denken können, diese Olive sei das Ziel seiner Reise gewesen. Er sagte, in meinen Augen sei Sehnsucht, und das sei das Gefährliche an ihnen. Man habe, jeder Mann, das Verlangen, in diese Augen zu sehen, wenn die Sehnsucht eingeholt sei. Er spülte die Olive mit einem langen Schluck Asti spumante hinunter. Möglicherweise ist das lediglich anatomisch – sagt man da anatomisch? – bedingt. Wie sagt man, Signora, du warst doch – er sagte bereits: du warst – mit einem Arzt verheiratet, wie lange eigentlich? Vielleicht ist es die Beschaffenheit der Iris, der Pupille, der Netzhaut, vielleicht liegt es an einer erhöhten Funktion deiner Tränendrüsen? Deine Augen schimmern feucht.

Es gab frische Trauben zum Nachtisch. Wir aßen Käse dazu und tranken weiter. Zwischendurch sah Jörn dem Zauberer zu. Ich hatte aufgehört zu essen, er kaute noch immer, er sagte dann, das gäbe es in Zukunft nicht mehr, daß jeder etwas anderes äße. Den gleichen Wein, das gleiche Brot, man wird sich dadurch ähnlich, Hanna!

Wir werden die gleiche Luft atmen, in dem gleichen
Bett schlafen, die gleiche Sonne sehen. Jeden Morgen.
Jeden Morgen, Hanna, und einmal werden sich deine
Augen verändern, dann werden keine Tränen mehr sein,
keine Sehnsucht mehr, dann werde ich nur noch mich
darin sehen. Und dann kehren wir zurück in die Welt der
anderen.

Er redete, redete. Mir wurde schwindlig davon. Nicht
der Wein machte mich betrunken, daran war ich gewöhnt,
ich hatte mit meinem Vater getrunken und auch mit meinem Mann. Seine Worte waren es. Als wir oben am
Fenster standen, er hinter mir, die Arme um mich gelegt,
zum erstenmal in seinen Armen, da meinte ich, daß ich es
lernen würde zu fliegen. Er hat gesagt, ich sei ein Delphin,
abends ein Vogel und morgens ein Fisch, der in die Sonne
springt, silbern und blank, er sagte, man müsse bei Nacht
die Fenster schließen, sonst sei ich am Morgen fort, ich sei
ein blauer Vogel, den man fest in der Hand einschließen
müsse, sanft und fest, bis das Herz des Vogels ruhig
schlüge und der Vogel schlafen dürfe im warmen Nest
seiner Hand, und die Hand würde schlafen und im Traum
sich öffnen, und am Morgen sei sie leer, und nur eine
einzige blaue Feder bleibe zurück.

Als wieder ein Scheinwerfer grell über die Wände unseres Zimmers fuhr und die Papageien aufscheuchte, sagte
ich, die Papageien würden den blauen Vogel schon in der
ersten Nacht zerhacken, bevor er wegfliegen könnte. Der
Lorbeer duftete unter dem Fenster, auf dem Meer waren
jetzt Lichter, die Laternenfischer waren draußen, in zwei
langen Ketten. Einmal zog ein Schiff in den Hafen ein, ein
erleuchtetes Schiff. Keiner wird winken, wenn unser Schiff
den Hafen verläßt. Keiner wird am Strand stehen und auf
uns warten, wenn unser Schiff anlegt. Wir werden allein
sein.

Dreht euch nicht um.

Der gleiche Wein, das gleiche Brot. Wir lagen nebeneinander, er sagte: Mein blauer Vogel, er sagte: Mein Delphin. Ich wußte nicht, bis dahin, daß Glück so bodenlos ist. Er sagte: Du blühst. Du blühst, der Raum blüht, siehst du die roten Blüten an den Wänden? Morgen, wenn wir gehen, sind sie alle verwelkt.

Er schlief in meinem Arm ein. Ich versuchte, ihn zuzudecken, und erkannte ihn schon nicht mehr. Er war ein fremder Mann, der in meinem Arm schlief, arglos und ganz fremd, gleich, als er einschlief, ging er fort von mir. Was träumte er? Wo war er, wenn er träumte? Warum träumt man in solchen Nächten nicht den gleichen Traum? Die Blumen verwelkten, ich verwelkte, bevor es Morgen war. Ich war kein blauer Vogel, ich war kein Delphin. Und er war kein guter Zauberer. Ich verwandelte mich zurück, sobald er mich verließ. Ich schlief ein und schreckte hoch, weil die Vögel kreischten, gräßliche rote Vögel. Ich wollte das Fenster öffnen, ich konnte nicht atmen, ich stand auf, es wurde schon dämmrig. Ein dunstiger, herbstlicher Morgen. Man konnte in der Ferne Schiffe im Hafen liegen sehen, eines davon war unseres. Wir waren in Genua. Ich stand vor dem Bett und betrachtete ihn. Sein Gesicht sah alt aus im Morgengrau. Er hätte sich am Abend noch einmal rasieren sollen, wahrscheinlich waren seine Zähne vom Rauchen so gelb, er schließt den Mund nicht fest, wenn er schläft. Seine Arme lagen mager und schlaff auf der roten Steppdecke. Alles war verschlissen, vergilbt, verwelkt. Ich begriff nicht, wie ich hierher, in dieses Zimmer mit den lächerlichen roten schaukelnden Papageien gekommen war. Ich war wieder Johanna Grönland. Ich würde niemals sein können, was er von mir erwartete. Am Nachmittag, als wir an der Piazza di Ferrari gesessen hatten, hatte er mich Bürgerin Grönland genannt. Ich hatte das nicht ernst genommen. Warum nannte er mich bürgerlich? Nur weil mein Taschentuch aus weißem Batist war und eine Klöppelspitze hatte? Bürgerin Grönland, auf Sie wartet die Guillotine – beim Espresso gesagt. Er scheint eine Vorliebe für die Französische Revolution zu haben, für geistige Abenteuer, die blutig enden. Wenn er von Barrikaden redet, von Bastille, dann klingt das nach Spiel und nach Leichtsinn, eine Art belustigender Sport; sicher wäre er einer der Hintermänner gewesen, einer der Antreiber, die den einfacher konstruierten Männern die Feigheit aus den Gliedern und die Vernunft aus dem Kopf reden und sie zu Dingen treiben, die sie selbst nie wollen.

In der Nacht hatte er mir das Laken bis zum Hals gezogen und mich bei den Haaren genommen, wie Albert, er hatte über mir gekniet wie ein Henker. Du wärest schön gewesen, Bürgerin, für die Guillotine, man hätte nicht einmal gewußt, ob der Kopf oder der Leib die Trophäe sei.

Ich hatte Angst. Am Morgen hatte ich Angst. In der Nacht wäre ich bereit gewesen, er hätte verlangen können, was er wollte, es hätte nichts gegeben, was ich nicht auch gewollt hätte. Ich wäre ins Meer gesprungen und hätte geglaubt, ich sei ein Delphin, ich hätte meinen Kopf auf die Guillotine gelegt, wenn er mein Henker gewesen wäre. Heute klingt das nach Irrsinn.

Die Bürgerin packte ihre Tasche. Sie zog sich an, kämmte sich und genoß diese zweite Flucht innerhalb von achtundvierzig Stunden. Auch die Nüchternheit kann sich wie ein Rausch ausbreiten.

Ich wollte ihm einen Zettel schreiben und den Zettel auf das Fensterbrett legen, aber ich wußte nichts zu schreiben. Er hatte meinen Gepäckschein, er würde mir meinen Koffer zurückschicken müssen; er würde von selbst daran denken, auch das brauchte man nicht zu schreiben, man

118

brauchte gar nichts zu schreiben, nur umdrehen mußte man sich, gehen mußte man, jetzt mußte man gehen, bevor es zu spät war. Man mußte sich retten. Sich retten. Für wen? Wen retten, nur sich?

Ich hatte mich aus dem Fenster gebeugt, um einen Zweig von dem Lorbeerbaum zu brechen, etwas zum Mitnehmen. Ich spürte, daß er wach geworden war und mich beobachtete. Er sagte: Dreh dich nicht um, Bürgerin Grönland.

Ich wollte etwas sagen, er wehrte ab. Laß sein, laß es sein, gib dir keine Mühe, Hanna. Wie der Morgen gerät, daran erkennt man eine Frau. Der Abend und die Nacht, das ist Männersache. Du läufst vor dem ersten Morgen schon davon. Mein Atem riecht nach Wein und nach Oliven, ich bin unrasiert, und das Zimmer ist verwelkt, etwas früher allerdings, als ich angenommen hatte. Dreh dich um, Bürgerin, ich gedenke aufzustehen.

Nein, so hat es nicht geendet. Ich habe noch einmal in seinem Arm gelegen, die roten Vögel haben uns zugesehen, und die Sonne schien ins Zimmer. Ich wußte bei jedem Atemholen, daß ich nicht mit ihm gehen konnte.

Wir haben unter einer Pergola gefrühstückt. Das Weinlaub färbte sich schon. Caffè latte und panini, und er hat das Brot in den Milchkaffee getunkt wie ein alter Bauer, seine Zähne sind nicht mehr gut, eine Folge der Hungerjahre. Dann sind wir durch die Straßen gegangen, und ich habe für ihn eingekauft, kleine Reisegeschenke, einen Schal, weiße Taschentücher, Obst, Schokolade, Zeitungen. Mittags habe ich ihn zum Schiff gebracht, als ob er verreisen wollte, als ob nie etwas anderes geplant gewesen sei. Mein Gepäck wurde wieder ausgeladen, ich sollte den dritten Teil der Passage erstattet bekommen, ich erhielt ein Formular, auf dem das beantragt werden konnte, ich sagte wieder »va bene« und lächelte, wo es angebracht schien.

Das Schiff legte ab, und er stand an Bord und ich unten am Pier. Genua ist eine Stadt zum Ankommen, zum Abfahren. Einer bleibt immer zurück. Die Luft ist salzig von Tränen.

Ich wußte, daß ich mein Leben, das, was mein eigentliches Leben werden sollte, aufgab. Ich konnte nichts anderes tun.

Zwei Stunden später fuhr mein Zug.

Am vierzehnten September schloß ich diese Wohnungstür wieder auf. Ich stellte die Tasche ins Badezimmer, ging ins Wohnzimmer und nahm den Brief fort, den ich Albert zurückgelassen hatte, und riß ihn durch.

Zwei Tage danach kam er zum Wochenende, er brachte Geschenke mit, wir haben meinen Geburtstag gefeiert. Er hat nie erfahren, was geschehen sollte, aber er spürte natürlich, daß etwas geschehen war, er wußte, daß ich ihn verlassen hatte, auch wenn ich dageblieben war.

»Es bleibt die Hanna Cash, mein Kind, bei ihrem lieben Mann.« Der Lorbeerzweig liegt in der Truhe, auch er ist kein Beweis, daß ich an einem zwölften September in Genua gewesen bin.

Von da an war alles noch eine Frage der Zeit, der Umstände oder auch der Region. Ich mußte tun, was mir gemäß war. Kein Vogel und kein Delphin. Ich mußte zurückkehren in meine Region und in ihr lösen, was nun zu lösen war. Ich hatte mich umgedreht, der Zauber war gebrochen. Ich hatte Jörn und mir durch meine Nüchternheit die Illusion bewahrt, daß es eine Wirklichkeit für unsere Liebe hätte geben können. Die des Traumes.

Er ist allein dort gewesen. Ich wußte nichts von ihm. Ich hörte nichts mehr. Aber ich wartete auch nicht. Ich habe keinen Augenblick gedacht, daß er mir von dort schreiben könnte. Ansichtskarten.

Was tat er? Wovon lebte er? Unsere Pläne gingen bis zur Ankunft des Schiffes. Meine gingen nur bis Genua.

Wenn ich gefragt hatte, und ich hatte gefragt, in unserer Sprache: Was werden wir essen? Was werden wir trinken? Wo werden wir schlafen? – Eselsmilch, Ziegenkäse, wilden Honig, Lethe. Und Knoblauch, damit wir nicht zu früh alt werden. Wir werden Hirten sein in den Bergen, und ich werde dich an die reichen Fremden verkaufen, solange du schön bist, und wenn wir alt sind, werden wir unten am Hafen ein Schild anschlagen, damit man kommt, uns zu besichtigen. Philemon und Baucis auf Patmos. Lorbeer und Myrte werden unsere Hütten überwuchern, die wilden Ziegen werden kommen und uns ihre Milch bringen, dein Haar wird bleich sein wie der Stein, aus dem unsere Hütte gebaut ist, deine Augen werden die Farbe trockener Trauben haben, deine Füße duften nach Thymian und Lavendel, deine Schultern sind blank wie Marmor, in deinem Schoß nisten Vögel, und auf deinen Armen sonnen sich Eidechsen, in deinem Haar singen Zikaden, und du wirst stumm sein, deine Augen und deine Lippen werden stumm sein, denn du hast zu dicht unter der Sonne gelebt, und du hast zu lange geliebt.

Es gab auch andere, nüchterne Pläne: Fischer, vielleicht könnte ich ein Fischer werden? Laternenfischer oder Dynamitfischer auf einer der Inseln im Dodekanes? Vielleicht ein Fremdenführer? Was hältst du überhaupt von Malern, Kunstmalern? Ich male vorzüglich: Esel, Felsriffe, Fischerboote, in Tempera und in Öl, in reinem Olivenöl.

Er hat tatsächlich dort gemalt. Er hatte sein Malgerät mit. Ich wußte nicht einmal, daß er malt. Daß er mit Bücherverkaufen nur das Geld verdient. Er hat im darauffolgenden Frühjahr eine Ausstellung gehabt, und ich bin dort gewesen. Seine Bilder hingen in seiner eigenen Buchhandlung und gaben nachträglich seinem Fortsein den Anschein der Ehrbarkeit, die künstlerische Rechtfertigung. Er hat das alles wirklich gemalt: Esel, melancholische, grauborstige Esel, Felsklippen im Meer, Fischerboote, Ziehbrunnen, alte Frauen, gebeugt, mit der Amphora auf der Schulter. In Tempera und in Öl. Vielleicht stimmt das alles. Vielleicht ist das Patmos. Sein Patmos. Unsere Insel ist es nicht. Eines Tages werde ich auch hinfahren, aber ich werde sie nicht finden, wie er sie nicht gefunden hat.

Er hat nicht den Versuch gemacht, mir eines seiner Bilder zu schenken. Ich weiß nicht, ob er die Bilder verkauft hat. Noch immer hängen ein paar zwischen den Regalen, sie haben mittlerweile ein Schild bekommen, »unverkäuflich«, was ihren Wert erhöht. Seine Bilder rechtfertigen, daß er kein guter Buchhändler ist. Er versteht etwas von Büchern, aber er versteht nichts von Menschen, gewiß liebt er sie nicht. Er ist kein Kaufmann. Er will verkaufen, was er für gut, für richtig, für schön hält, er nimmt seinen Geschmack als Maßstab, nicht das, was der andere braucht und sucht. Er ist untüchtig.

Und während ich dies schreibe, wird mir bewußt, daß ich ihm seine Untüchtigkeit übelnehme, wie ich Albert seine Tüchtigkeit übelnehme. Der eine besitzt, was ich an dem anderen verachte. Die Fehler des einen entdecke ich als Vorzüge des anderen. Alles scheint nur an mir zu liegen.

Nach zwei Monaten war er wieder da.

Er hat nichts anderes vorgehabt. Zwei Monate. Aber genau weiß ich das nicht. Vielleicht wäre er geblieben. Er hatte einen Stellvertreter in der Buchhandlung. Danach erst hat er sich entscheiden wollen, was wird. So denke ich es mir. Erst von Patmos aus hat er seiner Frau schreiben wollen. Der Brief hat sich dann erübrigt, genau wie sich mein Brief an Albert erübrigt hat.

Er hat unser Wunder finanziell und juristisch untermauert. Die Buchhandlung gehört seiner Frau, sie trägt noch den Namen ihres ersten Mannes. Ich weiß das aus

dem Telefonbuch. Gesagt hat er es nicht. Er spricht von
»seinem Laden« mit einem verächtlichen Unterton. Er ist
erst vor einigen Jahren aus Leipzig gekommen, er hat die
Frau, den Laden und zwei Kinder, alles auf einmal geheiratet, nur der Jüngste, Mark, das ist sein Kind.

Ich weiß das noch nicht lange. Wir haben nie darüber
gesprochen. Nie wieder hat er gesagt: Mein Delphin, mein
blauer Vogel, nie haben wir jenen zwölften September
erwähnt, nie Patmos. Das alles ist tot. Scheintot.

Das Ungewöhnliche habe ich nicht getan. Nun tue ich
das Gewöhnliche. Ich bin eine Frau geworden, die einen
Liebhaber hat. Ich habe nicht einmal die Kraft gehabt, die
für einen großen Abschied nötig gewesen wäre. Alles ist
zwei Nummern kleiner ausgefallen. Die Liebe, das Glück,
das ist alles abgenutzt durch zu häufigen Gebrauch, jedes:
Wann sehen wir uns? Jedes: Wann kommst du? Jedes: Wie
lange hast du Zeit? Aus Jörns Antworten meine ich herauszuhören: Du weißt, daß es anders hätte sein können
mit uns. Ich bin die Schuldige, und dabei muß es bleiben.
Ich habe mich umgedreht. Ich würde ihn verlieren, wenn er
wüßte, daß ich das Scheinbare seiner Flucht durchschaut
habe, daß ich seine Rückversicherung, alle seine Vorbe-
halte, mit denen er lebt, kenne. Er braucht meinen Glauben an sein Besonders-Sein, an das Lyrische in ihm, an den
Künstler, an den allein durch die widrigen Zeit- und Le-
bensumstände verhinderten Künstler. Manchmal sagt er
noch Bürgerin zu mir, aber ich glaube, er findet heute, daß
sich die Guillotine für mich nicht lohnt.

Ich weiß, daß ich ihm unrecht tue. Daß ich uns unrecht
tue. Es ist etwas da, auch heute noch, das vielleicht alles
Unrecht rechtfertigt, das aus Lügen Wahrheit macht.

Manchmal sagt er noch: Baucis, wenn wir alt sind,
Baucis. Er ist fünfzehn Jahre älter als ich. Er hat die Zukunft
in immer weitere Ferne gerückt. Auch das ist männliche

Art. Wenn ich sage: Eine Liebe ohne Zukunft, dann entgegnet er: Eine Zukunft ohne Liebe, ist das besser? Antworten weiß er immer; daß sie oft falsch sind, merkt man erst, wenn er schon fort ist. Albert hat von ihm gesagt, und er hat ihn nur zweimal gesehen: Er blendet. Ja, vielleicht blendet er. Aber er glänzt doch auch, sonst könnte er nicht blenden. Er hat etwas Geniales. Aber er wird immer versagen. Er ist zum zweitenmal verheiratet, seine erste Frau ist gestorben, von ihr spricht er nie. Er redet viel, aber er redet selten von Menschen, er abstrahiert. Nie spricht er von Vergangenem, er redet von Dingen, von Problemen, von Zukünftigem, er spekuliert. Es ist, als habe er gar kein Gedächtnis, nicht für das, was war, nur für das, was hätte sein können. Er scheint die Wohltat eines Weißt-du-noch nicht zu kennen.

Er hat die Lebensmitte überschritten und glaubt noch an Zukunft, an Möglichkeiten, an Wandlungen, als weigere er sich, erwachsen zu sein, verantwortlich. Er will sich wohl nicht eingestehen: Das ist alles, mehr ist nicht erreicht. Nur ganz innen, in jener Zone, in die auch ich nur selten Zutritt habe, ist er ein Pessimist. Einer von denen, die nicht glauben, daß die Ereignisse dadurch besser werden, daß sie vergangen sind. Wenn es irgendwo etwas Schönes, Besseres geben sollte, was man nicht einmal weiß, dann kann es nur in der Zukunft liegen, nicht in der Vergangenheit, denn dann hätte man es ja erlebt. Der Hochmut der Begabten, Untüchtigen, in deren Augen Erfolg-haben-im-Leben etwas höchst Fragwürdiges ist.

Manchmal, wenn er sich unbeobachtet glaubt, nimmt er die Brille ab, streicht mit der Hand über die Augen, dann verliert sein Gesicht jeden Schutz, den ihm die dicken Gläser geben, dann sieht er ganz verloren aus, dann fühle ich nichts als Erbarmen mit ihm. Für unser Erbarmen haben Männer keine Verwertung. Sie wissen nicht einmal, daß es sich von Mitleid unterscheidet. Sie möchten, daß in unserer Liebe die Bewunderung überwiegt. Man bewundert aber nur aus der Ferne. Für das Leben in so großer Nähe, wie es die Liebe fordert, braucht man Erbarmen. Hat man das nicht, fängt man bald und unfehlbar an zu verachten.

Über Gefühle reden! Das habe ich von ihm gelernt. Zuerst war ich bestürzt, oft befangen. Ich glaubte, daß man an so vieles nicht mit Worten rühren dürfe.

Albert hat einmal behauptet, man könne Liebe herbeireden, und daher müsse man sie wohl auch wegreden können. Das erste stimmt, ob das zweite stimmt, ob er auch darin recht hat? Vielleicht. Er ist ein guter Beobachter. Manches Mal habe ich mir gewünscht, es könnte einer diese Liebe wegreden, wie man Krankheiten wegredet. Ein Antibiotikum.

»Liebe kann man nur mit Liebe heilen.« Sentenzen derer, die für die Liebe kein anderes Betätigungsfeld haben als Papier. Ein Dritter, ein Nächster, wieder ein Fremder. Ich habe mich in dieser unglückseligen Liebe so sehr eingenistet, daß ich sie nicht mehr lassen kann. »Die Wollust der Traurigkeit«. Eine natürliche Begabung zur Schwermut. Eine anmutige Melancholie, sagt J. Vermutlich findet auch er, wie mein Schwager Helmut, daß darin mein Reiz liegt. Ich bin für ihn ein geistiges und gelegentlich auch ein leibliches Abenteuer, so wird es bleiben, wenn ich es nicht ändere. Er hat sich hinter dem Bollwerk seiner Verantwortlichkeiten verschanzt, Geschäft, Frau, Kinder. Soll ich versuchen, die Festigkeit dieses Bollwerks zu erproben? Eines wenigstens hat er nie getan, er hat sich nie beklagt, er hat nie behauptet, seine Frau verstehe ihn nicht, alles Glück fände er nur bei mir. Die Vokabel Glück vermeidet er, er sagt auch nicht, daß er mich liebt. Diese Worte scheinen tabu zu sein. Er hat das säuberlich geteilt, dort das eine, das

125

ordentliche, bürgerliche Leben, hier das andere. Das andere verkörpere ich, das Leben, das er gern gelebt hätte. Ich bin sein Konjunktiv. Ich bin eine Möglichkeit, vielleicht wirklich eine geliebte Möglichkeit. Aus dem Präsens wird sehr rasch Perfekt, aus dem Futurum wird eines Tages Präsens, das alles ändert sich, permanent ändert sich das, nur: aus dem Konjunktiv wird niemals ein Indikativ.

Wenn ich ihn halten und behalten will, muß ich, so gut ich kann, ein Delphin sein am Morgen und ein blauer Vogel am Abend, flüchtig, leicht, bereit zu kommen, wenn er ruft, ohne den Anspruch, bleiben zu wollen. Nie wird er wissen, daß er mich quält, ich werde versuchen zu lächeln und versuchen leicht zu sein, solange ich bei ihm bin. Und wenn ich nicht bei ihm bin, falle ich in die mir eigene Schwere zurück, jedesmal ein Stück tiefer.

»Deine heitere Melancholie«, ein Gemisch aus Vaters Disziplin und Mutters damenhafter Sachlichkeit. Erziehung, Konvention, was davon bin ich? Die Melancholie, das ist wohl meine Zutat.

Februar, immer noch Februar

Gestern abend hat J. angerufen. Ich hatte mich schon hingelegt.

Was ist los, Hanna? Zweimal hat er gefragt: Was ist, Hanna?

Ich hatte ihn verraten mit dem, was ich aufgeschrieben habe. Wir reagieren beide empfindlich aufeinander. Es war, als hätten wir einen Streit gehabt. Ich war verletzt. Wie sehr, das merkte ich erst, als ich seine Stimme hörte. Ich wußte keine Antwort auf sein: Was ist? Ich konnte nicht einfach sagen: Nichts. Er hat sich angemeldet, für heute, am späten Nachmittag. Er hat sowieso hier zu tun.

126

Sowieso, das vermindert die Freude. Ich habe gesagt: Schade. Was ist schade? Daß du nicht meinetwegen kommst. Willst du hören, daß ich deinetwegen komme? Ja. Also gut, wegen dieses Sowieso würde ich nicht fahren, aber es gibt den Vorwand.

Ich weiß, natürlich. Man braucht gar nicht darüber zu reden.

Heute vormittag habe ich endlich das Schlafzimmer umgeräumt. Seit Monaten habe ich mir abends das Bettzeug auf die Couch geholt. Man tut Schritt für Schritt. Ich war immer langsam.

Die Bettstellen auseinandergenommen. Ich konnte es sogar allein. Und dann Alberts Bett in den Keller getragen. Jedes Teil einzeln, über Mittag, als es im Treppenhaus ruhig war, ich bin keinem begegnet. Ich habe mein Bett an die Wand geschoben. Ich wußte gar nicht, daß ein halbes Doppelbett so schmal ist. Ich war gerade eben fertig und wollte mich umziehen, als es an der Tür schellte.

Frau Marein.

Sie wollen doch nicht etwa ausziehen? Das hört sich gerade so an, als ob Sie Möbel rückten! Sie hätten mir das wohl erzählt! Im Tone des Vorwurfs. Sie beginnt bereits, Ansprüche an unsere Bekanntschaft zu stellen.

Ich ließ sie herein, entschuldigte mich, daß ich in Hosen sei. Sie sagte: Sie können sich das doch leisten, bei Ihrer Figur. Komplimente. Vermutlich erwartet sie, daß ich sie erwidere. Sie fragte weiter, was denn los sei bei mir, man sei das gar nicht gewohnt, sonst höre man doch höchstens mal Radio.

Ich sagte und versuchte, nicht unfreundlich zu sein, daß ich umgeräumt habe, man müsse sich in die veränderte Situation schicken.

Sie verfiel sogleich in diesen Ton weiblicher Solidarität,

den ich nicht mag. Alles klingt dann nach »wir Frauen«, so fühle ich mich nie. Sie rauchte, machte es sich auf meiner Couch bequem, ich war ungeduldig, aber ich wollte ihr nicht sagen, daß ich Besuch erwartete. Sie fing dann auch wirklich an mit: Sie sei auch schon manchmal soweit gewesen, aber da sei ja noch Mausi, und man müsse dann eben auch mal ein Auge zudrücken, man sei selber ja auch kein Engel, und auf die Dauer sei man doch die Stärkere, es käme nur darauf an, wer den längeren Atem hätte, und ihr Mann würde im Urwald auch nicht nur mit Papageien und Affen verkehren. Die Papageien sprächen übrigens portugiesisch, was man sich gar nicht vorstellen könnte. In seinen Briefen sei verdächtig viel von Natur die Rede, und mit der Natur hätte er es noch nie gehabt, Kolibris und blau blühende Hecken! Der Hochsommer ginge bald zu Ende, sie tränken dort eisgekühlten Portwein, und sie wollte nur, er wäre erst wieder zurück, aber es würde wohl Herbst drüber werden, wenn nicht sogar Winter. Für sie sei das nichts, sie wäre ja schließlich keine Witwe! Im Sommer würde sie das Kind zu den Großeltern aufs Land bringen, dann führe sie nach Kampen oder nach Westerland, wo mehr los sei, an der See hätte sie immer die meisten Chancen.

Nachher dann, ohne Überleitung, ich erschrak, ich hatte wohl schon eine Weile nicht mehr zugehört: Ihr Mann hat sicher eine andere? Ich hoffe es, Frau Marein. Gelassen, heiter. Meine Antwort ermutigte sie nicht zum Weiterfragen, sicher hätte sie nun noch gern gewußt: Und Sie?

Ob wir nicht zusammen zum Karneval gehen wollten? Altweiberfastnacht? Nötig hätten wir beide doch ein bißchen Abwechslung, und Karneval zähle doch nicht.

Ich versuchte mich in ihrem Tonfall, sagte, ich sei ungelernte Rheinländerin, ich könne das gar nicht.

Schließlich begriff ich, daß bis hierhin alles nur die Einleitung war. Sie will zu dem Ärzteball, dazu braucht man Eintrittskarten. Ich hätte doch sicher noch Beziehungen durch meinen Mann, oder ob der selber hinginge, aber das wäre doch eigentlich sehr komisch, oder nicht? Ich könnte dann mal sehen, was der so triebe, und er könnte sehen, was ich für Chancen hätte, womöglich würde er dann eifersüchtig. Sie würde als Fellachenjunge gehen, damit hätte sie immer Erfolg, besonders bei den alten Herren. Im Karneval wären die Alten immer die besten, die riskierten auch mal was, die kauften einem Rosen und tränken Sekt, man käme sich wenigstens jung vor, und im vorigen Jahr hätte sie so eine Creme gehabt, die hielte tagelang. Schokoladenbraun sei sie gewesen, überall, auch unter dem Kostüm.

Als es drei Uhr war, sprang sie auf, sie hätte ja Mausi vergessen, die müßte in den Kindergarten, sie hätte doch jetzt für den ganzen Tag bezahlt. Ob sie mich auch nicht aufgehalten habe? Aber es ist doch ganz egal, wann Sie fertig sind, es steht ja keiner dahinter, im Grunde ist das so doch ein feines Leben, wenn man für keinen sorgen muß. Ich sollte doch mal zu ihr kommen, sie würde mir ein Kostüm entwerfen, ich müsse als Seejungfrau gehen, ich hätte so etwas Kühles, und Grün stünde mir bestimmt, und sie hätte noch Algen von Sylt aus dem vorigen Sommer, und davon müsse sie mir überhaupt noch mal erzählen, die könnte ich mir um den Hals hängen.

Schließlich habe ich sogar gelacht. Ich brachte sie zur Tür, versprach zu kommen, gab ihr Schokolade für die Kleine mit.

Dann habe ich mich endlich umgezogen und bin zum Einkaufen gegangen, falls J. zum Essen hierbleiben will. Ich habe Blumen gekauft, auch eine Hyazinthe, obwohl ich Topfblumen nicht mag, sie ist blau, tiefblau, und duftet stark. Ich mag Blumen, die rasch verblühen.

Immer wenn ich Veränderungen in der Wohnung vornehme, wenn ich Alberts Spuren tilgen will, wie heute mit dem Umräumen des Schlafzimmers, wird mir bewußt, daß es gleichzeitig weniger mein Zuhause wird. Ich fülle die Wohnung nicht genügend aus. Sie ist zu groß für mich. Ich bleibe immer in diesem einen Raum. Es dämmert. Vorhin sang eine Amsel. Mitten in der Stadt und mitten im Winter. Vor einem grauen Himmel.

J. ist fort. Es war wie immer, zunächst wenigstens. Er ist am Haus vorbeigefahren und hat zweimal kurz gehupt. Ich habe die Stehlampe ausgeschaltet und wieder eingeschaltet, das heißt, daß ich allein bin. Ich halte mich an die alten Spielregeln. Er hat den Wagen in der Nebenstraße geparkt und hat zweimal kurz geschellt. Wieviel Gewohnheit auch schon zwischen uns!

Wir haben Mokka getrunken. Ich tue ihm Zucker und Sahne in seine Tasse, genau wie ich es bei Albert getan habe, nur mehr, etwas mehr Zucker und etwas mehr Sahne. Er raucht eine bestimmte Sorte türkischer Zigaretten, die ich nur am Bahnhof bekomme. Ich hatte Nougatschnitten besorgt und kleine Marzipanbrote. Petits fours, sehr süß, sehr schwer, es fällt ihm nicht auf, daß ich nichts davon esse. Er schluckt Tabletten für seine Galle. Die Tabletten sind aus unserer, aus Alberts Firma. Ich habe noch zehn Packungen davon im Schrank liegen, aber ich sage das nicht, ich lege sie ihm auch nicht neben sein Gedeck, es erinnert ohnehin viel zuviel an Albert.

J. formulierte, daß er eine Vorliebe für Dinge habe, die ihm schädlich seien. Ich räusperte mich, er bestätigte dann auch gleich, daß ich dazugehöre, fuhr fort, daß es im Leben darauf ankäme, Gift und Gegengift auf die zuträglichste Art zu mischen, das richtige Mischungsverhältnis müsse

130

man finden, das sei für jeden anders. Morgens tränke er
jetzt immer, nüchtern, Joghurt mit Sanddorn, zu jeder
anderen Tageszeit würde ihm das die Stimmung verderben, aber morgens sei da sowieso nichts zu verderben. Ich
lachte. Er besorgt sich jetzt vieles selbst in einem Reform-
haus. Dann erst tränke er Kaffee. Zum zweiten Frühstück
schlüge ihm eine von den Damen ein Ei mit dem Saft einer
Zitrone und einem Löffel reinen Bienenhonig, mittags
brauche er dann nur einen starken Mokka, er führe nicht
mehr zum Essen nach Hause, allerdings tränke er dann
drei oder auch vier Tassen. Das Quantum an Zigaretten sei
etwas gestiegen, im Winter tue es das immer, er käme jetzt
wieder von den Filterzigaretten ab, zum Genuß gehöre
nun einmal die Reue, Gift und Gegengift. Neulich hat
Fabian etwas Ähnliches gesagt. Aber dafür äße er im Laufe
des Tages gelegentlich eine Handvoll Nüsse, manchmal
auch gedörrte Aprikosen oder Apfelringe. Er hätte immer
ein Tütchen in der Jackentasche, er bietet auch den Kunden daraus an, wie man sonst nur Zigaretten anbietet, sie
wüßten das nun schon. Er habe übrigens fünf Pfund abgenommen im Laufe der letzten Wochen, ob mir das nicht
aufgefallen sei …

Ich sagte: Doch, an den Händen.

Er wurde stutzig, betrachtete seine Hände, dann mich.
Wieso an den Händen, die waren doch nie dicker.

Ich lachte. Dann begriff er. Du bist frivol, Bürgerin!

Er nennt mich seinen »Grünrock«, weil man im Orient
so was wie mich seinen Grünrock nennt. Ich lächle, wie
ich immer zu seinen provozierenden Reden lächle. Ich
sage: Paßt er dir denn, der Grünrock? Ich steure sogar
etwas bei, nenne mich selbst eine Stundenfrau. Er sagt,
die Bezeichnung sei unzutreffend, Stundenfrauen kämen
ins Haus.

Das liegt an den Umständen.

So ein Gespräch fängt lachend an. Wir hören nicht rechtzeitig auf, wir reden so lange, bis einer dem anderen weh tut.

Seine Zärtlichkeiten wärmen die Haut, die Wärme dringt nicht ein, ich brauche mehr Zeit, nur die dünne, oberste Schicht schmilzt und friert so rasch wieder zu.

Bevor er ging, ist es dann passiert.

Anders, als ich es mir gedacht hatte. Wie viele Möglichkeiten hatte ich erwogen, um es ihm mitzuteilen. Ich wußte, daß es schwieriger wurde, je länger ich es hinausschob.

Er kannte von der Wohnung nur dieses Zimmer, das Bad, die Diele, in der Küche ist er wohl auch einmal gewesen. Er hatte schon den Mantel an, da drehte er sich, einer plötzlichen Eingebung folgend, um, ging auf die hintere Tür zu und sagte, über die Schulter, den Blick auf mich gerichtet: Hier ist vermutlich die Familiengruft. Er öffnete die Tür, faßte nach dem Lichtschalter. Ich ging ihm nach und stellte mich neben ihn. Erst sagte er nichts, blieb einfach so stehen und blickte sich aufmerksam um, sah mein Bett, sah, was ich morgens nicht bemerkt hatte: die Eindrücke der Bettpfosten auf dem Teppich, mitten im Zimmer, sah die Steckkontakte unten an der Wand, die verblichenen Flecke an der Tapete, wo die Bettstelle bisher gestanden hat, registrierte das alles, schaltete das Licht wieder aus, schloß die Tür. In der Diele lehnte er sich an die Wand, nahm die Brille ab, legte die Hand über die Augen, fragte: Seit wann?

Seit dem fünfzehnten November vorigen Jahres, elf Uhr morgens.

Und dann dachte ich, daß er mich in die Arme nehmen würde und mich trösten und fragen, ob ich ihn so sehr liebe, ob ich mich jetzt sehr allein fühle, ob es einzig seinetwegen geschehen sei. Ich hatte mir eine sehr rührende Vorstellung von diesem Augenblick gemacht. Statt dessen setzte er die Brille wieder auf, nahm seinen Hut, sah mich an, vielmehr sah nach irgend etwas, was weit hinter mir zu sein schien, und sagte: Du hast kein Vertrauen zu mir. Das ist schlimm.

Und ging.

Ich wollte etwas sagen, das ihn hielt, ich wollte ihm erklären, wie das wirklich sei, ich wollte rufen, ihm nachlaufen, statt dessen ließ ich ihn gehen, sagte nichts, tat keinen Schritt, schloß nur die Tür hinter ihm ab. Er ging als der Beklagenswerte, als der Betrogene. Er übernahm die Rolle, die ich mir zugedacht hatte.

Was kann ich tun? Kann ich es ihm, nachträglich, überhaupt erklären? Wahrscheinlich hat er sogar recht. Kein Vertrauen. Selbst in einem Irrtum ist irgendwo ein Funken Wahrheit, ohne den er nicht hätte entstehen können. Nur wie er es gesagt hat: Du hast kein Vertrauen zu mir – so stimmt es nicht, so einfach ist das nicht. Er hat sich seinen Abgang gesichert, es traf ihn unvorbereitet, ich wußte es lange vorher schon. Wieder: Erbarmen mit ihm. Er ist jetzt ratlos. Was soll er mit einer solchen Frau? Selbst als ein »Grünrock« bin ich noch unbequem, ein Rock, der nicht paßt.

Ich stand am Fenster, als er das Haus verließ, er hat sich nicht umgedreht und nicht wie sonst im Weitergehen den Hut gezogen.

Gegangen wie ein Dieb in der Nacht.

Ich werde mir mein Bettzeug auch heute wieder hierher holen und hier schlafen. Es ist Mitternacht vorbei. Auf der Straße ist es noch laut, ein Betrunkener grölt. Ich hatte J. fragen wollen, ob wir in den Karnevalstagen zusammen wegfahren könnten, wie im vorigen Jahr. Er kann dann leichter abkommen. Ich habe nicht gefragt. Ich muß warten, ob er es tut. Damals, nach Genua, da habe ich mir ein Versprechen gegeben: Ich will und ich werde nichts dafür tun, aber dagegen kann ich nun auch nichts mehr tun. Ich schreibe nicht, ich rufe nicht an, ich fahre nicht zu ihm, ich lasse jeden ersten Schritt ihn tun. Das muß auch weiterhin gelten.

Februar

Ich bin viel draußen, heute war ich im Stadtwald. Ein Stadt-Wald. Das Widersinnige liegt schon im Wort. Ein künstlicher Wald braucht Menschen. Er erträgt Einsamkeit nicht und macht dem, der auf den leeren breiten Wegen geht, die eigene nur noch deutlicher. Ich werde nun doch fahren, auch ohne ihn, wenigstens für eine Woche.

Auf dem Rückweg, als es dämmrig wurde, zum erstenmal vor Alberts Haus. Ich war nie vorher in diesem Stadtteil. Ein modernes Haus, heller Klinker, große Fenster, kein Balkon. Ich weiß nicht, in welchem Stock er wohnt. Ich mochte nicht hingehen und die Namen neben den Klingeln lesen, ich blieb auf der gegenüberliegenden Straßenseite. Das Auto stand nicht vor der Tür. Im zweiten Stockwerk brannte Licht, alle übrigen Etagen waren dunkel, es sind sechs. Lisa hat kein Schild am Haus, vielleicht unterrichtet sie nicht mehr.

Kontrollgänge.

Seit zehn Tagen hat er nicht angerufen. Er tut es nicht ohne einen äußeren Anlaß, irgendeine Nachfrage. Vielleicht ist er auf Reisen, und Lisa ist wieder bei ihrer Mutter, ich weiß es ja nicht. Vielleicht will er mich auch schonen, will, daß ich zur Ruhe komme, er selbst auch. Ich habe nicht wieder bei ihm angerufen. Neulich kam eine medizinische Zeitschrift, ich habe sie umadressiert und einen Gruß draufgeschrieben.

Ich bin bei unserem Weinhändler vorbeigegangen. Ausgedehntes Gespräch über den letzten Jahrgang. Nach der Sonderliste ausgewählt. Zwei Flaschen Erdener Bußlay. Der Weinhändler machte mich darauf aufmerksam, daß der nächste aber der bessere Jahrgang sei. Ich lachte, sagte nein, das wisse ich besser, das sei ein sehr schönes Jahr gewesen. Volles kaufmännisches Verständnis auf seiner Seite, er lacht bereitwillig mit, kneift ein bißchen die Augen zusammen, bleibt dabei betont seriös. Als ob er jetzt ganz genau wisse, daß Albert und ich in jenem Jahr in Erden gewesen sind, in einem Juni, die Reben blühten gerade, die Winzer spritzten mit Kupfervitriol und banden die Triebe hoch. Ein sehr schönes Wochenende, Albert probierte den neuen Wagen aus.

Ein paar Flaschen Ahrwein, dort waren wir auch zusammen, einen Bocksbeutel, Steinwein, weil er in Würzburg studiert hat und wir einmal zusammen in Würzburg waren; noch eine Flasche Kirschwasser, fünfzigprozentig, »daß es nur so raucht«, am Ende war es eine Rechnung von über hundert Mark. Ich bezahlte zur Überraschung des Händlers in bar, Albert hat das nie getan.

Der Händler fragte, wann er den Wein liefern dürfe. Ich sagte: Morgen, ja, bitte am vierundzwanzigsten, am späten Nachmittag, dann wird wohl jemand zu Hause sein. Ich nannte die Adresse, er wollte mich unterbrechen, sagen, daß er sie selbstverständlich wisse, ich widersprach ihm: Nein, notieren Sie bitte, sie hat sich geändert inzwischen, nannte Alberts neue Anschrift. Er sagte: Ah, eine sehr hübsche Gegend, Sie haben sich verbessert, gnädige Frau. Ich sagte: Nein, ich nicht.

In solchen Situationen genieße ich die Verlegenheit der anderen.

Er begriff sofort. Ich verstehe.

Ich fragte: Wirklich? Und ging zur Tür. Er begleitete mich.

Albert hätte gesagt: Laß das doch, Hanna, du setzt dich in Szene, eine Dame fällt nicht auf, und du bist doch eine Dame, verächtlich gesagt. J. würde sagen: Bürgerin! Aber er hätte Sinn dafür, ihn hätte das amüsiert. Mein Vater sagt: Haltung, Johanna.

Solch ein Tag endet dann im Kino. Wegen einer Bagatelle. Ein Weinhändler, eine Adressenänderung, ein Geburtstag, aufgebauscht von einer Frau, die zuviel Zeit hat.

Morgen ist Alberts Geburtstag. Was soll er mit dem Wein? Auch Lisa wird ihn nicht trinken, sie trinkt nie etwas mit. Was sollen Erinnerungen? Als wir zusammen an der Mosel waren, hat Albert Bier getrunken, er macht sich nicht viel aus Wein, er trinkt nur mal zur Gesellschaft ein Glas mit. In Würzburg hat er auch nur mir zuliebe einen Bocksbeutel bestellt. Ich hätte ihm einen Kasten Bier schicken sollen, Original-Pils. Aber es ging mir ja nicht darum, ihm eine Freude zu machen, dann hätte es diese Flasche Kirschwasser getan. Alles soll darüber hinaus etwas aussagen: »du bist zu anstrengend«, »man hat Angst, dir nicht zu genügen«. Vielleicht will ich mich wirklich nur bemerkbar machen.

Eine unbequeme Frau.

Ich hätte mir die Flaschen mit nach Hause nehmen sollen, dann ginge dieser Abend rascher vorbei, und für morgen reichte es auch noch. Hätte – hätte – hätte.

Morgen wird ihn Lisa, irgendwann im Laufe des Tages, fragen: Wie habt ihr eigentlich früher deinen Geburtstag gefeiert? Und wie ich ihn kenne, wird er sagen: Gar nicht, das ist ein Tag wie jeder andere, ich mache mir nichts aus Familienfesten, nur keinen Aufwand! Aber sie wird einmal mehr nach dem »früher« gefragt haben, sie wird einmal mehr »ihr« gesagt haben. Und dieses »ihr« und »euch«, das wird die beiden daran hindern, ein »wir« zu werden. Sie möchte, daß er es hat wie früher, und sie möchte doch gleichzeitig, daß alles anders ist, alles ganz neu. Es muß sehr schwer sein, wenn man seine Vorgängerin so gut kennt, wie Lisa das tut; jahrelang hat sie gewußt, daß der Mann, den sie heute liebt, bis gestern mit einer anderen zusammengelebt hat, glücklich oder nicht glücklich, das wird sie nie erfahren. Irgendwo in dem Haus, vor dem ich vorhin gestanden habe, brennt jetzt Licht, verlöscht jetzt das Licht. Ich bin ruhig, wenn ich an die beiden denke, nicht mehr verzweifelt. Haß habe ich nie empfunden. Nur dieses Elend-Sein. Müdigkeit, die mich nicht einschlafen läßt. »Schüttelfrost der Einsamkeit«, irgend jemand hat das immer schon vorformuliert.

Eines Tages werden wir uns gegenseitig zum Tee einladen. Wir sind ja modern, wir haben kultivierte Empfindungen, emotional unterkühlt. Ich werde sagen: Hübsch habt ihr es. Ich werde mich umsehen wie bei anderen Leuten, die ich zum erstenmal besuche. Ich werde bewundern, ich werde fragen, wo sie dies und wo sie das gekauft haben. Trinkt ihr Tee morgens, oder ißt Albert wieder Corn-flakes zum Frühstück? Hat er immer noch Sorge, daß er zu dick wird? Ich werde Lisa fragen, wo sie seine Hemden bügeln läßt, oder ob sie es etwa selbst tut.

Dabei habe ich in einem Winkel meines Herzens Lisa noch immer lieb. Ich werde ihr später einmal sagen müssen, daß sie mir Albert nicht weggenommen hat, weil es das ja gar nicht gibt: weg-nehmen. Ich darf nicht zu lange damit warten.

Heute mittag hat der Spediteur die Kiste aus Hamburg gebracht, jetzt ist es ein Geburtstagsgeschenk für mich geworden. Es macht diesen Tag leichter. Der Fahrer hat gefragt, ob er beim Auspacken helfen solle. Ich hätte gern ja gesagt. Auspacken tut man besser zu zweien, der andere darf dann nur nicht der Packer einer Speditionsfirma sein. Distanz. Ich ließ ihn eine Seite der Kiste mit dem Stemmeisen aufbrechen. Dann blieb ich damit allein. Zwei Stunden später stand das Klavichord am Fenster. Auf geraden, schmalen Beinen, die man abschrauben kann. Keiner meiner Stühle paßt dazu, ich muß etwas kaufen, vielleicht einen Schemel, dann habe ich morgen wieder etwas vor.

Das Instrument steht noch fremd in meinem Zimmer, in anmutiger Steifheit. Ab und zu gehe ich hin, rücke es näher ans Fenster, weiter nach rechts, schlage vorsichtig ein paar Töne an, versuche »Katzenpfoten« zu machen, wie es die Anweisung vorschreibt. Die Töne kommen hell und spröde, verklingen nur zögernd. Ich glaubte, sie würden kürzer sein, ähnlich wie beim Cembalo. Sie sind nicht laut, ich werde niemanden stören. Ein neuer Geruch ist in den Raum gekommen, etwas ganz und gar Fremdes.

J. wird sagen ... wird sagen! So sicher bin ich noch, daß er wiederkommen wird, daß ich schreiben kann: J. wird sagen ...

Ich muß mich daran gewöhnen, zu jedem »werden« gleich das »vielleicht« zu setzen. J. wird vielleicht sagen: Es ist typisch für dich. Altmodisch innen und modern außen. So ähnlich; er wird es eleganter formulieren. Er wird außerdem sagen: Oh, Besinnung auf die inneren Werte? Er wird sagen: Sieh an, im Zuge der Zeit, do it yourself oder die Freude am Tun. Er hätte sicher ein altes Instrument gekauft, das die Musik gleich mitgebracht hätte, dessen Tasten von fremden Händen blank sind. Ich versuche schon jetzt, es gegen ihn zu verteidigen. Ich sage: Es soll doch meines werden, und wie kann es das, wenn es schon anderen vor mir gehört hat? Dazu müßte ich viel stärker sein, als ich es bin.

In dem Lehrbuch, das Mutter mitgeschickt hat, steht: »So muß man, um es recht zu genießen, beinah ganz allein sein.« Beinah ganz allein, die Bedingung ist mehr als erfüllt. Und nachher, an anderer Stelle, wird Schubert zitiert: »dieses einsame, melancholische, unaussprechlich süße Instrument …«

Wenn ich ihm Adjektive geben sollte, müßte ich wohl sagen: hell, diszipliniert, unsentimental. Weil ich einmal, an einem Juninachmittag, eine halbe Stunde lang zugehört habe; ein paar kleine Stücke aus dem Musikalischen Blumenbüchlein von Johann Caspar Fischer, achtzehntes Jahrhundert. Ich saß an einem Fenster, es hatte eben aufgehört zu regnen, die Rosen schüttelten die Tropfen ab, schottische Zaunrosen, dicht unter dem Fenster, in der Gartenecke blühte Holunder. Es muß wohl noch etwas anderes gewesen sein außer Regen, Holunder, Musik, das war es nicht allein. Ich war befreit und heiter, ich hatte zurückgelassen, was mich schwer macht. Seitdem denke ich, daß ich nur versuchen muß, die Ingredienzien zu finden und zu sammeln. Und dann könnte ich die Heiterkeit jener Stunde wiedererlangen und für immer festhalten. Möglich, daß es bald wieder regnet. Sicher aber ist, daß vor diesem Fenster nie Holunder blühen wird. Schon fange ich an zu bereuen, daß ich Mutter diesen Wunsch genannt habe. Ich tat es wohl mehr, um ihr die Möglichkeit zu geben, mir eine Freude zu machen. Auch Beschenktwerden ist eine Leideform. Der Wunsch hätte bei den unerfüllten Wünschen bleiben müssen.

Seit fast zwanzig Jahren habe ich nicht an einem Klavier gesessen. Damals spielte ich wie alle Kinder aus der Dammschen Klavierschule. »Ich vergesse immer, daß ich eine höhere Tochter geheiratet habe.«

J. hat geantwortet, als ich fragte, ob er ein Instrument spiele, daß er nichts von diesem »rührenden Dilettan-

139

tismus« halte. Trotzdem malt er. Vielleicht hält auch ein kritischer Mensch das, was er selbst tut, nicht für dilettantisch; er hat da seinen blinden Fleck. Er ist kritisch vor allem bei anderen. Er sagte, die technische Wiedergabe einer guten Interpretation sei mittlerweile so vervollkommnet, daß es ein Zeichen von Unkultur sei, sich selbst versuchen zu wollen. Eines der wenigen Male, daß ich mich gewehrt habe, ich behauptete, daß mir vier schlecht, aber temperamentvoll geigende Zigeuner lieber seien als die eleganteste Musiktruhe mit einer Stereoanlage; es war nicht von mir, ich hatte das irgendwo gelesen, er beachtete es dann auch gar nicht. Im Bereich der Moral mag der gute Wille seine Berechtigung haben, im Reich der Kunst zählt nur das Ergebnis, so ähnlich drückte er sich aus, um dann gleich wieder die Folgerung daran zu knüpfen, daß man gemeinhin umgekehrt urteile, in der Kunst nach der guten Absicht frage, worunter er sowohl eine gewisse Begabung als auch Fleiß und ein ethisches, wenn nicht gar religiöses Anliegen zählt, und im Leben nach dem moralischen Erfolg im Sinne eines Bürgerlichen Gesetzbuches.

Ich entsinne mich, daß ich an dieser Stelle einwarf: Ich meinte doch Musik.

Albert sagt. J. sagt. Hat gesagt. Würde sagen.

Kein Wort von ihm. Er ruft nicht mehr an. Vier Abende lang bin ich nicht zu Hause geblieben. Verabredungen, Einladungen, Kino, einmal sogar bei Frau Marein. Ich habe mir Modehefte angesehen und mir ihre Kleider vorführen lassen. Ich ging fort, nur um nicht hier zu sein. Um wenigstens die Ungewißheit zu haben, daß er angerufen haben könnte.

Ich habe ihm zwei Briefe geschrieben. Beide liegen noch hier. Einer, in dem ich versucht habe, ihm zu erklären, warum ich mich von Albert trennen mußte. »Mein Mann liebte eine andere, nachdem ich das wußte, ließ mir meine

eigene Situation keine andere Wahl als die, ihn freizuge-
ben.« Was für ein pathetischer Satz. Oder ist er zu nüchtern? So etwas schreibt man heute nicht mehr. In dem
anderen Brief habe ich versucht, ihm klarzumachen, daß
die Scheidung doch nur das Ende von dem war, was in
Genua begonnen habe. Ich hatte mich umgedreht, ich
benutzte dasselbe Wort wie er damals und hatte, als ich's
schrieb, schon Angst, er wüßte seine Bedeutung nicht
mehr. Ich sei damals zurückgekehrt, um Ordnung zu machen, ich hätte frei sein müssen für einen solchen Schritt, es
sei das Bürgerliche an mir; um fliegen zu können, müsse
man seine Flügel bewegen können. Metaphern, die er
vielleicht nicht versteht. Er kann vergessen, er hat sich so
oft gerühmt. Er habe ein diskretes Gedächtnis, sagt er,
ohne das könne ein Mensch, der konstruiert sei wie er,
nicht existieren.

Immer nur einen Fußbreit Boden. Man kann keinen
Schritt zurück riskieren, keinen vorwärts.

Halsschmerzen. Schon seit gestern.

28. Februar

Der kürzeste Monat ist der längste dieses Winters. Drei
Tage habe ich gelegen. Psychogene Angina. Das Psychogene daran macht mir am meisten zu schaffen. Schon am
ersten Morgen habe ich Dr. Joerden angerufen. Er konnte
erst am Abend vorbeikommen. Er kennt mittlerweile die
Familienverhältnisse, er stellt keine unnötigen Fragen. Er
hat den sachlich-ironischen Ton, den ich von Alberts
Kollegen aus der Klinik kenne. Er hat abgehorcht und
gefragt, ob ich Temperatur habe. Natürlich habe ich Fieber. Er hält es für richtig, wenn ich bald einmal zu einem
Spezialisten gehe. Geräusche am linken Lungenlappen. Er

weiß, daß ich vor Jahren eine leichte Tuberkulose hatte. Man müsse vielleicht einmal wieder zur Kontrolle ein paar Abstriche machen. Er befürchtet sogar eine Lungenentzündung. Ich wehrte ab. Ich kenne die Symptome, es ist nicht die erste Angina dieser Art. Fieber. Halsschmerzen. Husten. Als letztes versagt dann die Stimme. Es ist natürlich besser, er nennt es eine Grippe mit Verdacht auf Lungenentzündung. Wo käme er hin, wenn er auch noch auf die Psyche achten wollte bei der Grippewelle, die wir angeblich haben sollen, schon die zweite in diesem Winter, das feuchte, zu milde Wetter sei schuld daran. Ich wußte nichts davon, ich lese selten eine Zeitung. An drei Tagen hat er vorbeugend Penicillin gespritzt. Er kommt auch heute abend wieder. Er schellt zweimal, damit ich auch wirklich nur aufstehe, um ihm zu öffnen. Gestern blieb er beinah eine halbe Stunde, kochte sich in der Küche eine Tasse Tee, preßte mir eine Zitrone aus, setzte sich in den Sessel, redete ein bißchen und sagte beiläufig, während er die Bescheinigung für meine Krankenkasse ausfüllte und nach dem Geburtsdatum fragte: Unsere Generation hat ihre Verletzungen in einer Zeit bekommen, wo es noch kein Penicillin gab. Dem gleichen Jahrgang anzugehören, das schafft eine Basis, die fester ist als viele andere, eine Gemeinsamkeit, die sich dann nur in Daten, in der Aufzählung von Ereignissen noch zu bestätigen braucht. Man verständigt sich leicht.

Er schlug vor, daß ich ihm den Schlüssel mitgäbe, das täten einige seiner Patienten, die alleinstehend seien. Ich sagte, ich sei doch aus dem Alter der Schlüsselkinder heraus; meine Versuche, witzig zu sein, mißraten meist. Er lacht trotzdem bereitwillig. Er kommt wohl gern hierher. Wahrscheinlich hat er meine Partei ergriffen, alle unsere Bekannten meinen, sie müßten sich nun für Albert oder für mich entscheiden.

Gestern hat Albert angerufen, ziemlich bald, nachdem Joerden fort war.

Du hast ja wieder mal gar keine Stimme, Johanna!

Ich sagte, ich hätte mich gerade eben verschluckt.

Unfug! Du bist krank.

Er hat Joerden getroffen, er weiß, daß ich hier »hilflos« liege. Und das eben wollte ich nicht. Ich will nicht, daß er vermutet, ich würde nur krank, damit er sich um mich kümmert.

Wieder dieselben Fragen: Hast du Fieber? Mißt du die Temperatur? Wann? Trockener Husten? Stiche? Er hält nichts von Medikamenten, schon gar nichts von Penicillin. Natürlich nicht, er wollte ja einmal Naturarzt werden.

Hast du heiß gebadet?

Nein.

Warum nicht?

Es sind keine Kohlen mehr oben, und ich wollte nicht…

Meine Zähne schlugen aufeinander, ich zitterte vor Kälte, er fragte: Wo stehst du? Hast du etwas übergezogen, bist du wieder barfuß?

Statt zu antworten, habe ich geweint, den Hörer aufgelegt und bin ins Bett gekrochen, weitergeweint.

Dann kam er, sagte: »Schlüsselkind« und war ärgerlich.

Das hat Joerden ihm also auch erzählt. Er hat ihn nicht zufällig getroffen, sondern Joerden hat ihm Bescheid gesagt. Er hielt eine Überweisung ins Krankenhaus für zweckmäßig, ich brauchte Pflege, und am besten käme ich nicht in ein Einzelzimmer, ich sei zuviel allein, nervlich sehr herunter.

Albert hat ihm gesagt, er würde das in die Hand nehmen.

Er zog sich einen Sessel an die Couch, nahm seine dicke Ärztetasche auf den Schoß und fing an mit: Es war einmal eine kleine, süße Dirn, die hatte jedermann lieb, der sie nur ansah.

Ich fuhr fort: Eines Tages sprach ihre Mutter zu ihr:

143

Komm, hier hast du … Albert griff in die Tasche, sagte: Eine Ananas – legte sie auf meine Bettdecke. Er sagte: Eine Flasche Hustensirup – und stellte sie auf den Tisch. Sagte: Ein Paket Taschentücher, einen Strauß Anemonen – und legte sie dazu. Er kramte weiter in seiner Tasche, packte den Autoatlas, den Stadtplan, den Terminkalender, Zigaretten heraus, tat alles auf meine Bettdecke, sagte: Und bring das der armen Johanna.

Und ich: Sie ist alt und krank und schwach und wird sich daran laben.

Wie oft hat sich diese Szene abgespielt, wenn Albert nach Hause kam!

Albert sagte: Mach dich auf, bevor es heiß wird, unterbrach sich: Apropos, heiß wird – kalt wird! Er zog den Mantel aus, ging in den Flur, ich hörte ihn mit Kohleneimern hantieren, er kam wieder herein, sagte: Ein bißchen Ordnung möchte schon sein, Johanna! Wo ist der Kellerschlüssel?

Ich glaube, in der rechten Tasche der grauen Hose.

Strafender Blick. Auch das wie früher.

Ich kroch unter die Decke.

Nach einer Viertelstunde brannte das Feuer. Albert machte mir heiße Milch mit Honig, tat einen Schuß Mineralwasser dazu, damit es bekömmlich ist, ließ sich meine Zunge zeigen, sagte: Von außen bist du schöner, Johanna, und fragte, ob ich ihm gestatten würde, daß er mir einen Brustwickel anlege, ich sagte, daß ich es gestatten würde. Schläfst du immer auf der Couch?

Ja, ich bin lieber in diesem Zimmer.

Keine Erwiderung. Er fühlte den Puls, sagte: Wie ein Pferd. Wie ein kleines Pferd.

Ich fragte: Vielleicht ein kleines weißes Fohlen?

Er nickte. Jawohl, mit einem dunklen Flecken an der hinteren linken Flanke.

144

Er deckte mich zu bis an den Hals, ich mußte versprechen, mich nicht zu rühren. Dann ging er fort, um einzukaufen, kam nach zwanzig Minuten zurück, füllte den Heizkessel, holte noch einmal Kohlen, stellte den Thermostat ein, nahm mir den Wickel ab, rieb mich trocken, packte mich in ein angewärmtes Badetuch, kämmte mich, zog mir einen Mittelscheitel: Krankenpfleger hätte man werden sollen! Er deckte mich wieder zu bis an den Hals, öffnete beide Fensterflügel, schälte die Ananas, schob mir kleine kühle Würfel in den Mund, lobte mich, sagte jedesmal: Brav, brav, ging und wusch sich die Hände, kam im Mantel zurück, Hut in der Hand. Er schloß die Fenster, zog die Vorhänge zu, Kuß auf die Stirn. Vorsichtig, steck dich nicht an, Albert! – Dann wollen wir mal wieder. Und ging.

Noch ein bißchen geweint und dann geschlafen. An der Tür hat er sich noch einmal umgedreht, ist zum Fenster gegangen, hat den Deckel vom Klavichord aufgeklappt, hat mit zwei Fingern gespielt: »Mädchen, warum weinest du, weinest du, weinest du?« Er kam noch einmal bei mir vorbei, tippte mir auf die Nasenspitze. Paß auf dich auf, Johanna!

Heute früh klingelte wieder das Telefon. Es war Albert. Er wollte nur probieren, ob ich etwa aufstünde, wenn er klingelt. Guten Morgen, du Krähe.

Meine Stimme ist jetzt ganz fort. Ich hatte noch nicht probiert zu sprechen. Meist wird es dann bald besser. Zum erstenmal habe ich sagen können: Grüß Lisa von mir.

Ich glaube, daß er sich darüber gefreut hat. Ich werde es schon lernen.

Heute früh nur noch siebenunddreißig zwei. Die Heizung ist besorgt, richtiges Frühstück, mit Kaffee und Ei. Die Zeitungen gelesen, die Albert hiergelassen hat. Heiß gebadet, kalt abgewaschen. Hydrotherapie in Alberts Sinn. Zurück ins Bett und noch mal drei Stunden tief geschlafen.

Und jetzt sitze ich, eingewickelt in Alberts Bademantel, am Tisch und schreibe, esse von der Ananas.

Es ist kälter geworden, der Wind hat gedreht, er steht jetzt auf der Außenwand meines Zimmers. Mittags scheint die Sonne.

Anfang März

Ich übe morgens von neun bis zehn. Kleine einfache Etüden. Musikalische Gymnastik bei offenem Fenster. Die Luft ist schon wieder schwer, naß, sie strömt nicht ins Zimmer ein, sie steht vor dem Fenster, läßt auch die Töne nicht hinausdringen, sie isoliert.

Es ist zu milde für diese Jahreszeit. Nachmittags, beim letzten Tageslicht, setze ich mich wieder an das Instrument. Sobald ich unsicher werde, zittert der Ton, verliert das Metallische, fängt an zu beben, wird unsauber; meine Unruhe teilt sich dem Instrument mit, schwingt zurück zu mir, ein Kreislauf, den ich am Klavier nie beobachtet habe. Allerdings habe ich mich damals überhaupt noch nicht beobachtet. Meist aber teilt sich die Disziplin des Instruments mir mit, ich bin konzentriert, das Fahrige, Unkontrollierte läßt nach.

Etüden am Nachmittag. Am liebsten sind mir zwei kleine Stücke von Telemann. Vorhin, zu ganz ungewohnter Zeit, hat J. angerufen. Während ich mit ihm sprach, ist die Zigarette vom Aschenbecher gefallen und hat ein kleines dunkelgerändertes Loch in das helle Holz des Instruments gebrannt.

Er war krank. Die gleiche Grippe. Lachen: Hattest du meine? Oder ich deine? Derselbe Bazillus?

Endlich einmal wieder etwas, das wir gemeinsam haben!

Aber an verschiedenen Orten.

Das bringen die Verhältnisse so mit sich.

Zum erstenmal ein Anzeichen von Fürsorge. Er hat gefragt: Wer hat sich denn um dich gekümmert?

Wahrheitsgemäß habe ich gesagt: Unser Arzt war hier, und dann ist Albert zweimal gekommen.

Pause. Lange genug, daß mir auffallen mußte, daß ich »unser Arzt« gesagt habe, daß ich zum erstenmal von Albert und nicht von meinem Mann gesprochen habe. Wir sind beide empfindlich für solche Nuancierungen. Er ist ungerecht. Sein Schweigen steckt voller Vorwürfe.

Ich war nahe daran zu fragen: Und du? Bist du etwa nicht gepflegt worden? Statt dessen habe ich mich erkundigt, ob es ihm bessergehe, ob er noch Fieber habe, ob er schon wieder im Geschäft sei.

Er hat mir ausführlich von der Vitaminstoßkur berichtet, die er jetzt mache: am ersten Tag eine Zitrone, dann steigernd bis zu sechs Zitronen am Tage, dann zurück, er sei aber noch auf dem Hinweg. Ob ich das für einleuchtend halte? Ich lachte. Er fragte: Warum? Was ist daran komisch?

Ich reagiere sauer! Warum nimmst du nicht Vitamintabletten? Das Auspressen der Zitronen ist so lästig.

Ich brauche das nicht selbst zu tun.

Ach ja. Ich hatte das vergessen. Manchmal möchte ich ihm sagen, daß zwischen seinen Anschauungen und seiner Besorgnis für sein leibliches Wohl eine Diskrepanz sei. Aber er ist mir dialektisch viel zu überlegen, außerdem täte ich dann das, was mich oft so kränkt, wenn er es bei mir tut: das Sezieren von Äußerungen, Gefühlen.

Ich versuche ihn zu lieben, wie er ist. Aber alles Lieben ist ein Trotzdem-Lieben.

Er hat sich erkundigt, was ich tue, jetzt eben. Da habe ich das Telefon, so weit es die Schnur zuließ, mitgenommen, habe es auf den Tisch gestellt, den Hörer hingelegt

147

und mit einem Finger gespielt: »Willst du dein Herz mir schenken, so fang es heimlich an.« Beim erstenmal geriet es nicht, ich habe noch keine Übung im Finden einer Melodie, dann habe ich es noch einmal probiert.

Zurück zum Telefon. Hast du es gehört?

Warst du das, Hanna? Er hat erkannt, daß es ein Klavichord ist. Entweder hast du Instinkt, Hanna, oder du hast Gefühl für Stil.

Also paßt es zu mir?

Bürgerin! Zärtlich gesagt, manchmal spürt man das durch alle Drähte hindurch.

Ich habe gegen alle Vorsätze gefragt: Wann kommst du?

Er kann schlecht fort. Ruth liegt noch. Ruth ist die Älteste, sie hilft schon manchmal nachmittags in der Buchhandlung, nach Ostern wird sie als Lehrling eintreten. Der Buchhändler, den er im Herbst eingestellt hat, ist ebenfalls krank, die Kunden schienen aber noch alle gesund zu sein.

Ich sage: Natürlich, ich sehe das ein, du kannst nicht abkommen. Ich sage: Gute Besserung.

Ja, danke, gleichfalls.

Ich hasse dieses Telefon.

Ich fahre morgen schon. Wenigstens für den Husten wird es gut sein.

März

Jedesmal, wenn ich die Wohnungstür hinter mir abschließe, denke ich: Vielleicht komme ich nicht zurück. Vielleicht bleibt alles so, erstarrt zu Leblosigkeit. Wie eine Momentaufnahme, die diesen Augenblick, in dem ich alles stehen- und zurücklasse, unendlich verlängert. Ich kann mir nicht vorstellen, daß einer kommen würde und die Tür aufschließen, durch die Räume gehen, den einen oder anderen Gegenstand in die Hand nehmen, ihn prüfen würde auf den Wert hin, den er für ihn haben könnte, mit einem flüchtigen Gedanken, welchen Wert er für mich gehabt hat. In aufmerksamer Achtlosigkeit.

Ich drehe den Haupthahn der Gasleitung ab. Ich kontrolliere, ob das Feuer im Heizkessel auch wirklich heruntergebrannt ist. Ich schließe die Fenster, damit es nicht hereinregnen und der Wind nicht die Scheiben zerschlagen kann. Ich ziehe die Vorhänge zu, drehe den Schlüssel zweimal herum, aber: Ich gebe ihn nicht beim Hausverwalter ab, wie es im Mietvertrag vorgeschrieben ist, niemand soll herein. Albert hat noch immer einen Schlüssel.

Hier liegt Schnee. Ich habe nicht daran gedacht, daß ich hier Ski laufen könnte, sonst hätte ich die Skier mitgenommen, obwohl mein Fußgelenk noch nicht wieder ganz in Ordnung ist. Die Stadt hat keine Jahreszeit, es sei denn die der Schaufenster. Meine Phantasie reicht nicht aus, ich kann mir nicht vorstellen, daß achtzig Kilometer entfernt Winter ist, Berge sind, verschneite Hänge, Eiszapfen am Dach, Kinder mit Rodelschlitten. Albert und ich sind oft mit den Skiern in die Arche gefahren, wenn es zu Haus geregnet hat.

Warum haben Sie sich nicht angemeldet, Frau Doktor?

Ich erkläre der Wirtin, daß ich kurz entschlossen losgefahren sei. Andere haben sich offensichtlich auch entschlossen, den Karneval hier zu verbringen. Man mußte mir ein Doppelzimmer geben, die wenigen Einzelzimmer sind belegt. Sie hat gefragt, ob der Herr Gemahl nachkäme, und ich habe gesagt, daß er das leider nicht tun würde. Oben, als ich in meinem Zimmer den Koffer auspackte, fiel mir ein, daß man hier J. meint, wenn man »Herr Gemahl« sagt. Als wir im vorigen Winter hier waren, hatten wir ein anderes Zimmer. Das Haus ist verändert. Das liegt nicht nur am neuen Anbau. Das liegt auch nicht daran, daß es im vorigen Jahr an allen drei Tagen regnete. Alles verändert sich mit dem, der neben einem ist oder neben einem fehlt.

Ich ging wieder nach unten, um Kaffee zu trinken. Die Wirtin setzte sich zu mir. Ob mein Mann immer noch mit dem Magen zu tun habe. Ich sagte, das sei jetzt besser. Wie es den Kindern ginge, ob ich eine Hilfe im Haushalt habe, daß ich so einfach fortkönnte. Den Kindern? Oh, danke, ganz gut. Demnach hat J. mit ihr gesprochen, als ich nicht dabei war. Sie sind sehr gewachsen. Es gibt Sätze, die stimmen bei Kindern immer.

Töricht, hierherzukommen. Man vergißt, daß um einen herum Menschen sind, die teilhaben wollen, die ihren Tribut fordern und mehr sein wollen als Zuschauer.

Der Altersunterschied sei doch recht groß, zwanzig Jahre bestimmt? Ich sagte: Nein, ganz soviel nicht. Er sei ja wohl auch noch gut zuwege, soweit, wenn man an andere Männer in dem Alter denke. Ich sage: Soweit ja.

Ich ließ mir von ihr erzählen, daß viele hierherkämen, die eine Wochenendehe führten. Sie merke das natürlich gleich, auch wenn sie nichts sage. Das gehöre zum Geschäft, und wenn die Leute sich ordentlich benähmen ... Ihre Sache sei das nicht. Moral, wenn man eine Pension hat ...

Ich nickte bestätigend, ich lächelte.

Außerdem geben sie mehr aus. Den Männern sitzt das Geld lockerer in der Tasche, wenn es nur für zwei Tage ist. Ehefrauen sagen, zu Hause kannst du das doch billiger haben. Sie sollten nur einmal sehen, wie glücklich die Frauen sind, wenn man sie mit dem Namen des Mannes anredet! Wie sie dann nach seiner Hand fassen, wie sie sich dann ansehen, als ob das wer weiß was wäre! Und die richtigen Flittchen, die kommen hier auch nicht hin, die suchen sich was Passenderes. Dies ist was für ruhigere

Leute in gesetztem Alter. Sie sind aber auch dünner geworden seit dem vorigen Winter, Frau Doktor.

Ich überlegte, ob sie J.s Namen behalten hat. Anmelde-
blocks schienen nicht geführt zu werden, mir hat man
keinen vorgelegt. Wahrscheinlich hat sie sich auch bei J. auf
dieses »Herr Doktor« beschränkt.

Vielleicht ruft er an. Ich fange an, auch hier zu warten.
Hier fehlt er mir noch mehr als zu Hause. Es könnte sein,
daß er sich in den Wagen setzt und einfach kommt, er wird
wissen, daß ich hier bin, wenn er mich telefonisch nicht
erreicht.

Ob das Zimmer recht sei? Ob ich eine Wärmflasche
brauche? Einen Fernsehapparat hätten sie jetzt auch,
ohne den ginge es gar nicht mehr, und im Winter sei es
auch ganz schön, nur verzehrten die Leute dann nicht
viel.

Es kamen neue Gäste, mit denen sie mich bekannt
gemacht hat. Ein Ehepaar mit einem Kind, außerdem ein
Apotheker, den ich schon irgendwo gesehen habe.

Wie im Krieg, sagt die Wirtin, wir haben wieder Eva-
kuierte, jetzt fliehen sie vor dem Karneval.

Ich nicke, ich lächle, ich gebe mir Mühe, nicht unfreundlich zu sein, und gehe wieder nach oben in mein Zimmer,
ziehe mir den Mantel an und feste Schuhe und mache
einen Spaziergang.

Als ob auf alles, auf alles Schnee gefallen sei! Alles
zugedeckt, nichts erinnert, und wo Erinnerungen aufstei-
gen, gelten sie nicht J., da gelten sie Albert. Im vorigen Jahr
ist mir nicht aufgefallen, wie ähnlich hier alles ist; an einer
Wegbiegung dachte ich, ich brauchte nur noch ein Stück
den Berg hinaufzusteigen und dann links abzubiegen, an
der Tannenschonung vorbei, und dann müßte unsere Arche dastehen. Als ein Hund anschlug, bellte er genau wie
der Terrier von Arens. Statt dessen gehe ich allein fremde

Wege. Wie sinnlos das alles. Ich hätte nicht hierherkommen sollen.

Der Mond stand schon hinter den Tannen, als ich mich auf den Heimweg machte. Ein weißer Wintermond, hinter verschneiten Bäumen. Man steckt die Hände tiefer in die Taschen. Der Schnee knirscht und sonst kein Laut. Man bleibt stehen, um die Stille zu hören, und mein Schatten bleibt neben mir stehen. Woher kommt dann mit einem Male diese Welle von Zärtlichkeit, die mich aufnimmt? Ich weiß mich zugehörig und weiß doch nicht einmal, wozu.

Eine Weile habe ich auf einem gestürzten Baumstamm gesessen und dem Mond und den blassen Sternen zugesehen, keiner hat gesagt: Du wirst dich erkälten, Johanna.

Ich kam zu spät zum Abendbrot, man war schon mitten im Fernsehprogramm, ich ging gleich nach oben und ließ mir ein Butterbrot und ein Glas Glühwein bringen. Auf den Heizkörpern trocknen Schuhe und Strümpfe, das Deckenlicht wirft trübe Schatten, es riecht nach warmer, nasser Wolle. An der Wand hängt ein Stück Heide-Landschaft, das nächste Stück hängt in Zimmer sieben, wo ich mit J. gewohnt habe, violetter Birkenweg hinter Glas. Das Hausmädchen hat mir eine Steinkruke ins Bett gelegt. Sie wollte sie in mein Nachthemd wickeln, das täte sie in ihrem Bett auch immer. Ich ließ sie ans Fußende legen, natürlich muß ich jetzt an Alberts Großmutter denken, bei der wir einmal im November zu Besuch waren. In Friesland; mit Grog und Wärmkruken im Bett.

Was sie wohl gesagt hätte? Sie hatte mich gern, als einzige aus seiner Familie. Sie hat mir einmal die Friesentracht ihrer Tochter gegeben, und ich mußte sie anziehen und dann neben ihr auf dem Sofa sitzen. Sie nahm mich bei der Hand und schwieg, rücksichtslos. Als sie vor zwei Jahren starb, ist Albert allein zur Beerdigung gefahren. Ich hätte nicht mit dort sein können, es war schon zuviel Lüge zwischen uns. Dort hätte man nicht atmen können nebeneinander. Schon als wir das letzte Mal bei ihr waren, fing sie an, Abschied zu nehmen. Sie lebte ihr Leben abseits von den anderen, in freiwilliger Abgesondertheit. Das Alter nahm ihr nichts weg, da sie alles freiwillig hergab, ihre Pflichten, ihre Rechte und auch die Anteilnahme an den anderen, sie hörte nicht mehr zu, wenn gesprochen wurde. Ich hätte sie gern gefragt, wie das ist: alt sein, aber es war nicht leicht, sie etwas zu fragen, sie hätte sicher nur gesagt: Du fragst immer zuviel. Das tut nicht gut. Niemand ist uns Rechenschaft schuldig. Nur wir sind Rechenschaft schuldig. Eine fromme Frau.

Zu ihr hätte ich fahren sollen, als Tutti tot war. Ich hätte allein zu ihr fahren sollen, mit ihr hätte ich auf den Deich gehen sollen und es ihr sagen. Damals, als ich angefangen habe, alles falsch zu machen. Sie hat sechs Kinder gehabt, und nur zwei sind groß geworden, und nie hat sie von ihrem Schicksal geredet. Die letzte, die starb, war Alberts Mutter, das ist ihr wohl am schwersten geworden. Sie hat das alles gehabt: Geburt, Tod, Krankheit, Liebe, Abschied, Alleinbleiben, Krieg, Krieg, immer wieder Krieg. Vielleicht hat sie Wünsche gehabt, aber sie hat nicht erwartet, daß Wünsche sich erfüllen.

Ich habe Albert gefragt, er ist bei ihr aufgewachsen: War sie immer so, auch als sie jünger war? Er hat sich einen Augenblick besonnen. Seit ich denken kann, ja. Die Leute im Dorf wußten was von ihr. Sie hat sie darum immer gemieden. Man sprach nicht mehr davon. Es muß etwas mit einem Marineoffizier gewesen sein, der hier für ein paar Wochen im Manöver lag. Bald darauf hat sie meinen Großvater geheiratet. Meine Mutter war wohl das Kind dieses Offiziers. So habe ich es mir zusammengereimt, als wir in der Schule unsere arische Abstammung nachweisen mußten. In dem Alter ist man empfindlich; wenn man in den Papieren Daten liest, die plötzlich ausweisen, daß da jemand heiraten mußte, dann beginnt das Fragen, was wäre geworden, wenn –. Natürlich hat er die Großmutter nicht gefragt.

Wir gingen über den Deich, Albert und ich, auf einmal lachte er. Wir reden, wie Großvater die Großmutter nahm, es wäre ihr nicht recht, ein Gesprächsgegenstand zu sein. Ein Stück Dünenromantik. Das hättest du nicht gedacht, was? In deiner Familie kommt so etwas gewiß nicht vor ... Außerdem sei es nicht weit her mit der Romantik; wenn seine Mutter wirklich »ein Kind der Liebe« gewesen sei, gemerkt habe man es nicht. Er sei keines gewesen, das sei sicher. Er hat es als Kind nicht gut gehabt. Ich hätte öfter daran denken müssen.

Es war das Fotografierjahr. Albert fotografierte alles, was uns über den Weg lief, und alles, was stillstand, vornehmlich aber mich. Von diesem Tag in den Dünen gibt es noch ein Bild. Der Himmel ist weit offen, mit hohen, deutlich konturierten Wolken, ich stehe auf dem Deich, der Sand wellenförmig verweht, ich habe eine Stranddistel in der Hand, blond, hübsch, kitschig. Eine Zeitlang hatte Albert dieses Foto in der Brieftasche und zeigte es bereitwillig herum. Meine Freundin Swantje, sagte er, so sehen Ehefrauen doch nicht aus!

Die Wirtin hat geklopft. Wenn ich doch noch nicht schliefe, ob ich nicht nach unten kommen wolle, es würde getanzt, es fehle noch eine Dame.

Tief und lange geschlafen. Traumlos. Vor dem Frühstück schon draußen. Es hat die ganze Nacht geschneit, die Temperaturen sind gestiegen, es kommt Tauwetter, der Wind streicht dicht über die Erde.

Es fing an mit einer Konfusion, die mich sogar erheiterte. Ich tanzte mit dem Apotheker. Er betrachtete meine

Hände. Ich wußte gleich, worauf er hinauswollte. Ich sagte vorsorglich: Hände betrachten, das gibt Streit. Er ließ sich nicht beirren, er habe mich schon in seiner Apotheke gesehen, der Herr Gemahl sei groß, stattlich, blond; er habe ein auffallend blaues Halstuch in Erinnerung, Kamel-haarmantel.

Schon wieder der Herr Gemahl, diesmal ein anderer. Ich sagte, von der Sorte groß, blond, stattlich gäbe es viele.

Aber doch nicht an Ihrer Seite! Die üblichen Fragen nach dem Ehering.

Wenn ich mit J. reise, trage ich den Ring, es erleichtert die Situation.

Ich hatte schon etwas getrunken, ich wüßte sonst nicht, warum ich das getan habe, ich zog ihn mit zu der Wirtin, die hinter der Theke stand, und ließ sie bestätigen, daß mein Mann weder groß noch stattlich und schon gar nicht blond sei. Er blieb hartnäckig dabei. Er ist Arzt! – Nein! – Er hat aber doch etwas mit Medizin zu tun! – Er schluckt sie! Sogar en gros. Er ist ein Kunde! Die Wirtin lacht, ich lache auch. Ich trinke an der Theke mit ihm einen Wein-brand und fange an aufzuzählen: für den Magen, für die Galle und selbstverständlich für den Kreislauf und dann natürlich noch gegen Migräne, gegen Müdigkeit, gegen Schlaflosigkeit, gegen …

Natürlich begriff er meine Lustigkeit nicht. Er hielt mich wohl für hysterisch, er mußte annehmen, daß ich voller Aversionen gegen die Krankheiten von J. bin und folglich auch gegen ihn, er mußte also die Gelegenheit für günstig erachten. Er war allein. Ich war allein. Wir tanzten weiter, er tanzte sogar gut, wie viele dieser Pykniker. Er unter-richtete mich über irgendein neues Medikament, etwas völlig Neues, vielmehr Uraltes, aus Indien oder sonstwo, ich habe den Namen schon vergessen, ein bißchen Laotse, ein bißchen Tagore, sogar mit Zitaten, man schluckt sie wie Likör. Er erkundigte sich, ob mein Mann das schon einmal ausprobiert habe, es sei gerade bei vegetativen Störungen, darum handle es sich offensichtlich, so sehr zu empfehlen, es sei vorzüglich, er lachte bereitwillig, besonders für die Apotheker. Wir sprachen über das Befinden des Herrn Gemahls, und er küßte mir das Handgelenk, er sagte: Liebe gnädige Frau, dann wechselte er zu: Liebste gnädige Frau und hatte wohl vor, seinen Karneval hier zu feiern. Als er an einem der Knöpfe des Radios drehte, um einen Sender mit Tanzmusik zu finden, verschwand ich unbemerkt, lief vors Haus, rieb mir das Gesicht mit Schnee ab, tauchte die Arme tief ein, atmete aus und fühlte mich wunderbar erfrischt. Und natürlich auch ernüchtert. Als ich um den unteren Treppenabsatz bog, um in mein Zimmer zu gehen, sah ich meinen Kavalier vor meiner Tür, vorsichtig die Klinke ausprobierend. Ich hatte nicht abgeschlossen, er schlich hinein, eine Szene, zu der er gewiß nicht mich als Zuschauer haben mochte. Er fand den Schalter nicht gleich, es dauerte eine Minute, bis er wieder zum Vorschein kam. Er schlich zur Treppe und entdeckte mich, und er sagte das erste glaubhafte Wort: Biest! Ich wies auf meine nassen Hände, versicherte ihm, daß der Schnee herrlich erfrischend sei und auch abkühlend und ernüchternd, ich hätte das bereits ausprobiert, ganz freundschaftlich. Er kam mit vors Haus, er tauchte bereitwillig die Hände in den Schnee. Es schneite, wir gingen noch ein Stück spazieren, zu der Lichtung hin, Arm in Arm, ich ließ mich küssen. Fragender Blick unter der Haustür. Die anderen Gäste waren schlafen gegangen. Das Haus war dunkel. Wir drehten den Schlüssel um. Die Wirtin mußte gemerkt haben, daß wir noch draußen waren, und hatte die Haustür nicht abgeschlossen.

Ich schüttle den Kopf. Nein! Les jeux sont faits – Abschießen sollte man solche Frauen!

Ich sage: Mein Mann ist ein guter Schütze, ich warne Sie.

Meinem Selbstgefühl hat es gutgetan! Sonst? Ich will nicht darüber nachdenken.

Wir haben sogar zusammen gefrühstückt. Er hat höflich gefragt, ob er sich zu entschuldigen habe, ob er sich unkorrekt oder etwa lächerlich benommen hätte. Ich habe ihn beruhigt: Nein, nicht anders als andere Männer, bestimmt nicht. Ich habe ihm die Brötchen gestrichen, wir haben ein zweites Mal Kaffee bestellt, und er hat nachgeholt, was er am Abend versäumt hat: Er hat mir die Bilder seiner Familie gezeigt und mir endlich gesagt, daß ihn seine Frau nicht verstehe, nie verstanden hat und nie verstehen wird. Eine Frau müsse eben beides haben, Esprit und Charme, und dann außerdem noch das Solide, was ich doch auch hätte. Im Hintergrund stand die Wirtin und sah uns zu, wie sie im vorigen Jahr wohl J. und mir zugesehen hat. Sie wird wissen, daß dies nicht ernst zu nehmen ist. Solche Frauen genießen das, das ist spannender als der schlechteste Roman. Ich nickte ihr zu, mein Gegenüber fragte, was da eigentlich hinter seinem Rücken zu nicken und zu lachen sei, und ich sagte: Sie warnt mich vor Ihnen, sie meint nämlich, meinen Mann zu kennen.

Er fragte dann auch: Was heißt das nun wieder, meint zu kennen?

Ich zündete mir eine neue Zigarette an. Keine Biographie am Frühstückstisch, dazu ist es entweder zu spät oder noch zu früh.

Er entschuldigte sich, er stellte sich noch einmal offiziell vor, fragte dann auch gleich: Und Sie, wie heißen Sie?

Ich sagte, durchaus wahrheitsgemäß: Ich weiß es im Augenblick nicht ganz genau.

Männer merken das gleich. Als ob man ein Mal trüge, das man selbst nicht kennt. Man ist nicht mehr beschützt.

Er hat sich die Wirtin zu Hilfe geholt. Die Dame behauptet, ihr Mann sei ein guter Schütze, stimmt das? Wir waren Gäste, die etwas verzehrten. Sie setzte sich zu uns, ging darauf ein. Wirklich? Trotz der Brille?

Brille? Ah ja, die Brille, die hatte ich ganz vergessen.

Der Apotheker, noch mehr verwundert: Brille? Dann ist er es doch nicht.

Das habe ich doch gleich gesagt! Er ist es nicht, ich bin mit dem Mann nicht verheiratet.

Er bestellte zwei Cinzano und zwei Gin, ein probates Mittel für Wintervormittage, vor allem bei Tauwetter, er trank mir zu: Heiliger Nepomuk, laß mich nicht liebestoll werden, prost!

Ich erkundigte mich, ob er auch wirklich zuständig sei, sein heiliger Nepomuk, ich wolle mir das dann für spätere Fälle merken.

Ob es unbedingt spätere Fälle sein müßten?

Keine weiteren Verabredungen. Anschließend mit einem Siebenjährigen gerodelt. Das ist besser.

Am Nachmittag tauchte mein Apotheker wieder auf. Wir tranken zusammen Kaffee, wir ließen den Kuchen zurückgehen und gegen Schinkenbrote austauschen, in schöner Eintracht. Er hielt dann eines der erprobten männlichen Plädoyers. Das von der beglückenden Übereinstimmung in den kleinen Dingen des Alltags. Er bekam blanke Augen, wollte schon wieder nach meiner Hand fassen. Ich gab mir Mühe, ernst zu bleiben, tat, als höre ich diese Ansicht zum erstenmal, die auch die von J. ist. Als er jedoch fragte, ob ich auch so gern Rosenkohl äße, lachte ich, gab es zu, wir einigten uns, daß er in Butter geschwenkt werden müsse und mit Weißbrotkrumen bestreut, und außerdem ein wenig Muskat.

Nachher fragte er mich, möglich, daß er beunruhigt war: Was halten Sie eigentlich von mir?

Ich lehnte mich zurück, betrachtete ihn aufmerksam. Ein Zweihundertzwanziger, oder täusche ich mich?

Wie bitte? Er war überrascht. Was soll das heißen: zweihundertzwanzig? Zweihundertzwanzig was?

Blutdruck.

Zweihundertdreißig zu hundertachtzig. Verstehen Sie etwas davon? Kann man das sehen? An welchen Symptomen erkennen Sie das? Sind Sie etwa Ärztin?

Nein, mein Mann ist Arzt. Das war schlecht.

Also doch!

Also nein! Ich war verärgert.

Schweigen. Wir rauchten.

Wollen Sie hier die schöne Unbekannte spielen?

Vielleicht.

Am Nebentisch saß die Wirtin mit einem Herrn, der sie von den Vorzügen eines neuen Fußbodenbelags überzeugen wollte. Ich konnte gelegentlich ein paar Worte verstehen, überlegte sogar, ob ich mich einmischen sollte, in unserer Wohnung ist der gleiche Fußboden und bewährt sich gut. Der Mann tat mir leid. Die Wirtin war ungeduldig und unliebenswürdig, der Vertreter bestellte sich eine zweite Portion Kaffee. Seine Fahrt in diese abgelegene Pension schien sich nicht gelohnt zu haben, und in den Städten war in der Karnevalszeit auch nichts zu verdienen, wer dachte schon an Fußböden. Die Wirtin kam an unserem Tisch vorbei, zuckte mit den Schultern, verzog das Gesicht, so daß der Apotheker sich veranlaßt fühlte zu sagen, und das nicht einmal leise: Schrecklich, immer diese Vertreter! Er beugte sich dann über den Tisch, um mir halblaut von einem Vertreter zu erzählen, der neulich bei seiner Frau gewesen sei, ein unverschämter Bursche, der hätte doch wirklich zu ihr gesagt, zu seiner Frau: Man wohnt über seine Verhältnisse, kleidet sich nach seinen Verhältnissen, ißt unter seinen Verhältnissen und schläft mit …

Ich sagte: Danke, es genügt. Mir hätte er diese Geschichte nicht erzählt!

Das war taktlos. So verstand er es auch. Immerhin kennen Sie sie.

Mein Mann ist auch Vertreter.

An dem Satz stimmte kein Wort. Weder das mein noch das ist, noch das auch. In diesem Sinn war Albert nie ein Vertreter. Was soll das also? So habe ich in den letzten Jahren immer reagiert. Es war mir unangenehm, wenn jemand sich erkundigte, wo Albert sei, wo er arbeite, ob er immer noch keine eigene Praxis habe.

Der Apotheker nahm es von der lustigen Seite. Schöne Lügnerin! Er trank mir zu. Wieviel Männer haben Sie schon verschlissen? Dabei sehen Sie aus, als seien Sie ein Engel.

Bald danach stand ich auf, verabschiedete mich, ich wollte vor dem Essen noch einen Spaziergang machen. Ich habe seine Begleitung abgelehnt, er hat mir versichert, daß auch er sehr gern in der Dämmerung spazierenginge. Vermutlich besonders gern in Tannenschonungen. Ich sagte: Danke, kein Rosenkohl! Und ließ ihn hinter dem Tisch sitzen.

Ich war eine Stunde draußen. Es war naß und dunkel, die Luft schwer, die Bäume standen eng wie Häuser, ich war bedrückt. Ich habe daran gedacht, nach Hause zu fahren, was sollte ich hier. Bleiben, nur um auszuprobieren, ob ich noch den galanten Redensarten eines unverstandenen Mannes widerstehen kann? Angefüllt mit Bitterkeit, wie so oft. Wenn ich ein Taxi bestellt hätte, wäre ich noch zum Abendzug zurechtgekommen. Konjunktiv.

Als ich in den Hausflur trat und den Schnee von den Schuhen klopfte, klingelte das Telefon. Ich hörte das Stubenmädchen sprechen, hörte, wie es in das Gastzimmer rief: Eine Frau Grönland wohnt doch nicht bei uns? Ich

wollte hinlaufen, blieb aber an der Haustür stehen, hörte
mit an, wie das Mädchen in das Telefon sagte, daß ich
nicht da sei, und auflegte. Es kann nur J. gewesen sein.
Immer denke ich zuerst, es sei Albert, aus Gewohnheit,
wegen des Namens.

Was hat er gewollt?

Endlich sucht er mich und fragt nach mir, vermißt mich,
wenn er mich nicht erreicht. Freue ich mich, oder bin ich
nur beunruhigt? Er würde nun sagen: Was erwartest du
eigentlich von der sogenannten Liebe, Bürgerin? Er sagt
»Liebe« nie ohne ein Adjektiv, die sogenannte, die fragwür-
dige, die viel geschmähte …

Was ich erwarte? Ich weiß es nicht. Aber ich weiß jetzt,
daß ich nicht dasselbe erwarte wie er. Wenigstens in den
Erwartungen müßte man in Einklang sein. Rosenkohl.
Man kann auch Rosenkohl zum Symbol erheben.

Wie lächerlich, wie banal sich dann so etwas abspielt.
Kolportage.

Ich ging absichtlich später zum Abendessen, ich konnte
es mir aber nicht aufs Zimmer bringen lassen, man ißt dort
meist ein warmes Abendbrot. Das Mädchen empfing mich
gleich mit: Sie werden erwartet! Wieder spielte mir das
Herz einen Streich, aber es ist nur nervös, nicht einmal
besonders hellhörig.

Statt dessen saß da mein Apotheker, es standen sogar
Blumen auf dem Tisch, es stand eine Flasche Rotwein da,
von der er noch nicht getrunken hatte, es war für zwei
Personen gedeckt. Er erhob sich, er kam mir entgegen
und »erlaubte sich«, mich zu einem kleinen Übereinstimmungsessen einzuladen. Er ist nicht nachtragend, das ist
nett an ihm, er hat mehr Format, als ich zunächst dachte.
Übereinstimmungsessen mit Rosenkohl. Eigens bei der
Wirtin bestellt, nach unserem Rezept, »mit ein wenig Muskat«. Schweineschnitzel, Pommes frites. Er spielte den

161

Gastgeber mit Geschick, er hatte sich umgezogen, ich sah ihn zum erstenmal im dunklen Anzug. Er sah vorteilhafter aus, er war liebenswürdig, zurückhaltend, er hatte sogar ein paar Trinksprüche, die ich noch nicht kannte.

Der Rotwein war gut. Meine Stimmung besserte sich. Wir lachten, wir genossen es, daß die übrigen Gäste uns beobachteten und vom Nebenraum her abwechselnd auf den Bildschirm des Fernsehapparates und auf unseren Tisch blickten. Anstelle des Nachtisches hatte er einen Camembert bestellt, der gut durchgereift war, auch darin waren wir uns einig, er schmeckte ausgezeichnet zum Wein. Ich erklärte ihm, daß ich auf dem Wege sei, eine erfahrene Frau zu werden, ich könne bereits mit einem Mann zu Abend essen und dennoch feststellen, daß der Camembert gut sei, in jüngeren Jahren hätte ich behauptet, daß der Mann nicht viel wert ist, wenn eine Frau merkt, ob der Käse gut ist. Er unterbrach mich, behauptete, daß es bei Männern ganz anders sei, er wenigstens fühle sich wie ein Jüngling, er würde die Wirtin bitten, ihm einen Bierdeckel zu servieren, und vor meinen Augen würde er ihn verspeisen.

Draußen fuhr ein Auto vor. Ich nahm es wahr, mehr nicht. Die Wirtin verließ das Zimmer, die Tür blieb angelehnt. Ich hörte, immer noch ahnungslos, wie sie sagte: Da wird Ihre Gattin aber überrascht sein. Und dann rief sie, als ob sie mich warnen oder, weil es dafür zu spät war, doch vorbereiten müsse: Frau Doktor! Ich habe es doch gleich gesagt, der Herr Gemahl ist noch gekommen!

Was blieb mir zu tun? Ich ließ ihn hereinkommen, ging ihm nicht entgegen.

Er wartete an der Tür, seine Brille war wohl beschlagen, er sah sich um. Ich winkte: Hallo, komm, setz dich zu uns.

In einer fremden Umgebung wirkt er oft schroff, seine Ungeschicklichkeit überspielt er mit Arroganz. Wirklich

ungezwungen ist er nur in seinem Laden, manchmal bei
mir, manchmal, wenn wir im Auto zusammensitzen. Er
kam zögernd an unseren Tisch, sagte gekränkt: Wie ich
sehe, bist du in angeregter Unterhaltung, in bester Gesellschaft.

Ich sagte: Ich hoffe.

Was?

Oh, daß ich in bester Gesellschaft bin. Ich fragte, ob er
schon gegessen habe, die Wirtin brachte bereits ein drittes Glas. Der Apotheker, dem die Situation unbehaglich
wurde und der sie wohl entspannen wollte, versuchte, J. in
ein Gespräch zu ziehen, fragte dazu leider als erstes: Wie
ich höre, sind Sie Arzt?

Natürlich reagierte er gerade darauf falsch. Wie kommen Sie darauf? Ich verabscheue Krankheiten, aber Ärzte
noch mehr.

Ich lachte, tat, als sei es sehr komisch, was er da
behauptete, erklärte ihm, daß unser Gastgeber ein Apotheker sei, er habe bedauerlicherweise eine Vorliebe für
Biographien.

Und, was hast du ihm gesagt?

Alles mögliche.

Der Apotheker schien sich zu ärgern, daß wir in seiner
Gegenwart über ihn sprachen, er warf ein, er hätte weit
eher den Eindruck, daß ich ihm alles unmögliche erzähle.

J. fragte: Spielst du hier etwa die schöne Witwe? Dann
kann ich ja wieder fahren, ich will dich bei deinen Erfolgen
nicht stören.

Der Apotheker: Nein, ganz im Gegenteil, von Witwe
war hier nicht die Rede, sie hat viel zuviel von ihrem Mann
gesprochen. – Das war schon wieder falsch.

Nebenan hatte die Wirtin das Fernsehgerät lauter angestellt, alle übrigen Gäste saßen dort. Als der Wetterbericht
kam, nahm ihn der Apotheker zum Anlaß, sich zu verab-

schieden. Wenn es wirklich Tauwetter gäbe, wolle er am nächsten Morgen schon zurück. Am besten, man trennte sich jetzt gleich. Ich hätte dem Abschied gern eine heitere Note gegeben, ich trank ihm noch einmal zu, sagte: Ein klein wenig Muskat, danke schön für die Einladung! Er lachte bereitwillig – dies war zuviel, entschieden zuviel Muskat – und ging.

Wir saßen allein, aber nur für ein paar Minuten, dann kam die Wirtin, um sich meinen Zimmerschlüssel geben zu lassen, damit das zweite Bett fertiggemacht würde und frische Handtücher nach oben gebracht werden könnten. Ich sah J. an. Du kannst doch bleiben, oder mußt du zurück?

Wenn es dir recht ist, gedachte ich zu bleiben.

Stumme Verständigung mit der Wirtin. Männer! Er war eifersüchtig. Ich fürchtete bereits, daß sie ihm sagen würde, es sei aber bestimmt nichts vorgefallen. Ich schlug vor, daß sie noch eine Portion Käse für den müden Reisenden bringen möchte. »Müder Reisender« – ich ärgerte mich darüber, noch während ich es sagte, ich bringe es nicht fertig, von J. als von meinem Mann zu sprechen.

Die ersten zehn Minuten sind eigentlich immer qualvoll. Jetzt weiß ich das schon und verhalte mich ruhig und warte es ab. Ich weiß, daß das anders wird, daß man gar nichts dazu tun kann und darf. Von einem Augenblick zum anderen ist es da: Wir sind eins. Wir verstummen beide, wir sehen uns an, und dieses Mal hat er gesagt, als wir draußen waren, unter den Tannen und dem hellen Himmel, bei dem blassen halben Mond: Du Wundertätige. Manchmal ist es so, daß wir stehenbleiben und uns aneinander festhalten. Glück? Vielleicht.

Ich habe mich immer vor dem Wort Schicksal gescheut. Es gibt schicksalhafte Begegnungen und solche, die wir selbst dazu machen, zu Schicksal erheben, die wir darum für unabwendbar halten und halten wollen. Für das Schicksal fühlen wir uns nicht verantwortlich, wir halten uns nur für betroffen, vielleicht sogar für beklagenswert. Vielleicht ist dies Schicksal, was uns betroffen hat, aber wir werden uns verantworten müssen.

Zwei volle Tage. Zusammen einschlafen und zusammen aufwachen. Es ist nicht wahr, daß ich ihm nichts bedeute. Ich spüre, daß er zu mir flüchtet, daß er Ruhe sucht bei mir. Ich kann beobachten, wie sich sein Gesicht entspannt und glättet, wie es sich aus seiner Verkrampfung löst, der angestrengte Zug unter den Augen verschwindet. Er muß nicht mehr einen Schutzwall aus Worten um sich errichten, um sich dahinter verbergen zu können. Sobald ich ihn so verwandelt sehe, strömt Ruhe zu mir, und für ein paar Stunden leben wir in Zeitlosigkeit.

Ich weiß, daß er leidet. An der Welt, an sich, auch an mir. Er beneidet Menschen wie Albert, die soviel leichter leben, und verachtet sie gleichzeitig, weil sie sich mit der Welt identifizieren, so wie sie ist. Er kennt Albert kaum, er weiß nicht, wo dessen Schwierigkeiten liegen, ich spreche nicht mit dem einen über den anderen.

In der Nacht hat er zu mir gesagt: Da hat man endlich einen Menschen gefunden, mit dem man reden könnte, und auf einmal stellt man fest, daß man es nun nicht mehr braucht.

Du Vertraute, wie oft hat er das gesagt: du Vertraute.

Und doch ist nichts, worin wir wurzeln, kein Stück gemeinsamer Vergangenheit, und nichts, woran wir uns halten könnten, kein Ziel, kein noch so kleines Stück gemeinsamer Zukunft, immer nur dieser Augenblick.

Früher mußte ich mich zwingen, mit der Zeit, die wir füreinander hatten, nicht geizig zu sein. Ich wollte alles, ich wollte mit ihm am Tisch sitzen und ruhig Kaffee trinken und mit ihm sprechen, ich wollte mit ihm draußen sein, ich

165

wollte neben ihm am Fluß sitzen und dem Wasser zusehen und ihn neben mir wissen, und ich wollte in seinen Armen sein – alles. Alles wollte ich und mußte erst lernen, daß man mit einem ungeduldigen, habgierigen Herzen nichts bekommt.

Als wir unser Gepäck in das Auto taten, kam die Wirtin mit einem Kuchenpaket. Für die Kinder!

Ich habe mich bedankt. Sie mag uns wohl gern. Manchmal wundert es mich, woher ich das kann: unserer Liebe jenen Anstrich von Bürgerlichkeit geben, der uns vor Blicken und Bemerkungen schützt.

Während der Rückfahrt hat er ganz ohne Zusammenhang gefragt, mitten in ein Schweigen: Würdest du mich heiraten?

Nein. Nein, das würde ich nicht. Ich habe nie darüber nachgedacht, es ist kein Anlaß dazu gegeben, aber ich glaube, daß mein Nein der Wahrheit entspricht, auch wenn es in jenem Augenblick aus Rücksicht, aus Erbarmen gesagt war.

Er nahm es wortlos hin, später erst, wir hatten schon die Stadt erreicht, hat er weitergefragt: Warum hast du dich dann scheiden lassen?

Ich liebe dich, wie kann ich dann mit einem anderen weiter zusammenleben? Auch diese Antwort stimmt. Von mir aus gesehen, ist es so, hat es nur diesen Grund. Daß es außerdem für Albert und Lisa sein mußte, geht ihn nichts an. Das ist etwas anderes.

Er hat vorm Haus geparkt und ist nicht in die Nebenstraße eingebogen, ich war froh darüber. Ich mag das Heimliche nicht mehr, ich bin keine zwanzig Jahre; man muß versuchen, zu dem, was man tut, auch zu stehen. Er ist mit nach oben gekommen, hat mir den Koffer hinaufgetragen und im Flur gesagt: Ich möchte nicht nach Hause fahren, laß mich bleiben.

Ich habe genickt, habe gesagt, daß ich uns Tee kochen würde, während der Zeit könnte er telefonisch Bescheid sagen.

Aschermittwoch. Heute früh ist er gefahren, gleich in seinen Laden. Es ist auch für ihn schwer.

Er war etwa eine halbe Stunde fort, als Albert anrief. Warst du verreist?

Ja.

Allein?

Nein.

Ich hätte ihm sagen können, daß ich mit J. fort war, aber das konnte er auch aus meinem Nein heraushören. Er sagt in solchen Fällen: Oh, Verzeihung, und: Das geht mich ja auch nichts mehr an.

Vielleicht ist es noch Eifersucht, möglich ist das schon, alte Besitzansprüche. Jetzt reagiert er auf J.s Namen meist mit Schweigen, früher pflegte er zu fragen: Hat er endlich sein Ulcus? Er hat nie ein Hehl daraus gemacht, daß er ihn nicht mag, später habe ich seinen Namen nicht mehr genannt. Auch J. mag Albert nicht, er empfindet, wie differenziert er neben ihm ist, er wirkt unecht, sobald Albert zugegen ist, genau wie Albert dann laut wird, primitiv, ausfallend in seinen Redensarten. Einer provoziert den anderen.

Albert hat herkommen wollen und sehen, wie es mir geht. Ob von der Angina nichts zurückgeblieben sei. Angina? Ich habe sie längst vergessen, nur der Fuß ist noch nicht wieder ganz in Ordnung, ich knicke leicht um.

Dann ist es also nicht nötig, daß ich vorbeikomme?

Nötig? Nein.

Ich muß lernen, nein zu sagen. Es ist heilsam für ihn und heilsam für mich. Ich wollte auch von mir aus Teilnahme zeigen, fragte: Und wie war es, habt ihr Karneval zusam-

167

men gefeiert? Wart ihr beim Künstlerball? Ihr – ihr – ihr. Ich kann das jetzt schon, es klingt kaum noch verkrampft, es klingt fast schon so, wie ich es meine.

Nein, du weißt doch, wie wenig ich mir daraus mache. Lisa ist irgendwann allein zu einem Ball gewesen, wir waren zwei Tage draußen, in der Eifel, aber dann kam Tauwetter.

Ich sagte: Oh, wir waren auch in der Eifel. Wie komisch, wenn wir uns begegnet wären.

So komisch hätte ich das gar nicht gefunden.

Entschuldige!

Wie weit weg ist Albert schon.

Am Funkhaus traf ich Fabian. Er schien sich zu freuen. Ah, sieh an, Johanna von Patmos! So, wie er es sagte, erheiterte es mich. Wir haben beide nicht, auch J. nicht, an diese Namensverbindung von Johanna und Patmos gedacht, es hätte auch Andros sein können, Chios, Lesbos – wahrscheinlich war Unbewußtes im Spiel, er nennt mich nie Johanna.

Ich erkundigte mich, was aus seiner Geschichte geworden sei. Was hat die Frau getan?

Er antwortete nicht gleich, er schien nicht einmal zu wissen, wovon ich sprach. Ich sagte leichthin: »Nahm den Mantel und ging«, wissen Sie nicht mehr?

Er machte eine fahrige Handbewegung und tat das einfach ab. Nichts ist draus geworden, gar nichts. Die Geschichte wurde mir schal. Sie war verbraucht; irgend jemand muß das abgelebt haben, und es gibt nichts, was einer Geschichte schädlicher sein könnte als das Leben.

Phrasen. Er hat längst ein neues Projekt. Wie viele Leben lebt er! Immer stellvertretend, immer schicksalgebend. Er achtet dabei kaum auf sein eigenes, reales Leben, das ihm unwichtig sein muß, uninteressant, weil er sowenig Einfluß auf seinen Ablauf hat. Seine Aktivität und seine Phantasie geht in das, was er schreibt. In seinem Alltag ist er fatalistisch. Ich merke, wie unangenehm mir das ist, fatal, wie das Wort.

Ich forderte ihn auf, mich zu begleiten, lud ihn sogar ein, was ich jetzt selten bei jemandem tue, zum Abendbrot mitzukommen. Er lehnte ab. Er sei nicht gern in Wohnungen. Gesagt, als seien das Gefängnisse. Wir gingen statt dessen wieder in eine seiner Kneipen, tranken Bier, aßen Käsebrote. Ich fragte ihn, eigentlich nur, um über etwas zu reden, denn er hält sich an keinerlei Gesetze der Konvention oder gar der Konversation, er schweigt einfach so in sich hinein. Ich erkundigte mich, ob er, in sublimierter Form selbstverständlich, eigentlich schreibe, was er selbst erlebt habe.

Er reagierte mit Entsetzen, was mir nicht ganz echt vorkam. Um Gottes willen, nein! Das sei ja Prostitution, man könne doch wohl nicht das eigene Leben in bare Münze verwandeln, und bare Münze müsse ja sein, für Bier und Käse, Weib und Kind. Ich bestätigte Bier und Käse. Weib und Kind zog ich in Zweifel. Er drehte zwischen zwei Bierdeckeln einen dritten und sagte beiläufig, mehr an seinem Balancespiel interessiert als an mir: Habe ich Ihnen denn nie von meinen drei Frauen erzählt? Eine in jeder Generation. »Großmutter, Mutter und Kind in dumpfer Stube beisammen sind« – haben Sie das nicht in der Schule gelernt? Großmutter, Mutter und Kind. Alle drei habe ich zu dem gemacht, was sie heute sind: aus der Mutter die Großmutter, aus dem Mädchen die Mutter, ja, und das Kind quasi aus dem Nichts. Und in dem Augenblick, in dem das geschieht, ist man arglos, naiv, abgelenkt. Großmütter entstehen so! Haben Sie das mal bedacht? Und die sind ganz unschuldig daran, gar kein Vergnügen, nichts; nicht mal gefragt werden sie. Das ist sehr weise eingerichtet, sonst stürbe unser Geschlecht aus. Aber ist das ein Stoff? Konfliktstoff? Er reicht höchstens aus für den Kummerkasten der Lokalzeitung, außerdem reicht er natürlich, um einen auf die Straße zu treiben, häusliche Enge. »In dumpfer Stube beisammen sind«. Aber er reicht auch aus, mich reumütig zurückzuholen. Und was das Schreiben angeht, da stimmt vielleicht die Umkehrung: Ich versuche zu leben, was ich schreibe, wenn Sie das verstehen, verehrte Dame. Da darf kein Bruch sein, außerdem ist das ein Sog, der stärker ist als man selbst. Zuerst erfindet man, und dann findet einen das Schicksal.

Er rauchte seine billigen Zigaretten. Sonne, Mond und Sterne über uns, dieser Karneval scheint nie aufzuhören.

Vielleicht hat er wirklich wenig Geld? Vielleicht muß er diesen Haushalt allein finanzieren, vielleicht stellen seine drei Frauen Ansprüche. Was ist Verstellung, was ist ihm ernst? Ich war wieder einmal nur ein Gegenüber, an das er seine provozierenden Ansprachen hielt. Ich hatte Mühe, gegen ein Gefühl der Kränkung anzukommen, das wahrscheinlich jede Frau in seiner Gegenwart empfindet. Von einem Augenblick zum anderen läßt er mich allein am Tisch sitzen und spaziert in Gedanken auf und davon. Er betrügt den anderen, solange der noch dabei ist, bei niemandem sonst habe ich das so sehr und so unangenehm empfunden wie bei ihm. Ich bin auch nicht sicher, ob das, was er als Schriftsteller leistet, sein Benehmen rechtfertigt. Früher kam ich mir in seiner Gegenwart oft langweilig und langsam vor, heute fühle ich mich ihm überlegen, da amüsiert er mich manchmal. Wie mag er in seinen eigenen vier Wänden sein, in seiner »dumpfen Stube«? Kann er dort die Rolle des Künstlers spielen, oder schickt ihn die Großmutter zurück an die Korridortür, damit er sich die Schuhe gründlich auf der Fußmatte säubert?

Ich hatte eben beschlossen zu gehen, als er sich mir wieder zuwandte. Es war ihm offensichtlich etwas eingefallen, er war auf einmal wach und ganz gegenwärtig, sagte: Hübsch klingt das: je t'avais dit, tu m'avais dit – gut, daß Sie diese Zeilen stehenließen, das kann man nicht übersetzen, im Deutschen klingt das nach Konjugation, die Penetranz ist nicht anmutig wie im Französischen. Ich wußte noch immer nicht, wovon er eigentlich sprach. Bis mir die Gedichte einfielen, die ich für J. übersetzt hatte. Je t'avais dit … »Ich habe dir gesagt, du hast mir gesagt.« Woher kannte er sie? Es war unheimlich, so wie damals, als er anfing, von dieser Frau zu erzählen, die er dann auch noch Johanna nennen wollte. Wieder klärte sich alles ganz einfach auf. Er hat drei dieser Gedichte heute in einer Zeitung gelesen.

In meinem Briefkasten fand ich dann zwei Belegexemplare im Streifband. »Siehe S. 8« stand mit Rotstift drauf. »Aus dem Französischen von Johanna Grönland.« Nicht übersetzt stand da, sondern Nachdichtungen. Aber das las ich erst beim zweitenmal.

Ich hatte angenommen, daß er die Gedichte weggelegt hatte, er fand sie wohl nicht gut übersetzt, nicht einmal so, daß er mir etwas dazu gesagt hätte. Für eine Veröffentlichung hätte ich lieber eine andere Auswahl gehabt, diese waren nur für ihn. Vielleicht hat er mir deshalb nichts davon gesagt, weil er nicht wußte, ob ich das mag. Er hat keine Übung im Freudemachen. Wenn er mir etwas schenkt, entschuldigt er sich dafür.

Dieses indirekte Zeichen seiner Liebe hat mich gefreut. Ich bin ganz angefüllt von Freude, ich habe nicht einmal das Verlangen, bei ihm zu sein, nicht einmal, mit ihm zu telefonieren.

Wenn ich sicher bin, daß es nicht Unruhe und Ratlosigkeit sind, die mich hier wegtreiben, dann erst werde ich gehen und etwas Neues anfangen. Dann wird auch gleichgültig sein, was es ist. Vielleicht kann ich als Übersetzerin arbeiten, vielleicht gehe ich als Dolmetscherin nach Frankreich, vielleicht, irgendein Vielleicht. Dazu muß ich frei werden. Daß ich es äußerlich bereits bin, wie wenig macht das aus. Ich hatte am fünfzehnten November keine Ahnung, wie wenig mit der Bescheinigung »Schuldlos geschieden« erst erreicht war.

Heute abend ahne ich etwas von einer möglichen künftigen Freiheit, als ob sich eine Lösung finden ließe, als ob nicht alles so ausweglos bleiben müsse.

Ich rebelliere noch, wenn Cora schreibt: »Ich begreife Dich nicht, wie kannst Du nur so leben! Nur für Dich. Ohne Sinn und Ziel, entschuldige, wenn ich das einmal so ganz offen ausspreche! Im Herbst erwarten wir wieder ein Baby. Lauter Oktoberkinder. Spätlese, sagt Helmut! Ich glaube, er hat an den dreien schon genug, er tut nur mir zuliebe, als ob er sich freut. Es ist ihm zu laut im Haus, er kann nicht arbeiten, behauptet er. Aber im Ernst: Was tut er denn schon? Er hat seinen Schreibtisch im Gericht, und die meiste Arbeit machen die Assessoren; die Sitzungen, nun ja! Ich sage immer, die Paragraphen sind doch dieselben. Er behauptet zwar, die Menschen seien leider immer andere. Das sind doch Spitzfindigkeiten! Im Grunde kommt man ja doch mit den zehn Geboten aus! Er behauptet allen Ernstes, in jedem von uns stecke ein Mörder, Dieb, Ehebrecher. Aber davon wollte ich gar nicht schreiben. Ich wollte Dir nur von dem Baby erzählen. Wir haben jetzt schon Mühe, ein paar Paten zu finden, fällt Dir niemand ein, den wir fragen könnten? Natürlich ist die Zeit vorher lästig, aber es geht mir ganz gut dabei, wie eigentlich immer in dem Zustand. Helmut läßt mich dann in Ruhe, das ist übrigens auch ein Grund, ich glaube, er ahnt ihn. Er tut nämlich manchmal, als sei er eine leidenschaftliche Natur. Ich lache ihn dann einfach aus, das wirkt immer.

Weißt Du, ich muß das einfach haben, dieses Hin und Her und Lachen und Geschrei. Man weiß, wofür man auf der Welt ist, man spürt richtig, daß man lebt und daß man gebraucht wird, ohne mich geht es nicht eine Stunde! Und am Abend ist man todmüde und legt sich auf die Seite. Helmut geht später schlafen, der hört dann noch Radio, er ist leise, ich merke gar nicht, wenn er ins Bett geht, er ist überhaupt rücksichtsvoll. Neulich hat er gesagt: Einen Mann brauchtest du eigentlich gar nicht, Corchen, wenn man nur erst die Kinder synthetisch herstellen könnte. Wie findest Du das? So wie Du könnte ich nicht leben. Dieses Nachdenken und Grübeln wäre nichts für mich. Wir waren früher ja auch schon so verschieden. Hauptsache, Du fühlst Dich dabei wohl. Oder willst Du das gar nicht? Ich habe wenig Zeit zum Nachdenken. Wenn ich mit meinen dreieinhalb Söhnen die Straße entlanggehe – sie haben jetzt süße grüne Kittelchen, wie kleine Laubfrösche sehen sie aus, Mutter hat sie zu Weihnachten genäht, rührend, aber besuchen tut sie uns nie. Hast Du nicht gesagt, ihre Finger würden ganz steif vom Rheuma? So schlimm kann es doch gar nicht sein. Was ist eigentlich mit Vater? Wenn wir also zusammen die Straße entlangkommen, stolziere ich daher wie ein Pfau, so eitel und stolz.

Ich habe neulich zu Helmut gesagt, es wäre besser gewesen, wenn Albert Dir dieses Geld, die Abfindung oder wie man das nennt, nicht gegeben hätte. Dann müßtest Du jetzt für Dich selbst sorgen und Dir Deinen Lebensunterhalt verdienen. Ich habe immer gefunden, daß Du eine von den Frauen bist, die viel besser in einen Beruf passen als in einen Haushalt, Du bist zu selbständig, Du kannst Dich doch nicht anpassen. Im Beruf wärest Du bestimmt viel zufriedener. Helmut meint zwar – als ob er Dich besser kennte als ich! –, da sei ich gründlich im Irrtum, seiner Ansicht nach steckt ein Mann dahinter. Das habe ich ihm

173

aber ausgeredet. So was kommt bei meiner Schwester gar nicht in Frage. Man darf seinem Mann gegenüber nichts auf die eigene Familie kommen lassen, bei der nächsten Gelegenheit packt er das aus und sagt: In deiner Familie ist das ja so üblich. Er weiß auch nichts davon, daß Vater so lange in Haft war, und daß er trinkt, weiß er auch nicht, wenigstens nicht von mir. Er behauptet nämlich, man könne das – mit dem anderen Mann! – an dem Urteil ablesen. Ich verstehe nichts von Eherecht, aber hätte denn dann nicht Albert klagen müssen, und Du wärst schuldig gesprochen? Du sagst einem aber auch gar nichts! Da ist man nun mit einem Juristen verheiratet und hat keine Ahnung. Mich kann Helmut wenigstens nicht sitzenlassen; bevor er die Unterhaltskosten für vier Kinder und eine Frau übernimmt, überlegt er sich das dreimal. Außerdem fühlt er sich ganz wohl, wenn er was zum Stöhnen und zum Prahlen hat. Männer wirken nun mal, wenn sie Helmuts Statur, seine Position und sein Alter haben, am besten, wenn sie sich vor dem Hintergrund einer großen Familie abheben können.«

An den Rand hat sie das neue Kleid gestrichelt, darunter ein Rezept für Kalbsteaks mit gedünsteten Bananen. »Wenn Du mal Gäste hast, für eine Person lohnt es ja nicht. Kochst du eigentlich für Dich?« Lange Beschreibung des neuen Haushaltslehrlings, dem Helmut »Bildung« beibringt in Form von Tischgesprächen. Zum Schluß dann Vorwürfe: »Ich schreibe Dir seitenlange Briefe, und Du schickst höchstens einmal eine Karte. Dabei hast Du doch den ganzen Tag Zeit, was tust Du bloß immer?«

»Was tust Du bloß immer?« Kein Satz, zu dem ich irgend etwas zu sagen hätte. Dabei ist Cora richtig so, wie sie ist. Ist praktisch, couragiert, lebensklug und geschickt. Wegen dieser Geschicklichkeit verachte ich sie. Wenn ich ihr einen langen Brief schriebe, würde sie es merken. Wozu also? Ist sie wirklich so harmlos, wie sie sich gibt? Oder ist ihr ganzes Benehmen nichts als eine Reaktion auf das Verhalten unserer Eltern? »Ihr seid alle so kompliziert!« Das hat sie schon gesagt, als sie fünfzehn war.

Zu Ostern will Marlene mich besuchen, mit ihrem Jungen. Es ist nicht einfach, sich gegen die Hände zu wehren, die nach mir greifen wollen, alle in der besten Absicht. Bin ich wirklich so bedauernswert, daß alle meinen, sie müßten sich um mich kümmern? Ich scheine ihnen ein Ärgernis zu sein, nur weil ich für ein Jahr mein eigenes Leben haben will. Bin ich eigentlich so wenig wert, daß niemand sich vorstellen kann, daß ich eine Zeitlang an mir selbst genug haben könnte? Ist es wirklich so egoistisch, wenn man sich zurückzieht? Man nimmt doch keinem etwas weg.

Mutter und Vater scheinen das zu verstehen, zumindest aber zu respektieren. Sie leben selbst mit dem »Rücken zur Welt«, es entspricht ihrer Einstellung, sie halten Distanz, sogar zu den eigenen Kindern. Seit Wochen haben sie nicht geschrieben, ich habe mich für das Klavichord noch einmal bedankt.

Das Fenster steht offen. Die Amsel hat ihren Posten auf der Fernsehantenne wieder bezogen und singt erbittert gegen Straßenbahnen, Autos, Bagger und Kirchenglocken an. Kein Regenschauer beirrt sie, sie singt den Frühling herbei, die einzige, die sich Mühe darum gibt.

Der Winter ist vergangen, sogar dieser.

März

Heute ist ein Tag, auf den ich mich in jedem Jahr gefreut habe. Immer bin ich gleichzeitig auch ein wenig bange, aber nur eben so viel, daß es die Erwartung erhöht. Am zehnten März fängt der Frühling an. Das Herz hat sein eigenes Kalendarium. Fast immer ist es gegen Mittag, wenn es an der Tür schellt; ich sehe zu, daß ich dann zu Hause bin und die Blumen nicht bei den Nachbarn abgegeben werden.

In jedem Jahr wird die Schachtel üppiger, in jedem Jahr wird mein Trinkgeld höher, und in jedem Jahr steht auf der beigefügten Karte ein einziger Satz, fünf Worte. Ohne Variationen. »Die ersten Veilchen für Johanna.«

Im ersten Jahr war es ein winziger Strauß für dreißig Pfennig, bei einer Blumenfrau neben der Universität gekauft. Max hätte mir lieber einen Arm voll Rosen geschenkt, aber er hatte kein Geld, wir hatten beide kein Geld. Und heute, wo für ihn Geld etwas Selbstverständliches ist, hält man in den Blumengeschäften, die er mit der Lieferung beauftragt, diese Veilchensträuße für etwas Subtiles, eine Raffinesse, verpackt es sorgsam und kostbar. Sie sind taufrisch, liegen auf Moos und haben breite Seidenschleifen, in einem durchsichtigen Karton, ein gläserner Sarg. Dreißig Pfennig für die Veilchen, der Rest ist Ausstattung.

Nie hat er versucht, den Frieden meiner Ehe zu gefährden, ich vermute, daß er in solchen Ausdrücken denkt. Er ist sogar Trauzeuge geworden. Er hat sich nicht verheiratet. Manchmal war er so galant, in einem Satz, der unter seinen Briefen stand, anzudeuten, warum er allein geblieben sei. Und über Jahre nichts als diese Veilchen, gelegentlich eine Stunde auf einem Bahnhof oder im Flughafenrestaurant. Wahrscheinlich ahnt er nicht einmal, wie gefährlich das für eine Frau ist. Man muß seine Nüchternheit zusammenhalten, um keine törichten Wünsche aufkommen zu lassen. Nichts hat er damals erfahren, nichts. Er nicht, Albert nicht, niemand.

So schwer ist es schließlich nicht, an einen einzigen Tag im Jahr zu denken, vielleicht gibt es Daueraufträge auch für

Blumen, vielleicht besorgt das eine Sekretärin. Diese paar Briefe, diese mit Bedacht versteckten Andeutungen. Sentimentale Erinnerungen eines vielbeschäftigten Mannes, wenn er in das Luftloch einer unausgefüllten Stunde gerät. Aber: einen Tag lang ist es hübsch, eine sanfte Verwirrung, erst wenn man anfängt, darüber nachzudenken, wird es weniger hübsch und weniger heiter. Einen Nachmittag lang mit dem Veilchenstrauß am Mantel durch die Straßen gehen, mit jedem Atemzug den Duft wahrnehmen und denken, spielend, wie mit bunten Bällen: Ich werde ihm schreiben, ich werde ihm schreiben: Komm einmal wieder im Frühling. Ich bilde mir ein, ich könnte noch einmal wieder über sein Herz Macht haben. Das Herz eines Physikers. Täuschen wir uns nicht, Johanna, oder gestatten wir es uns ruhig einmal, wem schadet es denn?

Max ist vermutlich stolz auf sein poetisches kleines Abenteuer mit mir, er ahnt nicht, daß es tödlich war. Diesmal habe ich bei jedem Atemzug daran gedacht, ich hätte die Veilchen wegwerfen sollen.

»Veilchen für Johanna.« Man kann solche Billetts nicht mit: »Ich bin nicht mehr die Frau eines anderen« beantworten. »Der Platz ist jetzt vakant.« Vielleicht kann man ihm das später einmal sagen, wenn sich das »Bittersalz der Ironie« aufgelöst hat. Im Herbst, wenn meine Quarantäne vorbei ist. Wie viele Versuchungen. Ist dies überhaupt noch eine? Er erwartet nicht viel von einer Frau. Aber wozu auch? Immer habe ich mich entscheiden müssen, ich habe oft die beneidet, deren Situation ausweglos ist. Oder gibt es das gar nicht? Liegt der Zweifel von vornherein in mir? Immer ist mir ein Ja und ein Nein möglich erschienen. Ich hätte auch bei Albert bleiben können, wenn er mir nicht schließlich die Entscheidung aus der Hand genommen hätte. Ich weiß auch jetzt nicht, ob ich das wirklich will: ein Leben mit J.

Man hätte dir die Hilfszeitwörter wegnehmen sollen! Es heißt nicht: Ich müßte jetzt Kaffee kochen, es heißt auch nicht könnte, sollte, wollte, es heißt ganz einfach: Ich werde jetzt Kaffee kochen. Du machst aus den geringfügigsten Dingen eine zu entscheidende Angelegenheit, auf diese Weise ziehst du alles in Zweifel – wie oft hat Albert das gesagt.

»Die ersten Veilchen für Johanna.« Die Konsequenz all dieser Überlegungen müßte nun sein: Ich werde nicht an Max schreiben. Dabei möchte ich es, wollte, könnte, dürfte sogar, und dieser Tag ist so strahlend, so voll März und Wind, Frühling, und wieder singen die Amseln.

Vielleicht fahre ich nachher zu J. Vielleicht schreibe ich an Albert. Ich muß ihm einiges mitteilen. Ausgelöst durch ein paar Veilchen.

20. März

Ich habe Albert gesehen. Mit Lisa, Hand in Hand, sie kamen vom Neumarkt her. Als ob er vergessen hätte, daß ich in der Nähe wohne. Lisa, wie ich sie früher nie gesehen habe: kindlich, unbekümmert, unschuldig. Ich trat in eine Schaufensterpassage, lehnte mich an eine Glaswand und ließ sie vorbeigehen. Sie sprachen nicht, gingen nur so Hand in Hand, schlenkerten die Arme. Die Leute drehten sich nach ihnen um, weil sie anders aussahen als alle. Und ich stand beiseite. Ich habe mir oft eine solche Begegnung vorgestellt. Ich hatte mir Sätze ausgedacht, die ich dann zu Lisa sagen wollte. Es war damit zu rechnen, wenn man in derselben Stadt wohnt. Keiner ist mir in dem Augenblick eingefallen. Es war auch nicht nötig, sie gingen vorbei und sahen mich nicht. Ich habe früher nicht bemerkt, wie reizvoll ihr Hinken ist, sie hüpft wie ein Vogel, es macht sie auf anmutige Weise hilfsbedürftig, ohne daß sie kränklich wirkt.

Zu wem hätte ich gehen können, wenn nicht zu J.? Aber ich hätte wissen müssen, daß er keine Zuflucht ist.

Ich bin nach D. gefahren. Ich hatte mich nicht angemeldet, wie ich es sonst tue. Jeder muß doch irgendeinen Menschen haben, zu dem er gehen kann, ohne sich anzumelden. Ich tat nichts anderes als andere auch: Ich betrat den Laden wie eine Kundin. Er sah mich sofort, er kam rasch auf mich zu, gab mir die Hand, aber wie er »guten Tag, gnädige Frau« sagte, wußte ich schon, daß irgend etwas nicht in Ordnung war. Er führte mich an den Tisch, auf dem die Frühjahrsneuerscheinungen ausgelegt waren, räumte ein paar Bücher von einem Platz auf den anderen, rückte mir einen Stuhl hin, damit ich in Ruhe auswählen konnte, sagte dann leise, entschuldigend: Meine Frau ist gerade hier. Ich saß und blätterte, ich sah nicht hoch, und ich sah mich nicht verstohlen um. Was nützte es, wenn ich wußte, wie sie aussah? Die Duplizität der Ereignisse. Ich war es so müde. Ich gehörte nirgends hin, überall war der Platz, den ich für mich beanspruchte, bereits besetzt. Ich griff wahllos zwei Romane und ging zur Kasse, ließ mir einen Kassenzettel ausstellen, packte die Bücher in die Handtasche, bestellte eine Empfehlung an den Chef, sagte, ich sei eilig, ich müsse zur Bahn, und verließ seinen Laden. Ich ging zum Bahnhof, auf dem ich eine Dreiviertelstunde vorher angekommen war. Zu diesem Bahnhof, von dem ich ungezählte Male abgefahren bin. Manchmal hat J. mich begleitet, öfter bin ich allein gewesen. Der Eilzug war gerade abgefahren, ich mußte auf einen Nahschnellverkehrszug warten. Ich ging auf dem Bahnsteig auf und ab, am vorderen Ende. Ich fahre noch immer, wie als Kind, im ersten Wagen. Da geht es rascher, sagte Vater, man ist rascher fort und kommt früher an.

179

Als der Zug einlief und alle zu den Türen drängten, blieb ich zurück, drehte mich, einer Eingebung folgend, um und lief die Treppe wieder hinunter, durch die Unterführung, und da kam er mir entgegen. Er nahm mich, was er sonst nie tut, wenn irgendein Fremder uns sehen könnte, in die Arme und hielt mich fest an sich gedrückt und küßte mich, mitten in dem Strom und Gegenstrom von Menschen. Komm, komm, komm – wie man ein Tier lockt und beschwichtigt. Komm, komm, komm. Bis ich aufhörte zu weinen und sagte: Ich bin doch schon da.

Komm und bleib. Viens et reste!

Er hatte den Wagen am Bahnhof geparkt. Wir fahren immer nur die Straßen, die durch die südlichen Stadtteile führen, wo er fast sicher sein kann, daß man ihn nicht erkennt. Wir haben nie darüber gesprochen, es geschieht stillschweigend, es gehört zu diesem Arrangement. Wenn ich früher einmal gesagt habe: Laß uns hier eine Tasse Kaffee trinken, hat er rasch ein anderes Café vorgeschlagen, und ich habe nicht nach der Ursache gefragt. Und wenn er mich besucht, dann ist es umgekehrt. Ich sage: Dorthin bitte nicht! Und manchmal sagt er, und manchmal sage ich: Das bringen die Verhältnisse so mit sich. Zuerst klang das bitter, »das Bittersalz der Ironie, nur in Tränen löslich«, wie klingt es heute? Wie eine Feststellung, nüchtern, ohne hörbare Emotion. Resignation? Ist das besser als Ironie? Straßen, Seitenstraßen.

Regenschauer. Rechts und links Felder, schmutzige Wegränder, Gartenvierecke mit Kohlstrünken, erstes kümmerliches Grün, das schon grau wird. Buden, Tankstellen. So eine Stadt hat nirgends ein Ende, sie läuft hinter einem her.

Ich frage wie sonst auch: Wohin fahren wir?

Er sagt: Irgendwohin. Und nicht, wie früher manchmal: Bis ans Ende – und dann, nach einer Pause: der Stadt.

Es war wie in dem ersten Jahr, als das Auto unser einziges Zuhause war, die einzige Tür, die wir hinter uns zumachen konnten, um allein zu sein. Ein Dach für unsere Liebe. Ein Schiebedach, J. hat nicht versäumt, darauf aufmerksam zu machen. Nur keine Illusion zulassen. Unbarmherzig prüfen, was standhält. Er parkte den Wagen an einem Wegrand, wir rauchten, er ließ den Motor laufen, damit die Heizung ein bißchen Wärme hergab. Eine Stunde, zwei Stunden, dann fuhr er mich zu einem der Bahnhöfe, die auf der Strecke liegen. Wir standen auf Bahnsteigen, ein Zug fuhr ein, wir benahmen uns wie andere Reisende. Fahrkarte, Bahnsteigkarte, eine Illustrierte am Zeitungsstand, komm gut nach Hause, danke schön, schreib, ruf nicht vor zehn Uhr an. Wann kommst du wieder? Und J. hatte die Hände in den Manteltaschen und stand weit vorn, wo der Bahnsteig zu Ende ist, und sah mir nach und winkte nicht. Wegwinken, sagt er.

Wenn ich an ihn denke, sehe ich ihn so vor mir, wie er mir nachblickt, wenn ich von ihm fortfahre. Sein Gesicht ist ausdruckslos und leer. Und von diesen Stunden haben wir gelebt. Wir sind an anderen Autos vorbeigefahren, die auf diesen Seitenstraßen und Feldwegen in der Dunkelheit parkten, mit ausgeschaltetem Licht und leiser Radiomusik. Wir haben gesehen, wie sich zwei in den Armen lagen, und wir waren elend und verzweifelt. J. hat gesagt: Es ist anders, bei uns ist es anders. Aber wir haben es beide nicht geglaubt.

Es waren die anderen. Das, was zwischen uns ist und von Anfang an war, ist Liebe und ist unschuldig wie jede Liebe. Aber die anderen, die, deren Ordnung wir nicht gelten lassen wollten, zwingen uns in die Reihe derer, die in Unordnung leben.

J. bog rechts ab, er fuhr auf die Rheinbrücke zu. Ich fragte:
Hast du so viel Zeit, mußt du nicht zum Abendessen nach
Hause?

Nein.

Ich bitte dich, sag etwas, sag irgendwas.

Hast du sie gesehen?

Ich schüttelte den Kopf.

Sie hat dich gesehen.

Und?

Nichts.

Dann, nach einer Weile: Sie hat mich geschickt. Geh ihr
nach, hat sie gesagt, ich mache hier Schluß, es ist sowieso
gleich halb sieben. Geh, geh nur!

Was heißt das für uns?

Ich weiß es nicht, noch nicht. Laß mir Zeit.

Ich habe nie gedrängt.

Natürlich nicht, das wollte ich auch nicht sagen. Es ist
ihre Buchhandlung, ich bin nur Geschäftsführer, und ich
bin kein sehr guter. Das weiß ich selbst, das weiß sie, du
wirst es auch wissen.

Warum sagt er das? Ich weiß das alles doch.

Wir waren auf einer der langen Chausseen, die zur
holländischen Grenze führen.

Wohin fährst du?

Irgendwohin, es ist doch gleich.

Willst du nicht zurück heute abend?

Schickst du mich? Sagst du auch: Geh, geh doch?

Nein, nein oder doch, ich weiß es nicht. Fahr bitte
langsamer!

Warum? Ich denke, dein Mann wäre immer so gefahren.
Hast du etwa bei mir Angst?

Ja.

Dann hielt er an. Du hast recht. Wir haben Angst. Beide
haben wir Angst. Dann, ablenkend, wieder ironisch: Au-

182

ßerdem haben wir Hunger. »Lasset uns essen und trinken und fröhlich sein«, komm, Bürgerin, der Mittäterschaft dringend verdächtig, Komplizin der Liebe.

Bitte, sei still!

Die Verhältnisse, Hanna, die Verhältnisse …

… bringen mich um.

Das könnte dir so passen! Nicht einmal das ist ein Ausweg. Es ist das sicherste Mittel, vielleicht das einzig sichere überhaupt, voneinander loszukommen. Gemeinsam bekommt man den Tod nicht, weder legitim noch illegitim, das ist ein Trost, oder nicht? Bis daß der Tod euch scheide. Das einzige, was man erreichen könnte, sind Ungelegenheiten für die Hinterbliebenen, Peinlichkeiten. Ein kurzes, nicht einmal sehr ästhetisches Drama. Höchstens eine Schlagzeile wert. Wie willst du sie formuliert haben? Für einen romantischen Tod am Chausseebaum sind wir reichlich alt, Bürgerin, und ich bin nicht schön genug und nicht reich genug.

Nach einem Blick zu mir: »Nec lacrimis crudelis Amor … nie wird Liebe der Tränen satt.« Dahinten ist ein Gasthaus. Wir leben noch, wir essen noch, komm, dort wird man den Tisch kaufen können und auch das Bett.

Er wurde erst wieder nüchtern, als er ein paar Gläser getrunken hatte.

War es schlimm? hat er gefragt. Er hatte die Brille abgenommen und die Hand über die Augen gelegt, und als er die Hand wegnahm, war endlich auch die Maske fort. Ich will dir nicht weh tun, hörst du, niemals will ich das, und doch quäle ich dich immer. Ich frage mich oft, warum du mich liebst, ich mache es dir so schwer.

Der Musikautomat lief, eine Frau lehnte an dem Automaten und schrie: Groschen, gebt doch mal ein paar Groschen her!

Die Wirtin kam: Ob die Herrschaften über Nacht blieben. Wir könnten auch so ein Zimmer haben, wenn wir nicht so lange Zeit hätten, ihr Blick lauerte zwischen ihm und mir.

Er verlangte die Rechnung und sagte dann und sah mich dabei an und nicht die Wirtin: Und bringen Sie für meine Frau noch einen Kaffee.

Sie entfernte sich. Er nahm meine Hand, hielt sie fest. Man darf dich nicht kränken, Hanna, ich ertrage das nicht, ich könnte die Person umbringen.

Sie hat nichts anderes gesagt als du. Die Verhältnisse, du vergißt die Verhältnisse. Man kann nicht beides haben: Liebe und Wohlanständigkeit. Ich weiß das doch. Laß uns gehen. Er trank den Kaffee im Stehen, ich sah, daß seine Hand zitterte, der Löffel klirrte, als er den Zucker umrührte.

Soll ich zurückfahren? Du bist abgespannt.

Zum erstenmal habe ich seinen Wagen gesteuert, er fährt sich nicht so leicht wie Alberts.

Du fährst sehr ruhig. Vielleicht sollte ich dir die Führung immer überlassen.

Nein.

Hast du Angst?

Frag doch nicht, frag doch nicht immer, ob ich Angst habe, ich will nichts dafür tun, begreifst du das nicht? Dagegen tue ich schon lange nichts mehr, ich lebe nicht, ich lasse mich nur noch leben – gesagt habe ich das nicht.

Ich fuhr zu schnell, ich merkte das selbst. Ich sah auf den Tachometer, er zeigte aber nur achtzig, die Straße war gut, kaum befahren. Ich sagte: Da stimmt doch was nicht, was ist los mit dem Auto? Ich nahm Gas weg. Der Tachometer war kaputt, schon länger, er hatte ihn nicht reparieren lassen.

Warum sagst du das nicht? Das ist doch unverantwortlich.

Ich scheine das auf allen Gebieten zu sein.

Noch eine Weile, und dann fing er an zu reden: Ich halte es für möglich, daß meine Frau mich liebt. Das macht alles noch schwieriger. Es ist auch gegen die Vereinbarung. Man darf die Motive nicht durcheinanderbringen. Ich halte es für möglich, sogar für statthaft, daß man eine Ehe, die einmal aus Liebe geschlossen wurde, trennt, wenn diese Liebe zu Ende ist, verbraucht, sich einem anderen zugewandt hat, was auch immer. Aber von ihr kann ich mich nicht aus Liebe trennen, verstehst du, aus einer anderen Liebe. Ich habe sie nicht aus Liebe geheiratet, und sie hat damals kein Wort von Liebe gesagt. Sie brauchte nach dem Tod ihres Mannes jemanden, der die Buchhandlung weiterführt, brauchte einen Vater für ihre beiden Kinder, und ich brauchte eine Stellung, eine Familie, hier war alles bereits da, ich bin kein Anfänger, der aus dem Nichts etwas zustande bringt. Ich müßte mich nicht nur von einer Frau, gegen die ich nichts vorzubringen habe, trennen, sondern von meiner gesamten Existenz, von Ruth, die ich sehr gern habe, von Mark, der immerhin mein Sohn ist und erst fünf Jahre alt. Die Voraussetzungen von damals sind, was diese sogenannte Liebe angeht, nicht geändert. Nur dich gab es damals noch nicht, du warst nicht einkalkuliert. Ein einziges Mal hätte ich das gekonnt: weggehen. So etwas kann man nur im Anfang, den Mut zum Unrecht hat man nur dann, später wird daraus Gewohnheitsunrecht. Aus einer Ehe in eine andere? In eine dritte? Man fängt an zu zählen, eins, zwei, drei, vier, fünf, sechs, sieben, wo ist meine Frau geblieben, man zweifelt an der Institution als solcher, tut es längst, nicht nur in seinem eigenen Fall. Warum bist du nicht mitgekommen? Der Lorbeer duftete unter dem Fenster, erinnerst du dich, wie der Lorbeer duftete, und die roten Vögel schrien, und im Hafen lag das Schiff. Aber du hast mich im Stich gelassen. Du hast dich umgedreht.

»Wer sich umdreht oder lacht ...« Er lachte auf und wußte wieder nicht, daß er mich verletzte.

Ich fuhr und sah geradeaus auf die Landstraße, die Bäume liefen vorbei, Weggabelungen, kleine Ortschaften. Ich ließ ihn reden und weiß nicht, ob ich alles gehört habe, was er in die Nacht hinein gesagt hat. Ich bin abgebogen auf die Straße nach D., und er hat es nicht gemerkt. Ich habe in der Nähe seiner Wohnung geparkt und gesagt, den Wagen müsse er selbst in die Garage fahren. Ich habe ihn nach Hause geschickt.

Du schickst mich also auch fort! – Bitter und ungerecht.

Ich bin zum Bahnhof gegangen. Es war nicht weit. Ich habe einen der Nachtfernzüge genommen und bin nach Hause gefahren.

Glaubt er das wirklich? Lebt auch er, der sich einen Desillusionisten nennt, in Selbsttäuschung? Weiß er nicht, daß er es ist, der sich umdreht? Er blickt auf ein Stück fiktiver Vergangenheit, und als ich mich umblickte, galt es doch einem Leben, das Gültigkeit hatte und Anspruch auf mich. Manchmal denke ich, er befindet sich auf einer fortwährenden Flucht. Damals hätte er mich beinahe mit sich gerissen. Aber Flucht ist nicht meine Sache. Meine Sache ist es zu bleiben, stillzuhalten, abzuwarten. Und da zu sein, wenn er mich braucht. Wenn irgendeiner mich braucht. Vielleicht wird das Albert sein. Er hat sich noch nicht endgültig von mir gelöst, so wenig, wie ich es getan habe. Die Hypothek von mehr als zehn Jahren ist noch nicht abgetragen, und wer weiß, ob dieses eine Jahr dazu ausreicht.

Ich war zu ruhig für Albert. Langweilig vermutlich. Vielleicht ist es das Unstete an Lisa, das ihn fasziniert. Ihr hüpfender Schritt, das Schwirren ihrer Augen. »Deine Freundin, die Libelle.« Ob er sie heute noch so nennt, überhaupt noch so sieht? Wir sprachen nach ihren flüchtigen Besuchen manchmal von ihr, wie wir es immer taten über Menschen, die wir kennengelernt hatten. Ich habe ihn gefragt, ob er sie eigentlich auch so erregend fände wie andere Männer.

Erregend? Sehr sogar! So kurz vor dem Gewitter, weißt du? Fragt sich nur, wie das mit der Abkühlung ist, die Wolken hängen sehr tief bei ihr.

Lisa ist also eine Libelle, kurz vor dem Gewitter; und ich, was bin ich?

Du, Penny, du bist ein Septembermorgen. Kühl, mit Frühnebel, einen schönen Mittag verheißend und einen geruhsamen, milden Abend, zufrieden? Oder warte, du bist ein Apfelgarten, mit betautem Gras und dem Duft von Äpfeln, die eine Nacht auf der Erde gelegen haben, und dort, wo der Bach fließt und die Sumpfdotterblumen blühen, liegen Handtücher zum Bleichen auf der Wiese, hübsch akkurat, eines neben dem anderen, und Johanna, barfüßig, schwenkt die Gießkanne, fleißig, aber etwas langsam.

Vermutlich hat es einen solchen Garten einmal gegeben, irgendwo in seinen Kindererinnerungen, von denen ich wenig weiß.

Ein Apfelgarten im September.

Es ist März.

April

Am Ostersonnabend kam Marlene. Am zweiten Feiertag ist sie wieder gefahren. Statt einer Woche nur drei Tage.

Schon auf dem Bahnsteig war alles falsch. Ihr »gut siehst du aber aus, Hanne« klang unecht, ich hörte einen Vorwurf daraus. Sie kam, um mir beizustehen. Bereit, mich in die Arme zu nehmen, bereit zu Trost und Rat, entschlossen, mich aufzunehmen in das Lager der vom Leben allein gelassenen Frauen. Sie reagierte sofort, als sie meinen Widerstand spürte. Ich will keinen Trost. Trost hat man nur zu beanspruchen, wenn man ohne Schuld in Unglück gerät. Sonst nicht. Sie hat gleich gemerkt, daß der Platz neben mir nicht frei ist, nicht einmal für eine Freundin.

Klaus ist in einem Ferienlager. Zum erstenmal sind die beiden getrennt, sie schien darunter zu leiden. Sie will ihn noch nicht hergeben, aber sie ist klug genug, es trotzdem zu tun. Aber nur klug, in ihrem Herzen ist sie ihm böse, daß er nicht lieber bei ihr bleibt. Sie muß das nun noch einmal lernen, allein zu sein. Die Vergangenheit war nicht stark genug, so lange trägt auch ein großes Erlebnis nicht. Ihre Energie schien verbraucht, sie lebt so sehr aus dem Willen. Sie war überanstrengt. Abitur, Zeugniskonferenzen, Schularbeiten mit Klaus für die Versetzung, unzureichende Hilfe in ihrem Haushalt. Klaus ist nicht sehr begabt. Marlene war müde, sie wollte sich bei mir ausruhen, aber gleichzeitig wollte sie sich und ihre Art zu leben bestätigt finden. Ausruhen, das ja, aber sonst nichts. Mehr hatte ich nicht zu geben. Ich beschränkte mich auf die äußere Behaglichkeit. Ich hatte ihren Besuch sorgfältig vorbereitet, ich hatte sogar Kuchen gebacken, ich hatte ihr das Schlafzimmer überlassen, behaglich und hübsch, mit Blumen auf dem Tisch. Als ob es mit Essen und Trinken und einem warmen Zimmer getan wäre, ich weiß das selbst. Am ersten Morgen, als ich ihr das Frühstück ans Bett brachte, um einem gemeinsamen Frühstück hier, an diesem Tisch, an dem ich so oft mit Albert und manchmal mit J. gefrühstückt habe, um dem aus dem Wege zu gehen, da hat sie kaum danke gesagt. Laß das mit den Umständen, Hanne! Das ist unerträglich. Wenn ich das haben will, gehe ich in ein Hotel, da bezahle ich es und kann's verlangen. Wenn ich zu dir komme, erwarte ich etwas anderes.

Warum kommt man immer mit Erwartungen aufeinander zu? Was habe ich erwartet, als ich sie eingeladen habe? Daß sie mir über zwei lange Feiertage weghilft? Abende, an denen J. nicht einmal anrufen kann. Und ausgerechnet am ersten Abend hat er angerufen, als wir von einem kurzen Spaziergang zurückkamen. Und ich mußte ihm sagen, daß ich über Ostern keine Zeit hätte, daß eine Freundin zu Besuch da ist. Und er? Aha, gut. Wenn das wichtiger ist, natürlich. Es macht nichts, nein, ich verstehe dich vollkommen, ich freue mich sogar, wenn du endlich erkannt hast, daß es bequemer ist, mit einer Freundin zusammenzusein, ich wußte es nur nicht, ich hatte es so eingerichtet, daß wir diese beiden Tage zusammensein könnten.

Gekränkt. Was konnte Marlene dafür? Aber ich konnte in dem Augenblick nicht mehr für sie tun, als ihr die Zigaretten und den Aschenbecher hinschieben, ihr ein Fotoalbum in die Hand drücken, im Radio noch schnell nach Musik suchen und dann in die Küche gehen unter dem Vorwand, das Abendessen richten zu müssen.

Sie hat erst nach ein paar Stunden gefragt, was eigentlich mit mir los sei. Sie sog mir ein Geständnis förmlich aus den Augen und von den Lippen. Sie nährt sich wohl schon lange vom Erleben anderer. War ich ihr nicht Offenheit schuldig? Auch eine Freundschaft verpflichtet. Aber sie war mir so fremd geworden. Wahrscheinlich aber war nicht sie es, sondern ich, die fremd geworden ist. Alle sind mir fremd, da wird es an mir liegen. Ich habe ihr nur deshalb von J. erzählt, weil ich endlich einen Menschen brauche, zu dem ich seinen Namen sagen kann, und das habe ich dann zwei Tage lang getan, gegen meinen Willen, wieder und wieder, ohne Aufforderung. Und jedesmal hätte ich das, was ich gesagt habe, zurückholen mögen. Ich habe ihn verraten. Wie sollte ich es auch erklären, noch dazu einer Frau wie Marlene, die so unerbittlich ist, »eine

189

Frau liebt nur einmal in ihrem Leben«; mir fehlten die Formulierungen, ich bin nicht gewohnt, darüber zu sprechen, erklären zu wollen, was so unerklärlich ist. Ich war unbeholfen, zuerst versuchte ich, ganz nüchtern zu berichten, dann kam etwas wie Fanatismus über mich: Sie mußte es doch begreifen, sie mußte doch merken, daß es anders war, anders als bei anderen, in anderen Verhältnissen, natürlich fiel auch dieses Wort. Ich weiß nicht, ob ich es gesagt habe oder sie. Sie hat mit der ihr eigenen Sachlichkeit registriert: Er ist zum zweitenmal verheiratet, er hat also Kinder.

Ich sagte: Ja, drei sogar, zwei sind aus der ersten Ehe seiner Frau, sein Sohn ist erst fünf.

Weißt du überhaupt, was das heißt?

Ich glaube.

Da hat sie aufgelacht, ein hartes, böses Lachen. Glaubst es zu wissen? Wie hätte ich denn vermeiden sollen herauszuhören: Du hast eben keine Kinder, du weißt nichts, nichts weißt du, was das für eine Frau bedeutet, mit den Kindern allein zu bleiben.

Sie hat weitergefragt: Was soll daraus werden?

Ich weiß es nicht, Marlene, wirklich, wir wissen es nicht. Wir haben nie danach gefragt.

Ich rettete mich in dieses »Wir«, und ich spürte, wie es eine Mauer zwischen uns aufrichtete, ich wechselte das Lager. Ich sprach weiter, und jetzt klang alles rechthaberisch, großartig, pathetisch, wie ich nie empfinde. Wir haben uns in die Isolation begeben, wir erwarten keine Billigung, wir brauchen sie nicht. Wir verzichten auf alles sogenannte Verstehen. Wir – wir – wir.

Sie hat das Übliche über Verantwortung gesagt, und ich habe, gegen meine Überzeugung, behauptet, der Mensch habe nicht nur Verantwortung gegenüber den Verpflichtungen, die ihm aus seiner Vergangenheit erwachsen, sondern auch gegenüber einer möglichen Zukunft, man dürfe nicht alles, was sich noch entfalten könnte, rigoros abschneiden. Worte von J., an die er wohl selbst nicht glaubt und die ich wie ein übereifriger, aber schlechter Schüler vorgebracht habe.

Am letzten Abend hatten wir noch einmal ein solches Gespräch. Sie sagte, es war zunächst nicht wie ein Vorwurf, sondern wie eine Feststellung gemeint, daß ich eine Bannmeile um mich gezogen hätte, die man nicht mehr durchbrechen könnte, wahrscheinlich läge aber das auch in meiner Absicht. Es sei nur schwer zu ertragen für sie. Am schlimmsten sei meine Liebenswürdigkeit, die sie mit jedem Taxifahrer zu teilen habe, für den ich sie ebenso bereit hätte. Selten im Leben sei sie sich so überflüssig vorgekommen wie in diesen beiden Tagen. In der Schule erhält sie die ihr unentbehrliche Bestätigung und Befriedigung durch die Leistungen ihrer Klasse, durch die Anhänglichkeit ihrer Lieblingsschülerinnen, und zu Hause ist Klaus. Warum ich nicht geschrieben hätte: So ist das. Statt dessen nimmst du es mir übel, daß ich nicht dieser Mann bin, du siehst überhaupt keinen Menschen mehr, du scheinst ihm hörig zu sein. Widersprich nicht, es gibt diesen Zustand, ich erinnere mich durchaus. Gerade weil ich mich erinnere, und ich will mich nicht erinnern, nicht daran. Man kommt sich alt neben dir vor, aber leider immer noch nicht alt genug. Ich dachte, ich hätte mich damit abgefunden, daß der Teil des Lebens für mich vorbei ist. Offensichtlich habe ich das nicht. Diese Erkenntnis verdanke ich dir. Man meint, man habe seine Aufgabe erkannt, wüßte, worum es geht, junge Menschen ins Leben zu führen, Wissen zu vermitteln, Vorbild zu sein. Ich weiß, du verstehst das nicht, du verachtest Frauen, die ihre Kräfte so einsetzen, aber es ist den Einsatz der Kräfte wert, ist auch den Verzicht auf vieles wert. Und plötzlich stellt man fest, daß man bereit wäre, das alles hinzuwerfen, für ein Nichts, für einen Mann, für zwei Arme, die sich um einen schließen. Daß alles andere nicht zählt, daß man noch einmal spüren will, wie das ist, eigenes Leben. Leben ohne Rücksichten. Ohne Verantwortungen.

Sie brach unvermittelt ab, unsere Blicke begegneten sich, und ich sah: Sie haßt mich! Haßt mich, weil ich liebe, und sie haßt sich, weil sie sich hinreißen ließ, das einzugestehen. Sie ist nicht freimütig, so wenig, wie ich es bin. Frauen sollten es aber sein, untereinander, verläßlich und vorbehaltlos, wenn sie sich wirklich zugetan sind und sich so lange kennen.

Das besagt übrigens keineswegs, daß ich deine Handlungsweise billige oder auch nur verstehe. Aber das ist deine Sache.

Morgens auf dem Bahnsteig war nicht mehr viel zu retten. Wir waren beide bekümmert, daß es so geendet hat.

Keine Zeile von J.

20. April

Albert hat es sich angewöhnt, wenn er kommt, mit dem Schlüsselring kurz an das Glasfenster der Wohnungstür zu klopfen. Die Klingel benutzt er nicht, aber auch nicht den Schlüssel.

Über eine Woche hatte ich nichts von ihm gehört, dann das Klopfen an der Tür und sein: Komme ich auch nicht ungelegen?

Ein höflicher, liebenswürdiger, etwas unsicherer Albert.

Ich hatte gerade etwas Zeit, ich dachte, es würde hübsch sein, mit dir Kaffee zu trinken, ich habe Kuchen mitgebracht.

Er legt die Blumen auf das Klavichord, das Kuchenpaket daneben, fragt noch mal: Störe ich dich auch nicht? Was tust du gerade?

Nichts.

Nichts? Ich glaube, daß ihm mein Nichts-tun als die entsetzlichste aller Tätigkeiten erscheint, bestimmt aber wohl die schwierigste, eine Tätigkeit, die man nirgends erlernt, für die man kein Diplom bekommt und gar keine Anerkennung, obwohl es doch schwer genug ist, das zu lernen. Er verbirgt sein Erschrecken über mein Alleinsein von Mal zu Mal schlechter, er empfindet es wohl als Anklage. Nicht immer bin ich bereit, ihn durch Heiterkeit darüber hinwegzutäuschen.

Er wirkte unruhig, nervös, was er doch nie war. Er hatte sich Mühe gegeben, als er die Blumen für mich ausgesucht hat. Auf einmal entsinnt er sich, welche ich gern mag. Seit wann weiß er das? Vielleicht sagt Lisa ihm das, wenn er ihr Blumen mitbringt: Du verwechselst das, das war meine Vorgängerin, die mag Iris gern. Vielleicht hört er noch hin, wenn sie ihn auf etwas aufmerksam macht, er ist schwerfällig. Ich vermute, daß er ihr meine Wünsche erfüllt. Vielleicht hat er jetzt mehr Zeit, über mich nachzudenken, sieht mich aus größerer Entfernung und versteht mich besser, so geht es mir ja auch. Er holt sogar eine Vase und tut die Blumen nicht achtlos in eine herumstehende Milchflasche. Er hat den Türgriff zum Badezimmer in der Hand und wendet sich um und fragt: Ich darf doch ins Bad? Und nachher steckt er den Kopf durch den Türspalt, läßt Wasser in die Vase laufen und hat einen Ärmel seines Bademantels in der Hand. Trägst du den eigentlich noch?

Ja, ich trage ihn noch, möchtest du ihn haben?

Nein, nur wenn er dir im Wege gewesen wäre.

Behutsame Gespräche, die weh tun, und eben das wollen wir doch vermeiden. Dieses Einander-Schonen ist fast noch schlimmer.

Ich setze das Kaffeewasser auf, und Albert sagt: Du trinkst doch lieber Tee. Ich sage: Nein, laß uns ruhig Kaffee trinken, dir ist das doch lieber. Wir sehen uns an und lachen und sagen gleichzeitig: Kakao! Er verzieht das Gesicht, er zuckt die Schultern, da kann man nichts machen, das sind diese zehn Jahre. Ich gehe zu ihm, lege freundschaftlich den Arm um ihn. Ohne diesen Kakao wär's ja nicht besser, Albert.

Er deckt den Tisch, setzt die Blumenvase an die Seite und nicht in die Mitte, irgendwann muß er gemerkt haben, daß ich das nicht mag und daß es kein Zufall war, daß sie immer anders stand, wenn er sie gerade wieder in die Mitte gesetzt hatte. Er hat immer opponiert. Er legt Servietten hin und versucht, sie zu falten und in Kuchengabeln zu schieben, ungeschickt, rührend. Ich tue, als merke ich das nicht, als sehe ich nicht, wie er versucht, den Kaffeetisch zu decken, wie ich es früher getan habe. Sonst müßte ich sagen: Aufwand, mach doch nicht soviel Aufwand für das eine Stück Kuchen, das wir essen! So wie er es früher zu mir gesagt hat. Und wie ich es heute zu J. sagen möchte. Vielleicht deckt Albert sich heute den Tisch, wie er es von mir gewohnt war. Wenn ich mir meine Mahlzeiten in der Küche fertigmache, sieht das Tablett aus, als hätte Albert die Sachen draufgestellt, manchmal passen nicht einmal Tasse und Teller zusammen. Oft esse ich am Fensterbrett in der Küche und sehe hinunter in den Hof, werfe den Tauben Brotkrumen zu und mache mir dabei vor, ich äße nicht allein. Wozu den Tisch decken? Es lohnt nicht.

Worüber haben wir gesprochen? Ich weiß es nicht mehr, nichts Wichtiges. Irgendwann hat er gesagt, es sei schwer, sich dieses Zuhause abzugewöhnen. Ein Magnet im Stadtinnern. Man sieht es dem Haus gar nicht an. Ein Magnet, nicht nur für mich, ich weiß.

Ich zucke die Achseln. Er holt das Schlüsselbund aus der Westentasche, er trägt seit ein paar Monaten farbige Westen, die aussehen, als hätte Lisa sie ausgesucht. Er läßt die Schlüssel aneinanderklingeln und lenkt meine Augen hin, daß ich sehen muß, daß er den Ring dazugehängt hat. Er benutzt beides nicht mehr, aber von beidem will er sich noch nicht trennen. So meint er es wohl. Gesprochen haben wir nicht darüber.

Er sah mehrmals zur Uhr. Ich tat es auch. Ich fürchtete, daß J. anrufen würde, solange er hier war, ich kann dann nicht mit ihm sprechen. Als er gehen mußte, habe ich ihn in den Flur begleitet und zugesehen, wie er sich den Mantel anzog. Ich habe ihm das Halstuch ordentlich unter den Mantelkragen geschoben, wie ich es immer getan habe, und er hat mich bei den Ellbogen genommen, wie er es oft getan hat, und mich hochgehoben, »in Augenhöhe«. Er hat gefragt: Nanu, zweihundert Gramm mehr, Penny?

Zweihundertzehn Gramm, wenn's beliebt.

Es beliebt sehr.

Zu spät erst habe ich gesagt: Kein Durcheinander, bitte, Albert! Und dann läutete das Telefon, und er ist rasch gegangen und hat sich entschuldigt, falls er gestört habe. Und ich lehnte im Flur an der Wand und hielt mir die Ohren zu, und als ich endlich den Hörer abnahm, hatte J. schon aufgelegt.

Zwei Stunden, mit denen Albert nichts anzufangen wußte. Lisa hatte keine Zeit. Proben im Funkhaus oder irgend etwas anderes. Genau scheint er es nicht immer zu wissen. Sie ist oft nicht da, wenn er zurückkommt. Es liegt ja an mir, sagt er. Seine Termine verschieben sich eben oft. Sie wohnt noch mit der Mutter zusammen. Sie kommt heimlich, unter Vorwänden zu ihm. Ich habe wohl falsche

Vorstellungen von dem Leben, das die beiden führen. Warum heiraten sie nicht? So ein zweistündiger Besuch ist nicht dazu angetan, meine Vorstellungen zu revidieren. Ich will auch nicht wissen, wie es wirklich ist. Jahrelang habe ich mir die Augen zugehalten, um es nicht zu sehen. Ich wollte keine Frau sein, die man betrügt. Ich wollte nicht, daß es Lisa war, ich wollte nicht beide auf einmal verlieren. Es kann doch nicht sein! Immer wieder habe ich gesagt: Es kann nicht sein, es kann nicht sein. Nicht jetzt. Bitte, nicht jetzt, wo es vielleicht noch wieder gut werden kann mit Albert und mir. Ich habe nicht gewagt, ihn zu fragen, ich tue es auch heute nicht. Ich will nicht hören, daß er sie schon liebte, als er mich nach Tuttis Tod hierher geholt hat. »Eine Bekannte von mir, es wird nett sein, wenn du durch sie ein paar Leute kennenlernst.« Später schob er sie an mich ab. »Deine Freundin Lisa«, oder einfach »die Libelle«. Eine Bekannte, über die man durchaus mit mir reden konnte, ganz unbefangen. Er traf sie nicht oft an, sie kam fast immer, wenn er fort war, meist am späten Vormittag, vor oder nach ihren Proben im Funkhaus. Sie blieb eine Viertelstunde, hockte sich auf die Fensterbank, rauchte, lachte, oder manchmal, wenn sie ihren düsteren Tag hatte, starrte sie auf die Straße oder in das kleine Stück Himmel, seufzte ein bißchen, und wenn sie ging, rief sie von der Tür her: Empfiehl mich deinem Herrn!

Meist vergaß ich es, aber manchmal richtete ich es aus: Empfehlung von Lisa!

War sie da? Sieh an, die Libelle! Und dann hockte er sich auf die Fensterbank, genau wie sie, und ich wollte nichts merken.

Albert trug das gleiche blaue Kaschmirhalstuch wie Lisa, als ich herkam. Daß sie auch so eines besaß, habe ich erst gesehen, als ich ihr einmal auf der Straße begegnet bin. Sie bemerkte meinen Blick, errötete. Ich fand das Tuch deines Herrn so hübsch, ich habe ihn gefragt, wo er es gekauft hat, und dann bestand er darauf, es mir zu schenken, hat er es nicht erzählt? – Was war schon dabei?

Ein Halstuch, ausgesucht nach dem Blau ihrer Augen. Ich machte Albert darauf aufmerksam. Blau? Ach was, die Libelle hat grüne Augen wie ein Laubfrosch, falls die grüne Augen haben, sie behauptet nur immer, sie seien blau, vielleicht erreicht sie es ja noch.

Als Lisa in einem Konzert mitspielte und wir nur eine Karte bekommen konnten, habe ich sie ihm überlassen. Du verstehst mehr von Musik, und du kannst lauter klatschen, nimm ihr Blumen mit, bring sie nach Hause! Er widersprach nicht einmal.

Später fanden wir einen Ausweg, der ihnen ein Zusammentreffen ermöglichte, ohne daß sie lügen mußten. Am Nachmittag rief Lisa an, fragte, ob wir Lust hätten, noch ein Stück spazierenzugehen, gegen Abend, oder ob wir vielleicht sogar rausführen, oder ins Kino. Frag deinen Herrn, wenn er kommt, Hanna. Ich versprach es, und ich tat es auch, und im letzten Augenblick, oft waren wir schon auf der Treppe, wenn ich mutlos wurde, dann sagte ich: Geh doch allein, Albert, ich muß noch ein paar Briefe schreiben. Damals erfand ich die Migräneanfälle für mich. Um fünf Uhr beschloß ich, Albert zu sagen, daß ich Migräne hätte, und spätestens um halb sieben setzten die Kopfschmerzen ein. Ich bekam rosa Dragées, gute Ratschläge, einen Kuß auf die Backe. Nur auf einen Sprung, wir können die Libelle schließlich nicht auf der Straße stehenlassen. An mir liegt ihr sowieso nicht viel. Er blieb meist wirklich nicht lange.

Wenn er zurückkam, lief er im Mantel in der Wohnung herum. Abends noch mal ums Viereck gehen, das tut einem sehr gut, weißt du, wir müssen uns das auch wieder angewöhnen. Man hat zuwenig Bewegung.

197

Ja, gern.

Er blieb neben der Couch stehen. Gute Besserung übrigens und schöne Grüße!

Danke.

Er setzte sich ans Fußende, er wollte wohl freundlich zu mir sein, vielleicht hatte er mich damals wirklich auch noch gern. Aber ich wollte nicht den Rest. Ich wollte seine reuigen Liebesbeweise nicht. Ich bitte dich, laß mich in Ruhe, ich bin müde, ich will versuchen zu schlafen. Ich drehte mich zur Wand und hörte ihn im Flur, in der Küche, am Kühlschrank, es dauerte lange, bis er zur Ruhe kam. Ich blieb auf der Couch.

Einmal hat er gesagt, als er zurückkam, aus Versehen wohl, weil er ärgerlich war auf mich oder auf sich, wahrscheinlich auf alles, weil wir alle in etwas hineingeraten waren, das keiner gewollt hat. Er sagte »Prudentia« zu mir.

Ich fragte: Was soll das heißen?

Ach, das sagt Lisa manchmal, wenn sie von dir spricht. Komisch, wie?

Ich kann das wirklich nicht sehr komisch finden, eher etwas taktlos und albern, sagte ich.

Dann wird es wohl stimmen, sagte er.

Sie sprachen also über mich. Wie er von ihr als der Libelle sprach, sprachen die beiden von mir als Prudentia und amüsierten sich über mich. Und Lisa sagte zu mir »dein Herr«, wenn sie von Albert sprach. An jenem Abend haben wir uns gestritten, das ist nicht oft vorgekommen, mit Worten haben wir nichts ausgehandelt.

Du hast eben keinen Sinn für Humor, Hanna.

Kann sein, dafür kann ich unterscheiden, wo eine Sache anfängt, geschmacklos zu werden.

Ein Wort hätte damals genügt, dann hätte Albert angefangen zu sprechen. Ich wußte, daß er auf ein solches Wort von mir wartete, schon lange. Er litt darunter. Aber das tat ich auch. Ich ließ die beiden gewähren, das war aber auch alles und war zugleich meine Rache. Ein Geständnis? Was erwarteten sie denn von mir? Sollte ich auch noch ihre Komplizin werden, sollte ich ihnen raten, was denn nun zu tun sei?

Später, als wir so weit waren, daß wir uns trennen wollten, hat er es mir vorgeworfen. Warum hast du mich nicht gehalten? Du hast doch gesehen, wie es um mich stand. Man darf nicht in dem Augenblick loslassen, in dem der andere den Halt so nötig hat.

Im Frühling kam Lisa regelmäßig bei uns vorbei, wenn sie zur Maiandacht in den Dom ging. Ich entsinne mich, daß Albert im Flur stand und sang: »Und nach der Maiandacht, da kommt die Maiennacht.« Er hatte eine Vorliebe für die Lieder von Brecht. Wir waren über Sonntag zur Hühnerjagd draußen gewesen, ich hatte ein paar Zweige von der wilden Kirsche mitgebracht, die auf unserem Grundstück steht. Albert brach eine Dolde ab und reichte sie Lisa, die sie sich ins Haar schob.

J. hat Lisa nur einmal gesehen, er weiß nichts von ihr und Albert. Ich habe ihn nachher gefragt: Wie findest du sie?

Ein wenig kitschig, für den alsbaldigen Verbrauch bestimmt; sie hält sich nicht, ich würde nicht raten, sie in einer Ehe zu konservieren.

Ich hätte nicht fragen sollen. Für ihn war es nur eine seiner geglückten Formulierungen, aber ich habe sie nicht wieder vergessen. Immer, wenn sie mir einfällt, sehe ich sie so vor mir wie an jenem Maiabend neben Albert, als sie die weißen Kirschblüten im Haar hatte und er zu mir sagte: Weißt du, ich begleite Lisa. Ein bißchen Weihrauch wird mir ja nicht gleich schaden.

Es war nicht seine Art, so zu sprechen. Lisa zuckte zusammen, sie sagte zu mir: Sag deinem Herrn, daß er dort nichts zu suchen hat. Immer wollten sie mir die Entscheidung zuschieben, als seien sie unzurechnungsfähig. Sie waren es vielleicht auch.

Ich sagte: Geht nur.

Er ist noch oft mitgegangen. In der letzten Maiwoche machte Lisa sich nicht mehr die Mühe, bei uns vorbeizukommen. Albert sagte gegen halb sieben, er ginge noch auf einen Sprung nach draußen, Zigaretten holen, Luft schöpfen. Manchmal benutzte er die Gelegenheit, mir auseinanderzusetzen, daß er dieses Leben im Labor nicht mehr lange aushielte. Alles würde ihm zu eng, er erstickte darin, und wie er dieses »alles« betonte, bestand es vornehmlich aus meiner Person.

Als er wieder in den Außendienst ging, geschah es dann doch nicht meinetwegen, oder nur zum Teil, auch nicht aus beruflichen Gründen. Er wollte wohl wirklich alles in Ordnung bringen. Daß die Trennung von Lisa gleichzeitig die Trennung von mir bedeutete, war ihm wohl gar nicht wirklich klar. Er wollte nur weg von hier. Solange er hier war, würde sie ihn nicht in Ruhe lassen. Aber das stimmt nicht, so war es nicht. Ich tue ihr unrecht.

Sie kam, als er fort war, noch eine ganze Zeitlang zu ihren kurzen Besuchen, fragte: Was hörst du von dem Herrn?

Eines Tages hat sie aufgehört zu sagen »dein Herr«, da sagte sie nur noch »der Herr«; ein besitzanzeigendes Fürwort schien ihr nicht mehr passend. Wie geht's dem Herrn? Kommt er zum Wochenende? Sicher geschah das unbewußt, wie vieles bei ihr.

Sie kam zu mir, weil ich der einzige Mensch war, mit dem sie über Albert reden konnte; sie mußte einfach jemanden haben, um seinen Namen zu hören. Es war nicht einmal Heuchelei, sie ist wohl wirklich so naiv. J. sagt, nichts sei für unsereins so schwierig wie der Umgang mit naiven Menschen.

Albert tat dasselbe. Wenn er samstags kam, fragte er, beiläufig, während er die Post durchsah, die in der Woche für ihn eingegangen war, oder während er sich noch die Hände im Bad wusch: Was gibt es Neues, war die Libelle mal da? Später sagte er dann Lisa. Er vermied es, mich anzusehen, wenn er fragte.

Dann wurde im Radio ein Konzert übertragen, in dem sie mitspielte, sie hatte sogar eine kurze Solopartie. Albert stand am Fenster, ich saß in meinem Sessel, nach wenigen Minuten drehte er sich heftig um. Müssen wir das unbedingt hören? Er könne im Augenblick kein Cello vertragen. Er versuchte zu lachen, so ein Lachen, dessen Kläglichkeit dem anderen die Tränen in die Augen treibt. Kleine Allergie gegen Streichinstrumente, entschuldige! Der einzige Satz, an den ich mich erinnern kann aus diesen Monaten.

Zum nächsten Sonnabend habe ich sie dann eingeladen. Sie wußte nicht, daß ich Albert zum Wochenende erwartete, und ihm habe ich nicht gesagt, daß sie kommen würde. Ich hatte den Kaffeetisch wie sonst für zwei Personen gedeckt, es war kurz vor fünf Uhr, wir hatten nach dem Mittagessen beide geschlafen. Als es klingelte, wollte Albert zur Tür gehen, aber ich hielt ihn zurück und ging selbst. Ich ließ Lisa herein, sie hatte den blauen Kaschmirschal lose überm Mantel, es war ein kühler Tag. Ich sagte: Der Kaffee steht schon auf dem Tisch, mach es dir gemütlich. Ich zog mir die Jacke an und verließ die Wohnung.

Warum habe ich das getan? Heimtückisch hat Albert das genannt. Es paßt nicht zu dir. In welchem Ratgeber hast du das gelesen?

Ohne mein Eingreifen wäre er darüber hinweggekommen. Er glaubt das wenigstens. Er ist ja auch nie mißtrau-

201

isch gegenüber den eigenen Gefühlen und Erkenntnissen. Ich wollte einfach nicht mehr mitspielen, das war es. Ich wollte kein heimlicher Mitwisser sein. Man sollte in Zukunft mit mir rechnen. Ich wollte eine Entscheidung.

In der ersten Stunde bin ich ziellos durch die Straßen gegangen, dann habe ich mich in das Restaurant am Bahnhof gesetzt. Ich hatte keinen Schirm mit, es regnete. Später bin ich in eine Telefonzelle gegangen und habe zu Hause angerufen. Albert meldete sich mit der Nummer, was er sonst nie tut. Ich kündigte meine Rückkehr an. Als ich den Hörer aufgelegt hatte und mich umdrehte und die Drehtür aufstoßen wollte, sah ich einen Mann durch die Glasscheibe. Er stand dicht davor, hatte die Hände in die Manteltaschen geschoben und sah mich an, nachdenklich, prüfend, dann verzog sich sein Gesicht zu einem erkennenden Lächeln, er nahm eine Hand aus der Tasche und öffnete mir die Tür.

Das war J.

Und seitdem nennt er diese Telefonzelle in der Bahnhofshalle die »Urzelle«, und manchmal ruft er mich von dort aus an, wenn er hier zu tun hat. Er weiß nicht, in welchem Augenblick er in mein Leben getreten ist und daß er es war, »der mir die Tür geöffnet hat«. So würde er es wohl nennen, und es würde seine These bestätigen, daß jede Begegnung allein durch die Disposition oder Indisposition der Betreffenden, hier würde er zögern und einschieben: oder Betroffenen, schicksalsfähig wird.

Eine Viertelstunde später war ich wieder zu Hause. Lisa war fort, der Kaffeetisch war abgeräumt. Albert hatte das Fenster aufgemacht. Er schwieg den ganzen Abend lang. Aber das war auch vorher schon oft so, keiner von uns findet das erste Wort. Manchmal waren wir vom Schweigen ganz erschöpft. Ich holte mir auch an jenem Abend meine Decke aus dem Schlafzimmer und legte mich auf die

Couch. Ich habe es nie ertragen können, eine Nacht lang neben ihm zu liegen, wenn es nicht gut zwischen uns war. Das ist keine Basis, auf der man etwas wieder in Ordnung bringt, nicht mit mir. Ich weiß, daß es das übliche Mittel ist. Es ist das Prinzipielle an mir, das er mir vorwirft. Er kam noch einmal ins Wohnzimmer – ich hatte das Licht schon ausgeschaltet –, um zu sagen: Das war ganz falsch, bilde dir nur nicht ein, daß du klug gehandelt hast, Prudentia!

Ich habe nichts erwidert, ich weinte wohl, aber das hat er nicht gehört. »Prudentia« war für lange Zeit das letzte. Als er am Morgen aufbrach, kam er nicht zu mir ins Zimmer, und ich stand nicht auf, um ihm das Frühstück zu machen. Wir ersparten uns das »auf Wiedersehen« und auch die »gute Reise«.

3. Mai

Ich frage mich oft, woran es liegt, daß ich Lisa so gern hatte. Im Grunde habe ich sie heute noch gern. In meiner Zuneigung war aber vom ersten Augenblick an auch Neid. Mißtrauen nie. Das Flüchtige, ihre kleinen Lügereien, dieses Schwirrende. Ich habe gespürt, wie ich älter wurde neben ihr, schwerfälliger. Es muß aber auch etwas an mir sein, das sie zu mir hinzog. Sie kam nicht nur, um Albert zu sehen oder über ihn sprechen zu können. Ein Teil ihrer Liebe hat immer mir gegolten.

Sie hat uns nie aufgefordert, sie zu besuchen. Albert und ich haben in dem ersten halben Jahr manchmal darüber gesprochen. Wir kannten beide die Mutter nicht, mit der sie zusammenlebt. Wir wußten nicht einmal genau, wo Lisa wohnte, aber es schien nicht weit von hier zu sein. Wenn sie zu uns kam, brachte sie immer etwas mit, Blumen, eine Torte, Konzertkarten. Ein paarmal sagte sie, daß sie sich bei uns mehr zu Hause fühle als dort, wo sie polizeilich gemeldet sei. Bei anderer Gelegenheit: Ihr wißt ja nicht, wie das ist, so ein Leben im Domschatten. Sie ist zwischen Heiligen und Engeln und Domherren aufgewachsen. Die Engel machten Musik, die schwarzen Herren besuchten meine Mutter, und Heilige müssen wohl sein. Und dann wischte sie das rasch mit einem Lachen weg. Die Eltern sind geschieden. Mutter und Tochter leben von dem Geld des Vaters, ohne sich einschränken zu müssen, wie es scheint. Lisa hält es für richtig, daß der Vater bezahlt. In ihrer Vorstellung, die wohl die ihrer Mutter ist, büßt man so für seine Sünden. Der Vater hat gleich nach der Scheidung wieder geheiratet. Viel mehr weiß ich nicht.

Lisa ist von ihrer Mutter in Feindschaft zur Ehe erzogen worden. Diese Feindschaft richtet sich nicht allgemein gegen alle Männer, sondern ist Feindschaft und Verachtung gegenüber dem, was zwischen Mann und Frau ist. Im Unglauben an die Liebe, an Ehe, an Familie. Lisa hat lange Zeit in Albert und mir zwei Menschen gesehen, die zueinander gehörten, die sich liebten, die ein Zuhause besaßen, in dem es Kinder geben würde. Einmal sagte sie, sie bäte sich die Patenschaft für den Erstgeborenen aus, für Albert II. Sie lachte dabei, küßte mich, und Albert stand daneben.

Und dann hat sie selbst zerstört, was sie liebte und auch bewunderte. Sie konnte Albert nur haben, wenn sie ihn von dort fortholte, wohin er, auch nach ihrer eigenen Ansicht, gehörte. Was immer sie tun würde, alles war von vornherein falsch und böse. Es gelang ihr nicht, das Gute darin zu erkennen, das doch auch in ihrer Liebe zu Albert verborgen ist. Darum kann es wohl auch nicht gut werden, weil sie selbst nicht daran glaubt. Eine Ehe ist für sie nicht zu trennen, es sei denn im Bösen. Albert wird für sie wohl immer der Mann einer anderen bleiben. Er ist andersgläubig, er ist ein geschiedener Mann, darüber kommt sie nicht

hinweg. Sie wird eher mit ihm in einem »sündigen Verhältnis« leben als in eine Ehe einwilligen. Darüber ist Albert
sich nicht klargewesen, er hat vermutlich nicht mit ihr
darüber gesprochen, er wollte erst alles in Ordnung gebracht haben. Auch ich habe gedacht, daß ich den beiden
den Weg frei machen würde und daß etwas Neues beginnen könnte.

Zu Albert gehört Ordnung, genau wie zu mir. Wir können das nicht: Sünde und Buße, immer eins nach dem
anderen. Das muß aufhören. Wir bereuen nichts, wovon
wir wissen, daß wir es wieder tun werden. Wir sind nüchterner. Ich weiß, daß diese Nüchternheit eine zweifelhafte
Tugend ist. Es ist nichts anderes als eine Schwerfälligkeit
des Herzens, die Unfähigkeit, über den eigenen Schatten
springen zu können.

Lisas Reiz, dem auch ich mich nicht entziehen konnte,
liegt in dem Lockenden, Verlockenden. Aber lockt sie
denn nicht zu etwas, das sie gar nicht geben will? Es ist
etwas Zerstörendes in ihr, oder Zerstörtes? Sie ist nicht
mehr zwanzig! Man muß doch wissen, was man tut und
was man will. Man muß doch zusehen, daß die Dinge
wieder in Ordnung kommen, dort, wo es möglich ist.

Ich fordere von anderen, was ich selbst nicht vermag.

Lisas Vertrag beim Rundfunk ist nicht verlängert worden. Den Grund weiß ich nicht, ich könnte mir denken,
daß sie sich nicht für das Orchesterspiel eignet, sie paßt
sich nicht an, sie ist unaufmerksam, gewiß auch dort,
wo es auf unbedingte Präzision ankommt. Ihre Begabung
reicht nicht aus, ihre Ausdauer wohl auch nicht, als Solistin
wird sie nie auftreten können. Was bleibt, sind Cellostun-
den, vielleicht gibt sie auch Violinunterricht. Was für ein
altmodisches Leben, das sie mit ihrer Mutter führt. Im
Domschatten. Ein wenig kitschig, sagt J. Die Wolken hängen reichlich tief bei ihr, hat Albert gesagt. Immer kurz vor

dem Gewitter. Das ist keine Atmosphäre, in der er leben kann.

In diesem Jahr bin ich es, die zur Maiandacht geht. Wozu? Vielleicht aus Neugierde. Vielleicht aus Langeweile. Ich bin nicht fromm. Ich bleibe im Hintergrund. Manchmal bilde ich mir ein, sie beten dort für mich mit. Maiglöckchenduft, schon etwas modrig, warmes Wachs, Weihrauch. »Narkotikum fürs Herz«. Ich sitze und lasse die Gedanken durch mich ziehen. Das Hantieren des Priesters und der Mönche und Meßknaben am Altar nehme ich kaum wahr. Ich schrecke zusammen, wenn der junge Franziskanerbruder mir den Teller zur Kollekte hinhält. Er läßt die Münzen aneinanderklingen, um mich aufmerksam zu machen. Er hat mir schon ein paarmal zugelächelt, er erkennt mich wieder, er denkt, ich sei andächtig, dabei weiß ich nicht einmal, wann man aufstehen muß, wann niederknien, wann das Kreuz schlagen. Ich bleibe auf meiner steinernen Bank im Dunkel von Wand und Pfeiler sitzen, nur darauf bedacht, niemanden zu stören. Gestern war eine junge Frau dort, nur für die Dauer eines kurzen Gebetes, sie hatte ihr Kind mit, ein kleines Mädchen, kaum älter als zwei Jahre, das Köpfchen ging hin und her, die Mutter drückte es mit der einen Hand schnell wieder an sich, und mit der anderen schlug sie das Kreuz. Bevor sie die Kirche verließ, tauchte sie die Hand in das Weihwasserbecken und zeichnete mit dem Daumen ein Kreuz auf die Stirn des Kindes. Vielleicht schützt das ein Kind? Es ist ein Zauber dabei, ich habe das immer gespürt. Auch bei Lisa. Vielleicht zeichnet sie ein Kreuz auf Alberts Stirn, wenn sein Kopf auf ihrem Arm liegt. Vielleicht sagt sie dann ihr »Gott bewahre« zu ihm. Sie spottet, aber man spürt immer, daß sie dabei Angst hat. Sie lacht und sagt »Gott bewahre«, aber sie meint es ernst, »Gott behüte dich«. Sie bringt alles durcheinander, Frömmigkeit und Spott, sie

macht irgendeinen Zauber daraus, gegen den wir nicht an-
können.

Ich gehe nicht in den Dom zur Maiandacht. Ich habe
Angst, ich könnte ihr dort begegnen oder gar beiden. Es ist
dort auch zu laut, alles verflüchtigt sich, zu oft öffnen sich
die Türen und lassen Fremdes herein. Ich gehe in die kleine
Kirche der Franziskaner, wo »die Madonna in den Trüm-
mern« steht.

J. sieht alles nur ästhetisch, historisch, er sagt: Sieh da,
ein heiliger Antonius soll das sein? Die großen Engel in
den Glasfenstern, die ich gern habe, nennt er mondgesich-
tig. Ich zog ihn aus der Kirche hinaus: Komm, wir wollen
gehen, es hat keinen Zweck. Er hat mich befremdet angesehen. Habe ich etwa das Allerheiligste in Johanna verletzt? Ich habe nicht wieder versucht, ihn mitzunehmen.
Wir gehen manchmal zusammen ins Museum, dort ist er
besser am Platz mit Lob und mit Kritik, er versteht etwas
davon, vor allem von mittelalterlicher Malerei. Er bleibt
dann nicht der kühle Betrachter, er ist »bereit, sich zu
engagieren«.

Vorhin, als Albert schon gehen wollte, er hatte wieder
bei mir Kaffee getrunken, habe ich im Flur gesummt: »Und
nach der Maiandacht, da kommt die Maiennacht.« Ich
habe mich erkundigt: Wie ist es damit geworden, das bißchen Weihrauch schadet dir doch nicht? Ich benutzte seine
eigenen Worte, er erkannte sie auch wieder. Nur in diesem
Ton, diesem Sprechen in Zitaten, können wir darüber
reden, distanziert, dabei aber herzlich, wie zwei ehemalige
Verbündete, die den alten Code noch benutzen.

Er blickte mich an, in seinen Augen ist jetzt oft Unsi-
cherheit, als seien Dinge fragwürdig geworden, die früher
ganz einfach waren. Lisa geht nicht mehr hin. Sie geht
überhaupt nicht mehr zur Kirche, verstehst du? Und ich
bin damals mit ihr gegangen, eigentlich nur, um sie anzu-

207

sehen. Er zögerte. Auf einmal sah ich Lisa vor mir, vielleicht zum ersten Male so, wie er sie sieht.

Derweil sprach Albert weiter. Ich dachte, sie hätte mich ein Stück mitnehmen können, falls du weißt, was ich meine. »Daß eines das andere in den Himmel bringe«, ja, laß nur, wir beide haben das auch einmal gedacht, aber wir hatten eben nur den physikalischen Himmel oder wie wir das nun nennen wollen. Ich habe Lisa aus ihrem vertrieben, begreifst du, aus ihrem Himmel, aus ihrem himmlischen Frieden, und ich habe nichts, was ich ihr statt dessen bieten könnte. Mit dem, was ich ihr zu bieten habe, mit Realitäten, weiß sie nichts anzufangen. Du kannst natürlich sagen, es war kein Himmel, es war kein wirklicher Glaube oder nur ein Kinderglaube, wenn er jetzt nicht standhält, früher oder später muß sich der Glaube bewähren. Aber sie ist ja auch ein Kind. Sie will nicht verantwortlich sein für das, was sie tut, sie will nicht, daß andere durch sie unglücklich werden, sie will keine Schuld haben, sie fragt mich immer nach dir, beinah jeden Tag, es ist wie eine Krankheit. Sie will keine Schuld haben, sie will, daß ich ihr sage, daß es dir gutgeht, daß du glücklich bist. Ich habe versucht, ihr klarzumachen, daß es so etwas wie eine Bilanz in jedem Leben gibt, daß man geben muß, um etwas zu bekommen, daß man erst reich ist, wenn man verschwendet. Du siehst, ich habe ebenfalls nachgedacht. Er war verlegen, er versuchte zu lachen. Ich habe jetzt nämlich Zeit dazu, nicht nur unterwegs, vor allem, wenn ich sitze und warte, ob sie kommt oder nicht oder ob sie anruft, daß sie nicht weg kann zu Haus. Die Vertreibung aus dem Paradies, es ist immer dasselbe, kaum hat man den Fuß hineingesetzt. Laß gut sein, Penny, du brauchst dazu nichts zu sagen. Ich muß gehen, die Läden machen zu. Ich muß meine Wäsche noch abholen, sonst habe ich keine Hemden für die Reise, ich kaufe jetzt schon immer neue unterwegs.

Was soll ich mit seinen Bekenntnissen anfangen? Was ist denn schlimmer, ein glücklicher oder ein unglücklicher Albert? Es ist schwer, ihn nicht im Zusammenhang mit mir zu sehen. Das alles hat auch eine reale Seite. Abgerissenes Mantelfutter, das ich ihm schnell angenäht habe. Hemdenknöpfe, die in der Mangel der Wäscherei zerspringen. Ein Appartement, in dem er allein ist. Ich weiß, er hatte einen schlechten Tag. Er war nur deshalb unglücklich, weil Lisa keine Zeit für ihn hat. Ich weiß, daß er Trost bei mir sucht, wie er früher Trost bei ihr gesucht haben wird. Kann sein. Das kann alles sein. Ist das ein Grund, ihn nicht in die Arme zu nehmen? Ich bin gar nicht so prinzipiell.

Manchmal reagiere ich mit Zorn, dann möchte ich sie anrufen und anschreien: Kümmre dich gefälligst um ihn! Sieh dir doch an, was du anrichtest! Du machst ihn alt. In einem einzigen Jahr hast du aus ihm einen alten Mann gemacht. Denk doch nicht, daß du jetzt weglaufen kannst, wo es ans Bezahlen geht. Siehst du eigentlich nicht, daß er leidet, daß du ihn quälst, daß er so nicht arbeiten kann? Das Leben besteht schließlich nicht nur aus dem bißchen Liebe. Dem bißchen Liebe, genau das würde ich im Zorn sagen. Rundum ist nämlich auch noch Leben, und das ist wichtig; wichtiger als deine Musik, und Beten nützt da auch nichts oder doch nicht viel, das ist deine Sache, das weiß ich nicht, aber das andere, das Greifbare, das müssen wir jetzt wieder in Ordnung bringen, wir alle zusammen. Überall sitzt einer und ist allein und quält sich, alles haben wir zerschlagen, und wenn's vorher nicht gut war, ich weiß selbst, daß es nicht gut war ...

Natürlich rufe ich nicht an. Ich mische mich nicht ein. Was sollte ich am Telefon zu Lisas Mutter sagen? Ich weiß nicht einmal, ob ich vor ihr meinen Namen nennen dürfte. Vielleicht muß man die Gefühle der alten Dame respektieren. Vielleicht ist es richtig, daß man Kinder und Alte be-hütet und sie in dem Scheinfrieden von Schweigen und Lüge beläßt. Sie sind noch wehrloser, haben noch weniger Einfluß. Sie leiden machen hieße nur das Leiden noch verdoppeln.

Es geschieht nichts. Ich warte. Daß der Tag vergeht, daß die Nacht vergeht. Daß J. anruft, daß er kommt.

Der Holunder hinter der Kirche von St. Columba ist aufgeblüht. Die Amsel singt nicht mehr, der Frühling ist fast schon vorbei. Ich bin unruhig und ungeduldig. Ich möchte raus aus der Stadt. Ich kann hier nicht atmen. Aber das Telefon hält mich fest. Wenn ich J. das sagen würde, dann würde er die Telefonschnur die »Nabelschnur des modernen Menschen« nennen, und ich würde ihm zustim-men und lachen, wie ich zu allen seinen Formulierungen lache. Jetzt kenne ich sie schon, bevor er sie sagt, das er-schwert es, aber ich unterbreche ihn nicht. Oft ist es besser, wenn wir schweigen. Am Telefon kann man nicht schwei-gen. Wir haben uns so lange nicht gesehen. Ruth muß eingearbeitet werden, sie ist jetzt immer im Laden.

In der vorigen Nacht habe ich von ihm geträumt. Ein bedenkliches Zeichen, würde er sagen, du verdrängst mich bereits in den Traum. Er stand wieder da und hatte die Hände in den Manteltaschen, und ich war ärgerlich und sagte heftig zu ihm: Nimm doch endlich die Hände aus den Taschen.

Ich fange an, mich gegen ihn zu wehren. Ich weiß nicht, ob das ein gutes Zeichen ist. Das Schweigen hat sich aus-gedehnt zwischen uns. Es ist kein gewöhnliches Schwei-gen, unser Schweigen hat, wie ein Gespräch, ein Thema. Wir schweigen über … Ein Schweigen, das zu nichts führt. Sinnlos, genau wie Worte. Er ist mir dialektisch überlegen, vielleicht bin ich ihm im Schweigen überlegen.

Mitte Mai

Oft werde ich mir jetzt bewußt, wie ich Tuttis Leben in Gedanken weiterlebe. So groß wäre sie jetzt auch. Im Faltenrock würde sie niedlich aussehen. Ich sehe mir Kindermoden in den Schaufenstern an. Wenn es mir auffällt, rufe ich mich zur Ordnung und gehe weiter, vor andere Schaufensterauslagen. Sie kann nicht geboren sein für diese zwei Jahre! Es muß ein Lebensplan existieren, den sie nicht ausführen konnte. Wie hat er ausgesehen, was war bestimmt für mein Kind? Wie viele ungelebte Leben! Was geht zugrunde, unerkannt, ungewußt, ungelebt? Sentimentale Gedanken, unnütze Gedanken. Ich spreche ja auch nie darüber, zu keinem Menschen.

Auch J. weiß nichts. Ich habe ihm nie erzählt, daß ich dieses Kind hatte. Einmal hat er gefragt: Was ist, bekommst du keine Kinder?

Laß doch die biologische Seite. Ich bin nicht mehr so ungeschickt im Parieren solcher Fragen wie im Anfang.

Warum verschweige ich es? Warum lasse ich meinem Kind nicht einmal den Raum, den doch andere Tote für sich beanspruchen dürfen? Auch Tutti trennt mich von ihm. Aber ich habe nie an sie gedacht, wenn ich mit ihm zusammen war. Es ist kein bewußtes Verschweigen. Nur dann ist sie wirklich tot, wenn ich bei ihm bin.

Verschwendet. Das Leben eines Kindes verschwendet, wie Blumen, wie Nachtfalter, sinnlos. Falls Blumen und Falter sinnlos sind.

Jetzt ginge sie schon zur Schule, manchmal gehe ich mittags an das Schultor; einige Mütter holen ihre Kinder dort ab. Ich warte, bis auch die letzten Nachzügler nach Hause trotten. Nachmittags würden wir zusammen kleine Aufsätze schreiben. »Frühling in der Großstadt«, »Mit Vater im Zoo«. Leben im Konjunktiv. Ihr Todestag fällt in die

Zeit, in der andere Leute den Muttertag feiern. Sie könnte mir jetzt schon Deckchen sticken, in Kreuzstich; Mutter hat uns nie sticken lassen, sie mochte Kinderhandarbeiten nicht. Tutti würde mir ein Bild malen, und ich würde stolz und glücklich sein wie alle anderen Mütter, und ich würde tun wie alle anderen Mütter, als hielte ich nichts von solchen Feiertagen.

In diesem Jahr habe ich zum erstenmal überlegt, ob ich nicht nach G. fahren sollte und ihr Grab aufsuchen. Heute morgen habe ich mir ausgedacht, wie es sein würde, wenn Albert den gleichen Gedanken hätte, wir haben so oft denselben Gedanken zur selben Stunde gehabt und haben es noch. Wenn wir uns dort träfen, zufällig, was für eine rührende Szene!

Niemand pflegt das Grab; ich kann mir nicht denken, daß Albert irgend etwas veranlaßt hat. Das sechste in einer Reihe von Kindergräbern. Die Friedhofsverwaltung hat zwei Monate später gefragt, ob wir das Grab in regelmäßige Pflege geben wollten. Ich habe nicht geantwortet, ich habe Albert, als er zum Wochenende kam, den Brief zu seiner übrigen Post hingelegt. Ich bin nicht wieder auf den Friedhof gegangen. Was soll ich dort? Ein Grabstein mit den Lebensdaten, damit jeder, der sonntags auf dem Friedhof spazierengeht und Schicksale sucht, es liest und nachrechnet: zwei Jahre, nicht einmal zwei Jahre! Und dann machen sie ihre Sprüche: Wer weiß, was dem Kind erspart geblieben ist. Woran es wohl gestorben ist? Ob sich die Mutter nicht genug um das Kind gekümmert hat? Grönland, war das nicht ...? Und bei jedem Unkrautbüschel, das dort wächst, werden sie sagen, daß das Kind schon längst vergessen ist, daß andere Kinder seinen Platz einnehmen. Was pflanzt man auf Kindergräber? Immergrün. Efeu. Blumen aus diesem entstellten, verzerrten Körper. Ich habe gehofft, das würde sich ändern, eines

212

Tages wäre ihr Lächeln wieder da, ihre Augen, die Alberts Augen waren. Als dann Albert zurückkam und ich ihre Augen in seinen wiedererkannte, und immer wieder, wenn er mich in den Armen hielt, sah er mich an mit ihren Augen, ich konnte es nicht ertragen. Er hielt es für eine Krise und war geduldig.

Ich dachte, eines Tages könnte ich mein Kind wieder liebhaben. Sie würde sein wie eine Puppe, die man doch auch liebgehabt hat. Ein Stück Erinnerung, kleiner werdend, zärtlicher.

Statt dessen habe ich immer noch Angst. Albert weiß das, deshalb spricht er nicht davon, er vermeidet sogar, von fremden Kindern zu reden. Er hat dem Stationsarzt und den Schwestern Vorwürfe gemacht; man hätte mich nicht mehr zu meinem Kind lassen dürfen. Wenn er dagewesen wäre, hätte er es verhindert. Aber er war nicht da. Er war nicht da, als ich das Kind geboren habe, und er war nicht da, als es gestorben ist, und er war nicht da, als ich es begraben habe. Zufall. Ja, vielleicht ein unglückseliger Zufall.

Und jedesmal hat es doch eigentlich nur daran gelegen, daß ich ihn nicht benachrichtigt habe. Ich hätte telegrafieren können, auch Telegramme werden nachgeschickt. Ich habe das eine und das andere Mal nicht daran gedacht. Ich habe seinen Namen geschrien. Aber ich hätte ihn auf ein Telegrammformular schreiben müssen. Du überforderst mich, hat er gesagt. Ich kann das nicht. Ich bin dem nicht gewachsen.

Er hat recht, wie konnte er wissen, daß es soweit war. Er mußte sich darauf verlassen, daß ich es ihm mitteilte, und ich glaubte immer, er müsse das spüren. Er hat mir keine Vorwürfe gemacht, er war sogar geduldig mit mir. Keiner hat dem anderen Vorwürfe gemacht. Wenigstens nicht laut. Als er dann kam, hat er nur noch die Kindersachen fortgeschafft, wir hatten auf dem Boden Platz. Später, beim Umzug, hat er alles einem Kinderheim zukommen lassen.

Er ist in die Klinik gegangen und hat die Ärzte zur Rede gestellt. Das hat Schwester Sofia mir erzählt, die bei Tutti gewacht hat. Er hat mich vom Dienst abgeholt, er hat mir vorgeschlagen, daß ich kündigen sollte, es sei doch längst nicht mehr nötig, daß ich arbeite, sein Verdienst reiche ja nun aus. Ich hörte aus allem heraus, daß er dachte, Tutti hätte keine richtige Pflege gehabt. Aber alle haben widersprochen, wenn ich gefragt habe, ob ich irgend etwas falsch gemacht habe. Alle haben gesagt, tuberkulöse Meningitis sei auch heute noch unheilbar, selbst in Fällen, wo die Behandlung mit Streptomycin erfolgreich verlaufe, blieben häufig Schäden zurück. Taubheit oder Irrsinn.

Sie war zart, aber sie war nie kränklich. Auch wenn ich die ersten Anzeichen richtig gedeutet hätte, man hätte sie ja nicht retten können. Noch immer kreisen meine Gedanken um diesen Abend, als ich etwas merkte und trotzdem fortging. Sie hatte die Darmgrippe fast überwunden, das Fieber war nicht mehr hoch, sie hatte sogar wieder Appetit. Albert hatte am Sonntag gesagt, es sei nicht nötig, mit ihr zum Kinderarzt zu gehen, ein wenig Schonkost noch, und wenn sie wieder über Kopfschmerzen klage, könnte ich ihr eine Kompresse machen, das hätte sie ja gern, sie sei eben schon eine richtige Frau. Und dann ist er fortgefahren wie immer, und ich konnte den Zettel nicht finden, auf dem er seine Route und die Adressen notiert hatte. Vielleicht hat er ihn überhaupt nicht geschrieben. Er ist nie gefunden worden. Bei seiner Firma anrufen? Anrufen? Wir hatten kein Telefon, und im Dienst waren uns Privatgespräche nicht erlaubt. Man hätte eine Ausnahme gemacht, in dringenden Fällen selbstverständlich. Man hätte mich zur Pflege des Kindes beurlaubt, wenn man gewußt hätte, daß es so ernst stand. Wenn man das gewußt hätte. Wenn ich das gewußt hätte. Helga, die nachmittags immer auf Tutti aufpaßte und sie spazierenfuhr, war selbst noch ein Kind; sie war froh, daß Tutti stiller war als sonst. Und ich kam spät nach Hause, ich war müde, unaufmerksam, abgelenkt.

Bis dann der Arzt die Überweisung in die Klinik ausgeschrieben hatte und bis ein Bett auf der Kinderstation bereit war, war die Diagnose nicht mehr schwer, da ahnte ich schon alles, da war sie schon ganz hinfällig. Sie erkannte mich nicht mehr. Ihr Körper verkrampfte sich völlig, sie schrie, sie schrie so entsetzlich, man hörte es auf allen Gängen.

Ich habe sie dort wieder abgeliefert, wo ich sie bekommen habe. Der Ring war geschlossen. Schwester Sofia hatte früher auf der Entbindungsstation gearbeitet, sie hat das Kind in seinen letzten Tagen gepflegt. Sie war es, die mich zu ihr gelassen hat. Als das eine Augenlid schon gelähmt war und die Ärmchen leblos an den Schultern hingen. Es ist besser, wenn Sie das arme Ding so sehen. Sie hat das für die richtige Therapie gehalten. Man mußte um einen raschen Tod beten, und ich habe es getan. »Erlöse uns von dem Leben.«

Am selben Abend ist sie gestorben. Zu Hause lag das Telegramm von Albert, daß er zum Wochenende diesmal nicht kommen würde. Es stand kein genauer Absender darauf. Ich bin am nächsten Morgen wie sonst zum Dienst gegangen, was sollte ich auch tun, alles wurde von der Klinik aus geregelt. Ich habe keinem gesagt, daß mein Kind tot war, und denen, die sich nach ihm erkundigt haben, denen habe ich gesagt, es täte ihm nun nichts mehr weh. Wie sollten sie wissen, was ich meinte? Sie sagten: Wie gut! Vielleicht war ich wirklich wahnsinnig.

Sie wurde von der Klinik aus überführt. Das nächste, was ich sah, war ihr weißer Sarg in der Friedhofskapelle, und Albert war immer noch nicht da, und erst der Kollege, mit dem er früher zusammen als Hilfsassistent an der Klinik gearbeitet hatte und der mittlerweile eine eigene Station dort hatte und heute Oberarzt ist, der wurde aufmerksam und hat gefragt: Warum ist Ihr Mann nicht hier? Als ich schwieg, hat er es sofort begriffen: Albert wußte es nicht. Er hat ihn dann benachrichtigt.

Es gab nichts mehr für ihn zu tun. Den Weg zum Standesamt hat er mir abgenommen, er hat sein Kind fürs Personenstandsregister angemeldet und es wieder abgemeldet, und dann hat er alles, was mich an dieses Kind erinnern konnte, beiseite geräumt. Er hat ein paar Zeilen an die Eltern geschrieben, sonst haben wir es niemandem mitgeteilt. Wir hatten nun kein Kind mehr, und ohne daß wir uns darüber verständigen mußten, galt als ausgemacht, daß wir keines wieder haben würden. Er behandelte mich wie eine Kranke, der man nichts zumuten durfte, nicht einmal Erinnerungen, er räumte sogar das Album mit den Bildern von Tutti weg. Wir verschwiegen alles. Als ob man sich nur laut erinnern könnte. Wir gaben uns voreinander heiter und zuversichtlich, so gut es eben ging. Wir machten Pläne. Wir hätten offen miteinander sein müssen, gleich in diesen ersten Tagen. Später dehnte sich das Schweigen zwischen uns zu langen öden Strecken aus. Wo war er denn in jener Woche, warum hat er es nicht gesagt, und warum hat er seit damals Angst vor mir? Warum hatte ich Angst, ihm zu sagen, daß Max da war? Es ist ja auch nichts passiert. Nichts, was man eingestehen müßte. Man hat nein gesagt und sich nach Hause bringen lassen. »Nein, das nicht.« Mein Gewissen erkennt diese Legitimation nicht an. Außen modern, innen altmodisch, sagt J. Er meinte damals das Klavichord.

Albert hat sich danach mehr um mich gekümmert. Er versuchte, den Sommer über so oft wie möglich zu kommen, er brachte mir Stärkungspräparate mit, wir unternahmen kleine Autotouren, damit ich auf andere Gedanken kommen sollte, so war es wohl gemeint, und ich kam ja auch auf andere Gedanken. Er war liebevoll besorgt, aber er war nicht mehr mein Mann.

Im Herbst wurde meine Dienststelle aufgelöst, man brauchte keine Dolmetscherinnen mehr. Ich wurde entlassen, und Albert mietete diese Wohnung, ließ sie für uns umbauen und völlig renovieren.

Wir fingen ein halbes Jahr später noch einmal an. Wir ließen alles zurück, sogar die paar eigenen Möbel, die wir uns in den ersten Jahren angeschafft hatten.

Der Versuch schien zu gelingen. Die neue Wohnung, der erste Haushalt, die erste eigene Korridortür, an der unser Name und nur unser Name stand, die größere Stadt, Albert, der jeden Abend nach Hause kam, alles zu unseren Gunsten. Ein bis dahin nie gekanntes Gefühl von Zuverlässigkeit, Geborgenheit und von Dauer fing an, mich zu beruhigen. Ich vermißte die eigene Arbeit nicht. Ich blieb gern zu Haus, es machte mir Freude, in der Wohnung zu hantieren, ich las viel in Alberts Büchern, ich machte Übersetzungen für ihn in den Bibliotheken. Und heimlich las ich alles, was ich über Meningitis in seinen medizinischen Büchern finden konnte. Abends holte ich ihn oft von der Firma ab. Wir hatten das Auto, wir pachteten die Jagd, wir richteten schon im nächsten Jahr die Arche ein. Albert verdiente gut und würde immer noch mehr verdienen können, und er bewies, daß er viele Talente zur Ehe besaß. Es dauerte dann auch nicht mehr lange, bis wir die körperliche Scheu voreinander verloren. Wir sprachen immer noch nicht von Tutti, aber ich glaube, daß wir uns beide wieder ein Kind wünschten.

In diesem ersten Winter entstand der Plan zu Alberts Sanatorium. Seine Tätigkeit als Arzneimittel-Vertreter sollte nur ein Übergang sein, ein Mittel, um rasch und mehr Geld zu verdienen. Als er sich zu der Berufsänderung entschloß, war nicht abzusehen, wann er eine dotierte Assistentenstelle bekommen würde.

Ob er den Plan heute noch hat? Ich weiß es nicht. Wahrscheinlich nicht. Wir saßen Abende lang und kalkulierten. Nie hat er sich eine eigene Praxis als Internist gewünscht, er hielt nichts von Rezepten. Wie sollte er kontrollieren, was die Leute taten, sobald sie das Sprechzimmer verließen? Selbst wenn sie die Arznei zehn- und zwanzigtropfenweise zur vorgeschriebenen Zeit schluckten, was taten sie alles Falsches in der übrigen? Er beschäftigte sich abends wieder mit der Literatur über natürliche Heilweise, das hatte er schon getan, als er in einer Klinik famulierte, in der diese Methoden angewendet wurden. Er hatte vor, Hydrotherapie mit einer Bewegungstherapie zu verbinden. Er las über Psychosomatik und gab die Bücher auch mir, damit ich mich damit vertraut machte, er zog sogar in Erwägung, sich einer Analyse zu unterziehen und sich ernsthaft mit der Psychotherapie zu befassen. Er wollte, wie er es nannte, für seine Person den Kampf gegen das Spezialistentum in der Medizin aufnehmen und wieder ein »Doktor« werden. Wir wollten dieses Sanatorium zusammen leiten, er versprach sich viel davon, wenn ich die »Krankenmutter« sein würde. Wir wollten zusammen mit den Kranken leben, wir bildeten uns ein, daß wir ihnen vorleben könnten. Damals wußten wir offenbar, wie man »richtig« lebt. Wir stellten Listen mit Lebensregeln auf, irgendwo müssen sie noch in Alberts Mappen liegen, die er hiergelassen hat. Wir wußten alles schon ganz genau. Albert war voller Pläne, aber er blieb auf dem Boden der Realität. Neulich stand in einem Brief von Vater: »Du hast ihn einmal ›tüchtig, tapfer und treu‹ genannt.« Albert wußte, wie hoch das Anfangskapital sein mußte, von Jahr

zu Jahr würde es höher sein müssen, den wachsenden An-
sprüchen, der langsamen Verteuerung gemäß. Selbst wenn
man nur ein Haus pachtete und selbst wenn ihm seine
Firma einen hohen Kredit einräumte, wozu sie bereit war,
so weit war das alles schon gediehen, er rechnete mir vor,
daß wir achtzig Jahre drüber werden würden, bis wir
anfangen könnten, unsere Pläne zu verwirklichen. Wenn
unsere Einnahmen die gleichen blieben und unsere Ausgaben auch. Er bewies mir, daß es keinen Zweck habe, die
Jagd wieder aufzugeben, was ich vorgeschlagen hatte;
nicht die Ausgaben müßten verringert werden, sondern
die Einnahmen vergrößert. Männer denken vermutlich so.
Es sei nur möglich, sein Einkommen zu vergrößern, wenn
er wieder in den Außendienst ginge. »Provisionen fallen
nicht vom Himmel«, das Buch lag damals in allen Schaufenstern. Auch er sprach von den Provisionen, mit denen
es ihm rascher gelingen würde. Ich kaufte ihm das Buch,
schrieb ihm auf die erste Seite »aber sie führen auch nicht
hinein«. Ich reagierte nicht richtig, ich nahm es persönlich,
daß er fortging. Ich hätte es nüchtern sehen müssen, notwendig zur Erreichung eines gemeinsamen Zieles. Ich
habe ihm vorgeschlagen, daß ich wieder arbeiten könnte
und mitverdienen, es ging mir gesundheitlich wieder gut,
aber er lachte mich nur aus. Du mußt dich für fünfhundert
Mark im Monat mehr plagen als ich für tausend und zwei-
tausend, das ist unökonomisch, damit schaffen wir es
nicht, außerdem möchte ich es nicht. Er sah wohl in meinem Vorschlag eine Kritik, als sei meine Mitarbeit ein
Zeichen, daß er es allein nicht schaffe, irgendein Komplex,
mit dem er und ich nicht fertig geworden sind. Außerdem
war da noch Lisa. Ich wehre mich noch heute gegen die
Vorstellung, daß er bei ihr war, als Tutti starb.

Es gab nicht mehr viele graduierte Mediziner im Außendienst, die meisten waren nach ein oder zwei Jahren ir-

gendwo untergekommen. Jetzt war Alberts Position gefestigt, er brauchte nicht mehr durch das Wartezimmer in das Sprechzimmer der Herren Kollegen zu gehen. Ich bin einer der wenigen Ärzte mit wirklicher Wartezimmererfahrung, das wird mir eines Tages zustatten kommen! Aber er hat außerdem, schon bevor er wieder im Außendienst tätig war, gesagt: Ich muß nur rechtzeitig damit aufhören, bevor in meiner Vorstellung aus einem Kranken ein Arzneimittelkonsument geworden ist. Er besuchte vor allem Krankenhäuser. Er war dort bekannt, er wurde geschätzt, er machte großartige Abschlüsse. Sie hatten gerade in jenem Jahr ein neues Antibiotikum herausgebracht. Er konnte sich seine Fahrten sehr weitgehend selbst zusammenstellen, er fuhr zu pharmazeutischen Kongressen, und zwischendurch kehrte er zurück, sagte Penny zu mir, war besorgt, war zärtlich, vornehmlich aber war er abgespannt von seiner anstrengenden Tätigkeit, oft war er zerstreut, manchmal fragte er nach Lisa.

Ein erfolgreicher Mann, ein eleganter Mann. Das Leben gab ihm recht. »Diese Rechthaberei des Lebens.« Sein Ansehen wuchs, sein Konto wuchs nicht ganz so rasch, wie er wohl gemeint hatte, wir lebten zu teuer. Ich glaubte nicht mehr an unser Projekt. Ich weiß nicht, ab wann, aber irgendwann hörte ich auf, daran zu glauben.

Dann kam J. Und er war nicht elegant, er war viel älter als Albert, er sah nicht so gut aus wie er, er war nicht tüchtig wie er. Die Summe von all dem, was er nicht besaß, ergab, daß ich ihn liebte, vom ersten Augenblick an.

Eben hat Albert angerufen. Er ist in G. gewesen – »es hat sich so ergeben« –, er hatte in der Nähe zu tun. Er hat überlegt, ob er mich auffordern sollte mitzukommen. Aber dann hat er es gelassen, er habe nicht gewußt, wie ich seinen Vorschlag aufnehmen würde. Wann hört das endlich auf? Mit keinem Wort habe ich ihn merken lassen, daß ich den ganzen Tag daran gedacht habe. Warum hat er denn früher immer getan, als hätte er das Datum völlig vergessen, alles vergessen. Rächt sich so ein Gedächtnis?

Er hat gefragt: Wärst du denn mitgekommen?

Ich weiß es nicht, Albert! Hinterher läßt sich doch nicht sagen, was man getan hätte, als man noch die Wahl hatte, und jetzt habe ich sie nicht mehr.

Du drückst dich jetzt oft sehr kompliziert aus.

Es ist auch alles sehr kompliziert.

Wir schwiegen. Dann sprachen wir gleichzeitig und verstanden uns nicht, wieder eine Pause. Was wolltest du sagen? – Nein, was meinst du?

Ich habe ihn nicht gefragt, wie Tuttis Grab aussieht. Ich weiß ja nicht, ob er überhaupt auf dem Friedhof war, vielleicht hat er nur einen Besuch in seiner alten Klinik gemacht und ist durch die Stadt gegangen.

Es ist zu spät dazu. Alles macht mich nur müde und ratlos.

20. Mai

Ein Brief von zu Hause. Mutter ist zur Kur, auf einer der Inseln. Ihre Beschwerden haben sich verschlimmert. »Du wirst beobachtet haben, daß das Rheuma Veränderungen auch an der Wirbelsäule verursacht hat, die Atemwege sind betroffen. Die asthmatischen Anfälle machen ihr zu schaffen.«

Zum erstenmal seit Jahren hat sie Vater allein gelassen, allerdings auf seinen ausdrücklichen Wunsch.

»Es ist gut, wenn man das vorher ausprobiert. Deine Mutter sieht es wie ich, als Generalprobe. Eines Tages wird einer den anderen zurücklassen. Ich sitze in meinem Sessel und versuche es mir vorzustellen. Mein letztes Experiment. Möglich, durchaus im Bereich des Möglichen, daß ich dann, wenn ihr Stuhl leer ist, wenn ich sie dort nicht mehr über ihren Patiencen sitzen sehe, wenn ich ihr mühsames Atmen nicht mehr höre, es kann sein, daß ich dann aufhören werde zu trinken. Erklären läßt sich das nicht. Es ist nicht so paradox, wie Du denken magst. Es könnte sie irritieren. Man kann, wenn man zu zweien ist, Gewohnheiten nicht einfach aufgeben, von einem gewissen Zeitpunkt an muß alles konsequent zu Ende geführt werden. Schwerer ist es, mir vorzustellen, daß Deine Mutter dort sitzt, und mein Platz bleibt leer. Was wird sie dann tun? Ich habe annähernd vierzig Jahre gebraucht, um zu begreifen, daß sie mich liebt, auf ihre Weise. Sich selbst kennen und dann feststellen müssen, daß ein anderer Mensch einen liebt, ebenfalls kennt und dennoch liebt, das ist ungeheuerlich, bleibt immer unfaßlich. Ich schalte die Lampe über ihrem Tisch ein und sitze in meinem Sessel und sehe sie vor mir; deutlicher, als wenn sie leibhaftig da säße. Ihre gekrümmten Finger, die Handrücken mit den grünen Schlangen, ihr Gesicht sehe ich nicht, vielleicht habe ich es schon vergessen. Nein, wir werden Dich nicht besuchen, Johanna, Dich nicht und niemanden. Wir wollen uns nicht mehr von hier entfernen. Man wird egoistisch im Alter. Ich werde meine Geschäfte aufgeben, ich habe das vorbereitet. Deine Mutter ist über alles orientiert. Sie hat über unsere Vermögensverhältnisse Buch geführt, sie versteht mehr davon als ich. Sie weiß nicht, daß ich das weiß. Aber vielleicht weiß sie auch das. Wenn man alt ist, hört das Verlangen auf, alles wissen zu wollen, dann hat man Ruhe. Das ewige Fragen nach dem Warum quält einen nicht mehr. Du fragst auch zuviel, Johanna. Ich hoffe, daß Du – Cora werde ich an einem der nächsten Tage schreiben –

nicht das Ansinnen an einen von uns stellen wirst, zu Dir zu ziehen. Ihr werdet es für Eure Pflicht halten, für uns zu sorgen, für sie oder für mich. So viele Irrtümer rühren daher, daß Ansprüche gestellt werden. Deine Mutter und ich werden hierbleiben, oder einer von uns beiden. Fräulein Hedwig wird für das Nötige sorgen, und für sie sorgt ein Legat. Wir werden das Haus kaum noch verlassen, eines Tages überhaupt nicht mehr. Man wird uns für Gespenster halten, zwei alte Gespenster in der Elbchaussee, wir werden den Tag über und den langen Abend Kerzen brennen lassen, um gegen die Dunkelheit anzugehen. Meine Augen haben sehr nachgelassen. Ich werde aufhören müssen, den Wagen selbst zu chauffieren, bevor man darauf aufmerksam wird, daß ich nicht mehr verkehrssicher bin. Es ist unverantwortlich, wird man sagen. Ich fühle mich auch nicht verantwortlich, die anderen gehen mich nichts mehr an. Schemen, Arabesken, Ausstattung. Alles Ausstattung. Aber ich werde den Wagen aus einem anderen Grund nicht mehr fahren: Es gibt keinen Ort, an den ich zu gelangen wünsche. Wir werden hier sitzen und schweigen und warten und zusammenbleiben. Die letzte Bastion. Zwei alte Gespenster in der Elbchaussee. Das paßt ganz gut zu Deiner Mutter und mir, man darf nicht in Widerspruch zu seiner Umwelt geraten, das kostet zu viele Kräfte.

Disziplin, Johanna. Disziplin, das ist das ganze Geheimnis, und dann: Distanz.«

Im Mai

Dieser Brief ist nun der letzte. Disziplin, Johanna, Disziplin. Vielleicht hat er es geahnt. Es ist doch möglich. Er war durch nichts abgelenkt.

Cora ist außer sich. Wie konnte er sich ans Steuer setzen! Wie konnte Mutter das zulassen! Es ist unverantwortlich.

Morgen mittag holt Albert mich ab, er wird mich begleiten. Er hält es für selbstverständlich, daß ich nicht allein fahre.

Das Telefon klingelte vorgestern, am späten Nachmittag, ich nahm den Hörer ab und dachte wie immer: Jetzt fragt J. Aber er war es nicht. Es war Cora. Hast du denn keine Nachrichten gehört? Du hast doch den ganzen Tag Zeit, was tust du bloß immer? Und das bei meinem Zustand, warum haben sie denn nicht wenigstens an mich gedacht. Schließlich kam Helmut an den Apparat, sie stritten sich, wer den Hörer nehmen sollte, bis dahin hatte ich noch nicht einmal begriffen, um wen es ging. Helmut versteht sich besser auf solche Mitteilungen, er blieb sachlich, mit jener unterdrückten Erregung, die sein Mitgefühl ausdrücken soll. Vielleicht war es auch echt, ich tue ihm leicht unrecht. Über den Rundfunk haben sie gehört, daß die Eltern verunglückt sind. Am Hafen. Der Wagen ist in eines der Hafenbecken gestürzt, sie konnten nur tot geborgen werden. Man vermutet Trunkenheit am Steuer.

So heißt es dann. Wahrscheinlich hat er Mutter vom Schiff abgeholt.

Reg dich nicht auf, Hanna! Ich erledige alles, ich fahre selbstverständlich sofort hin. Ich muß versuchen, meine Termine abzusagen, das wird schwierig sein, aber in einem solchen Fall … Ich bin, wie die Dinge nun einmal liegen, der einzige Mann in eurer Familie, ich meine natürlich in unserer Familie, ich rechne mich dazu, versteh mich bitte recht. Du kommst doch zur Beerdigung? Ich telegrafiere sofort, sobald ich das Nötigste weiß, ich rufe gleich dieses Fräulein, heißt sie nicht Hedwig, an, ich werde sie hoffentlich erreichen können. Cora kommt dann nach, natürlich, das läßt sie sich nicht nehmen, da kennst du sie schlecht, es ist ja nicht das erste Kind, das wir erwarten.

Ja, sage ich, ja, ich komme. Nein, ich rege mich nicht auf, ich bin ganz ruhig. Danke, daß ihr mich verständigt habt.

Dann noch einmal Cora: Ist es nicht schrecklich, Hanna? Und das ausgerechnet jetzt! Wie konnte Mutter nur! Was wollten sie denn am Hafen? Und die Koffer! Wollten sie etwa verreisen?

Nein, Mutter kam zurück, sie war zur Kur. Vater hatte mir einen Brief geschrieben.

Dir? Einen Brief?

Ja, einen langen Brief.

Mir nicht, ich verstehe das alles gar nicht, ich hatte nur eine Karte von Mutter, mit Möwen drauf und Grüßen an die Kinder, das ist alles, kein Wort! Wußtest du das etwa?

Vater wollte dir noch schreiben.

Sie weint. Helmut nimmt den Hörer und verabschiedet sich. Ich rufe aus Hamburg an, sei gefaßt, Hanna!

Ja, Helmut, danke, es ist gut, daß du uns das alles abnimmst.

Ich habe den Hörer aufgelegt, ich habe mir Vaters Brief vorgeholt und versucht, etwas daraus zu lesen, was ich vielleicht am Vormittag nicht gelesen hatte. Ich bin zum Kleiderschrank gegangen und habe das schwarze Kostüm hervorgeholt, am fünfzehnten November hatte ich es zum letztenmal an, beim Landgericht. Ich mußte mir schwarze Strümpfe und schwarze Handschuhe kaufen, nichts sonst fiel mir ein, was noch zu tun wäre. Ich habe immer gehört, daß man bei einem Todesfall vor lauter wichtigen Wegen und Entscheidungen nicht zur Besinnung komme. Für mich ist nie etwas zu tun, damals bin ich einfach wieder zum Dienst gegangen.

Ich versuchte, Fräulein Hedwig zu erreichen, aber die Nummer war besetzt, wahrscheinlich sprach Helmut noch mit ihr. Es war noch immer vor sechs Uhr nachmittags, ich drehte die Nummer von J., ich dachte, ich müßte es ihm zuerst sagen. Es dauerte eine Weile, bis man ihn an den Apparat rief.

Wie unvorsichtig von dir, ich bitte dich. Gibt es etwas Besonderes?

Ich störe dich?

Ruth ist in der Nähe, hat es nicht Zeit bis morgen abend? Dann wollte ich sowieso kommen.

Doch, es hat Zeit bis morgen, entschuldige die Störung.

Ruth. Wie sie wohl aussieht? Siebzehn Jahre. Seine Stieftochter, ihretwegen nimmt er vor allem Rücksicht. Seit Ostern ist sie als Lehrling bei ihm, die Arbeit macht ihm jetzt mehr Freude, scheint es.

Ich bin auf keinem Friedhof mehr gewesen seit Tuttis Tod.

Dann habe ich mir das Kostüm angezogen und habe die Wohnung verlassen, um die Strümpfe zu kaufen und eine Bluse, falls es warm werden würde. Vor dem Haus traf ich Frau Marein. Haben Sie etwas vor? Sie sind so elegant, wir haben uns lange nicht gesehen, Mausi hat schon gefragt.

Nein, ein paar Besorgungen, nichts sonst.

Mir können Sie das nicht einreden, es ist was los mit Ihnen, das sieht man doch, so feierlich.

Ich muß nach Hamburg, ich bin eilig, entschuldigen Sie mich.

Als ich zurückkam, stand Alberts Auto vorm Haus, und als ich die Wohnungstür aufschloß, kam er mir im Flur entgegen. Er nahm mich in die Arme, sagte: Penny, Penny, Gott sei Dank, daß du kommst, ich war in Sorge um dich.

Lisa hat Nachrichten gehört. Sie hat ihn verständigt.

Möchtest du, daß ich bleibe? Kannst du allein sein, bis wir fahren müssen?

Natürlich, Albert. Ich bin nicht verzweifelt, wirklich nicht.

Nachher hat er gesagt: Es wird immer einsamer um dich.

Dafür kannst du doch nichts, Albert.

Doch, Hanna.

Du brauchst nicht mitzukommen, Albert. Cora wird dort sein und ihr Mann auch, er erledigt alles.

Willst du nicht, daß ich dich begleite? Kommt – eine Kopfbewegung, J.s Namen spricht er nie aus – kommt er mit?

Nein, er weiß es noch nicht. Er hat auch keine Zeit.

Ach so. Du würdest lieber mit ihm fahren?

Ja.

Er ging zum Fenster, setzte sich auf die Fensterbank, so wie er hundertmal da gesessen hat, klopfte mit dem Absatz an die Wand, zweimal habe ich die Tapete an der Stelle schon überklebt. Man hörte alle Geräusche der Straße, irgendwo war ein Preßlufthammer im Gang, trotzdem war es still.

Ich bringe dich nach Hamburg. Wenn du nicht willst, daß ich an der Beerdigung teilnehme, werde ich auf dich warten, bis du alles erledigt hast.

Danke, Albert.

Du brauchst dich nicht zu bedanken, es ist selbstverständlich. Ich hätte die beiden gern noch mal gesehen. Habt ihr von mir gesprochen, als du zu Weihnachten dort warst?

Nein.

Warum auch? Natürlich. Ich gehöre nicht mehr dazu. Weißt du eigentlich, daß ich die beiden bewundert habe? Du bist ihnen sehr ähnlich, Hanna. So, wie du jetzt da-

227

stehst, so stand dein Vater manchmal. Hältst du es für einen Unfall?

Ich glaube ja.

Du meinst nicht, daß es vorsätzlich geschehen ist? Deine Mutter war doch sehr krank, ihre Beschwerden wurden doch wohl immer störender? Und er war auf ihre Hilfe angewiesen. Wie stand es mit seiner Sehkraft? Hat er sich untersuchen lassen? Handelte es sich um grünen Star, wie ich vermutet hatte?

Ist das jetzt noch wichtig?

Du meinst es also auch? Sie waren zumindest doch disponiert für einen solchen Unfall?

Vielleicht.

Mein Schwager rief noch einmal an. Ein paar Einzelheiten, nichts eigentlich Neues, die Beerdigung würde vermutlich schon in zwei Tagen stattfinden können, er wollte den Nachtzug nehmen. Auch er fragte dann: Was hältst du davon, Hanna, du standest doch immer gut mit ihm.

Ich glaube, er hielt es nicht für wichtig genug, vorsichtig zu fahren.

Meinst du? Cora hat recht, es ist unverantwortlich.

Wahrscheinlich muß man es so ansehen, Helmut.

Mach uns einen Kaffee, Penny! sagte Albert.

Entschuldige, daß ich nicht gleich daran gedacht habe. Ich blieb stehen, die Hand noch auf dem Telefonhörer. Ich sprach zwar vom Kaffeekochen, aber ich ging nicht in die Küche. Albert nickte mir aufmunternd zu. Nun geh schon, Penny! Und dann mach dich ein wenig frisch!

So war es wohl auch gemeint. Ich habe in seinen Armen geweint. Er hat meinen Rücken gestreichelt, und auf einmal spürte ich, daß er mit mir weinte. Später haben wir Kaffee getrunken und über die notwendigen Vorbereitungen gesprochen.

Bevor er ging, hat er gefragt, ob ich schlafen könnte. Hast du ein Präparat, soll ich dir etwas aus der Apotheke besorgen? Oder komm, wir gehen zusammen, du mußt an die Luft, wir gehen ums Viereck, eine der Apotheken wird Nachtdienst haben. Er nahm meinen Arm schon im Treppenhaus; es regnete, aber nicht sehr, wir bogen rechts ein, wie früher. Auf einmal bemerkte ich, daß er das linke Bein etwas nachzieht, wie Lisa. Es war gut, daß mir das auffiel, es rückte alles wieder an seinen Platz, ließ keine Irrtümer zu. Ich mußte nicht einmal meinen Arm aus seinem ziehen, ich ging weiter neben ihm, paßte meinen Schritt dem seinen an. Aber etwas war danach anders. Ich fragte ihn, ob es Lisa kränken würde, wenn er mit mir nach Hamburg führe, sie sei doch sicher noch immer eifersüchtig.

Das läßt sich nicht ändern.

Siehst du ihre Mutter manchmal?

Nein.

Du magst sie nicht?

Das ist beiderseitig. Frag doch nicht, Hanna, wozu?

Wir fanden eine Apotheke, die Nachtdienst hatte. Ich blieb drinnen in der Nähe der Tür stehen und sah mir Plakate von Solbädern an, Albert nannte dem Apotheker seinen Namen – »ich bin Arzt« – und forderte ein Präparat, einen Rezeptblock scheint er gar nicht mehr zu haben. Und dann hörte ich, wie der Apotheker sagte: Danke, Herr Dr. Grönland, ich hatte das Vergnügen, Ihre Frau Gemahlin im Winter kennenzulernen.

Ich drehte mich nicht um.

Albert reagierte, wie immer Fremden gegenüber, sehr reserviert – »wie interessant« –, bezahlte, nahm mich beim Arm und zog mich aus dem Laden. Draußen wollte ich versuchen, ihm das zu erklären, aber er wollte nichts davon hören. Laß nur, Hanna, es geht mich doch nichts an, ich weiß so wenig von deinem Leben, warum sollte ich ausgerechnet etwas Nebensächliches erfahren. An der Haustür hat er mir zwei Tabletten, lose, in die Hand gegeben, er hat wohl Angst, mir die ganze Röhre auszuhändigen. Nimm erst nur eine, es ist ein rasch wirkendes Mittel, eine wird vermutlich schon genügen, oder bist du an Schlafmittel gewöhnt, nimmst du häufiger etwas?

Ja, regelmäßig, aber ein leichtes Mittel, ohne Barbitursäure, es ist nicht rezeptpflichtig, sonst hätte ich dich darum gebeten.

Es gibt etwas Neues, ich habe eine Probepackung zu Hause, ich bringe sie dir morgen mit.

Ja, danke, Albert.

Ich rufe dich gleich morgen früh an.

Ja, danke, Albert.

Schlaf gut, Penny!

Ja, danke.

Soll ich noch mit nach oben kommen?

Nein, danke.

Im Treppenhaus hörte ich das Klingeln meines Telefons. Als ich die Wohnungstür aufschloß, wußte ich schon, daß ich zu spät kam. Ich nahm den Hörer gar nicht erst auf. Es war erst neun Uhr. Ich wußte nicht, was ich tun sollte, also ging ich ins Badezimmer, schluckte die Schlaftabletten, beide auf einmal, und legte mich hin. Ich war wohl eben eingeschlafen, als das Telefon schrillte. Ich hatte es dicht neben meine Couch gestellt, ich war benommen, ich wußte nicht gleich, daß es noch Abend war, ich sagte: Ja, ja.

Bist du es, Hanna? Du sprichst so merkwürdig.

Es war J. Ich sagte: Ach so, du bist es.

Wen hast du denn erwartet?

Ach, niemanden.

Was ist los?

Nichts.

230

Ich bin eigens in den Laden gegangen, um dich anzurufen! Vorhin warst du nicht da!

Ich war in der Apotheke.

Bist du krank?

Nein, ich bin ganz gesund.

Liegst du schon im Bett?

Ja.

Um halb zehn?

Ist es noch so früh?

Warum hast du heute nachmittag angerufen? Ich glaubte, es sei etwas Wichtiges.

Habe ich dich angerufen? Ich weiß nicht mehr …

Du weißt es nicht –?

Und dann ist es mir eingefallen. Ach so, meine Eltern sind mit dem Auto in ein Hafenbecken gefallen.

Wie bitte?

In ein Hafenbecken gefallen, verstehst du das denn nicht? Mit dem Auto, mein Vater war wahrscheinlich betrunken.

Bist du auch betrunken, Hanna?

Nein, ich habe Schlaftabletten geschluckt.

Was ist denn nun eigentlich los?

Sie sind tot.

Erst schwieg er, ich muß in den paar Sekunden wieder eingeschlafen sein, ich verstand ihn gar nicht gleich. Dann sagte er: Und was meinst du, daß ich dabei tun könnte?

Nichts.

Aber heute nachmittag scheinst du doch gedacht zu haben, ich könnte dir helfen.

Ja, das war vorhin, aber dann ist mein Mann gekommen, und er will mich nach Hamburg begleiten.

Natürlich.

Er kann sich einfacher freimachen als du, ich meine, beruflich, er ist auch sonst nicht gebunden.

Ich verstehe.

Wärst du denn mitgekommen?

Warum sollen wir das jetzt erörtern? Dein Mann begleitet dich, ich bin nicht aufgefordert.

Ich habe ihn nicht aufgefordert, er ist gleich gekommen, als er es erfahren hat. Bitte, wir wollen uns doch nicht darüber streiten, das ist doch keine Frage der Kompetenz.

Du scheinst es aber so aufzufassen.

Ich habe nicht geantwortet, er hat auch nichts gesagt, dann muß ich aus Versehen mit dem Ellenbogen die Gabel des Telefonapparates berührt haben, auf einmal kam das Amtszeichen. Ich legte den Hörer auf und wartete, daß er noch einmal anrief. Nach einer halben Stunde habe ich es versucht und seine Nummer gewählt, aber dann hat seine Frau sich gemeldet, der Apparat war schon wieder auf die Wohnung umgestellt. Ich habe mich entschuldigt.

Verzeihung, ein Irrtum.

Ich konnte nicht wieder einschlafen. Ich bin aufgestanden, habe mir Alberts Bademantel angezogen und habe mich in den Sessel gesetzt und nachgedacht. Ich bin im Zimmer auf und ab gegangen und habe nachgedacht, ich habe am Fenster gestanden und nachgedacht. Es hatte aufgehört zu regnen, Mitternacht war schon vorbei, ich habe mich hingesetzt und versucht, an J. zu schreiben.

Dann hat Albert unter meinem Fenster gepfiffen. Ich habe das Licht ausgeschaltet, mochte er denken, daß ich nur angemacht hatte, um nach der Uhr zu sehen, oder denken, daß ich nicht allein sei. Ich wollte nicht ans Fenster gehen, und ich wollte ihn nicht sehen, es hat doch keinen Zweck. Was will er? Was will ich? Ich bin im Dunkeln ins Bett gegangen. Nach kurzer Zeit sprang der Motor seines Wagens an, er fuhr fort. Bald darauf muß ich eingeschlafen sein.

Drei Tage später

Albert kam um ein Uhr; kurz vorher hatte er angerufen, um mich zu fragen, ob ich fertig sei, notfalls könnten wir unterwegs das eine oder andere noch besorgen. Als sein Wagen um die Ecke bog, nahm ich meine Reisetasche und den Regenmantel und lief die Treppe hinunter. Er brauchte nicht zu sehen, wie ich die Wohnung zurückließ. Ich war erst eine Viertelstunde vorher aufgestanden. Ich wollte sein »ein bißchen Ordnung möchte schon sein, Johanna!« nicht hören.

Mehr Gepäck nimmst du nicht mit?

Es sind doch nur zwei Tage. Ich stieg ein, warf den Mantel hinten auf den Sitz. Was hast du in dem Paket?

Obst und ein paar Brote für unterwegs, falls wir nicht in ein Lokal gehen wollen.

Daran hätte ich denken müssen, entschuldige.

Entschuldige dich doch nicht immer! Du fährst mit mir, also muß ich dafür sorgen.

Hast du das selbst fertiggemacht?

Nein, ich halte mir keine Vorräte. Ich habe einen Delikateßladen in der Nähe, der macht das recht gut. Ich rufe an, und bevor ich fahre, hole ich mir das Paket ab, ich tue das jetzt häufig, ich bin das Essen im Lokal etwas leid.

Ißt du immer auswärts?

Meist. Er sieht mich an, lacht ein wenig. Das bringen die Verhältnisse so mit sich, so sagst du doch.

Lisa kocht nicht für euch?

Selten.

Und was ist in der Schachtel?

Der Zylinder, falls ich mit zum Friedhof gehe.

Hast du dir wieder einen geliehen?

Nein, er gehört mir.

Du hast einen Zylinder? Ich weiß nicht, warum mich das so erheiterte, mein Mann besaß einen eigenen Zylinder, es war wahnsinnig komisch, wir fuhren zu einer Beerdigung, und ich hatte ein schwarzes Kostüm an, Exklusivmodell, und er hatte einen Zylinder mit, in einer Schachtel auf dem Rücksitz seines sechszylindrigen Wagens, wir fuhren auf der Autobahn, Spitze hundertfünfzig, wir hatten es so weit gebracht, sogar zu einem eigenen Zylinder. Als wir heirateten, war alles geliehen, mein Brautkleid und Alberts Zylinder, der ihm viel zu klein war, er konnte ihn nicht aufsetzen, er trug ihn nur in der Hand und wußte nicht, wohin damit.

Albert lachte nun auch über seinen Zylinder, erzählte, daß er im vorigen Jahr zur Beerdigung des ersten Vorsitzenden der Gesellschaft einen Zylinder hätte kaufen müssen. Sie wären zu dritt in einen Hutladen gegangen und hätten Zylinder aufprobiert, das wäre auch so komisch gewesen, die beiden anderen wären sogar erheblich jünger als er und hätten nun auch schon einen. Man käme eben in ein Alter, wo man öfter zu einer Beerdigung müsse; berufliche und gesellschaftliche Verpflichtungen. Ich sah ihn von der Seite an, war das noch Albert, derselbe, der davor Angst gehabt hatte, ein »zweireihiger Herr« zu werden?

Als wir aus dem Ruhrgebiet heraus waren, klärte es sich auf, der Himmel wurde blau, die Sonne wärmte. Albert schob das Dach weit auf, ich band mir ein Tuch ums Haar, als es zurückrutschte, schob Albert es wieder nach vorn, ließ seine Hand einen Augenblick in meinem Nacken liegen. Ich bin immer gern mit dir gefahren, Hanna, hoffentlich habe ich nicht vergessen, das gelegentlich zu sagen.

Er nahm die Strecke durch die Heide, über Fallingbostel. Der Ginster blühte, und das Wollgras blühte. Es war so hell und weit und durchsichtig. Er ist in einen Waldweg gefahren, nur ein paar Meter, man konnte uns von der Straße aus sehen. Wir packten den Imbiß aus, für jeden ein halbes Hähnchen, eine Schale mit ersten Erdbeeren.

So viel war doch nicht nötig!

Ich lebe in guten Verhältnissen, mit irgendwem muß ich das Geld doch durchbringen, und wenn es mit meiner Frau ist.

Deiner ersten.

Meiner ersten besten.

Ein Milchauto fuhr die Straße entlang, die leeren Kannen schepperten aneinander, der Beifahrer streckte den Kopf aus dem Fenster, winkte und rief: Viel Glück!

Albert glaubte wohl, er habe uns etwas gefragt, stand auf und rief: Was ist? Das Auto fuhr langsamer, der Mann zeigte auf mich und dann auf Albert und rief noch einmal: Viel Glück, ihr zwei!

Hast du begriffen, was der meint, Hanna?

Dein schwarzer Anzug! Er scheint anzunehmen, daß wir vom Standesamt kommen.

Entschuldige! Ich habe einen hellen Anzug im Koffer, ich dachte nur ...

Laß doch gut sein, Albert, es macht doch nichts.

Ich dachte, es würde dich kränken, wenn ich im hellen Anzug führe. Weißt du, für mich waren sie eben nie einfach nur Schwiegereltern, sondern, also verdammt noch mal, es geht mir ziemlich nahe. Er warf den Rest des Hähnchens in den Karton, nahm die Zigarettenschachtel und ging ein Stück den Weg entlang, steckte sich eine Zigarette an, machte kehrt und kam zurück.

In Ordnung, entschuldige! Bist du fertig, wollen wir weiterfahren?

Willst du nicht lieber eine Pause machen? Fünf Stunden Fahrt, das ist doch zu anstrengend. Sicher hast du nicht viel Schlaf bekommen.

Ich? Wie ein Murmeltier, du kennst mich doch! Um zehn Uhr habe ich im Bett gelegen.

Weh dem, der lügt! Ich habe nicht gesagt, daß ich sein Pfeifen gehört habe.

Komm, leg dich hin, ich räume währenddessen auf und rauche eine Zigarette, dann fahren wir weiter.

Also gut, für zehn Minuten, dir zuliebe.

Zehn Minuten, zwanzig Minuten, dreißig Minuten. Es wurde kühl, ich hatte mir den Mantel umgehängt, saß mit dem Rücken an einem Baumstamm und betrachtete den Mann, mit dem ich zehn Jahre verheiratet gewesen bin und den ich erst in dem letzten halben Jahr ein wenig kennengelernt habe.

Ich pfiff unseren Pirolruf, fünf Minuten später fuhren wir weiter. Während der letzten beiden Stunden war ich sehr abgespannt, ich bekam Kopfschmerzen, ich fragte, ob ich das Schiebedach wohl schließen dürfe.

Hast du Kopfschmerzen?

Ja.

Sag das doch gleich. Ich habe dich doch gefragt, ob es dich stört!

Ich habe es doch auch gesagt, als es mich störte.

Aber erst, als du schon Kopfschmerzen hattest.

Vorher …

So kannten wir das, das mußte nicht wiederholt werden, nur weil wir länger als drei Stunden zusammen waren. Es wurde schon Abend, als wir durch Hamburg fuhren. Albert hat gefragt, wie ich mir das gedacht hätte, ob ich in der Elbchaussee übernachten wolle, ob ich irgend etwas mit der Haushälterin oder mit meinem Schwager vereinbart habe. Ich hatte nur telegrafiert, daß ich rechtzeitig am nächsten Morgen dasein würde.

Wir fuhren zu dem Hotel an der Alster, in dem Albert auch sonst wohnt. Möglich, daß er einmal mit Lisa dort gewesen ist, aber vielleicht benehmen sich Portiers immer so, vielleicht achte ich, seitdem ich ein paarmal mit J. in

Hotels gewesen bin, mehr darauf. Man merkt mir vermutlich an, daß ich mich unbefangen benehmen will. Albert fragte nach zwei Einzelzimmern. Es gab nur zwei, die nicht nebeneinander lagen, ich sagte sofort: Oh, das macht doch wirklich nichts. Albert sah mich mißbilligend an, weil ich mich einmischte. Der Portier sagte daraufhin, ob wir nicht ein Doppelzimmer nehmen wollten, und Albert, mittlerweile auch irritiert, sagte: Nicht nötig, meine Frau ist müde. In diesem Augenblick dachte ich, daß er einmal mit Lisa hier gewesen sein muß, und da wollte ich ihm beispringen und das richtigstellen: Wir sind nämlich geschieden. Der Portier händigte uns die Schlüssel zu zwei Einzelzimmern in verschiedenen Etagen aus.

Im Fahrstuhl entschuldigte ich mich bei Albert.

Das bedarf doch keines Wortes, ich bitte dich, ich bin selbst schuld, ich hätte dich nicht in eine solche Situation bringen dürfen. Er sah ganz grau aus vor Abspannung. Machst du dich frisch, bevor wir unten essen?

Ich wollte es so gern wieder einrenken, sagte wie früher: Muß ich mich denn schon wieder waschen? Aber er hat es nicht gemerkt.

Wir können auch gleich essen, wenn dir das lieber ist.

Aber nein.

Wie lange brauchst du etwa? Genügt eine Viertelstunde? Wollen wir im Hotel essen, oder ist es dir lieber, wenn wir in ein Restaurant gehen?

Manchmal denke ich, daß ich schon zu lange allein lebe, ich kann diese Konversation nicht mehr. Hast-du-auch? Willst-du-auch? Soll-ich-auch-lieber? Stört-es-dich-auch-nicht? Ich antworte oft falsch.

Um neun Uhr hatten wir uns zum Frühstück verabredet. Ich war um fünf Uhr schon wieder wach, trotz des neuen Präparates, das Albert mir gegeben hatte. Ich hielt es im

Hotel nicht mehr aus. Als ich hörte, daß das Stubenmädchen die Schuhe zum Putzen einsammelte, habe ich mich angezogen, den Mantel umgehängt, damit ich in meiner Trauerkleidung nicht auffiel, und habe leise das Hotel verlassen. Ich bin um das Alsterbecken gegangen. Alte Lombardsbrücke, neue Lombardsbrücke – alte Lombardsbrücke – neue Lombardsbrücke –

Als ich das erstemal an den Hotels vorbeiging, wurden die Trottoirs von den Hausdienern gesprengt und gefegt, beim letztenmal standen die Sonnenschirme draußen, und die ersten Gäste saßen beim Frühstück.

Im Hotel wurde ich mit aufgeregtem »Wie gut, daß Sie da sind!« empfangen. Albert war mit dem Auto unterwegs, um mich zu suchen. Sie hätten eine Nachricht hinterlassen sollen, gnädige Frau, der Herr Doktor war in heller Aufregung.

Laßt mich doch in Ruhe! Kann ich denn nicht einmal einen Spaziergang machen, wenn ich das Bedürfnis danach habe?

Ich bin um neun Uhr im Frühstückszimmer, wie verabredet, wollen Sie ihm das bitte ausrichten? Ich ließ den Portier stehen und fuhr nach oben. Es war noch eine Viertelstunde Zeit. Ich habe in der Elbchaussee angerufen. Fräulein Hedwig war am Apparat, sie schien sich zu freuen, als sie meine Stimme hörte. Sie hätten doch bei uns wohnen können! – Danke schön, ich war gut untergebracht! Im Hintergrund hörte ich schon Coras Stimme. Sie war mit dem Nachtzug eben angekommen, pünktlich, sie kann so etwas gut organisieren, sie entfaltet sich bei solchen Anlässen noch weiter als sonst, man kann in ihrer Nähe kaum atmen, wenn sie auf vollen Touren läuft, ich wenigstens kann es nicht.

Bist du denn schon in Hamburg, Hanne? Warum meldest du dich denn nicht gleich? Ich ließ sie erst einmal alles gegen mich vorbringen. Hast du etwa in einem Hotel übernachtet? Bist du mit dem Zug gekommen?

Nein, mit dem Auto. Nein, Albert hat mich hergebracht.

Hast du mit ihm im Hotel geschlafen?

Ja, aber nicht in seinem Bett.

Hanna! Wie kannst du nur so etwas sagen!

Ich dachte, du wolltest das wissen.

Du bist wirklich schrecklich! Ich kann verstehen, daß man mit dir nicht zusammenleben kann!

Dann ist es ja gut! Gib mir bitte Fräulein Hedwig, damit ich endlich erfahre, wann die Beerdigung ist.

Statt dessen kam Helmut an den Apparat. Ich muß dich doch sehr bitten, den Zustand meiner Frau zu berücksichtigen, Hanna! Hast du gehört?

Doch, natürlich, vielleicht bittest du sie, auch auf meinen Rücksicht zu nehmen.

Wie –?

Nein, nein, nein. Wann ist die Beerdigung?

Ich möchte wirklich nicht, daß wir in einer derartig gereizten Stimmung die Eltern zur letzten Ruhe begleiten.

Ich auch nicht, Helmut, wirklich nicht.

Er hat mich dann über die Schwierigkeiten unterrichtet, vor denen er stand, als er feststellen mußte, daß die Eltern aus der Kirche ausgetreten sind. Das ist erst vor wenigen Jahren geschehen. Die beiden sind empört. Ich fragte: Warum sollten sie das nicht tun, wenn sie es für richtig hielten? Das war doch ausschließlich ihre Angelegenheit.

Nein, das ist es eben nicht! Du bist genauso, entschuldige, wenn ich dir das offen sage. Man hat der Familie gegenüber Verpflichtungen!

Hören die denn nie auf? Wir waren doch längst erwachsen, Cora und ich, als sie sich dazu entschlossen haben.

Du scheinst mich nicht zu verstehen.

Dich? Nein, aber die Eltern, um die geht es dabei doch.

Gut, lassen wir das, anscheinend kann man sich mit dir darüber nicht verständigen. Es gibt für solche Fälle jemanden, der ein kurzes, offizielles Gebet am Grab spricht.

Wann?

Um dreiviertel zwölf.

Kann ich ... ich meine, die Särge stehen doch wohl in der Friedhofskapelle. Kann ich sie noch einmal sehen?

Ich habe die Särge schließen lassen.

Hättest du mich nicht vorher fragen müssen?

Mit Rücksicht auf Coras Zustand ist das geschehen.

Erledigt, danke. Kann ich Fräulein Hedwig noch einmal sprechen?

Ich halte es nicht für richtig, wenn du mit ihr hinter unserem Rücken verhandelst.

Ich will nicht mit ihr verhandeln, ich möchte sie nur sprechen. Gib mir jetzt bitte Fräulein Hedwig!

Ich zitterte noch, als ich um neun Uhr den Frühstücksraum betrat. Albert saß an einem Tisch am Fenster, ich setzte mich auf einen Stuhl ihm gegenüber. Die meisten Tische waren bereits geräumt. Er hatte schon bestellt. Du trinkst morgens doch noch Tee, Hanna?

Ja.

Für jeden zwei Eier im Glas und Toast, widersprich nicht, du ißt das, du mußt etwas im Magen haben, du zitterst ja. Was ist los? Du hättest von den Dragées schlukken sollen. Hast du mal deinen Kreislauf untersuchen lassen?

Ich werde die Eier essen und tun, was ihr wollt, aber laßt mich doch nur in Ruhe. Meine Nerven versagten, ich wollte die Tränen zurückhalten, ich merkte, wie die Fensterrahmen schwankten und sich dann langsam senkten, ich versuchte, fest auf den Knoten von Alberts schwarzer Krawatte zu sehen. Er hat mal gesagt, daß man sich fest auf einen nicht zu großen Punkt konzentrieren muß, wenn man merkt, daß man kollabiert. Aber Albert rückte immer weiter weg …

Fünf Minuten später habe ich ein Glas Sekt getrunken. Ich hörte Albert sagen: Atmen, kräftig durchatmen, schlucken, noch mal. Dann sah ich den Kellner und hielt ihn für den Pfarrer, ich hatte geträumt, ich sei auf dem Friedhof hingefallen, und die anderen waren über mich weggestiegen, sie hatten die Füße angehoben, um mich nicht zu treten.

Ich sagte, schon gewohnheitsmäßig: Entschuldige bitte, und richtete mich auf. Es geht schon wieder, Verzeihung, ich mache so viel Unannehmlichkeiten, ich hätte etwas essen müssen, ich bin ein paar Stunden spazierengegangen, es war unvernünftig von mir, ich weiß, entschuldige bitte, es ist mir sehr unangenehm, ich wußte nicht, daß du gemerkt hast, daß ich nicht im Hotel war, ich …

Sei still! Hör auf damit! Trink den Sekt aus! Ich habe inzwischen Kaffee für dich bestellt, der bringt den Kreislauf besser in Gang als Tee, dein Magen ist in Ordnung? Iß lieber eine Scheibe Toast. Was ist? Der Kellner schrak zusammen und stotterte. Ich merkte erst jetzt, daß er immer noch an unserem Tisch stand. Albert verlor nun seinerseits die Nerven. Holen Sie das Frühstück, worauf warten Sie denn noch! Stehen Sie hier nicht herum, verdammt noch mal! Albert war so laut geworden, daß der Geschäftsführer nun auch noch kam, um sich zu erkundigen, was vorgefallen sei.

Albert wischte sich den Schweiß von der Stirn. Er tat mir leid. Ich weiß, wie unangenehm es ihm ist, irgendwo Aufsehen zu erregen. Ich sagte leise: Das ist alles nur meinetwegen, du hättest nicht mitkommen sollen.

Der Geschäftsführer bot an, daß man in eine Apotheke schicken lassen könne, nebenan im Wintergarten befände sich eine gepolsterte Sitzbank, falls ich mich etwas hinlegen wollte.

Ich bedankte mich, ich lächelte, ich verneinte. Albert schwieg, um nicht wieder heftig zu werden, und das alles dehnte sich endlos. Es war, als seien wir lediglich zu diesem Frühstück nach Hamburg gekommen. Dann kam der Ober mit den Eiern im Glas, ein zweiter Ober, dem die Aufsicht über das Restaurant oblag, kam ebenfalls, um sich zu erkundigen, ob auch wirklich alles nach unseren Wünschen sei, die Eier weich genug, der Toast frisch.

Albert brach sich ein Stück Brot ab, trank den Kaffee schwarz, eine Tasse, in einem einzigen Zug, dann steckte er sich eine Zigarette an. Entschuldige, wenn ich schon rauche, mir ist der Hunger vergangen.

Aber bitte, Albert, du mußt doch nicht fragen, es beruhigt dich vielleicht.

Ich bin nicht aufgeregt, ich ärgere mich über die Leute, das ist alles.

Und dann konnten wir nicht mehr miteinander reden. Ich habe ihm angeboten, daß ich allein zum Friedhof fahren würde, ich konnte mir ein Taxi bestellen, sicher sei es ihm nun unangenehm, mit mir zu kommen.

Er sagte heftig: Mach doch nicht alles so kompliziert, natürlich gehe ich mit!

Aber ich wollte doch gar nichts sagen!

Ich habe das Gefühl, daß deine Schwester sich dort einnisten will.

Oh, Cora ist aber doch ...

Laß mich endlich einmal ausreden.

Entschuldige!

Entschuldige dich doch nicht fortwährend!

Es war schrecklich. Erst als wir nebeneinander im Auto saßen, wurde es besser. Albert hatte jetzt den Zylinder aus

242

dem Karton geholt, er lag auf dem Rücksitz. Wir besorgten Blumen, Albert fand, daß ich keinen Kranz nehmen sollte, und dann fuhren wir die Elbchaussee entlang, im Dreißig-Kilometer-Tempo, wie vorgeschrieben. Wir fuhren an dem Haus vorbei, das aussah wie immer, die Vorhänge waren nicht zugezogen, manche Leute tun das, aber vielleicht nur, solange der Tote noch im Haus ist. Die Eltern sind gleich von der Unfallstation aus in die Leichenhalle gebracht worden.

Wir fuhren auch dort vorbei, wo ich am Neujahrstag mit Vater am Strand gewesen bin, wo er zum letztenmal gesagt hat: Haltung, Johanna.

Albert griff nach meiner Hand, nickte mir zu, und ich hielt seine Hand fest und konnte spüren, wie ich ruhiger wurde.

Es hat nicht einmal eine halbe Stunde gedauert. Albert hat auf die Uhr gesehen. Nur ein paar Leute aus der Nachbarschaft und Cora mit den Kindern. Wie eine Glucke stand sie da. Sie hatten die grünen Kittel an, die Mutter ihnen im vorigen Jahr genäht hatte, und um die linken Ärmel hatte sie ihnen schwarze Seidenschleifen gebunden. Als beide Särge versenkt waren, hat sie sich zwischen die Kinder gekniet und ihnen alles genau erklärt, bis zur Auferstehung am Jüngsten Tag. Die Tränen liefen ihr übers Gesicht, und nachher heulten alle drei Kinder auch, warfen ihre kleinen Sträuße in die Gräber, sie hatte wieder einmal an alles gedacht, und dann erinnerte sie sich an mich und lief zu mir, umarmte mich, küßte mich, weinte und versicherte, daß sie die Eltern erst so richtig verstanden habe, seit sie selber Kinder hätte. Sie sollen sich nicht vor dem Tod fürchten, meine Kleinen, deshalb trage ich auch kein schwarzes Kleid, ich habe mir das lange überlegt. Helmut hielt es nicht für passend, daß ich den weißen Mantel anzog. Ach, du weißt nicht, wie das ist,

Hanna, und dann keinen Pfarrer und so unvorbereitet, im Auto, und das jetzt, wo ich das Kind trage ...

Wann hätte es dir denn besser gepaßt? Du kriegst doch immer Kinder.

Was sagst du?

Ich sagte: Du kriegst doch immer gerade ein Kind. Wann sollen sie denn sterben – ich meine, wann hätte es dir denn gepaßt?

Sie starrte mich entsetzt an, als ob ich wahnsinnig sei.

Albert nahm mich beim Arm, Helmut nahm Cora beim Arm; sie trennten uns. Die Nachbarn waren schon gegangen, wir kannten sie nicht. Die Kinder fühlten sich einen Augenblick unbeaufsichtigt und steckten gleich bis an die Ellenbogen im feuchten Lehm und schaufelten mit beiden Händen Erde in die Gräber, wie sie es uns hatten tun sehen, und lachten, und David schrie immer Opaoma, Opaoma, und als Cora ihnen das verbot, wehrten sie sich, fingen an, um die aufgeschütteten Erdhaufen herumzurennen. Albert fing ein Kind ein, ich kriegte David zu fassen, der trat mit den Füßen nach mir und brüllte, nachher klebte an unseren schwarzen Kleidern gelber Lehm. Helmut entschuldigte sich, es sei vielleicht doch nicht richtig gewesen, die Kinder mit auf den Friedhof zu nehmen. Cora hielt das für Kritik an ihrer erzieherischen Maßnahme, sie nähme ihre Kinder überallhin mit, und wem das nicht passe und wer so was sage wie ich, der verdiene Kinder auch gar nicht.

Zum erstenmal war Haß zwischen uns. Wie ein Virus infizierte er gleichzeitig mich und sie, wir waren wohl beide anfällig dafür.

Fräulein Hedwig hatte ein kleines Frühstück in der Halle hergerichtet, wir mußten zusammen in das Haus der Eltern fahren. Alle in unserem Auto, die Männer vorn, Cora und ich mit den Kindern hinten. Das Geld für ein Taxi

244

können wir sparen, die Reise ist sowieso sehr teuer für uns. Wenn man Kinder hat, muß man eben rechnen.

Fräulein Hedwig hatte Kerzen angezündet, wie sie es von den Eltern her kannte. Albert ging und öffnete die Fenster weit. Entschuldigt, es ist mir zu eng hier, wenn es euch recht ist, lassen wir die Kerzen nicht brennen. Es tat mir leid für Fräulein Hedwig, die es sicher gut gemeint hatte, im Sinne der Eltern, ich bat sie mit einem Lächeln um Entschuldigung.

Das Frühstück dauerte kaum länger als eine halbe Stunde, in der das »Händchen auf den Tisch!«, »Mund zu beim Kauen, David!« nahezu eine Wohltat war und uns ein Gespräch ersparte.

Cora wollte mit den Kindern noch bleiben, damit sie am nächsten Tag mit Helmut zusammen zurückfahren konnte. Nachmittags wollte sie mit ihnen zu Hagenbeck. Sie hatte es ihnen versprochen. Wenn ihr auf dem Friedhof ganz brav seid, gehen wir zur Belohnung in den Zoo! Sie haben doch noch nie einen Zoo gesehen. Düstere Eindrücke muß man durch fröhliche aufhellen, sie werden die Beerdigung der Großeltern dann immer in schönster Erinnerung behalten. Helmut hat noch den Tag über zu tun. Du kümmerst dich ja um nichts.

Ich habe mich noch einmal bei ihm bedankt, daß er alles in die Hand genommen habe. Er hat mich gefragt, ob ich etwas von einem Testament wisse. Natürlich wußte ich das, ich hatte mit Mutter Weihnachten darüber gesprochen.

Warum hast du uns das nicht gleich mitgeteilt?

Ich glaubte, daß das Zeit habe bis nach der Beerdigung.

Willst du damit sagen …

Ich will gar nichts damit sagen.

Für dich kommen doch die Möbel und der Hausrat sowieso nicht in Frage.

Helmut warf ein: Cora meint das bewegliche Erbe.

Du bist allein, du hast doch gar keinen Haushalt mehr. Wir wollen bauen, außerdem soll das alles in der Familie bleiben, meine Kinder sollen das erben.

Sie glaubt sogar, was sie sagt. Die Möbel, fast alles, was in dem Haus steht, hat Mutter vor etwa zehn Jahren erst geerbt, nichts gehört unserer Familie, alles stammt von fremden Menschen. Ich sagte also nur: Das trifft sich ja dann großartig.

Wie du das sagst! Immer mit so einem Unterton.

Ich schwieg.

Was willst du mit den Sachen?

Ich will sie gar nicht. Ich hätte gern ein Bild aus Vaters Zimmer, das hat er selbst gekauft, Weihnachten hat er es mir geschenkt, aber ich habe es nicht mitgenommen.

Helmut erkundigte sich, ob es darüber, falls es ein Gemälde von Wert sei, irgendeine schriftliche Äußerung gäbe.

Nein.

Albert stand auf, damit das ein Ende hatte. Wir nahmen ein paar Todesanzeigen mit, die erst nach der Beisetzung verschickt werden sollten, und verabschiedeten uns von Fräulein Hedwig, die noch zwei Monate bleiben und den Haushalt auflösen sollte. Der Schwager folgte uns bis zum Wagen, der dort stand, wo Vater auch immer zu parken pflegte. Ich habe versäumt, mich zu erkundigen, was aus Vaters Auto geworden ist. Helmut drückte sein Bedauern aus, daß ein solcher Mißklang zwischen uns aufgekommen wäre. Jetzt, wo Cora nicht dabei war, nahm er unverhohlen meine Partei, versicherte, daß es auch für ihn nicht leicht sei, ihm würde das mit den Kindern auch zuviel, und jetzt noch der Hausbau, und er hätte doch einmal an eine wissenschaftliche Karriere gedacht, und nun ginge sein Leben so hin, er sei über Vierzig, er fühle sich oft gar nicht gut, aber daran denke ja niemand. Todesfälle, Geburten, immer sei was anderes, um ihn ginge es nie. Er müsse nur immer geradestehen für alles und alles finanzieren, Cora stecke ihn schon an mit ihrer Angst, daß die Kinder eines Tages verhungern müßten. Er geriet ins Lamentieren.

Albert haßt diesen larmoyanten Ton, er unterbrach ihn, erkundigte sich, ob er größere Auslagen gehabt habe, daran würde er sich selbstverständlich beteiligen, er möchte dann allerdings eine genaue Aufstellung der Kosten und die Unterlagen über das vorgefundene Bargeld vorgelegt bekommen, nach seiner Kenntnis der Dinge habe man ja einen nennenswerten Betrag zur Verfügung gehabt.

Helmut hielt das für eine Verdächtigung und änderte sofort den Ton: Willst du etwa mich als Juristen, einen Staatsbeamten, verdächtigen?

Nein, Herr Schwager, ich will lediglich richtigstellen, daß die Auslagen nicht von dir bestritten werden. Ich werde, damit darüber keine Unklarheit besteht, Hanna zur Seite stehen, was diesen juristischen Teil angeht, um den wir nicht herumkommen werden.

Dazu bist du nicht mehr befugt.

Ich sagte: Doch, Helmut, er ist befugt.

Warum habt ihr euch eigentlich scheiden lassen, wenn ihr ein Herz und eine Seele seid?

Steig ein, Hanna, los, schnell, daß wir hier wegkommen.

Cora hatte sich mittlerweile wieder besonnen. Sie hatte die Kinder eingefangen und stand mit ihnen unter der Haustür und ließ sie winken und »auf Wiedersehen, Tante« rufen. Kann sein, daß sie das herzlich meint. Immer habe ich das Gefühl, sie arrangiert lebende Bilder. Die Kinder hatten noch die Lätzchen über den grünen Kitteln, weißer Brustlatz von Grünfinken. Ich weiß, daß ich ungerecht bin, wenn ich ihr sogar die Lätzchen übelnehme. Gegen ihre Art, das Leben zu meistern, kann ich mich nur mit Ungerechtigkeit wehren.

Als wir die Elbchaussee entlang zum Hotel zurückfuhren, versuchte ich mir vorzustellen, wie das verlaufen wäre mit J. an meiner Seite, der hätte diese Szene am Grab wahrscheinlich genossen, er hätte gesagt: Was für eine wunderbare Familie hast du! Warum hast du mir die nicht längst vorgeführt? Waren deine Eltern auch so? Er hätte die Szene »makaber« gefunden.

Makaber.

Albert fragte: Makaber? Was ist makaber?

Ich schreckte aus meinen Gedanken auf. Ich hatte ihn vergessen. Ich glaube, ich spreche jetzt manchmal laut vor mich hin. Ich wiederholte dann, daß es für Außenstehende sicher eine makabre Szene gewesen wäre, die Kinder, die an den Gräbern spielten.

Makaber, ein unangenehmes Wort, seit wann gebrauchst du das? Woher hast du das überhaupt?

Ich antwortete nicht.

Ich weiß Bescheid, danke. Hat er sein Ulcus mittlerweile?

Bitte, Albert! Fang du nicht auch an, sonst will ich lieber mit der Bahn zurückfahren. Ich weiß, daß es an mir liegt, wahrscheinlich reize ich alle, dich auch, ich bin es nicht mehr gewöhnt, ich mache alles falsch, das ist offensichtlich.

Albert nahm, wie bei der Hinfahrt, meine Hand. Du hast nichts falsch gemacht, red dir das nicht ein. Du bist nicht an allem schuld. Du bist sogar weniger schuld als die anderen. Ich war ein schlechter Beistand für dich. Ich wußte nicht, wie ich mich verhalten sollte, ich wollte mir nicht sagen lassen, daß ich nicht zuständig sei, das ist ja auch Unfug, ich bin zuständig, solange kein anderer zuständig ist.

Du stellst es wirklich hin, als sei ich ein unmündiges Waisenkind!

Wir fuhren gerade an Dock III vorbei, der Tanker, der zur Reparatur dort aufgedockt war, hatte zwei breite Streifen über dem Schiffsleib, und da ging mir auf, daß ich verwaist bin. Ich sagte meinen Satz noch zu Ende, aber während ich sprach, sah ich die weißen Streifen auf dem Bauch des Schiffes und gelbe Leuchtschrift darauf »Witwen- und Waisenkasse«, und dann überschwemmte mich Mitleid. Mitleid mit mir selbst. Niemand mehr hinter mir, niemand vor mir, keine Eltern, keine Kinder, allein, ohne allen Zusammenhalt.

Albert merkte irgend etwas, er fuhr in eine Parklücke, holte unsere Mäntel aus dem Fond. Komm, steig aus, wir laufen ein Stück. Wir sind an der Elbe entlanggegangen, mit dem Wind und gegen den Wind und wieder zurück und noch mal zurück, und auch dieses Mal kam von der Elbschloßbrauerei der Geruch von Maische. Ich habe ihm von den Eltern erzählt, und er hat es sich geduldig angehört, vielleicht habe ich ihn und sogar mich davon überzeugt, daß es richtig so war, daß Cora im Unrecht ist, daß es nicht verantwortungslos war und daß ihr Tod stimmte.

Albert war stehengeblieben, die Hände in den Taschen, das Gesicht dem Wasser zugekehrt, so wie ich ihn oft auf dem Deich gesehen habe. »Jetzt und in der Stunde unseres Todes«, weißt du, Hanna, wenn Lisa das sagt, du hast das sicher schon gehört, ich kann dir das nicht erklären, aber dafür, für diesen Satz könnte man Katholik werden. Verstehst du, was ich meine?

Ich nickte. Ja, ich kann das verstehen, nur zu gut. So habe ich mir das gedacht mit den beiden. Sie hat ihn in eine Sphäre geholt, in der er sich nicht auskennt, in der er machtlos ist, in der er sich aber wohl zu fühlen scheint. Ich war zu nüchtern für ihn, zu sachlich, zu ernst.

Als wir wieder einstiegen, waren wir beide ruhiger. Wir beschlossen, nur noch das Gepäck aus dem Hotel zu holen und gleich abzufahren, dann konnten wir abends zurück sein.

Wir waren abends nicht zurück. Albert wollte nicht die Autobahn fahren, ein paar Umleitungen, es wurde spät. Ich fragte, ob ich ihn ablösen solle, aber gerade wenn er müde ist, macht es ihn nervös, wenn ein anderer fährt. Wir haben in einem Dorfgasthof übernachtet und sind morgens erst weitergefahren, sehr früh, ohne zu frühstükken. Wir haben zusammen geschlafen. Albert hat mich, als ich in mein Zimmer gehen wollte, in seines gezogen. Man kann dich doch nicht allein lassen. Ich bereue es nicht. Ich hoffe, daß er es auch nicht tut. Es ist nichts verändert.

Vorhin hat er mich hier abgesetzt. Ich habe mich bedankt, er hat abgewehrt. Ich habe gefragt, ob er noch mit nach oben kommen wolle und Kaffee trinken. Er hat sogar versucht zu scherzen: Man soll immer dort frühstücken, wo man geschlafen hat.

Es ist nichts verändert!

Ich habe die Wohnung aufgeräumt, und dann habe ich den Brief von J. gelesen. Ich wußte, daß er bei meiner Rückkehr dasein würde. Der Umschlag mit der Hand geschrieben, die Überschrift auch, und darunter nur sein J. Er hat ihn diktiert. Mißverständnisse, die sich gewiß bei einer persönlichen Unterredung leicht richtigstellen ließen. Bitte um Verständnis für seine augenblickliche Überbeanspruchung, eine Folge des Personalmangels. Zu dem Verlust, der mich betroffen habe, sage er mir nun auch noch einmal schriftlich seine Teilnahme. Nach meiner Rückkehr werde er sich erlauben, telefonisch bei mir nachzufragen. Beigefügt ein kleiner Katalog, speziell mit sommerlicher Reiselektüre, die er selbst zusammengestellt habe mit, wie er meine, recht hübschem Erfolg.

Als Antwort habe ich ihm eine der Todesanzeigen geschickt, als Drucksache, nicht in die Wohnung, sondern in die Buchhandlung. Die Kundin an ihren Buchhändler. Er kann so gut schreiben, vielleicht kann er auch so gut lesen. Mein Name als erster, allein, und darunter Cora mit Mann und sämtlichen Kindern. »Die Beisetzung hat im engsten Familienkreis stattgefunden.« Es gibt nicht viele Menschen, die ich vom Tod der Eltern benachrichtigen will. Eine Karte an Fabian. Er wird sagen: Endlich mal Konsequenz. Leute, die in Hamburg einen Verkehrsunfall haben, müssen einfach mit dem Auto in die Elbe fahren, es wäre sinnwidrig, wenn sie auf der Großglocknerstraße verunglückten, man muß zusehen, »in diese Sinnlosigkeit Sinn zu bekommen«.

Ich kann bereits denken wie er. Ich kann auch denken wie Albert und denken wie J. und denken wie Cora und wie ihr Mann, nur nicht mehr wie ich selbst. Ich kann überhaupt nichts mehr denken, ich weiß nicht mehr, was ich selbst für richtig halte. Richtig? Gibt es das überhaupt: richtig an sich, feststehend, unveränderlich? Ist es nicht immer so herum richtig, anders herum falsch, so herum möglich, immer dasselbe, immer dieselbe Sache, nur aus anderem Blickwinkel.

Ich muß aus diesem Circulus vitiosus heraus. Und weiß doch nicht, wie. Ich sitze schon wieder und warte, daß J. anruft. Ich hasse ihn für diesen Brief, den er über eine Angestellte schickt. Nicht einmal solche Ungeschicklichkeiten nutzen etwas, ich registriere sie nur. Eines Tages werde ich all das addieren, Posten für Posten. Ich bin nachtragend, das war ich schon als Kind. Und dann händige ich ihm die Rechnung aus. Ich müßte jetzt zu ihm gehen und sagen: So geht es nicht, das darfst du nicht tun, das ist ganz falsch, du zerstörst alles zwischen uns, ich kann es nicht ertragen, du doch auch nicht, das bist doch gar nicht du. Aber ich warte es ab, bis es soweit ist, bis es zerstört ist. Unfähig, dagegen anzugehen, wie gelähmt. Ich weiß, was ich tun müßte, könnte. Aber ich tue es nicht. Der Konjunktiv.

Albert hat heute nacht gefragt: Muß ich vorsichtig sein? Und ich habe nein gesagt, und er hat mir das Nein nicht geglaubt.

Und J. hat, wir kannten uns noch gar nicht, gesagt: Damit es keine Komplikationen gibt, du bist mit einem Arzt verheiratet, also weißt du Bescheid, ich möchte nicht jedesmal fragen müssen, ich muß mich auf dich verlassen können.

Natürlich. Vielleicht habe ich natürlich gesagt. Heute kommt es mir vor, als hätte ich damals schon alle solche Fragen mit natürlich beantwortet, als sei es natürlich. »Spiele, bei denen es dunkel wird«, würde Fabian sagen. Spielregeln.

Nichts ist verändert. Ich warte, daß J. mich anruft.

Und Albert ist in seine Wohnung gefahren, zu Lisa, oder auch nicht zu Lisa, ich weiß es nicht, es macht auch keinen Unterschied.

Während der Fahrt hat er irgendwann gesagt: Du hast zuviel Zeit zum Nachdenken, Hanna, das ist nicht gut für dich. Du solltest zusehen, daß du bald eine Arbeit findest, eine für dich passende Tätigkeit, die dich befriedigt.

Einer muß doch darüber nachdenken, Albert, oder nicht? Vielleicht merke ich die Veränderungen eher?

Du? Veränderungen? Du wirst sie vielleicht bemerken, aber du wirst nichts ändern, gar nichts. Das liegt dir nicht, dann müßtest du deine Zurückhaltung aufgeben. Entschuldige, wenn ich mich in deine Angelegenheiten einmische.

Du entschuldigst dich jetzt immer, wenn du mir etwas sagst.

Pardon.

Pardon heißt dasselbe.

Ich fühle mich nicht mehr kompetent für Ratschläge. Welche Tätigkeit hältst du für befriedigend? Ist es deine?

Nein.

Dann wäre damit also nichts geändert. Ich habe noch Geld.

Du weißt, daß du jederzeit Geld von mir bekommen kannst. Das soll kein Grund sein, daß du eine Stellung annimmst.

Das macht es nicht einfacher.

Nein.

Es ist nichts verändert. Nicht einmal für diese paar Sekunden glaubt man das. »Ein wenig Hautwärme, ein wenig Seelenwärme.« In Alberts Armen, J.s Stimme. Vielleicht ist es wirklich gleich, wer einen in den Armen hält, fremd sind sie alle, man kann denken, an wen man will.

Ende Mai

Er ist noch an demselben Abend gekommen, ohne vorher anzurufen.

Warum besitze ich eigentlich keinen Schlüssel? Ist der zweite Schlüssel immer noch nicht frei? Wie gefällt dir mein Katalog? Hast du gleich gesehen, daß die Illustrationen von mir sind? Italien, Griechenland, Côte d'Azur? Sehr kostspieliger Druck, wir schicken ihn auch nur an unsere guten Kunden. Hast du gelacht über den Begleitbrief?

Nein.

Hast du ihn etwa ernst genommen?

Sollte ich das nicht?

Ach ja, Bürgerin! Du nimmst alles ernst, ich vergesse das immer. Ich dachte, du würdest lachen, es würde dich ablenken. Ruth hat den Brief geschrieben, ich habe dreißig oder vierzig solcher Briefe diktiert mit liebe gnädige Frau und sehr geehrter Herr Doktor. Hast du dir meinen Katalog gar nicht angesehen?

Nein, noch nicht.

Schade, ich habe viel Zeit darauf verwendet, er war mir wichtig, es hat mir sogar viel Spaß gemacht. Ruth hat die Bücher zusammengestellt, nach meiner Anleitung. Es ist wohl zuviel verlangt, wenn ich ein gewisses Interesse bei dir für meine Arbeit voraussetze.

Er war enttäuscht.

Ich hätte ihn mir noch angesehen, bestimmt. Ich bin erst heute vormittag zurückgekommen.

Stimmt, du warst ja verreist, wie war's denn?

Ich schwieg. Er auch. Dann schien er sich einen Ruck zu geben.

Gut, dann reden wir eben darüber. Sie sind also tot. Du hast in den Jahren, in denen wir uns kennen, nie über sie gesprochen, also nahm ich an, daß sie keine Rolle mehr für dich spielen. Wozu also jetzt darüber reden, du bist sentimental, sollte ich mit dir auf der Rasenbank am Elterngrab sitzen? Ich begreife, daß dir ein so plötzlicher und wohl auch außergewöhnlicher Tod nahegeht, aber es hat nichts mit uns zu tun, hörst du, nichts. Du bringst alles durcheinander. Wir waren keine Zwanzig, als wir uns kennenlernten. Mit Zwanzig kann man sagen, von nun an gibt es nur noch ein Leben, unser gemeinsames Leben, und das spielt sich auf einer einzigen Ebene ab. Ich habe dich nicht darüber im unklaren gelassen, daß ich verheiratet bin, du wußtest ebenso, daß ich diese Buchhandlung führe und dort das notwendige Geld verdiene, das sind die beiden Ebenen, von denen du wußtest. Ich wußte, daß du verheiratet bist und daß es Dinge gibt, mit denen ich nichts zu tun haben würde. Was dann noch übrigblieb, der Rest, und

254

so klein ist der nicht, den haben wir zusammengetan. Was also machst du mir zum Vorwurf?

Ich mache dir keinen Vorwurf.

Du willst also nicht darüber reden. Gut. Ich dachte, du wolltest eine Aussprache herbeiführen. Frauen lieben doch Aussprachen, ich habe gerade erst eine hinter mir. Ich habe das mit den verschiedenen Ebenen gerade schon einmal auseinandergesetzt. Vor allem, daß man sie nicht verwechseln darf. Ich habe Übung in der Diskussion des Themas, also, fang an!

Auf welcher bin ich, auf der unteren oder auf der oberen?

Das bin ich vorhin auch schon gefragt worden.

Wie soll es denn weitergehen mit uns?

Er hat die Schultern gehoben und wieder sinken lassen, er sah bedrückt aus, so ratlos. Ich nahm ihn in die Arme und sagte wie sonst: Jetzt bist du da.

Er hatte sich auf der Fahrt zu mir überlegt, daß er bald eine Woche Ferien machen kann, im Juni, und daß er dann mit mir nach Paris fahren möchte. Du kennst Paris?

Nein, aber du?

Ja, gut.

Wann warst du dort?

Wiederholt.

Mit wem warst du dort?

Laß mich nachdenken, zum erstenmal mit –

Laß sein, sag's mir, wenn wir dort sind, oder sag's mir lieber nicht.

Paris ist nicht mehr ganz neu, und ich bin nicht mehr ganz neu. Es ist dein Irrtum zu glauben, daß alles neu sein muß, unbenutzt und allein dir gehören.

Durch Benutzung werden die Dinge nur schöner, ich weiß!

Durch liebende Benutzung! Er nahm mich in die Arme und wiederholte: durch liebende Benutzung, Hanna, nur dann! Sieht man es mir denn immer noch nicht an, daß du mich liebst?

Manchmal sieht man es wirklich, dann meine ich, alle anderen müßten es auch sehen und fragen: Was ist mit ihm, was hat ihn so verändert?

Als das Telefon klingelte, nahm er den Hörer ab, was er sonst nie tut, sagte: Ja, bitte, und legte wieder auf. Es ist vermutlich Lisa gewesen, die Albert suchte, der sich vielleicht nach seiner Rückkehr noch nicht bei ihr gemeldet hat. Sie hat eine Männerstimme gehört und wird angenommen haben, Albert sei noch immer bei mir.

Es war Mitternacht vorbei, als er sagte: Ich muß fort. Auf die andere Ebene.

Ich habe ihm noch einmal Tee gekocht, den er ohne Zucker, nur mit Sahne trinkt. Ich hatte Alberts Bademantel übergezogen.

Du solltest etwas Eleganteres tragen. Wir werden dir etwas in Paris kaufen, ich weiß einen Laden dafür.

Ich brühte gerade den Tee auf. Antiquarisch?

Nein, frisch und neu, für dich passend, Bürgerin! Ich werde ihn dir schenken, als Morgengabe.

Geschenke für eine Freundin?

Freundin, Freundin, wie du das sagst! Früher nannte man das eine Geliebte, eine sehr geliebte, eine über alles geliebte Frau, hörst du?

Ja, ich höre. Ich mache es schlecht, ich weiß. Vielleicht lerne ich es noch, auf meiner Ebene zu leben, in einem paritätischen Verhältnis.

Bevor er ging, nahm er mich bei den Schultern. Hör mir mal gut zu, Bürgerin. In der Liebe zählt nichts außer der Liebe, verstehst du? Nichts. Erinnerungen nichts, Versprechen nichts. Versuch dir das zu merken: Erinnerungen

256

nichts. Versprechen nichts. Nichts, außer der Liebe. Und dann küßt er mich und läßt mich im Flur stehen und geht. Es ist ein Uhr. Er geht auf seine Ebene, ich auf meine. Was ist da noch zu ändern? Ich muß lernen, mich hineinzuschicken oder die Konsequenz zu ziehen, eins von beiden. Noch fast ein halbes Jahr ist Zeit, das zu überlegen.

Ende Juni

Paris. Unser Hotel lag nicht weit vom Jardin du Luxembourg. An den beiden letzten Tagen bin ich dort allein spazierengegangen. Jörn schläft lange. Ein paar Kinder spielten schon an der Fontäne, die Wege frisch geharkt, die Stühle aufgereiht, die Karussells standen still, Tau auf den Rosen. Ich sah den Kindern zu. Ich hätte gern mehr Zeit für mich gehabt, um etwas zu sehen ohne Jörns Kommentare »damals stand dort«, »früher spielte hier«, »in den zwanziger Jahren war da noch …« Er hängt seine Erinnerungsfetzen über Kirchen, über Gemälde, über Fontänen. So viel Zeit liegt zwischen uns. Zeit, die ich nie einholen werde. Zeit ohne mich, Erlebnisse ohne mich, fremde Menschen, und er angefüllt mit fremden Erinnerungen.

Am sechsundzwanzigsten Juni ist er fünfzig Jahre alt geworden. Wir waren den Tag über in Fontainebleau, dort ist er gewesen, als er seinen fünfundzwanzigsten Geburtstag feierte, das erste Vierteljahrhundert. Nur deshalb, zur Wiederholung dieses Tages, waren wir in Fontainebleau, nur deshalb diese Paris-Reise. Dort hat er mir von seiner ersten Frau erzählt, sie waren verlobt und sehr glücklich in Paris. Sehr jung und sehr glücklich. Wie er es sagt, scheinen es synonyme Adjektive. Er hat den ganzen Abend lang nur von ihr gesprochen, nachher, als er viel getrunken hatte, hat er mich mit ihrem Namen angeredet.

Sind wir beide eigentlich jemals »sehr glücklich«?

Im Hotel und in den Restaurants hat man »Madame« zu mir gesagt, aber das sagt man dort zu allen Frauen. Wir beide sehen nicht aus wie ein Ehepaar. Stehen wir nebeneinander vor dem Spiegelglas eines Schaufensters, sieht man das deutlich. Sitzen Fremde mit uns am Tisch, dann rücken sie bald von uns ab, keiner beginnt mit uns ein Gespräch. Wir sind dazu verdammt, nur wir beide zu sein.

Ich habe mir eine Woche lang Mühe gegeben, leicht zu sein. Aber ich bin nicht leicht, ich falle immer wieder in meine Schwerfälligkeit zurück. Bürgerin. Bürgerin Grönland. Ich weiß nicht, wie er es in Genua schon hat sehen können.

Nichts zählt in der Liebe außer der Liebe.

Er hat mich zu dieser Reise nach Paris eingeladen. Du bist nicht großzügig, Bürgerin, man muß auch großzügig im Nehmen sein. Mit Alberts Geld bin ich unbekümmert umgegangen, als sei es meines, als gäbe es keinen Unterschied zwischen seinem Geld oder meinem, bei Jörn sage ich danke, viel zu oft danke. Er nennt mich seine Geliebte, und ich sage auch »eine Geliebte«, aber dann klingt es anders. Ich setze mich selbst herunter und warte, daß er mich wieder heraufholt, wieder und wieder, und mich trägt. Ich überfordere ihn, genau wie Albert.

An einem Mittag gab es ein heftiges Gewitter. Wir konnten gerade noch das Hotel erreichen. Vor unseren Fenstern standen zwei Kastanienbäume, es war auch an den anderen Tagen dämmrig, aber an diesem war es nahezu dunkel. Der Regen schlug an die Scheiben. Wir hatten uns hingelegt. Ich habe ihn gefragt. Ich hätte es wissen können. Aber ich habe es nicht wissen wollen. Und nun weiß ich es und müßte die Konsequenz daraus ziehen, wenn es mir so wichtig ist, wie ich geglaubt habe. Tisch und Bett. Er teilt beides mit ihr. Das gehört nun mal dazu, sagt er, gelegentlich, nicht oft. Du scheinst merkwürdige Vorstellungen von einer Ehe zu haben. Ich kann nicht von ihr verlangen, daß sie asketisch lebt, deinetwegen.

Natürlich nicht. Was weiß sie eigentlich von mir?

Keine Einzelheiten.

Daß du mit mir hier bist?

Nein. Es würde sie kränken. Ich habe keinen Grund, sie zu kränken. Sie kann nichts dafür.

Natürlich nicht.

Ich achte sie. Ich habe ihr viel zu verdanken, das weißt du.

Natürlich.

Hör auf mit deinem »natürlich«!

Ich bin eine unbequeme Freundin, ich weiß. Ich hätte nicht mitkommen sollen. Einmal bin ich schon weggelaufen, weil ich wußte, daß ich's nicht kann.

Das ist das Gewitter, leg dich wieder hin, du bist gereizt. Man kann das schließlich auch nüchtern sehen, biologisch, getrennt vom Emotionellen, Bürgerin! Du kommst auf die Guillotine, das glaubst du doch, in deinem Herzen glaubst du doch, daß darauf die Guillotine steht, gesteh's! Er hatte mich bei den Haaren gepackt und schüttelte meinen Kopf und lachte, das tut er selten, und sah mir in die Augen. Dann ließ er mich los und hörte auf zu lachen. Du glaubst das ja tatsächlich, Hanna! Er war wirklich erschrocken. Er hat mich weinen lassen und nichts gesagt, und ich war froh, daß er nicht versucht hat, mich zu trösten. Es gibt nichts zu trösten.

Das Gewitter war vorüber, die Sonne kam nicht wieder hervor, es hatte sich kaum abgekühlt. Es blieb dämmrig trüb in unserem Zimmer; als der Regen nachließ, öffnete ich die Fenster. Er fragte: Was nun, Hanna? Ich stand gerade vorm Spiegel, da fiel mir Mutter ein, ich erzählte ihm von ihr, von ihrem nüchternen: Mach dich ein wenig frisch, Hanna. Das Nächstliegende zuerst. So hat man mich erzogen. Man spricht nicht darüber. Man gestattet es sich nicht, unglücklich zu sein.

Ich bin ein Narr! Er saß auf dem Bettrand und hatte den Kopf in den Händen. Ein alter Narr. Warum liebst du mich? Warum? Was ist denn an mir, daß du mich liebst? Hast du dich meinetwegen von deinem Mann getrennt?

Ich sah in die Bäume und antwortete nicht.

Sag es schon! Klag mich doch an! Sei nicht auch noch nobel! Ich habe dich enttäuscht! Gib nur mir die Schuld! Häuf alles auf mich! Ich hätte dich in Ruhe lassen müssen, ich, ich, ich …

Ich weiß nicht, was er alles gesagt hat, bis ich mich umgedreht habe. Ich war ganz ruhig. Mein Vater, hörst du, mein Vater pflegte zu mir bei geringeren Anlässen zu sagen: Haltung, Johanna, Haltung! Und unter seinem letzten Brief stand: »Disziplin, das ist das ganze Geheimnis.«

Willst du zurückfahren? Wollen wir zusammen zurückfahren?

Wir sind geblieben. Die ganze Woche, die er sich Zeit genommen hatte für das Wiedersehen mit Paris. Unfähig, uns zu trennen, aber auch nicht fähig, diese Tage hinzunehmen und ihnen jenes mögliche Maß an Glück abzugewinnen. Manchmal gelang es, und wahrscheinlich werde ich später einmal sagen, daß wir »sehr glücklich« waren in Paris, wenn ich noch weniger Ansprüche an das Glück stelle.

An jedem Morgen hatte Jörn ein Programm für uns sorgfältig und mit Kennerschaft zusammengestellt. An jedem Abend saßen wir in einem anderen Bistro und tranken Pernod.

An der Szenerie hat es nicht gelegen. An meiner Unfähigkeit hat es gelegen. Im Park von Versailles blühten die

Rosen. Im Bois de Boulogne blühten die Rosen, und auf meinem Nachttisch im Hotel standen Rosen.

Wir waren in der Oper, wir hatten anschließend jeder noch zwei Pernod getrunken. Wein verträgt er nicht gut, er bekommt Sodbrennen davon, besonders von den leichten Tischweinen, deren Säuregehalt hoch ist. Er hat es gern, wenn ich trinke, was er trinkt, esse, was er ißt. »Die allmähliche Angleichung der körperlichen Substanzen.« Er setzt voraus, daß ich seinen Geschmack teile. Er fragt nie: Was trinkst du gern?, um dann mit mir das zu trinken, was ich gern mag. Er erwartet die Anpassung von mir. Warum wehre ich mich nicht dagegen, wenn es mir nicht paßt? Ich registriere es. Auch das. Frauen sind sehr gewissenhafte Buchhalter.

Wir gingen langsam am Seineufer entlang. Abnehmender Mond, er schwamm viel zu groß und viel zu rot zwischen den Dächern. Jörn machte Pläne für unsere Zukunft. Ich hätte sagen sollen: Sag das alles morgen noch einmal, wenn du nüchtern bist, beim Frühstück, wenn du sonst sowieso nichts sagst, wenn kein Mond scheint und keine Liebespaare auf der Mauer sitzen und dich in Stimmung bringen.

Scheinbar ganz reale Pläne, er ging diesmal sogar von der gegebenen Situation aus, er nahm nicht einmal abgelegene Inseln zu Hilfe. Wenn Ruth mit der Buchhandelslehre fertig ist, zwei Jahre Praxis vielleicht noch, dann kann er ihr die Geschäftsführung weitgehend überlassen, dann genügt es, wenn er von ferne ein Auge darauf hat, dann ist sein Sohn so groß, daß er den Vater nicht entbehrt, dann endlich wird er sein Leben leben können. Er wird ein Atelier in Paris haben, und er wird malen. Und er wird mit mir zusammenleben, und wir werden kein Geld haben, und es wird uns nichts ausmachen, und Paris wird uns noch einmal jung machen, vielleicht wird er sogar Erfolg haben, er weiß genau, was er malen wird, er sieht es vor sich, er wird die Grundzustände des Menschen malen, Trauer, Glück, Gelassenheit, Irritation. Er wird endlich mit diesen belanglosen Landschaften aufhören können, er wird seine Palette ändern, völlig, er wird die Dämonen einlassen, er wird alle Türen und alle Dämme in sich einreißen, hinter denen er ein scheinbares und konventionelles Leben hat führen müssen, er ist erst Fünfzig, er kann es noch ändern, er wird sich stellen. Endlich wird er sich dem Anruf stellen, dem er sich bisher verschließen mußte, und ich werde ihn retten aus den Krallen und Fängen, in die er dann geraten wird. Oh, meine schöne Liebste! Jede Nacht wirst du mich retten, du bist klar, du bist rein, du bist einfach. Ich werde trinken, aber dein Vater war ja ein Trinker, du kennst das, du wirst nüchtern bleiben, du wirst mir das Glas aus der Hand nehmen, Haltung, Disziplin, du wirst mir den Mund schließen mit deiner Hand und mit deinen Lippen, ich werde dich malen, die Bürgerin auf der Guillotine. Auf der Guillotine unserer Liebe.

Es war wieder wie in Genua. Wer sich umdreht oder lacht.

Aber ich habe mich nicht umgedreht, und ich habe auch nicht gelacht, und diesmal bin ich geblieben. Wir haben in einem Bistro, nicht weit vom Boulevard St. Michel, weiter Pernod getrunken, und nachher habe ich geglaubt, was er sagte. Ich wollte als Dolmetscherin arbeiten, jeden Tag ein paar Stunden, ich wollte Führungen im Louvre machen, ich sprach viel besser französisch als er, ich … Aber bis ich mit meinen Plänen soweit war, war sein Rausch schon vorbei. Nicht der physische. Der andere.

Alter Narr, sagte er, fünfzig Jahre und schon so ein alter Narr. Man glaubt sich nicht mehr, man traut sich nicht mehr über den Weg, man hat das schon einmal gesagt, alles hat man schon einmal gesagt, man muß sich nur jemanden suchen, der es noch nicht kennt. Nicht mal die Illusionen halten noch stand. Nichts. Nichts hat man getan von dem, worum es einem gegangen ist. Das Wichtige! Das Wichtige, man weiß nicht einmal mehr, was das ist. Man schiebt es vor sich her, bis es alle Gestalt verloren hat, so einen ungefügen Klumpen. Erinnerungen an Illusionen. Bis man so ein alter Narr geworden ist. Man malt kleine hübsche Bildchen für Bücherkataloge und hängt sie auch noch in den eigenen Räumen auf, läßt sich schmeicheln dafür und glaubt das auch noch, man lebt mit einer Frau zusammen und zeugt Kinder und ißt und schläft mit ihr und tröstet sich und sagt: später. Später wird man mit der Frau leben, die man liebt. Das wirkliche Leben zu zweien. Man arbeitet den Tag über und verdient Geld und bildet sich ein, man tut das nur, um später … Und auf einmal glaubt man sich nicht mehr. Dann glaubt man nicht mehr, daß es noch ein Später gibt, das sich verwirklichen ließe, mit den Resten, die noch da sind. Laß mich allein, verlaß mich, ich verdiene nichts anderes. Was willst du mit mir, einem Wrack? Nichts ist erreicht. Geh, geh fort von mir, was willst du überhaupt, was erwartest du denn von mir? Ich will nicht, daß man etwas von mir erwartet, hörst du! Unglück steckt an wie die Pest, ich bin ein Versager, ich habe immer nur geredet, geredet, geredet. Du bist stark, Hanna, ich dachte, du hättest genug Kraft für uns beide, aber du hast keine Kraft, für niemanden außer für dich selbst. Du gehst sparsam mit dir um, du bist geizig, du wirst sehr alt werden. Du hast keinen Mut, du bist genauso feige wie ich. Zwei Feiglinge und betrunken. Bürgerin. Bürgerin Grönland.

Ich war wieder nüchtern. Er redet mich betrunken, und er redet mich auch wieder nüchtern. Ich habe ein Taxi herbeigewinkt und gezahlt. Von dem Geld, das ich für den

Pernod bezahlt habe, lebe ich zu Hause zwei Wochen. Wir hatten draußen gesessen. Die letzten Gäste. Drinnen spielte noch ein Musikautomat. Die Sprengwagen fuhren schon durch die Straßen.

Als er sich am nächsten Morgen rasierte, sah er mich im Spiegel an, ich war schon fertig und wartete auf ihn. Ich hatte ihm früh zwei Migränetabletten gegeben und selbst auch eine genommen. Ich hoffe, du nimmst das nicht tragisch, Hanna? Gestern abend? Typische Krise eines Mannes, der fünfzig geworden ist, in jedem psychologischen Handbuch nachzulesen.

Er lächelte ein schüchternes, armseliges Lächeln. Und ich hilflos, mit Armen, an denen die Hände zentnerschwer hingen, und die Zunge wie ein Klumpen Lehm im Mund, und ich weiß doch, daß es ein Wort gibt, das uns beide erlösen könnte, und oft weiß ich das Wort sogar und müßte es nur aussprechen.

Aber dann ist der Augenblick schon vorbei, und ich habe ihm wieder nicht geholfen. Wir gehen die Hoteltreppe hinunter und besichtigen weiter Paris, sein Paris. Tausend Jahre alt, zuzüglich der fünfundzwanzig, die Jörn noch dazutut. »Damals stand hier noch«, »früher war hier«, und darüber verwelken die Rosen und werden staubig wie die Bäume auf den Champs-Élysées und schal wie der Pernod in den Bistros, in denen wir nachts sitzen. Nächte, nach denen das Wachwerden schwer ist. Man sagt Madame zu mir, Madame, und hält sich fern von uns.

Am letzten Tag war es noch heißer als an den Tagen vorher. Ich wäre gern noch einmal auf dem Blumenmarkt hinter Notre-Dame gewesen, wo die Malschülerinnen ihre Staffeleien aufstellen, zwischen Topfblumen und Gießkannen und Vogelkäfigen; es ist dort grün und kühl. Ich wollte noch einmal unter den Bäumen hinter dem Palais Royal sitzen. Zum erstenmal hatte ich einen Vorschlag gemacht.

Aber Jörn wollte, warum weiß ich nicht, die Kirche von St.-Denis sehen, die Gräber der französischen Könige. Vorher waren wir in keiner Kirche gewesen, nicht in der Sainte-Chapelle und nicht in Notre-Dame und nicht in der Madeleine, und auch Napoleons Grab hatten wir nicht gesehen; ich hatte noch nie eine Vorliebe für gotische Architektur bei ihm wahrgenommen, an dem Tag aber war nichts so wichtig wie diese Kirche in St.-Denis, die ich schon auf dem Hinweg anfing zu hassen. Ich schlug ihm vor, daß er allein hinfahren sollte, und ich bliebe auf dem Blumenmarkt. Ich habe keinen so exklusiven Geschmack wie du –. Er sagte, dies sei der richtige Tag für Gräber, für prunkvolle Bestattungen. Natürlich begleitete ich ihn, es war unser letzter Tag, mit dem Nachtzug mußten wir zurück. Während der endlosen Fahrt dachte ich immer nur: Wenn es doch schon vorbei wäre, zwei Tage weiter, bloß nicht noch dieser endlos lange Abschied.

Es wurde von Stunde zu Stunde heißer und drückender. Jörn war blaß und abgespannt. Er hatte zuviel getrunken und zuwenig geschlafen in dieser Woche. Die Metro war überfüllt, obwohl es bald zwölf Uhr war; am Châtelet mußten wir umsteigen, in den gekachelten Gängen ging ein kühler Luftzug. Wir sprachen nicht miteinander, ich hatte nach Jörns Hand gefaßt, aber sie war feucht, ich ließ sie wieder los, die Schuhe drückten mich, ich hatte nicht angenommen, daß wir so lange unterwegs sein würden, dann standen wir wieder dicht aneinandergedrängt in einer anderen Metrolinie, ich hatte längst die Richtung verloren, er machte sich nicht die Mühe, mir zu erklären, wo dieses St.-Denis überhaupt sei. Ich reichte ihm die Flasche mit dem Eau de Cologne, er benutzte sie auch, sagte: Immer für alles ausgerüstet, Bürgerin, dir kann gar nichts passieren. Ich tat die Flasche wieder in die Handtasche. Seine Kommentare verstimmten mich, ich kannte sie alle längst. Dann in einen Omnibus. Als wir endlich in St.-Denis angekommen waren, einem grauen, düsteren Vorort, tranken wir in der Nähe der Kirche einen Aperitif, essen mochten wir beide nichts, es war zu heiß, das Wasser in dem Siphon war lauwarm, wir tranken noch einen Kaffee, auch der lauwarm, er schmeckte nach Zichorie. Jörn sagte nichts dazu, ließ ihn stehen, legte das Geld auf den Tisch, stand auf. Wir haben dann in der Kirche gesessen, nebeneinander, hinten im Mittelschiff, die Dämmerung im Raum gab die Illusion von Kühle. Von der Gruft der Könige habe ich nichts gesehen. Es war heiß, meine Füße schmerzten, und morgen würde ich wieder allein sein.

Als wir ins Freie kamen, war die Sonne im heißen Dunst erstickt, die Luft war so staubig und dick, daß man kaum atmen konnte, auf den Straßen war es noch lauter als sonst. Eine schreckliche Stadt. Fremd und feindselig. Ich wollte fort von hier, ich fühlte mich elend, ich wollte, daß es endlich vorbei wäre. Und Jörn, von dem ich nicht wußte, was er dachte, legte plötzlich den Arm um mich, drückte mich an sich. Wir waren vor einem Hotel, ich merkte es erst, als er stehenblieb. Zwei Tische mit Korbsesseln davor, eines dieser schäbigen Hotels, von denen der Putz bröckelt. An dem Schild hat es gelegen, an diesem »pour la nuit et pour la journée«. Jörn sagte: Komm, Hanna, laß uns reingehen, komm!

Ich habe mich zur Wehr gesetzt. Zum erstenmal. Nicht hier! Bitte! Nicht jetzt. Wir haben einen Taxistand gesucht, es gibt in dem Stadtteil nicht viele Taxis. Als wir endlich in einem saßen, dauerte die Fahrt durch die überfüllten Straßen über eine Stunde, mit der Metro wäre es rascher gegangen und weniger teuer gewesen. Er sagte, ohne mich anzusehen, bitter, höhnisch: Hattest du Angst, die Laken seien nicht sauber genug für dich?

Im Hotel habe ich mich aufs Bett gelegt und versucht, mich etwas auszuruhen. J. saß unten im Restaurant, er kam nicht einmal nach oben, um sich zu waschen. Ich habe unsere Koffer gepackt, auch seinen, er überläßt das jetzt mir, schon gewohnheitsmäßig. Ich nähe, gewohnheitsmäßig, schnell einen Knopf an seinem Jackett fest.

Wir haben spät am Gare du Nord zu Abend gegessen und sind in den Nachtexpreß gestiegen. In meinem Koffer lag der Morgenmantel, den er mir geschenkt hat. Rosen, auch da Rosen, auf weißer Seide, »elle est l'amour qu'elle refuse – il ne restera rien«. Nichts. Nichts. Kostbar, unpraktisch, ein Morgenmantel für eine Geliebte, von der man nicht weiß, daß sie mit Koks und Asche umgeht. Es ist ja auch Juni.

Jörn hatte versäumt, uns Schlafwagenplätze zu bestellen. Wir saßen in der ersten Wagenklasse, beide am Fenster. Die Wohnblocks der Vorstädte, die Hochhäuser der neuen Wohnviertel, Baukräne, mit den roten Lampen vor dem Himmel, der noch hell war vom Widerschein der Stadt. Ich blickte zurück, Jörn voraus: Er sprach von der fünften Republik und vom neuen Franc, und ich hörte ihm nicht mehr zu. Wir zogen das Schnapprollo nicht vor das Fenster, wir sahen in die Nacht. Der Abendstern, andere Sterne, Wolken davor, der Mond war nicht zu sehen. Jeder in seiner Ecke. Ich hatte die Schuhe ausgezogen und die Füße neben ihn auf den Sitz gelegt. Er nahm sie in die Hand, gedankenlos, gewohnheitsmäßig. Wir schalteten das Neonlicht aus, nur die Leselampen über unseren Sitzen brannten noch, später machten wir auch die aus. Der Schaffner kam und verstellte unsere Sitze, wir konnten uns beide ausstrecken. Er zog die Vorhänge zum Gang hin zu. Jörn gab ihm ein Trinkgeld. An den Bahnhöfen fielen die weißen Lichtbündel der Bogenlampen auf uns. Maubeuge, Charleroi, da wurde es schon hell. Namur, weißer Nebel über der Maas, wir sahen in die Nacht und in den Morgen. Liège – Aachen, ich legte den Kopf gegen seine Schulter wie in anderen Nächten, ich weinte, wie in so vielen früheren Nächten.

Ich mußte zuerst aussteigen. Als diese Reise begonnen hatte, stand Jörn am Zugfenster und erwartete mich. Ich packte meine Sachen zusammen, ging in den Waschraum und kämmte mich. Jörn wollte sich nicht rasieren, er sei ja in einer Stunde auch zu Hause. Ich kann dort gleich baden, das ist mir ganz angenehm.

Natürlich. Hast du dich angemeldet?

Ich habe keinen genauen Zug angegeben.

Hast du an ein paar Geschenke gedacht?

Er hat sie eingekauft, während ich nachmittags auf dem Bett lag. An alles hat er gedacht. Seine Rückkehr war sorgfältig vorbereitet. Aber er war es nicht. Er hielt mich fest. Komm mit!

Wohin?

Er ließ mich los. Du hast recht.

Ich muß aussteigen, so lange hält der Zug nicht. Geh auf deine andere Ebene, sie ist sowieso breiter und bequemer.

Halt den Mund! Du weißt nicht, was du redest, warte, ich komme mit dir, ich kann genausogut erst heute nachmittag ankommen. Ich rufe zu Hause an, ich will mich nicht so im Zug von dir trennen. Ein Tag macht nichts aus, ich kann jetzt nicht, sie wollen jetzt mit mir frühstücken, und ich soll erzählen.

Ich habe mich von ihm losgemacht. Laß mich gehen, bitte!

Er stand am Fenster. Ich habe mich nicht umgedreht, ich bin zur Unterführung gegangen, den Koffer in der einen, die Tasche in der anderen Hand, ich hätte auch nicht

268

winken können. »Dreht euch nicht um. Wer sich umdreht oder lacht.«

Jetzt hat er noch eine halbe Stunde Fahrt. Ich bin diese Strecke so oft gefahren, hin und her, immer die Rückfahrkarte in der Manteltasche. Es war acht Uhr, in den Chorfenstern des Domes brachen sich die Sonnenstrahlen. Die Glocken läuteten, irgendein Seelenamt. Ich packe den Koffer aus, hänge den Morgenrock in den Schrank, lasse das Badewasser einlaufen, stelle Kaffeewasser aufs Gas, blättere die Post durch, ein Brief von Albert. Ich habe das Nachhausekommen nun schon gelernt. Routine. Vielleicht auch Disziplin. Ich tue das Nächstliegende.

Als ich meinen Kaffee trank, läutete das Telefon. Jörn, er war in eine Telefonzelle gegangen, am Bahnhof, er wollte nur hören, ob alles in Ordnung sei. Nein, zu Hause sei er noch nicht gewesen, es sei eigentlich auch nichts, er hätte nur meine Stimme hören wollen, er hätte auf einmal nicht mehr gewußt, wie sie klingt, ob er überhaupt danke gesagt habe für diese Woche.

Und dann nutzte alle Disziplin und alle Heimkehrroutine nichts, ich habe in das Telefon alles gesagt, was ich in diesen Jahren heruntergeschluckt habe, daß ich es nicht mehr aushalte, daß es entsetzlich und unmenschlich sei, ich will bei ihm sein, nirgends sonst.

Aber ich habe es erst gesagt, als er schon eingehängt hatte.

8. Juli

Meine Pläne für den weiteren Verlauf dieses Jahres nehmen deutlichere Gestalt an.

Ich habe mir eine Grammatik gekauft, einen Dictionnaire, ein Übungsbuch. Jeden Tag arbeite ich drei Stunden, genau nach der Uhr, vorher eine Stunde am Klavichord, nachmittags noch einmal eine Stunde. Ich lebe nach meinem eigenen Stundenplan, das macht es einfacher, ich habe mich besser unter Kontrolle. Ich wußte, daß es nach Paris nur schlimmer werden konnte. Diesmal ist es mir gelungen, den Sturz abzufangen. Ich habe J. noch nicht wieder gesehen. Er ruft an jedem Abend an. Er hat mir einen französischen Roman in einer broschierten Ausgabe geschickt, er sei eben erst erschienen, vielleicht hätte ich Lust, ihn zu übersetzen, er könne mir einen Verlag vermitteln. Ich habe nur den »Larousse illustré«, es soll einen neuen, sehr guten Dictionnaire geben, den ich mir besorgen muß, es scheint eine schwierige Lektüre zu sein.

Cora hat angerufen, gleich nach meiner Rückkehr. Wo warst du bloß?

In Paris, für eine Woche.

Du hättest uns doch eine Karte schreiben können!

Wozu? Ich dachte, du wärest dann betrübt, weil du nicht so unabhängig bist und reisen kannst.

Meinst du etwa wirklich, ich gönne dir das nicht? Ich finde es nur merkwürdig, daß du jetzt zu deinem Vergnügen nach Paris fährst, wo die Eltern gerade eben gestorben sind.

Die haben nichts damit zu tun, laß sie aus dem Spiel, Cora, ich hätte sie auch nicht gefragt, wenn sie noch lebten.

Du warst wohl gar nicht allein in Paris?

Nein.

Oh! Wie kannst du nur!

Ich kann, Cora! Ißt du nicht mehr mit deinen Kindern am Tisch? Spielst du nicht mehr mit ihnen? Schläfst du nicht mehr mit deinem Mann? Wie äußert sich denn deine Trauer, vergleichsweise, was ist für dich erlaubt, was für mich? Was ist Pflicht für den einen und Vergnügen, unerlaubtes Vergnügen für den anderen?

Einiges davon habe ich tatsächlich gesagt. Sie reizt mich; die einzige, der es jedesmal gelingt, meine Ruhe zu durchbrechen. Ich gehe in die Verteidigung, bevor sie mich angreift. Sie war so entsetzt, daß sie nicht einmal antwortete. Ich schwieg auch. Sie fängt an, ihr Leben als Maßstab für alle anderen zu nehmen. Das lasse ich nicht zu. Trotzdem habe ich eingelenkt. Es geht ihr vielleicht nicht gut, sie hat viel Arbeit. Entschuldige, Cora, wir wollen uns doch nicht wieder streiten wie in Hamburg. Es war heiß in Paris, ich bin abgespannt zurückgekommen, ich rufe in ein paar Tagen noch einmal an. Dann sogar: Ich habe eben erst den Abschied hinter mir, sei nett und frag nichts, es ist nicht ganz so lustig, wie du wohl annimmst.

Sicher ist sie bestürzt zu Helmut gegangen und bespricht das nun mit ihm. Verstehst du meine Schwester? Und Helmut? Der wird sich hüten zu sagen, daß er einen Mann verstehen kann, der mit mir für eine Woche nach Paris fährt. Auch er hat falsche Vorstellungen, was das heißt, eine Woche Paris, eine Woche unerlaubter Liebe. Ich habe mich nicht erkundigt, wie es ihr geht, ob sie Beschwerden hat, ich habe nicht nach den Kindern gefragt. Ich bin egoistisch geworden, ich möchte auf alle Fragen immer nur antworten: Laßt mich bitte in Ruhe.

Und Alberts Brief. Er ist hiergewesen, und ich war nicht da, die Nachbarn haben ihm gesagt, daß ich wohl verreist sei. »Ich habe selbstverständlich die Wohnung in Deiner Abwesenheit nicht betreten. Sobald Du zurück bist, werde ich Dir den Schlüssel aushändigen.« Er hat angerufen und mich nicht erreicht. Er ist beunruhigt. »Warum schreibst Du nicht wenigstens eine Karte?« Das Ausbleiben von Ansichtskarten scheint auffälliger zu sein als die geschriebenen und abgesandten. »Daß Du diese Karte nicht

schreibst, ist natürlich auch eine Nachricht von Dir, ich
verstehe. Wir müßten uns einmal zusammensetzen und
über manches in Ruhe sprechen. Es ist mir unangenehm,
Dich hineinziehen zu müssen. Es handelt sich um Lisa. Ich
hatte zunächst sogar vor, Dich zu bitten, daß Du einmal
mit ihr sprichst. Aber das ist wohl zuviel verlangt. Vielleicht hat es auch gar keinen Zweck. Ich überlege oft …
Nun, Du hast recht, es ist müßig, das jetzt zu tun, dafür ist
es zu spät. Ich verfolge jedoch einen Plan, darüber allerdings würde ich gern mit Dir sprechen. Du bist diejenige,
die mich so weit kennt, daß sie beurteilen kann … Dir das
jetzt auseinanderzusetzen, würde zu weit führen, ich mag
nichts darüber schreiben, ich beschäftige mich fortgesetzt
in Gedanken damit. Ich muß aus meinem jetzigen Leben
aussteigen. Aber ich weiß nicht, ob ich den Absprung
wagen soll, ich bin ungelenkig geworden, Du verstehst
kein Wort, Johanna, natürlich nicht! Du fragst: Kannst Du
es nicht etwas weniger allgemein ausdrücken? Keine Ab-
straktion, nur Verworrenheit. Es ist alles so verworren, ich
beneide Dich, daß Du Zeit zum Nachdenken hast. Im
vorigen Herbst habe ich Dich nicht verstanden, jetzt verstehe ich Dich besser. Ich hielt es damals nur für Bequem-
lichkeit, daß Du dieses Jahr für Dich haben wolltest, keine
Anstellung suchen, nur einfach leben. Ich habe die Zeit
zum Nachdenken nicht, ich lebe nur noch meinen Terminkalender ab, und das nicht einmal so, wie ich es tun müßte,
und zwischendurch dann diese Luftlöcher, wie dieses hier,
in die man dann abstürzt und zum Kirschwasser greift. Es
ist noch eine Flasche von Dir, ich habe mir nie was daraus
gemacht, allein zu trinken. Das bringen die Verhältnisse so
mit sich. Entschuldige, ich bin betrunken, solche Briefe
schreibt man nicht. Ich nehme meinen Urlaub, es sind
mehr als sechs Wochen, im August/September, ich kenne
jemanden auf dem Land, keine große Praxis, er will mich

272

als Vertreter nehmen. Arzt-Vertreter. Mit einem Lehrbuch für Praktiker in der Tasche wird es schon gehen, viel kann ja nicht passieren. Vorerst ist es noch ein Projekt.«

Eine Landpraxis! Er paßt ja nicht in die Stadt, auch wenn er elegant wirkt und liebenswürdig sein kann und ein guter Kaufmann ist. Damit hat er sich und uns allen nur beweisen wollen, daß er das kann: Geld verdienen, und noch dazu möglichst rasch und möglichst viel. Er hat sowenig Selbstvertrauen, ich glaube, ich bin die einzige, die das weiß, auch mir gegenüber gibt er sich gewandt und tüchtig. Er will keine Angriffsflächen bieten, er ist zu empfindlich. »Sie sind alle unerwachsen, die Männer«, sagt Marlene.

Jetzt will er es also endlich ausprobieren. Er ist vorsichtig, er traut sich nichts mehr zu. Eine Feld-Wald-und-Wiesen-Praxis nannte er das immer, die einfachste und die schwierigste zugleich. Von Anfang an hat er seine vorwiegend kaufmännische Tätigkeit verachtet und sich verachtet, weil sie ihm leichtfiel und er so leichten Erfolg hatte. Was ihm nicht schwerfällt, was keine Mühe macht, ist nichts wert, das stimmt für ihn und für mich auch. In allen Dingen des Lebens. »Leid wiegt die Schuld nicht auf, Bürgerin, du rechnest schon wieder.« Das sagt nicht Albert, sondern J.

Eine Landarztvertretung. Von Naturheilkunde werden die Leute nichts wissen wollen. Von Wasser kriegt man Rheuma. Keine Lehmpackungen, mit Lehm haben sie sowieso zu tun. Sie wollen Medikamente aus der Apotheke. Unter der Hitze haben sie beim Rübenverziehen genug zu leiden. Albert in einem Sprechzimmer, im weißen Kittel. Ich werde die Kittel nachsehen und ihm zurechtlegen, damit er sie sich mitnimmt. Die Zeit, die er in den Wartezimmern seiner Kollegen verbracht hat; das steigt alles wieder auf, unsere großartigen Pläne für das Sanatorium. Alles ist soviel kleiner geworden. »Diese Maßschneiderei des Lebens.«

Das ist doch kein Plan, den er mit Lisa zusammen gemacht haben kann. Sie wird nicht mitkommen.

Resignation? Entschlüsse, die aus Resignation gefaßt werden, sind sie schlechter als andere?

12. Juli

Ich bin beunruhigt. Irgend jemand ruft mich immer wieder an. Sehr früh am Morgen, manchmal schon vor sieben. Manchmal gegen Abend, oft noch nach elf Uhr. Ich melde mich jetzt nur noch mit meiner Nummer, warte einen Augenblick und lege wieder auf. Dann ist ein paar Stunden Ruhe, dann klingelt es wieder. Ich habe versucht, nicht an den Apparat zu gehen, aber es läutet so lange, bis ich den Hörer abnehme. Es muß jemand sein, der kontrollieren will, wann ich zu Hause bin, ob ich zu Hause bin oder ob ich allein bin.

Merkwürdig. Auch unheimlich. Ich bekomme Herzklopfen, sobald das Telefon läutet. Es irritiert mich bereits, wenn ein paar Stunden vergangen sind und es nicht geläutet hat. Ich habe es J. gesagt und ihn gefragt: Du bist es doch nicht etwa?

Hast du ein schlechtes Gewissen, daß du das annimmst?

Nein.

Außerdem rufe ich dich an, um mit dir zu sprechen, und nicht, um zu schweigen. Es wird niemand von außerhalb sein, sonst würde es zu teuer, zumal es nicht in den billigen Abendstunden geschieht.

Daran hatte ich nicht gedacht. Sehr interessant schien er

es nicht zu finden; als ich noch einmal darauf zu sprechen kam, meinte er, daß ich offensichtlich Kriminalromane oder entsprechende Filme im Kino zu mir genommen hätte. Du hast recht, es ist auch nicht so wichtig, entschuldige, daß ich davon angefangen habe.

Während er abends hier war, schellte es auch, ich schreckte zusammen, er ging an den Apparat, das tut er selten, er fragte: Bitte? – Nichts. Er legte auf, er gab zu, daß es zumindest merkwürdig sei. Auch er weiß nicht, ob man über das Amt feststellen lassen kann, woher die Anrufe kommen.

Bevor ich beim Fernsprechamt anfragte, wollte ich mich bei Albert erkundigen, er weiß in solchen technischen Dingen besser Bescheid. Als es am nächsten Morgen wieder klingelte und sich wieder niemand meldete, rief ich ihn an. Ich war erleichtert, daß er da war, daß der Hörer gleich abgenommen wurde. Aber er war es gar nicht, es war Lisa. Ich hatte nicht damit gerechnet; seinen letzten Äußerungen hatte ich entnommen, daß sie nur noch selten zu ihm kommt und noch seltener über Nacht bleibt. Ich sagte ihr guten Morgen, ich sagte: Entschuldige, wenn ich euch so früh störe, ich hätte gern Albert gesprochen, gibst du ihn mir, bitte? Er war gar nicht da! Er ist schon seit ein paar Tagen unterwegs. Sie war zufällig in der Wohnung, um etwas zu holen. Sie schien befangen zu sein. Das ist verständlich. Ich blieb ganz ruhig während unseres kurzen Gesprächs. Ich bat sie, Albert auszurichten, daß er mich nach seiner Rückkehr einmal anrufen möge.

Heute war dann Ruhe. Aber ich war unkonzentriert. Ich habe den Roman, den J. mir geschickt hat, zu Ende gelesen. Ich mag das Thema nicht, es ist mir unbehaglich dabei. Ich weiß auch noch nicht, ob ich ihn übersetzen will. J. hat noch einmal gefragt und mir versichert, daß es nicht schwer sein würde, einen Verleger dafür zu finden. Es

würde ihn beruhigen, wenn er mich damit beschäftigt
wüßte; abgelenkt von sich, das sagte er nicht, aber das
weiß ich. Einmal hat er es gesagt: Du kannst auf die Dauer
keinen Hauptberuf aus der Liebe zu mir machen. Es bela-
stet mich zu sehr. Die Liebe ist eine Zutat, das, was über
das Notwendige hinausgeht, kann eine Belohnung sein
und kann zur Strafe werden.

14. Juli

Albert war zu einem Besuch hier. Tatsächlich schellte das
Telefon, während er hier war. Sonst hätte er es mir wohl
gar nicht geglaubt. Er sah auch, welche Wirkung es auf
mich ausübt. Ich versuchte, ruhig an den Apparat zu
gehen, sagte zu ihm: Paß auf, so ist es jedesmal. Ich nannte
die Nummer, es meldete sich niemand. Ich behielt den
Hörer am Ohr, sagte: Tu mir den Gefallen, geh du einmal
dran, Albert. Im selben Augenblick wurde aufgelegt, zum
erstenmal, bevor ich es tat.

Im Selbstwähldienst kann man nicht feststellen, woher
ein Anruf kommt. Er riet mir, den Apparat für einige Zeit
sperren zu lassen. »Kein Anschluß unter dieser Nummer.«
Dann hören die Belästigungen auf. Auch er kann sich nicht
vorstellen, was dahintersteckt. Einen Augenblick habe ich
sogar gedacht, daß es meine Nachbarin, diese Frau Marein, sei, aber sie hat keinen eigenen Anschluß mehr, sie
müßte immer in eine Telefonzelle gehen. Albert fragte, wie
ich zu dieser Vermutung käme. Ich habe ihm erzählt, daß
ich sie gekränkt habe. Neulich kam sie zu mir und fragte,
ob ich wohl manchmal abends die Kleine für ein paar
Stunden zu mir nehmen würde, die ganze Nacht wolle sie
es mir nicht zumuten. Sie hat einen Freund. Die Kleine
stört dann, sie schläft nicht fest, und man weiß ja auch

nicht, was sie dem Vater erzählt, wenn der im Herbst aus Brasilien zurückkommt, sie ist schon zu groß, sie versteht schon zuviel. Ich habe das abgelehnt. Und dann hat sie gesagt: Sie haben es gerade nötig, Sie sollten doch wohl am ehesten Verständnis dafür haben, meinen Sie denn, hier im Haus sähe niemand, wenn Ihr Freund kommt und den Wagen in der Seitenstraße parkt und mitten in der Nacht wegfährt. Ich bin aufgestanden und habe sie gebeten zu gehen. Ich lege keinen Wert auf Vertraulichkeiten. Und dann ist sie laut geworden und ausfallend. Sie ist die einzige, die mir einfällt, sonst weiß ich niemanden.

Albert ging auf und ab, er raucht jetzt Zigaretten, ich mochte den Geruch seiner Zigarillos lieber. Er raucht die Zigaretten immer nur zur Hälfte, drückt sie aus, nimmt eine neue. Wir haben unsere Angelegenheiten ziemlich in Unordnung gebracht, Johanna, bisher ist es uns nicht übermäßig geraten. Er tippte auf meine Nase, wie er das früher auch schon tat, wenn er einem Satz Bedeutung, aber keine Schärfe geben wollte. Er sah die Grammatik und das Wörterbuch auf dem Tisch liegen. Du willst verreisen?

Vielleicht. Ich muß noch immer eine Reise nachholen.

Mit …?

Nein. Allein.

Was ist eigentlich aus dem Pullover geworden, Penelope?

Der ist fertig.

Wer bekommt ihn?

Niemand, es ist kein Anwärter dafür da.

Albert zeigte zum Klavichord. Machst du Fortschritte?

Ich hoffe.

Willst du mir etwas vorspielen?

Nein.

Wenn du nicht magst, natürlich nicht.

Bitte, versteh es.

277

Hat jemand anders das Monopol?

Nein.

Ich dachte.

Ich versuchte dann doch, es ihm zu erklären. Ich spiele nur dilettantisch, er ist verwöhnt, ich kann nicht mit Lisa konkurrieren.

Ach, von Lisa sprichst du, sie spielt nicht bei mir, sie hat das Cello noch nie mitgebracht, es ist viel zu weit von ihrer Wohnung bis zu mir, sie will nicht, daß ich sie mit dem Wagen abhole.

Früher lief sie doch immer damit herum, erinnerst du dich nicht? Wir haben immer gesagt, sie tut es aus Eitelkeit. Sie wirkte so zart und zerbrechlich, wenn sie es vor sich herschleppte und es dann hinstellte und sich daranlehnte und ausruhte, weißt du nicht mehr?

Doch.

Entschuldige. Es fiel mir eben ein. Sie hat dir gesagt, daß ich dich anrufen wollte?

Nein. Wann?

Neulich, sehr früh am Morgen, aber du warst unterwegs, ich wollte dich wegen dieser Telefonanrufe fragen.

Nein, sie hat mir nichts gesagt. Sie wird es vergessen haben.

Bitte, sei so nett und kläre du das mit dem Fernsprechamt.

Zu diesem Fabian paßt es doch nicht, oder was meinst du? Experimentiert er vielleicht, wie eine Frau darauf reagiert?

An ihn habe ich nicht gedacht, ich weiß nicht. Möglich ist das.

Er hätte nun gehen können, die Kittel lagen bereit, der Kaffee war getrunken, der Aschenbecher war mit halbaufgerauchten Zigaretten angefüllt, ich sagte nichts dazu, obwohl es mich beunruhigte. Seine Hände zittern, er müßte wirklich Ferien machen und nicht eine Vertretung übernehmen, die seine Kräfte sehr beanspruchen wird. Er fragte: Ich halte dich auf, Hanna?

Aber nein.

Du bist so konventionell. Sag doch etwas! Was hast du früher immer gesagt, wenn ich keine Lust hatte zu fahren, wenn ich mich vor den Leuten fürchtete?

Ich weiß nicht, was du meinst, Albert, ich hab' es vergessen.

»Die Penelope-Arbeit des Vergessens.« Du sitzt hier und vergißt, Penny.

Er hat die Kittel anprobiert, sie sind ihm etwas knapp geworden, sie sind auch nicht mehr elegant, aber für eine Landpraxis ist es besser, wenn er sich keine neuen besorgt. Wir mußten nach den Durchsteckknöpfen suchen.

Bist du sicher, daß nicht noch irgendwo etwas von mir liegt? Du gibst nicht eher Ruhe, bevor nicht die letzte Spur von mir getilgt ist.

Warum sagt er das? Welche Antwort erwartet er darauf? Es wird gut sein, wenn er bald für sechs Wochen aus allem herauskommt und andere Aufgaben hat, die ihn wirklich beschäftigen. Er scheint über mehr Zeit zu verfügen als früher, ich erkundigte mich danach.

Ich lasse es langsam angehen, das kann man nämlich auch, ich wußte das nur nicht. Ich habe früher irgendwo gelesen, es sei ein Beruf, der den ganzen Einsatz verlange, und daran hatte ich mich gehalten.

Er sah mich an, einen Moment mußte ich überlegen, dann fiel es mir ein: »Ein ganzer Mann, konzentriert auf ein ganzes Ziel.«

»Entscheide dich, wo du hingehen willst, und geh«, zitierte Albert.

»Glaube nie, daß du auf der rechten Straße bist, nur weil du eine Wagenspur entdeckt hast«, zitierte ich.

»Die einzige helfende Hand, auf die du stets rechnen kannst, hängt an deinem eigenen Arm.«

Hör auf, hör auf! Hast du das etwa noch?

Neulich hatte ich das Buch in der Hand, alle deine Zettel liegen noch drin. Anleitungen für einen erfolgreichen Vertreter. »Provisionen fallen nicht vom Himmel.«

Es war falsch, ich habe es nicht besser gewußt, ich dachte, ich müßte dich daran hindern.

Laß gut sein, du wirst recht gehabt haben, wie immer. Ich fange an zu denken, was du früher gedacht hast. Ich übernehme deinen Posten. Immer im Widerspruch, zur Abwechslung jetzt einmal zu meinen früheren Ansichten.

Ich wollte kein solches Gespräch. Es wirft uns beide um Monate zurück, wir fangen wieder an zu überlegen, ob der Schritt richtig und notwendig war. Ich sagte leichthin: Nimm das nicht ernst! Ich ertappe mich auch manchmal dabei, daß ich deine Ansichten habe, irgendwann pendelt sich das aus, man muß das nur abwarten.

Wie ruhig du geworden bist.

Nenn es wie früher, Albert, langweilig.

Eine Frau, die den Mut hat, langweilig zu sein und nicht amüsant und nicht aufregend. Manchmal denke ich, dies hier sei der einzig wirklich ruhige Platz in der ganzen Stadt, hier steht ein Sessel, in den kann man sich setzen, man kann mit dir sprechen, aber braucht es nicht. Wenn ich daran denke, geht schon von dem Gedanken Beruhigung aus. Ich stelle mir vor, wie du Klavier spielst, wie du liest, wie du schreibst, in der Küche hantierst, alles bedächtig, ohne Hast. Manchmal bist du jetzt wieder wie früher, wie ganz früher. Du weißt schon …

Er spricht Tuttis Namen nicht aus. Das ist tabu, nach wie vor.

Juli

Keine Telefonanrufe mehr. Ich brauche nicht darauf zu warten, und ich brauche sie nicht zu fürchten. Vor ein paar Monaten noch wäre es mir unerträglich gewesen, so ohne alle Verbindung zu sein.

Ich hätte J. eine Nachricht zukommen lassen müssen. Aber wie? Seit Ruth mit im Geschäft ist, fahre ich nicht mehr hin. Die Privatpost gerät leicht unter die dienstliche, die Anrufe in der Geschäftszeit vermeide ich, abends ist er nicht dort; die Schulferien haben begonnen, es ist ruhig im Buchhandel, ich weiß das jetzt schon, ohne mich erkundigen zu müssen. Er wird gekränkt sein, daß ich ihn nicht verständigt habe.

Ich habe mit der Übersetzung angefangen.

Juli

Als ich nachmittags aus dem Haus ging, um Zigaretten zu holen, stand Lisa an der Ecke, ganz in der Nähe meines Hauses, sie schien auf etwas zu warten. Als sie mich sah, erschrak sie. Wir wußten zunächst beide nicht, ob wir uns begrüßen sollten oder nicht, wir haben uns länger als ein Jahr nicht gesehen. Ich bin die Ältere. Es ist nicht schwer, ihr gegenüber großmütig zu sein. Ich ging auf sie zu, reichte ihr die Hand. Sie war der Ansicht, ich sei verreist, sonst wäre sie auch gar nicht durch die Straße gegangen.

Wie kommst du darauf? Ich war nur neulich eine Woche fort, sonst bin ich immer hier.

Ich dachte, dein ... entschuldige! Sie wollte wohl wirklich wie früher sagen »dein Herr«. Ich meine, Albert hat so etwas erzählt, nein? Sie war verwirrt. Sie sieht blaß aus, sie hat etwas Gehetztes im Blick, das hat sie früher nicht gehabt.

Ich forderte sie auf mitzukommen, wir könnten uns einen Kaffee kochen. Albert hatte neulich erwähnt, daß es gut wäre, wenn ich einmal mit ihr spräche. Vielleicht konnte ich den beiden wirklich helfen.

Sie wollte nicht. Sie sagte hastig, sie sei auf dem Weg ins Funkhaus. Woher kam sie denn? Spielt sie doch noch im Funkhaus? Ich habe nicht gefragt.

Bald käme sie mal. Sie riefe mich vorher an.

Ich hätte ihr sagen müssen, daß ich telefonisch nicht erreichbar bin, aber in dem Augenblick fiel mir das nicht ein.

Sucht sie Albert bei mir? Ist sie eifersüchtig? Noch immer? Hat Albert ihr etwas erzählt? Es hat sich doch nichts dadurch geändert. Es war eine natürliche Reaktion, nur eine physische. Ich habe J. nichts davon gesagt. Ich hatte es fast schon vergessen, erst jetzt denke ich wieder daran.

Was ist los?

Ich will nicht wieder damit anfangen, was ist, wozu, warum. Dieses Karussell von Fragen. Ich will meinen Stundenplan einhalten und mich nicht beirren lassen. Ich trinke weniger Kaffee, ich rauche nur noch fünf Zigaretten am Tag. In der ersten Woche fiel mir das schwer, aber ich hatte mir vorgenommen auszuprobieren, ob meine Disziplin ausreicht, einen Vorsatz einzuhalten. »Du strapazierst deinen Charakter an unwichtigen Dingen.« Mag sein, an irgend etwas muß man es ausprobieren, wenn es dabei nicht geht, wie soll es bei größeren Vorsätzen gehen? Ich will nicht mehr als fünf Zigaretten am Tag rauchen, das ist alles. Albert hat vor einigen Jahren einmal versucht, das Rauchen aufzugeben, und ich habe ihn ausgelacht, als er befriedigt und stolz war über achttägiges Nichtrauchen.

Ich fand wie J., es lohne die Anstrengung nicht. Wie J. Aber es lohnt doch, man beweist sich selbst etwas damit. Als Albert wieder im Außendienst war, hat er auch wieder geraucht, er gab den einen Vorsatz mit anderen Vorsätzen zugleich auf.

Es regnet so viel in diesem Sommer. Ich gehe nur gegen Abend eine Stunde an die Luft.

Ich begreife, worum es in dem Roman geht, aber ich mag das Thema nicht.

Ende Juli, eine Woche später

Gestern nachmittag stand Fabian vor der Tür. Er hatte dreimal geschellt. Ich lief hin, ich hoffte, es sei der Eilbote, der eine Nachricht von J. brachte.

Da sind Sie ja, Johanna! Was ist los, warum verleugnen Sie sich am Telefon? Er stand im Zimmer, bevor ich ihn aufgefordert hatte einzutreten. Er holte aus seiner Aktentasche drei Flaschen Bier, fragte, ob er sie in meinem Kühlschrank kalt stellen könne. Sie haben doch Zeit? Er zog den tropfenden Regenmantel aus, schüttelte ihn, ging in den Flur, hängte ihn auf, kam wieder. So hatte ich mir das bei Ihnen vorgestellt, Johanna, genau so, genau das, was ich jetzt brauche. Rauchen Sie eine Zigarette mit? Er hielt mir die zerknäulte rote Packung hin. Wissen Sie, es hat was Beunruhigendes, Sie hier sitzen zu wissen. Eine Frau, die es sich leistet, nichts zu tun, nichts. Die Zeit hat und nicht vorgibt, keine zu haben. Was ist das für Papier, Sie schreiben doch nicht etwa? Lassen Sie die Finger davon! Bleiben Sie so. Sie sind eine Attraktion! Entschuldigen Sie, wenn ich mich hier unterbreche, darf ich mich setzen?

Er hatte es erreicht, daß ich lachte. Bitte! Wollen Sie

länger bleiben, Fabian? Soll ich Käsebrote für Sie streichen, wie viele?

Jetzt noch nicht, später, wenn das Bier kalt ist. Ich will etwas von Ihnen.

Das dachte ich mir schon.

Ich habe da wieder so eine Geschichte. Wissen Sie … Er machte eine Pause.

Nein, ich weiß nicht.

Unterbrechen Sie mich doch nicht immer! Er war ärgerlich; ich gab mir Mühe, es nicht auch zu werden.

Passen Sie auf, es geht darum: Ein Mann hat vor Jahren, in einer ungewöhnlichen und für ihn ungeheuerlichen Situation ein Gelübde getan, nur sich selbst, niemand kennt es. Jahre später lernt er eine Frau kennen. In einer, sagen wir mal, schwachen Stunde erreicht diese Frau, daß er es ihr sagt. Sie tut sogar, als begreife sie es, in seiner ganzen Tragweite für ihn. Aber es läßt ihr fortan keine Ruhe, sie will ihre Macht ausprobieren, ihre Macht ist natürlich ihre Liebe. Sie läßt es darauf ankommen, sie will wissen, was stärker ist: die Liebe zu ihr oder jenes Gelübde. Über das sie insgeheim lacht. Was ist?

Sie lacht nicht. Sie fürchtet sich davor.

Woher wollen Sie das wissen? Sie sind imstande und wissen das wirklich, Johanna. Ihr Frauen! Ihr geht einfach hin und sagt mit unschuldigem Gesicht: Ich weiß. Ihr kriegt, einige von euch wenigstens, das einfach in die Wiege gelegt, und unsereins tüftelt daran herum und denkt und überlegt und jongliert damit und …

Und weiter?

Deshalb bin ich hier. Wer ist denn nun stärker? Der ewige Machtkampf. Geht er eigentlich immer zugunsten der Frau aus? Ist sie die Stärkere, von Anfang an, auch heute noch? Ist es überhaupt zugunsten der Frau, wenn sie siegt?

Sie will gar nicht siegen!

Johanna, holen Sie das Bier! Ich werde Ihnen jetzt die Geschichte erzählen, aber vorher schreiben Sie hier auf diesen Zettel, wie es ausgeht, wer siegt. Sie hätten ein gutes Medium für einen Zauberer abgegeben, soll ich mal die Leute vom Fernsehen fragen? Ich kenne jemanden. Ihr Typ kommt bestimmt an.

Als er einen Teller mit Broten und sein Bier vor sich hatte, fing er an zu erzählen. Vorher sagte er noch: Wenn Sie jetzt aufgestanden wären, um sich ein Strickzeug zu holen oder Knöpfe zum Annähen, wäre ich sofort gegangen.

Ich werde mir das merken, für spätere Fälle! Ich habe noch einen Pullover, den ich auftrennen könnte.

Kann ich jetzt anfangen? Chronologisch. Ich halte nichts von Verfremdung. Die Unsicherheiten sind auch ohne Verfremdung noch groß genug. Nur ein dürftiger Stoff braucht Komplikationen. Es tut mir leid, aber die Geschichte beginnt nach dem letzten Krieg. Der Mann, unser Mann, der mit dem Gelübde, ist Flugzeugführer gewesen, im Offiziersrang, versteht sich; zur Zeit unserer Geschichte steht er auf einem Flugplatz in einem fremden Land. Er ist im Besitz eines vorläufigen Reisepasses, den man ihm aushändigte, nachdem er sich bereit gefunden hat, ein Schriftstück zu unterzeichnen, in welchem er sich verpflichtet, sein Vaterland, entschuldigen Sie, aber er dachte damals noch in solchen Ausdrücken, nie wieder zu betreten. Er hat siebzehn Monate Gefangenschaft hinter sich. Er ist auf dieses Vaterland nicht gut zu sprechen, er will gar nicht zurück. Er besitzt wieder einen Paß, und in diesem Paß steht natürlich sein Name, Georg Wendelin von... lassen wir das erst einmal weg, eine alte, nicht ganz unbekannte Familie. Er wurde Georg gerufen, die zweite Silbe ist zu betonen, seine Mutter hatte ihn Wendelin genannt; es steht keine Staatsangehörigkeit mehr in diesem Paß, kein Dienstgrad, nur eben jene Angaben, die unveränderlich bleiben, obschon er das natürlich auch einmal von der Staatsangehörigkeit angenommen hatte. Als besonderes Kennzeichen steht darin, und das ist neu, »rechter Arm verkürzt«.

Er reiht sich unter die Wartenden vor jenem Schalter, an dem die Maschine angekündigt ist. Er versucht, sich unauffällig zu benehmen, was der ihm angeborenen Bescheidenheit entspricht. Man wird sein Land ohne Zwischenlandung überfliegen. Nur noch wenige Stunden, dann befindet er sich in Freiheit. Er muß seiner Nervosität Herr werden. Er muß glauben, daß es gelingen kann. Aber er glaubt nicht daran. Statt dessen erwartet er, daß man seine Identität mit diesem staatenlosen, berufslosen, besitzlosen Mann bezweifelt, wie er selbst es tut. Man wird ihn der Polizei ausliefern, man wird ihm den letzten, noch notwendigen Stempel verweigern, und er wird gar nicht bis zur Gepäckkontrolle kommen. Den prüfenden Blick der jungen uniformierten Angestellten der Fluggesellschaft fängt er mit seinem Lächeln auf, das in nervösem Zittern des Kinns ein hilfloses, allerdings von ihr nicht mehr wahrgenommenes Ende findet. Er geht die zehn Schritte zur Gepäckkontrolle und stellt die Aktentasche, die man ihm besorgt und mit dem Nötigsten gefüllt hat, einem Rasierapparat, einer Zahnbürste, einem zweiten Oberhemd, einem weiteren Paar Socken, einer Zeitung, einer Schachtel Keks, neben das umfangreiche Gepäck der anderen Fluggäste auf die niedrige Rampe, auf der er sie im Weitergehen neben sich herschiebt. Jener Bekannte, der ihm auch den Paß besorgt hat, ist nicht zum Flughafen gekommen. Aus Vorsicht.

Als man nach seiner Tasche greift und nach weiteren Gepäckstücken fragt, spürt er wieder diese Schwäche in

Knien und Schultern; er lehnt sich fest mit den Schienbeinen an die Rampe, verneint die Frage nach zu verzollenden Waren mit einer Bewegung des Kopfes, der man entnimmt, daß er ein Ausländer und der Landessprache nicht kundig sei. Als man die Ungeschicklichkeit bemerkt, mit der er nach der Tasche greift, um sie unter den gesunden Arm zu klemmen und gleichzeitig das Flugbillett bereitzuhalten, findet sich jemand, der ihm behilflich ist. Das erschreckt ihn jedoch derart, daß ihm das Billett entfällt und eine Stockung in der Menschengruppe entsteht, die nun, nachdem die Tür zum Flugfeld geöffnet ist, vorwärts drängt. Unser Mann sieht die allgemeine Aufmerksamkeit auf sich gerichtet; er ist scheu, das ist er immer gewesen, und jetzt ist er noch dazu ein Flüchtiger, den Ausdruck Flüchtling kann man für ihn nicht verwenden. Als er die Maschine in einer Entfernung von knapp hundert Metern vor sich auf der Rollbahn sieht, kommt für Sekunden eine derartige Kopflosigkeit über ihn, daß er einen Blick hinter sich zur Tür wirft, die man bereits wieder geschlossen hat. Er will zurück! Er hätte es auch getan, wenn ihn nicht die Stewardess beim Arm genommen hätte in der Annahme, es handle sich um eine Ängstlichkeit, wie sie einen Menschen leicht vor dem ersten Flug befällt. Sie führt ihn mit sanfter Gewalt zu dem Steg, der in das Innere der Maschine führt, reicht seinen Flugschein einer zweiten Stewardess, die ihn ebenfalls kontrolliert und mit besonderer Aufmerksamkeit liest. Dann tauschen beide einen Blick aus, der diesen merkwürdigen Fluggast der besonderen Fürsorge weiterempfiehlt.

Auf dem Laufgang zwischen Rollfeld und Rasen gewinnt unser Mann einen Teil seiner Sicherheit zurück. Er betritt jetzt einen Raum, der ihm vertrauter ist als irgendein anderer. Während des Fluges, so hat er es sich vorgenommen, will er darüber nachdenken, was ihn drüben erwartet, oder besser: nicht erwartet. Alle Angaben, die er gemacht hat, um diese Ausreise durchzusetzen, sind ein Teil des Lügennetzes, in das er am Ende des Fluges geraten wird.

Durch die Verzögerung, die seine scheinbare Unpäßlichkeit verursacht hat, befindet er sich unter den letzten Reisenden. Er nimmt einen der hinteren Plätze ein, allerdings am Fenster. Er ist damit durchaus einverstanden. Er will befördert werden, nichts weiter. Er reist nicht zu seinem Vergnügen. Es ist gleichgültig, wo er sitzt, allerdings hat sich der hintere Teil des Flugzeugrumpfs bei einem Abschuß zumeist als der sicherste erwiesen, vorausgesetzt, daß es gelingt, sich aus der brennenden Maschine zu befreien.

Den Sitz neben ihm nimmt eine Dame ein, die sogleich allerlei Vorkehrungen trifft: Zigarettenschachtel und Zündhölzer aus der Handtasche hervorholt, die Gurte zum Anschnallen bereitlegt, eine Zeitung zur Hand nimmt. Sie streift ihren Nachbarn mit einem abschätzenden Blick, ob sich eine Unterhaltung mit ihm lohne, ihr Urteil fällt ungünstig für ihn aus; bevor noch der erste der beiden Motoren zur Überprüfung angelassen ist, hat sie sich bereits in ihre Zeitung vertieft.

Georg von ... lassen wir das mit dem Namen, schnallt den gelben Stoffvorhang mit dem Lederriemen straffer zusammen und beobachtet die letzten Vorbereitungen für den Start. Als er sieht, daß alles planmäßig verläuft, lehnt er sich in seinem Sitz zurück. Es ist gegen siebzehn Uhr. Ein Tag im September. Eine gute Stunde für einen Flug. Er wird ruhig hier sitzen und dem Schwanken der rechten Tragfläche zusehen, und wenn man sein Land überfliegt, wird man nichts mehr von dessen Verwüstungen sehen. Man kann sogar den Vorhang schließen, dann sieht man nicht einmal die Lichter. Man kann gelegentlich ein paar

Worte mit der Frau auf dem Nebensitz wechseln. Man kann seine Zeitung lesen. Er ist ein Fluggast, er hat nichts weiter zu tun, als die Leuchtschrift über der Tür zur Flugzeugkanzel zu beachten und den Aufforderungen nachzukommen. Er hat sich während Start und Landung anzuschnallen und das Rauchen zu unterlassen. Aufforderungen, die seiner eigenen Sicherheit dienen. Er hat diesen Flug bezahlt, mit fremdem Geld zwar, aber er wird es später zurückzahlen; die Gesellschaft hat die Garantie übernommen, ihn ordnungsgemäß zu befördern. Kein Scheinwerfer wird die Maschine einfangen, keine Flakbatterie ihre Geschütze auf sie richten, keine feindlichen Jäger werden neben ihr auftauchen, lauter neue Bestätigungen, daß dieser Krieg zu Ende ist. Vermutlich wird man während des Aufstiegs von der Stewardess, so war es vor dem Krieg üblich, eine Süßigkeit angeboten bekommen und im weiteren Verlauf des Fluges einen Imbiß. Er durfte sich dadurch nur nicht ablenken lassen, über seine Zukunft nachzudenken.

Der linke Motor setzt ein. Unser Mann atmet tief. Sekunden noch. Alles wird besser sein, wenn sie nur erst hochkommen. Tausend Meter hoch, oder hundert, oder wenigstens zehn.

Der zweite Motor.

Die Leute unten entfernen sich. Noch tuckert der rechte Motor, aber es ist die erste Probe, eine Kleinigkeit, eine Zündkerze, die aussetzt, das kommt oft vor. Oder ist das sein eigener Herzschlag, den er mithört?

Beide Motoren laufen etwa gleichzeitig aus. Er spürt, daß seine Hände feucht werden. Vielleicht wurde eine Funkmeldung durchgegeben, daß die Papiere eines Fluggastes nicht in Ordnung seien. Der linke Motor setzt wieder ein. Unten läuft ein Mann mit einem Feuerlöscher über den Rasen. Jetzt der rechte Motor.

Er klammert sich an die Armlehnen seines Sitzes, streift dabei die Hand seiner Nachbarin, er sagt eine Entschuldigung. Wieder dieses Tuckern, völlig unregelmäßig. So durfte ein Motor nicht laufen.

Er lehnt sich fest in seinen Sitz zurück. Was geht ihn das an. Er kennt den Flugzeugtyp nicht. Hat er die Maschine zu fliegen oder der da vorn in der Kanzel? Vielleicht ist es ein Geräusch, das dieser Motor immer macht, beim Start zumindest. Hört es außer ihm denn niemand? Man kann so nicht starten, man wird aussteigen müssen, man wird überhaupt nicht fliegen, heute nicht, man muß zurück in die Halle. Alles beginnt noch mal von vorn, man wird die Pässe erneut überprüfen.

Er hat es ja gewußt. Die Motoren laufen wieder aus. Alle beide. Jetzt werden auch die übrigen Reisenden aufmerksam. Einige sprechen gedämpft miteinander, andere blicken interessiert durch die Fensterluken. Nur die Stewardess steht lächelnd unter der Tür der Kanzel. Niemand fordert die Fluggäste zum Aussteigen auf. Man wird den Schaden demnach gleich beheben können. Ein paar Minuten wird es dauern, eine Viertelstunde, länger nicht. Er kann derweil seine Zeitung lesen, er kann seine Nachbarin anreden, er kann ihr seinen Fensterplatz anbieten. Er muß sich nur ganz unauffällig benehmen.

Die Stewardess blickt schon wieder zu ihm hin. Jetzt kommt sie auf ihn zu. Vielleicht hat man ihr von der Kanzel aus einen Wink gegeben. Sie geht langsam den Gang entlang, bleibt an seiner Reihe stehen, beugt sich zu ihm. Er blickt weg, sieht einfach zum Fenster hinaus, als ob es dort etwas zu sehen gäbe. Er spürt eine leichte Hand auf seinem linken Arm, aber er läßt es sich nicht anmerken, starrt vielmehr auf die Spitze der Tragfläche. Der Druck auf seinem Arm verstärkt sich, und nun hört er auch ihr leises: Monsieur –?

Er wendet sich um und läßt die Ahnungslose in sein abgehetztes Gesicht sehen. Sie behält ihr Lächeln bei, bleibt freundlich und zuversichtlich und erkundigt sich, ob er sich wohl fühle. Er versteht ihre Frage nicht beim ersten- und nicht beim zweitenmal, er nickt nur, will sich erheben und mitkommen. Darum handelt es sich doch, daß er aufstehen soll und ihr folgen. Es muß nur unauffällig geschehen, man darf die Mitreisenden nicht stören, man muß sogar lächeln. Die Stewardess drückt ihn sanft in den Sitz zurück.

Die Motoren setzen wieder ein. Diesmal zuerst der rechte.

Er muß sich entspannen. Das gilt alles gar nicht ihm. Es gilt der Sicherheit aller Fluggäste, dieser sechzehn Menschen, darunter sechs Frauen und ein Kind. Sich selbst zählt er nicht mit. Man muß die Motoren mehrere Male ausprobieren. Man muß Bremsproben machen. Man muß ganz sicher sein können. Es ist kein Krieg mehr, man darf nichts riskieren, man kann nicht einfach starten, wie man zu einem Einsatz gestartet ist.

Aber das hat er doch nie getan, er hat nicht die Luken der Bomber bedient, er hat überhaupt keine Bomber geflogen, er hat auch nicht die Eintragungen in die Meßblätter für die Großangriffe gemacht; er war Flieger, Aufklärungsflieger.

Da, da ist es wieder. Dieses Tuckern, ohne Frage der rechte Motor, jetzt, und jetzt wieder.

Unten ist niemand mehr zu sehen, auch die Männer mit der Spritze sind fort. Man konnte doch nicht mit einem defekten Motor starten. Man konnte doch nicht diese sechzehn Menschen …

Und wenn nun der Pilot und auch der zweite, der als Funker mitfliegt, sie müssen doch zu zweit in der Kanzel sein, keine ausreichende Erfahrung haben? Vielleicht fliegt er sonst einen anderen Flugzeugtyp? Vielleicht glaubt man bei der Fluggesellschaft, es sei nicht so wichtig, die Maschine sei nur klein, seit dem Krieg ist man gewöhnt, in größeren Dimensionen zu rechnen. Er muß verhindern, daß ein Unglück geschieht. Das Flugzeug wird gleich anfangen zu rollen. Rollen wird es bestimmt, es wird womöglich auch abheben, aber wahrscheinlich wird der eine Motor bereits in geringer Höhe ausfallen, die Maschine wird über die Fläche abrutschen: auch für den erfahrensten Piloten besteht keine Hoffnung auf geglückte Notlandung. Gleich hinter dem Flugfeld fangen die Berge an.

Sechzehn Menschen! Er kann doch nicht in seinem Sessel sitzen bleiben, als ginge ihn das nichts an. Er muß nach vorn in die Kanzel. Und wenn er das täte? Er kann sich nicht ausweisen, niemand kennt ihn, niemand weiß hier von seinen Verdiensten im Krieg. Vielleicht ist er nur deshalb bis hierher gekommen. Vielleicht ist sein Leben bewahrt geblieben, damit er diese hier rettet. Vielleicht nimmt das die Schuld von ihm, ein paar Tote weniger, die man ihm anrechnen wird, wie viele kommen überhaupt auf ihn? Er hatte doch nur die Ziele auszumachen, er hatte doch vier Jahre lang keinen einzigen Schuß abgegeben. Wer hat ihm seine Toten abgenommen und schleppt sie mit sich herum? Er muß dem anderen, der seine Toten …

Warum steht er denn nicht auf? Warum geht er denn nicht hin? Hat er etwa Angst, daß er diese letzte Chance, die Freiheit zu erreichen, verpaßt? Dieser Flug wird in jedem Falle seinen Tod bedeuten. Er hat keine Angst gekannt, solange er den Steuerknüppel fassen konnte. Und eben das kann er jetzt nicht mehr.

Es bohrt in seinem Arm, gleich unter dem Ellenbogen. Ein Stummel, an dem die Hand sitzt, mit der er gerade noch einen Löffel halten kann oder die Armlehne eines

Sessels. Er kann kein Steuer mehr halten, er kann niemanden mehr daran hindern, mit einer defekten Maschine zu starten, er wird auch diese Menschen noch auf sein Gewissen bekommen. Noch einmal sechzehn Tote dazu, und er weiß doch nicht, wie viele es schon sind. Diese könnte er retten, wenn er nur in der Lage wäre, jetzt aufzustehen und sich den Gang entlang zu bewegen. Noch steht die Maschine, sie bebt nur von den Erschütterungen der laufenden Motoren. Man müßte an der Stewardess vorbei in die Kanzel vordringen und den Kameraden am Arm packen; schließlich war er ein namhafter Aufklärungsflieger gewesen. Er müßte den Piloten veranlassen, den Motor nochmals durch das Bodenpersonal überprüfen zu lassen.

Ja, so wird er es machen, er wird jetzt aufstehen, seine Nachbarin bitten, ihn vorbeizulassen, das Lächeln da vorn beiseite schieben und den Piloten, nein, zuerst wird er nach dem Schalter greifen, damit die Motoren aufhören zu laufen, daß dieses Dröhnen ein Ende hat. Vielleicht wird man ihn für wahnsinnig halten und ihn gewaltsam aus der Flugzeugkanzel entfernen, aber vorher wird er die Mitreisenden warnen, er wird ihnen zurufen, sie sollten gleichfalls aussteigen, ehe es zu spät sei. Nachher wird er sich stellen. Es ist jetzt gleichgültig, was mit ihm geschieht. Er ist dann die Verantwortung los, er wird seine Flucht aufgeben, warum wollte er überhaupt fliehen, was will er eigentlich dort?

Und die anderen? Darf er das denn, kann er überhaupt den Flug verhindern, er weiß doch gar nicht, was für die anderen davon abhängt. Für jeden einzelnen. Wenn außer ihm noch ein Flüchtender unter ihnen ist, auch einer mit falschen Papieren, der fort muß und diesen Flug als letzte Chance hat. Kann es nicht sein, daß es doch gutgeht? War er nicht selbst schon mit einer Maschine geflogen, die einen Defekt hatte? War ihm denn nicht auch die Notlandung geglückt, trotz ungünstigster Umstände? Auf dem Felsplateau lag noch Schnee, aber der Seidelbast blühte schon. Und jetzt meint er plötzlich wieder den Duft von Seidelbast zu atmen.

Es ist die Hand der Stewardess, die ihm ein Tablett zureicht, auf dem Bonbons liegen, und jetzt erst wird er gewahr: sie rollen. Unten laufen die Bäume vorbei, Häuser, das Flughafengebäude, die Hallen, jetzt eben drehen sie um fünfundvierzig Grad. Die Startbahn. Er mußte aufstehen, bevor sie abhoben.

Er kann aber nicht aufstehen, der Gurt hält ihn fest, seine Hände zittern, er stößt mit dem sogleich heftig schmerzenden Arm gegen die Sessellehne und läßt den Bonbon fallen.

Das Flugzeug rollt schneller, gleich wird es zu spät sein, wenn sie erst abheben und das Fahrgestell eingezogen wird. Er muß horchen, das Dröhnen hat sich noch verstärkt, er wußte gar nicht, daß es im Flugzeugrumpf so viel lauter ist als vorn in der Kanzel. Gleich links hinter dem Rücken der Stewardess müssen die Armaturen sein, er wird sie mit einem einzigen Blick übersehen können, die Schalttafeln haben alle in etwa die gleiche Anordnung.

Da! Noch einmal der Duft von Seidelbast, der weiße Hang mit den steilen grauen Wänden. Wenn er jetzt nur nicht das Bewußtsein verliert, das ist ihm im Lager ein paarmal passiert, vor Hunger, auch vor Schmerzen im Arm und im Kopf. Jetzt dringt ein Lachen an sein Ohr, er schüttelt es ebenso wie die Hand auf seinem Ellenbogen ab, er darf sich nicht ablenken lassen, er muß den Gurt aufbekommen. Darf ich? fragt die Stimme. Die duftende Hand nimmt einen anderen Bonbon, wickelt ihn aus dem Papier und schiebt ihm den süßen, klebrigen Klumpen in den Mund. Das Dröhnen läßt nach. Er fällt. Er spürt das immer zuerst im Rücken. Er schließt die Augen, er nimmt noch die Hand auf seinem Arm wahr, den Duft von Seidelbast und März. Wie gut, daß nun alles vorbei ist. Er hält den Steuerknüppel jetzt ganz fest. Sie dürfen nicht zu schnell fallen, er muß die Geschwindigkeit drosseln, das Plateau ist eng.

Als er das Bewußtsein wiedererlangt, hat die Maschine bereits eine Höhe von etwa zwölfhundert Metern erreicht. Die Stewardess lehnt an der Tür, und jetzt eben trifft ihn ihr zuversichtliches Lächeln. Er hat den Geschmack von Orangen im Mund, seine Lippen sind rissig und verklebt, er kann seinen Mund nicht dazu bewegen, das Lächeln zu erwidern. Aber nicken kann er, er tut es vorsichtig, damit sie dort stehen bleibt und nicht noch einmal mit ihren süßen Bonbons zu ihm kommt.

Man ist also doch gestartet. Trotz des defekten Motors. Daß er defekt ist, steht außer Zweifel. Jetzt kann er sich wieder auf sein Gehör verlassen. Es ist kein eigentliches Knacken, eher ein Surren, das über das Metall des Flugzeugrumpfs läuft. Bevor es noch am Heck angekommen ist, wird es bereits vom nächsten überholt. Ein zerrendes Geräusch, als sei der Motor durch ein Kabel mit seinem Arm verbunden. Wenn er sich fest anlehnt, läßt der Schmerz etwas nach. Sie steigen jetzt gleichmäßig. Die Geschwindigkeit liegt bei etwa hundertfünfzig Stundenkilometern, vielleicht bei hundertachtzig, genau läßt sich das ohne Staudruckmesser nicht ausmachen. Es ist keine neue Maschine, sie wird kaum höhere Geschwindigkeiten erreichen. Sie nähern sich jetzt der ersten Bergkette. Die Sonne steht bereits tief, die Bergspitzen stecken in Wolken. Man wird über die Wolken gehen müssen. Dabei hatte er doch gemeint zu fallen. Er erinnert sich an die Sekunden des Absturzes, damals hatte er gemeint zu steigen, tiefer und tiefer in den Himmel hinein, und am Ende hatte er in das Gesicht des Negers gesehen.

Der Pilot scheint die geringe Höhe beibehalten zu wollen, oder er bekommt die Maschine nicht höher. Er kann mit dem Motor nichts riskieren. Er wird in die Wolken geraten, er wird in der einbrechenden Dunkelheit die Gipfel nicht früh genug ausmachen können, um in eines der Täler, die die Gebirgskette durchschneiden, einbiegen zu können. Warum, um alles in der Welt, hält er denn die Maschine nicht gerade, merkt er denn nicht, daß die rechte Fläche hängt?

Als sei alles in bester Ordnung: die Leuchtschrift über der Tür erlischt, die Reisenden lösen die Gurte, seine Nachbarin greift nach den Zigaretten, und unser Mann beugt sich vor, faßt mit der linken Hand nach der Streichholzschachtel, schiebt sie auf, nimmt mit der rechten ein Zündholz und streicht es an. Er reicht ihr Feuer und sieht dabei zum erstenmal in ihr Gesicht. Man muß das wieder lernen, einer Frau behilflich zu sein. Man kann sich nicht wie ein Kind behandeln lassen, dem man Bonbons in den Mund schiebt. Er möchte, daß die Stewardess sieht, mit welcher Geschicklichkeit und Gelassenheit er der Dame Feuer reicht. Zu viel mehr taugt sein Arm auch nicht. Es ist eine der Übungen, die er im Lager hat ausprobieren können. Die Stewardess ist verschwunden, während er mit den Streichhölzern beschäftigt war. Vielleicht orientiert man sie eben jetzt in der Kanzel, daß man eine Notlandung versuchen muß.

Er vermißt jetzt ihr Lächeln. Es war seine einzige Sicherheit. Irgendein Zusammenhang zwischen dem rechten Motor und diesem Lächeln. Alles liegt daran, daß er hilflos dasitzen muß und nicht das Äußerste versuchen kann, die Maschine durchzubekommen. Nichts weiter als ein Passagier, den man an den nächsten Berg fliegen kann und der sich nicht einmal wehrt, man schnallt ihn fest, damit man ihn völlig in der Hand hat.

Und jetzt kommt ihm der entscheidende Gedanke: Dies muß eine der Todesmaschinen sein! Er hat im Lager davon gehört. Man entledigt sich auf diese Weise derer, die lästig sind; unter dem Vorwand der Freiheit fliegt man sie in den Tod. Hat nicht dieser Bekannte, der ihm den Paß illegal besorgt hatte, erwähnt, daß mit dieser Maschine im Krieg politische Flüchtlinge weiterbefördert wurden, und jetzt, wo der Krieg vorbei war, benutzt man dieselbe Maschine, um die, die davongekommen sind, aber schuldig waren … Eine humane Art, raffiniert und human. Man konnte die letzten Minuten damit zubringen, sich vorzustellen, warum die andern in den Tod geschickt wurden. Man konnte schließlich nicht wegen fünf Schuldiger elf Unschuldige töten, oder konnte man das doch? Es gab jetzt gewiß viele solche nicht mehr einsatzfähige Maschinen, die man sonst verschrotten mußte.

Diesen einen Flug noch. Mehr wollte er gar nicht. Nie wieder würde er fliegen. Diesmal wird er sein Versprechen halten. Er muß einen Pakt schließen: Diesen Flug noch, einmal noch zurück auf die Erde, dann soll es vorbei sein. Er hätte den Schwur noch nie gehalten – und? Was heißt das? Damals war Krieg, da wogen Schwüre leicht. Er wäre auch ohne Befehl immer wieder gestartet? Ja doch! Aber diesmal ist es anders, diesmal gilt es doch sechzehn Menschen, nicht nur sein Leben, wenn sie alle gerettet wurden, das lohnte sich doch. Er allein, für sich selbst würde er das gar nicht verlangen, er würde doch diesen Gott nicht bemühen, wenn es nur um ihn ginge.

Man muß einsetzen, was man noch hat. Wenn er gelobt, nie wieder zu fliegen, so ist das viel, mehr hat er nicht einzusetzen. Die Gedanken laufen ihm weg, er muß sie anhalten, er muß versuchen, sich zu konzentrieren, er muß nur daran denken: Nie wieder wird er fliegen, wenn er dieses eine Mal noch auf die Erde zurückkommt. Wenn diese defekte Maschine landet und alle Passagiere und er selbst und die beiden Piloten und das Mädchen mit dem Lächeln.

Wenn sie nur auch noch über das Wasser kommen und bis zu dem Flugplatz. Es kann durchaus sein, daß sich der Defekt erst bei der Landung auswirkt, man wird eine Bauchlandung machen müssen, das Fahrgestell wird sich vermutlich nicht lösen. Es ist nicht einmal gesagt, daß die Maschine beim Aufprall Feuer fängt, vielleicht ist der Treibstoff verbraucht, er ist jetzt in allen Ländern knapp, heißt es. Sie fliegen ohne Zwischenlandung, wesentlich mehr wird der Tank nicht fassen können als Treibstoff für zwölfhundert Kilometer. Er muß zunächst einmal feststellen, wo die Notausstiege sind, damit man sie sofort öffnen kann, wenn der Aufprall erfolgt. Sekunden werden dann entscheiden. Er allein wird es nicht schaffen, er reagiert jetzt zu langsam, er muß seine Nachbarin und auch den Mann auf dem Sitz vor ihm verständigen, beiläufig, im Gespräch, er muß sagen, sieh an, da sind die Notausstiege, bequem angebracht, wissen Sie eigentlich, wie sie zu öffnen sind? Er wird es ihnen erklären. Mißtrauisch durften sie nicht werden. Nur keine Panik. Es war unverantwortlich, die Fluggäste nicht für Katastrophenfälle über alle Rettungsmöglichkeiten zu informieren. Wenn man Bescheid weiß, ist die Gefahr zur Hälfte gebannt.

Er hätte jeden einzelnen bei den Schultern nehmen mögen und rütteln: Wißt ihr denn nicht, in welcher Gefahr wir sind? Lest nur eure Zeitungen, damit ihr wißt, was auf der Erde los war, als ihr sie verlassen habt. Vielleicht fragt man euch danach: Wie weit seid ihr mit eurem Krieg, seid ihr immer noch nicht zu Ende damit? Er ist vorbei, und ihr kommt noch in Gruppen und nicht jeder für sich, wie sich das gehört?

Die Gurte! Es kommt darauf an, daß man den Gurt rasch genug aufbekommt. Er muß festgehakt sein, damit man beim Aufprall nicht gegen die Flugzeugdecke geschleudert wird, aber dann muß man ihn sofort lösen können, damit man nicht gefesselt verbrennt. Es wäre ein sträflicher Leichtsinn, die Gurte zu lösen und unter den Sitz rutschen zu lassen, wenn die Maschine einen Fehler hatte. Er wird angeschnallt bleiben, sollen die anderen sich in ihren Sitzen rekeln.

Nein, er wird es nicht zulassen, daß sie seinen Vorhang schließt. Wenn die anderen nicht sehen wollen, wohin man fliegt, gut, das ist ihre Sache. Er will es beobachten. Er wird einfach mit einem Lächeln, er feuchtet die Lippen an und probiert es, damit es unbefangen kommt, er wird mit einem Lächeln die Hand wegschieben. Er hat früher bei Frauen leichtes Spiel gehabt. Er wird eine Sekunde zu lange diese Hand festhalten und dem Mädchen in die ernsten Augen blicken und sie hindern, den Vorhang zu schließen.

Er muß beobachten, ob der Pilot die Maschine so lange geradezuhalten versucht, wie es nur möglich ist. Es konnte doch auch sein, daß er nichts von seinem wahren Auftrag wußte, dann würde er diese Todesmaschine trotz des Defektes an ihren Bestimmungsort zu bringen versuchen. Er ist ein guter Pilot, das ist jetzt erwiesen. Drei Gipfel sind bereits umflogen, trotz der irreführenden Wolken und der rasch aus den Tälern aufsteigenden Dunkelheit. Und wenn er notlanden mußte? Jenseits der Berge? In dem Land, das er selbst bei Todesstrafe nicht wieder betreten durfte? Wenn die gelungene Notlandung seinen sicheren, nur aufgeschobenen Tod bedeutete? Unter vielen Möglichkeiten müßte doch eine sein, die günstig für ihn ausging. Eine Chance bleibt doch immer.

Mittlerweile hat die Stewardess seinen Vorhang geschlossen. Sie hat mit ihren duftenden Händen nahe an seinem Gesicht hantiert, hat die Schlaufen gelöst, die Ringe über die Schienen geschoben und die Vorhangschals aneinandergeknöpft. Er hat weggesehen. Er hat einfach keine Notiz von ihr genommen. Er kann den Vorhang wieder öffnen, wenn er das will. Nirgends war ein Verbotsschild, das den Fluggästen untersagte, bei Dunkelheit die Vorhänge zu öffnen. Man befand sich nicht in einer Todeszelle. Er konnte, dazu brauchte er nicht den ganzen Vorhang beiseite zu schieben, unauffällig mit der Hand den Vorhang anheben und nachsehen, wie es mit der Tragfläche stand.

Als er es dann begreift, erschrickt er. Er hat das Mädchen erkannt, das die Uniform einer Stewardess trägt. Ziemlich unmittelbar darauf wird ihm klar, daß er der einzige ist, der sie erkannt hat. Er spürt nicht mehr das Bedürfnis, es den anderen mitzuteilen, auch nicht seiner Nachbarin, neben der er den Weg angetreten hat.

Charon leitet ihr Flugzeug. Er tut es mit den trauernden Augen, dem lächelnden Mund und den duftenden Händen eines Mädchens. Der Fährmann des Totenschiffes in moderner Uniform an Bord einer Verkehrsmaschine, die zweimal wöchentlich um sechzehn Uhr siebenundfünfzig startet. Getarnt und unauffällig.

Charon! Er sieht es immer deutlicher. Er hat früher einmal sein Bild gesehen und es dann völlig vergessen. Man besitzt nur, was man vergessen hat.

Man braucht den Vorhang nun nicht mehr anzuheben. Man muß still dasitzen und sich nur manchmal aus Charons Augen Zuversicht holen. Die Maschine hat etwas beigedreht. Um das zu beobachten, braucht unser Mann keine Karte. Sie sind jetzt über einer Gegend, die er kennt, jeden Nebelstreifen über den Flußtälern hätte er wiedererkannt. Es hätte ihn glücklich gemacht, das alles noch einmal zu sehen. Den Sternenhimmel im September, wenn man den Kurs nach Norden nimmt, dem Lauf der Flüsse folgend.

Er hätte gern gewußt, wie spät es jetzt ist. Man hat ihm im Lager seine Uhr abgenommen. Wenn der Pilot nur ein wenig nach Osten abdrehen würde, dann käme man jetzt über ein Stück Land, das einmal ihm gehört hat. Er traut es sich zu, die beiden Seen wiederzuerkennen, auch wenn es dunkel ist. Und den langgestreckten Höhenzug, den er selbst vor fünfzehn Jahren mit Kiefernstecklingen hatte aufforsten lassen; es mußte schon ein Wald mit dichten Kronen sein, vielleicht hatte man ihn schon geschlagen, und nur die Wurzeln steckten noch in seiner Erde, niemand rodete sie. »Deine Bäume wachsen nicht in den Himmel.« – Elisabeth hat das gesagt. Elisabeth hat immer recht behalten. Sie hat ihn durchschaut. Du bist keiner von denen, hat sie gesagt. Und als er gefragt hat, von welchen, war sie verwundert, daß er nicht gleich wußte, was sie meinte. Nun, denen etwas gerät. Wie gut, daß er keine Pläne zu machen brauchte, daß er nicht mehr nachdenken mußte, was geschehen sollte, wenn er heil aus dem Flugzeug herauskommen würde und auch noch aus der letzten Kontrolle, wohin er sich heute nacht wenden sollte, ohne Geld, ohne Verbindungen, ohne einen einzigen Menschen. Er kann still dasitzen und seinen Assoziationen folgen. – Entschuldigen Sie, Johanna! Assoziationen kannte er vermutlich nicht, man sprach in jenen Jahren nicht davon, man hatte sie jedoch schon, mehr als heute, das hängt mit dem Hunger zusammen. Er hört nun nicht mehr die Unregelmäßigkeit des Motors, er hat sich bereits daran gewöhnt. Alles ist richtig so. Am Ende ist immer alles richtig, wie es kommt. Man darf sich nicht auflehnen. Es ist schwer, das zu lernen, vielleicht gelingt es überhaupt erst, wenn man so müde ist wie er und Charons Lächeln bereits nahe. Er hätte bis in alle Ewigkeit so weiterfliegen mögen. Fliegen. Er hatte nicht gewußt, wie sehr er sich das gewünscht hatte. Noch einmal zu fliegen.

Du kannst nicht wünschen, hatte Elisabeth gesagt. Wünsch dir etwas von mir! Da war schon Krieg. Sie waren beide nicht mehr jung. Aber diese Elisabeth behielt die ungebärdigen Wünsche eines Kindes. Schenk mir! Gib mir! Sag mir! Das war Elisabeth. In der Schule hatte man sie Elisabeth Imperativ genannt. Er hatte sich nicht binden wollen, aber das war nicht das Entscheidende, er glaubte, man dürfe keinen anderen an sich binden. Ihm selbst hätte es wenig ausgemacht, wenn sie gesagt hätte, du gehörst mir, was sie wohl auch getan hat. Aber er selbst hatte niemals ein Mein über die Lippen gebracht. Er wollte auch nicht, daß sie ihm gehörte. Man ist verantwortlich für das, was einem gehört. Die Frau, das Haus, der Wald, die Ländereien, die Leute – wie konnte er das? Was ging ihn das an? Weil er dort hineingeboren war, deshalb sollte er dafür geradestehen? Für jeden Baum, in den der Blitz einschlug, für jeden Kartoffelacker, der von den Wildschweinen aufgewühlt wurde? Für jeden Arbeiter, der den Arm in die Dreschmaschine bekam, für Regen, für Dürre, sein ganzes Leben lang sollte er die Verantwortung tragen, und keiner fragte danach, ob er das auch könne.

Seine Mutter hätte ihn vielleicht verstanden, aber auch mit ihr konnte man natürlich nicht darüber sprechen. Es war gut, daß er nicht dorthin zurück mußte.

Es war nicht immer so gewesen. Es muß angefangen haben, als er nur noch in den Ferien nach Hause kam; er hatte mit der Mutter an einem Juniabend auf dem Hochsitz gesessen, der Vater war mit den Hunden weitergegangen, sie hatten geflüstert. Er hatte sie gefragt: Wie viele Sterne gehören uns, Mama? Wie viele Kubikmeter Luft? Und nach dem Erdinneren hatte er auch gefragt und angenommen, es gehöre ihm ein schmaler Keil, bis hin zum Mittelpunkt, wo das Feuer ist. Diesen Keil brauchte man doch nur ins Unendliche zu verlängern. Er hatte Raumlehre in der Schule, es muß in der Quinta gewesen sein. Mama hatte aufgelacht, leise, man durfte das Wild und den Vater nicht stören. Wenn sie allein miteinander waren, nannte sie ihn Wendelin. Ach, Wendelin! Kein Stern und kein Himmel und kein Feuer, nur die Kruste, ein paar Meter in die Tiefe – genau hatte sie das nicht gewußt, aber für einen Bohrturm würde es schon nicht reichen –, und der Himmel gehört uns, so hoch die Bäume wachsen.

Etwas ging ihm damals verloren. Er hatte sich trotzdem mit Mama zusammen den Umkreis eines Sternes ausgesucht. Dann war der Vater gekommen, und sie waren nach Hause gegangen.

Er hat sich spät entschlossen, Flieger zu werden. Nicht um eine Uniform im Schrank zu haben, wie sein Vater und sein Großvater. Da ihn niemand nach der wahren Ursache seines Entschlusses fragte, hat er sich auch keinem gegenüber geäußert. Als er zum erstenmal über dem Stück Wald kreiste, das er selbst hatte aufforsten lassen, und die beiden Seen überblicken konnte und die Wiesen, alles mit einem einzigen Blick, die Dächer des Dorfes, das zum Gut gehörte, da hatte er etwas davon gespürt: Das alles würde eines Tages ihm gehören, zum erstenmal hatte er keinen Schrecken dabei empfunden. Von oben her gesehen war es anders, vielleicht, weil es kleiner war, weil man in wenigen Minuten darüber wegfliegen konnte, weil niemand den Hut zog, wenn er ihn sah.

Wie hätte er seinem Vater erklären sollen, daß man etwas lieben kann und nicht mit ihm leben will? Nicht davon und nicht dafür. Er habe kein Verantwortungsgefühl. Er kenne keine Dankbarkeit. Von seinem Nationalgefühl wolle man gar nicht erst reden. Ein Mann, so pflegte

303

der Vater zu sagen, arbeitet, jagt, trinkt, hat Frauen, er lacht auch mal, aber dann ist Schluß. Derweil ging er mit lauten Schritten in der Halle auf und ab, oben am Geländer lehnte die Mama, und wenn er, unser Mann, hinaufsah, nickte sie ihm zu, und er wußte, daß sie lächelte. Laß ihn doch, Wendelin, er hat recht. Ihr habt eben beide recht.

Als der Krieg ausbrach und der Mann meiner Geschichte mit dem anfing, was allgemein mit »einem alten Namen Ehre machen« bezeichnet wird, besserte sich das Verhältnis zum Vater. Sein Selbstgefühl wuchs, er überstand die Besuche mit besserer Haltung als früher. Ein Zug seines Wesens, den ihm die Mutter vererbt hatte, trat deutlicher hervor: Verbindlichkeit. Er scheute Auseinandersetzungen, jede Form von Heftigkeit, vielleicht gerade, weil er zu Jähzorn neigte. Im dritten Kriegsjahr starb der Vater mit der gleichen Impulsivität, mit der er gelebt hatte. Ein Jahr später hätte er diesen großartigen Abgang nicht mehr haben können. Noch als Georg von ..., den Namen lassen wir jetzt noch weg, zur Beisetzung kam, erfüllte die Gegenwart des Toten das ganze Haus. In den wenigen Urlaubstagen, die er in den letzten Kriegsjahren noch hatte, fuhr er nicht mehr auf das Gut. Seine Mutter besuchte ihn dort, wo er in Garnison lag. Auch Elisabeth war noch einmal gekommen. Er solle sich nun entscheiden. Sie hatte mit dem Rücken an der Tür gelehnt und gesagt: Wir können nicht jedesmal wieder von vorn anfangen, unsere Zeit ist begrenzt. Du lebst, als hätten wir eine gemeinsame Ewigkeit vor uns, entweder du ...

Da war der Zorn über ihn gekommen: Oder was? Was willst du eigentlich von mir? Sag jetzt ganz genau, was ich tun soll.

Bevor er den Satz zu Ende gesagt hatte, war Elisabeth fort. Sie hat bald darauf geheiratet, aus Enttäuschung, aus Trotz, es hat ihm nicht einmal weh getan, es stand ihm

304

weiterhin frei, an sie zu denken und sie zu lieben, was ging ihn der andere Mann an, er hat es nicht einmal für nötig gehalten, ihr Glück zu wünschen.

Mittlerweile ist es in dem Flugzeug behaglich geworden. Die Lampen werfen ein ruhiges, warmes Licht auf zufriedene Gesichter. Parfüm und Zigarettenrauch durchziehen den Raum, das glatte Papier der illustrierten Blätter raschelt, und das Summen der Motoren wird immer häufiger von einem Lachen, ein paar laut gesprochenen Worten übertönt. Die Stewardess trägt Tabletts herum, mit allerlei appetitlich angerichteten Salaten und Sandwiches darauf, die sich die Fluggäste auf die kleinen Tische stellen, die sie auf ihre Aufforderung hin in die Sessellehnen geschoben haben. Seine Nachbarin hat bereits ihr Tablett und macht sich daran, die Tüten mit den belegten Broten auszupakken, die Bestecke bereitzulegen, sie wirft sogar einen unschlüssigen Blick auf ihn, ob es nicht schicklicher sei zu warten, bis auch er sein Tablett habe.

Es konnte ein Zufall sein, aber es beunruhigte ihn aufs neue: Die Stewardess hatte ihm sein Tablett wieder fortgenommen. Er konnte nichts sagen und sie auch nicht zurückhalten. Er wußte vor Bestürzung nicht, wohin er blicken sollte, als sie nach seinem Tablett griff. Er konnte sich jetzt keine Zigarette anstecken, wenn die anderen essen wollten. Er mußte untätig dasitzen und warten, was nun geschehen würde. Es war sehr unangenehm für ihn. Er hatte nämlich bereits mit der linken Hand nach der Tüte mit dem Brot gegriffen. Zu hastig, aber doch mehr aus Ungeschicklichkeit, weil er glaubte, das Tablett könne ins Rutschen geraten, nicht direkt aus Hunger. Gegen Hunger war er die ganzen Monate mit Haltung angegangen, man brauchte ihn nur zu ignorieren, er existiert erst, wenn man ihn in seine Vorstellung einläßt, wenn man denkt: Brot. Wenn man sich gestattet, Hunger zu haben.

Die anderen essen jetzt alle. Die Stewardess geht mit einem Korb, der mit Flaschen angefüllt ist, von einem Sitz zum anderen und schenkt den Reisenden ein, nach deren Wünschen, Mineralwasser, roten oder weißen Wein, auch Bier. Er als einziger erhält wieder nur ein Lächeln, dabei hat sie die Flasche mit dem Rotwein bereits in der Hand, als ob sie wisse, daß er Rotwein wählen würde. Sie tut, als erinnere sie sich an etwas, das in Zusammenhang mit ihm steht, als gebe es ein geheimes Abkommen zwischen ihnen.

Er könnte nun die Schachtel mit den Keksen aus seiner Aktentasche nehmen und davon essen. Eine Diät. Viele Menschen essen Diät. Er muß tun, als geschehe alles mit seinem Einverständnis, als sei es sein ausdrücklicher Wunsch, an dieser letzten Mahlzeit nicht teilzunehmen. Schlimmer als der Hunger quält ihn Durst. Ein Glas Rotwein würde ihn wunderbar erquicken. Er hat gar nicht gewußt, wie sehr es ihn nach Rotwein verlangt. Wenn es nur ein einziger Schluck wäre. Wenn er nun alle Konventionen abtäte? War es nicht grotesk, in dieser Stunde auf Konventionen zu achten? Er brauchte sich nur seiner Nachbarin zuzuneigen und mit aller Selbstverständlichkeit nach ihrem Glas zu greifen, mit einem: Gestatten Sie –? Sie würde es zulassen, da bestand kein Zweifel. Frauen lieben es, wenn Männer ihretwegen Konventionen umstoßen. Sie würde erstaunt sein, sie würde ihm endlich ihre Aufmerksamkeit zuwenden, sie würde es als eine Huldigung auffassen, er ist nicht unappetitlich, er ist, auch heute noch, in diesem fremden Mantel …

Wie heiß es ist! Er hätte den Mantel ablegen sollen wie die anderen Fluggäste, aber in dem geliehenen Anzug hätte er sich noch unbehaglicher gefühlt. Mäntel sind austauschbarer. Immer wird ihm heiß, wenn er hungrig ist. Er durfte nicht auf das Tablett sehen, er wollte jetzt den

306

Vorhang anheben und aus dem Fenster blicken, das würde ihn ablenken. Es war jämmerlich, sich in dieser Stunde von einem Teller mit Brot abhängig zu machen. Er mußte es als eine Auszeichnung ansehen, daß man ihn für beherrscht genug hielt. Vermutlich wußte man dort, daß er alles durchschaut hatte, daß er sich vorbereitete. Die Tischplatte, die er mit Anstrengung an seinen Sessellehnen befestigt hatte, behinderte ihn nun, er kann mit der linken Hand den Vorhang nicht erreichen, und die rechte Hand ist zu ungeschickt, auch zu schwach, um die Druckknöpfe zu öffnen. Als er eben den Arm zwischen den Vorhangspalt geschoben hat, um mit einem Ruck die Teile voneinander zu trennen, legt sich eine Hand auf seinen gesunden Arm. Er schreit auf, er reißt den verwundeten Arm herunter, schlägt damit auf die Tischkante, zieht den Kopf ein und hört nicht, was die Stimme auf ihn einspricht, sieht nicht das bestürzte Gesicht, kommt erst wieder zu sich, als die Stewardess bereits wieder ihren Platz an der Tür eingenommen hat und ihm zunickt und er aus einer Bewegung ihres Kopfes errät, daß er auf den Tisch über seinen Knien blicken soll.

Sie hat ihm die Butterbrote in kleine mundgerechte Happen zerteilt. Es liegt eine Gabel daneben. Sie hat alles so angeordnet, daß er die linke Hand benutzen kann. Das Glas steht, zur Hälfte mit Rotwein gefüllt, ebenfalls links. Dabei ist er durchaus in der Lage, mit Messer und Gabel zu essen, er hat es im Lager versucht, natürlich hatte er dort kein Messer, aber er ist überzeugt, daß er das Brot hätte schneiden können. Er wird jetzt diesem Mädchen zum Trotz alles mit der rechten Hand anfassen, auch das Glas. Daß Frauen es nicht lassen können, einen hilfloser zu machen, als man ohnehin schon ist. Er muß nur erst ruhiger werden. Es ist ganz gleichgültig, ob er in den nächsten fünf Minuten trinkt oder nicht, sie soll nur nicht

denken, er würde darüber herfallen wie ein Verhungern-
der, er wird ein paar Bissen zu sich nehmen, auch einen
Schluck trinken, aber erst, wenn er sicher sein kann, daß
seine Hände nicht mehr zittern. Er muß sich allerdings für
die unerwünschte Aufmerksamkeit bedanken, er muß ihren Blick einfangen und muß nicken und lächeln.

Er kann sich nicht entsinnen, wann er zuletzt etwas zu
sich genommen hat, es muß lange her sein. Dies war doch
nur ein Trick, um die Passagiere abzulenken. Mit vollem
Mund kauend, die Gabel mit einem Stück Fleisch in der
Hand, so wollte man sie in den Tod schicken, so erbärm-
lich, so menschlich.

Ihn nicht! Und wenn er eine ganze Stunde lang, länger
würde es nicht mehr dauern können, dieses Tablett auf
den Knien halten sollte und den Geruch von geräuchertem
Fleisch ertragen mußte. Er wird jetzt nichts essen, höchstens, daß er einen Schluck von dem Wein trinken wird.
Einen Schluck und vielleicht ein kleines Stück Brot, das
wird er sich abbrechen und langsam kauen. Vorher wird er
noch einen Blick aus dem Fenster tun. Vielleicht befand
man sich schon über der offenen See. Er hat nie Zutrauen
zum Wasser gehabt. Alle Menschen, die das Feuer lieben,
fürchten das Wasser. Wenn er sich doch nur konzentrieren
könnte! Dabei gibt es Leute, die behaupten, daß die Fähigkeit zur Konzentration wachse, wenn der Mensch wenig
zu essen hat. Sie gingen so weit zu fasten, um der Klarheit
der Gedanken willen. Nun hat er das Glas doch in einem
Zug geleert! Und hat nicht aus dem Fenster gesehen und
nicht nach der Stewardess. Er hat gedankenlos nach dem
Glas gegriffen und es wie ein Verdurstender geleert. Aber
Charon hat ihn beobachtet! Das Mädchen erscheint mit
seinem Korb und schenkt zuerst seiner Nachbarin und
dann ihm noch einmal ein; diese hebt das Glas, er kann
sich nicht getäuscht haben, sie hält es ihm entgegen, er

muß nach dem seinen greifen und ihr zutrinken, so tut
man es doch. Auf Ihr Wohl! Er leert das Glas ein zweites
und gleich darauf ein drittes Mal. Wenig später schläft er
ein.

Als er erwacht, ist es totenstill. Die Lampen brennen
noch. Die Sitze vor ihm sind leer, auch seine Nachbarin ist
fort. Das Tablett ist weggeräumt, er starrt vor sich hin,
dann will er sich vorbeugen, um die Stirn gegen die Sessellehne zu lehnen und weiterzuschlafen, doch der Gurt hält
ihn zurück. Er sackt ein Stück tiefer in sich zusammen. Von
irgendwoher dringen Stimmen in einer Sprache zu ihm,
die er nicht kennt; er blickt nicht auf. Als die Stimme der
Stewardess leise sagt: Monsieur, wir sind gelandet, Sie
müssen jetzt aussteigen, löst er mechanisch die Gurte,
greift nach der Tasche, die während des Fluges an seinen
Beinen gelehnt hat, und erhebt sich.

Die Hände des Mädchens warten schon auf ihn, sie faßt
ihn sogleich beim Arm und fragt: Ihr erster Flug? Beim
zweiten werden Sie sich besser fühlen. Er antwortet nicht,
folgt ihr, geht den Steg hinunter und steht auf einer anderen Erde. Er blickt zurück. Die Maschine schimmert im
weißen Mondlicht. Er muß sich nun verabschieden und
sich für die Fürsorge bedanken und dann das letzte Stück
allein zu der Kontrolle an der Tür des Empfangsgebäudes
gehen. Er holt sein Billett aus der Manteltasche, reicht es
ihr und nimmt sich vor, sie zu fragen, beiläufig: Geringfügi-
ger Schaden am rechten Motor, will er sagen und dazu
lachen, als ob es nichts weiter auf sich habe, mit einer
defekten Maschine zu fliegen, kaum der Rede wert, aber
sie sollen wissen, daß einer dabei war, der es gemerkt hat.

Aber da hat die Stewardess bereits die Ecke des Billetts
abgerissen und gefragt: Geht es auch allein? Und er hat
gesagt: Ja, vielen Dank. Als er zehn Schritte gegangen ist,
dreht er sich um, hebt den Arm und winkt zurück und ruft,

nicht laut, aber seine Stimme gehorcht ihm doch wenigstens: Ich bin Flieger. Er zeigt auf die Maschine, dann auf sich: Mein letzter Flug!

Der Wind nimmt ihm seine Worte weg. Das Mädchen unter der Tür des Flugzeuges hebt die Hand und winkt zurück. Charon mit dem Totenschiff. Georg von S., unser Mann, lächelt, wendet sich um und geht auf die Tür zu, wo ihn zwei Beamte in Zivil bereits erwarten.

Den letzten Satz sagte Fabian bereits im Stehen. Ich hole mir mal eben eine Flasche Bier aus dem Kühlschrank.

Der Regen schlug gegen die Scheiben, es wurde schon dunkel, ich schaltete die Wandbeleuchtung ein, zog die Vorhänge nicht zu, nahm mir das letzte Butterbrot und holte mir ein Glas aus dem Schrank, Fabian teilte die letzte Flasche Bier mit mir.

Wo ist der Zettel, Johanna, auf den Sie die Lösung geschrieben haben?

Hier. Ich legte die Hand darauf. Aber dies ist doch nur die Vorgeschichte, das Gelöbnis. Wie geht es weiter?

Gelöbnis! Sie haben so schöne altmodische Ausdrücke. Gelöbnis, es war tatsächlich ein Gelöbnis. Der letzte Flug. Das einzige Gelöbnis übrigens, das er einhielt. Unser Mann besaß damals nicht mehr als ein abgegriffenes Notizbuch, darin standen Namen und Adressen. Freunde der Familie, Verwandte, eigene Freunde, ein Kapital, das anzusammeln Generationen nötig gewesen waren. Es dauerte einige Jahre, es ging, seinem nicht eben einfachen Charakter entsprechend, nicht ganz so rasch wie bei anderen Männern, aber sein Name, seine Kenntnisse, kurz und gut, eines Tages ist auch er wieder drin. Er bekleidet einen angesehenen Posten, er hat Verantwortungen auf sich genommen, nicht sehr unmittelbare allerdings, zwischen ihm und seinen Untergebenen stehen Betriebsräte, Perso-

310

nalchefs. Aber er spricht mit derselben Arglosigkeit wie andere Menschen von seinem Wagen, seiner Firma, seinem Fahrer. Eine Familie, auf die er ein Possessivum anwenden könnte, besitzt er nicht.

Das Gelübde. Das Gelöbnis, wie Sie sagen. Seine Stellung bringt es mit sich, daß er oft kurzfristig reisen muß, an Orte, die weit entfernt von seinem Wohnort liegen. Dennoch fliegt er nie, er läßt sich mit dem Wagen hinfahren, nimmt eines der schnellen Schiffe, wenn der Ort in Übersee liegt, benutzt einen der Nachtexpreßzüge, gelegentlich läßt er einen Platz in einem Flugzeug reservieren, bittet dann jedoch seinen Vertreter, an seiner Statt zu fliegen. Soweit die äußere Situation unseres Mannes. Er lernt eines Tages eine Frau kennen. Wir können sie Elisabeth nennen, sie ist dieser ersten Elisabeth noch ähnlicher als die anderen, die er in der Zwischenzeit gekannt hat.

Die schwache Stunde; wir können sie übergehen, es liegt auf der Hand, wie es dazu kommt, daß er der Frau von diesem Gelöbnis erzählt. Er ist abgespannt. Sie hat wieder einmal gefragt: Warum bist du nicht mit dem Flugzeug gekommen, liebst du mich nicht so sehr, daß du auf dem schnellsten Wege …?

Sie fragt und fragt. Frauen ruhen nicht, bis sie einem Mann das letzte Geheimnis entrissen haben, sie schälen eine Schicht nach der anderen von seiner Seele ab wie bei einer Zwiebel, und wenn ihnen das geraten ist, betrachten sie sich den Rest und sind enttäuscht, natürlich bleibt bei dem Vorgang so gut wie nichts übrig: Sie suchen ein neues Opfer, eine neue Zwiebel.

Fabian! Von Frauen verstehen Sie nichts. Nehmen Sie lieber eine Rose als Gleichnis, das ist üblich.

Er bestand auf der Zwiebel. Sie weinen dabei wie beim Zwiebelschälen. Wo war ich stehengeblieben?

Bei der schwachen Stunde.

Also, diese Frau, wir können sie wieder Elisabeth nennen, weiß jetzt Bescheid. Sie kennt nun seine verwundbare Stelle. Sie ist sehr glücklich. Sie teilt sein Geheimnis. Sie liebt ihn nur noch mehr. Nichts trennt ihn jetzt noch von ihr. Sie kennt ihn. Er hat sich ihr rückhaltlos offenbart. Sie weiß, wie schwer ihm vieles gefallen ist, sie kennt seine Gefährdung. Er ist in Wahrheit ein Träumer. Wenn sie ihn nur damals schon gekannt hätte! Daß er gedacht hat, Charon führe das Schiff und die zweimotorige klapprige Maschine sei der Nachen der Toten. Und diese kleine dumme Stewardess! Sie kann diese Geschichte gar nicht oft genug hören, vor dem Einschlafen bittet sie deshalb: Erzähl von deinem letzten Flug! Sie sagt sogar Wendelin zu ihm.

Das geht eine ganze Weile so. Er kommt und geht wieder. Er hat seine Unabhängigkeit beibehalten. Eines Tages läßt es ihr keine Ruhe mehr, sie hat den gleichen weiblichen Imperativ in sich wie diese erste Elisabeth. Tu das! Komm! Bleib! Entscheide dich! Das Vokabular ist nicht groß. Es gibt für sie immer nur eins oder das andere. Sie will alles oder nichts, und das bekommt sie auch. Zuerst alles, später dann nichts. Er ist, obwohl er vorgibt, sie zu lieben, nicht bereit, sich zu binden. Sie ist ungeduldig wie alle Frauen, sie will wissen, was sie ihm bedeutet. Sie will ihn auf die Probe stellen. Sie kennt nun seine verwundbare Stelle, sie ist wie diese Kriemhild, die auf Siegfrieds Gewand ein Kreuz genäht hat, um die Stelle für jene zu kennzeichnen, die noch nichts davon wissen; sie hat dieses Gelöbnis wie ein solches Mal vor ihrem inneren Auge. Sie telegrafiert ihm: Wenn du mich liebst, komme sofort! Erwarte dich achtzehn Uhr fünfzig am Flughafen. Das also ist die Situation. Wir sind jetzt endlich in der Gegenwart, lassen Sie sich durch den Regen nicht täuschen. Es ist nicht Juli, sondern November, wir müssen die klimatischen Umstände als Handlungselement einbeziehen. Es ist Nebel, nicht nur Bodennebel. Seit nachmittags drei Uhr sind auf unserem Flughafen keine Maschinen mehr gestartet, einzelne Flugzeuge, die aus günstigeren Luftverhältnissen kommen, landen jedoch noch. Elisabeth sitzt im Flughafenrestaurant und wartet auf das Eintreffen der Maschine. Sie hat kein Telegramm mit einer Absage bekommen. Sie triumphiert. Sie hat keinen schlechten Charakter. Sie freut sich sehr auf ihn. Sie ist einfach glücklich. Ein weiterer Beweis seiner Liebe, die größer ist als alle Gefühle, die man ihr bisher entgegengebracht hat. Sie ist nicht einmal besorgt wegen des Nebels, alle kleinlichen Ängste sind ihr fern. Die Flugtechnik ist so weit entwickelt, man braucht sich keine Sorgen zu machen, sie trinkt einen Whisky-Soda und wartet, schiebt gelegentlich den Vorhang etwas zur Seite und blickt in den Nebel, man kann immer noch einige Lichter sehen, die die Einflugschneise kennzeichnen.

Als die Maschine zwanzig Minuten nach der fahrplanmäßigen Landezeit noch nicht angekündigt ist, bezahlt sie ihren Whisky und geht in die Empfangshalle. Dort sind nur wenige Menschen, da keine Maschinen starten. Niemand scheint zum Empfang eines Fluggastes der noch ausstehenden Maschine gekommen zu sein. Niemand außer ihr. Sie wird als einzige dastehen und auf ihn warten. Ihr Herz ist angefüllt von großen, schönen Gedanken, es weitet sich, es hat kaum noch Platz in ihr. Die Maschine hat Verspätung, das kommt auch im Düsenzeitalter noch vor, es wäre ihrer nicht würdig, sich bei der Information zu erkundigen. Sie wird draußen warten, sie wird auf und ab gehen im Nebel, auf die Fluggeräusche horchen.

Nach zwei weiteren Stunden nimmt sie sich ein Taxi und fährt nach Hause. Sie hat sich nicht erkundigt. Sie erwartet, ein Telegramm vorzufinden, in dem steht, daß die Maschine wegen ungünstiger Witterung nicht starten konnte oder einen anderen Flughafen anfliegen mußte.

Es ist kein Telegramm da. Sie wartet weiter. Gegen elf Uhr räumt sie den vorbereiteten Abendbrottisch ab.

Die Nacht bietet ihr Gelegenheit zu weiteren großen Gedanken. Sie steht auf dem Balkon ihres Appartements und sieht in den Himmel. Der Nebel hat sich verteilt, gegen Morgen kommen Sterne hervor. Sie hat genügend Zeit, daran zu denken, daß die Maschine verunglückt sein könnte. Das kommt auch heute noch vor, trotz Radar und modernster Hydraulik. Aber auch dieser Gedanke ist großartig und weitet ihr Herz. Um zu ihr zu gelangen, hat er sein Gelöbnis gebrochen! Frauen sind bereit, das Opfer von hundert Passagieren eines viermotorigen Flugzeugs hinzunehmen, wenn es gilt, ihr die Größe der Liebe eines Mannes zu beweisen.

Sie weint nicht um ihn. Das wird sie später tun. In dieser Nacht weiß sie sich ihm ganz nahe. Sein Schicksal ist dem ihren verbunden, ihr war es aufgetragen, das seine zu erfüllen.

Am Morgen ruft sie am Flughafen an. Sie will die Botschaft nicht durch das Radio oder die Morgenzeitung bekommen. Sie nennt die Flugnummer, die Zeit, zu der das Flugzeug hätte eintreffen müssen. Man sagt ihr, daß die Maschine einen Motorschaden hatte, den man jedoch vor dem Start bemerkt habe. Wegen der ungünstigen Witterung sei keine Ersatzmaschine eingesetzt worden, die meisten der Fluggäste hätten sich entschlossen, den Nachtexpreß zu nehmen. Man könne ihr die genaue Ankunftszeit sagen.

Der Zug ist vor einer Viertelstunde am Hauptbahnhof eingelaufen. Sie geht in die Küche und setzt Wasser auf, um Kaffee zu kochen.

Wo gehen Sie hin, Johanna?

In die Küche, ich setze Wasser auf, um uns Kaffee zu kochen.

Er rief mir nach: Johanna? Was ist? Kommt er denn nun mit dem Zug? Hat er überhaupt in dem Flugzeug gesessen? Wo ist Ihr Zettel? Wo ist Ihre Lösung?

Ich setzte das Kaffeewasser auf, kam zurück, gab ihm den Zettel, er drehte ihn um. Und? Kein Wort? Die Lösung, Johanna! Ihr Beitrag? Was meinen Sie denn, warum ich Ihnen das erzählt habe?

Es gibt keine Lösung, Fabian. Nie gibt es Lösungen. Es ist doch auch ganz gleich, ob er in dem Flugzeug gesessen hat oder nicht. Ob er jetzt kommt oder nie mehr. Heute nacht hat sie ihn begraben. Sie hat ihre Lektion bekommen.

Schade. Ich hatte eigentlich vor, eine Geschichte mit einem guten Ausgang zu schreiben.

Ich ließ mich überreden mitzukommen, obwohl es schon spät war. Er hat eine neue Kneipe entdeckt, ganz in der Nähe meiner Wohnung. Es regnete noch immer, ich nahm ihn mit unter meinen Schirm. Wir haben jeder zwei Schnäpse getrunken, stehend an der Theke, jeder war wieder mit sich beschäftigt, über seine Geschichte haben wir nicht mehr geredet. Ich habe ihn allerdings gefragt: Was haben Sie eigentlich gegen uns, Fabian?

Gegen Sie –? Ach, ich verstehe! Sie meinen, was ich gegen die Frau habe, die Frau in Anführungsstrichen? Das erzähle ich Ihnen ein anderes Mal. Die Geschichte eines Mannes, der sich eine Geliebte nahm; sie verdreifacht sich in einer einzigen Nacht. Das Weibliche vervielfacht sich, kreist ihn enger ein, er wird zum Männchen, man ernährt ihn, man spinnt ihn ein, man saugt ihn aus …

Hören Sie auf! Genug Geschichten für heute, Fabian! Er hat mich bis an die Haustür begleitet. Als ich die Tür aufschloß, faßte er mich am Gürtel meines Regenmantels und drehte mich zu sich um. Sagen Sie, Johanna, ist er denn nun, ich meine unseren Mann, diesen Georg von, der Name tut nichts zur Sache, war er in dem Flugzeug, das wegen des Motorschadens nicht gestartet ist?

Ich hoffe, daß er es nicht war.

Und? Was wäre dadurch geändert?

Geändert wäre nichts. Sie hat ihn verloren. In jedem Fall. Aber dann hätte sie nicht gesiegt. Eine Frau will immer nur scheinbar siegen. Sie hat die Entscheidung herbeigeführt, die sie haben mußte. Sie weiß jetzt, woran sie ist. Früher oder später mußte sie das erfahren. Man kann mit diesem Mann nicht leben, einem Mann ohne Possessiva.

Was haben Sie eigentlich gegen uns, Johanna?

Wollen Sie das wirklich wissen, Fabian?

Nein! Er lachte, das geschieht selten bei ihm, dies war sogar ein offenes, herzhaftes Lachen. Ich mache mir nichts aus wahren Geschichten, die das Leben schreibt. Schlafen Sie gut, Johanna.

Während ich die Treppen zu meiner Wohnung hinaufstieg, hörte ich, daß er pfeifend um die Ecke bog.

Anfang August

Länger als zwei Wochen war ich durch nichts gestört.

Als ein Brief von J. kam, in dem er sich für den nächsten Tag ankündigte, empfand ich das, zum erstenmal, wie eine Störung. Das hat nichts damit zu tun, daß ich mich freue. Zwei Empfindungen, die parallel zueinander laufen. »Wenn ich Dir ungelegen komme, kannst Du mich vielleicht benachrichtigen. Wenn es geht, unauffällig, entschuldige, daß ich Dich noch einmal darum bitte.«

Ich lasse ihm keine Nachricht zukommen. Wenn er sich

316

anmeldet, erwarte ich ihn, wie sonst auch. Insofern hat sich wirklich nichts verändert.

Ich nahm mir vor, mich durch seinen Brief nicht irritieren zu lassen. Ich legte ihn weg, in den Schrank, zu seinen anderen Briefen. Ich habe ihn nicht wieder hervorgeholt, um den vergeblichen Versuch zu machen, etwas herauszulesen, was er nicht hineingeschrieben hat. Er hat in all den Jahren wohl vermutet, daß ich Briefe als eine Art von Garantieschein ansehe und sie eines Tages als solche benutzen könnte. Deshalb schreibt er wenig und schreibt nichts hinein. Er benutzt das Telefon.

Ich habe wie an anderen Vormittagen an der Übersetzung des französischen Romans gearbeitet. Ich habe inzwischen zwei weitere Bücher dieses Autors gelesen, die ebenfalls noch nicht ins Deutsche übertragen sind, ich versuche, mit seinen Gedankengängen vertraut zu werden. Das Buch beschäftigt mich sehr, über Stunden denke ich an nichts anderes. Es ist möglich, daß es das tatsächlich gibt, etwas in mir wird davon angesprochen, gegen meinen Willen.

Nachmittags saß ich wieder über dem Manuskript, als es schellte. Lisa stand vor der Tür.

Die Haustür war offen, da bin ich gleich nach oben gegangen.

Ich war überrascht und zögerte einen Moment.

Du hast doch gesagt, ich soll dich mal besuchen. Hier bin ich. Bist du allein?

Ich bin meist allein. Komm herein.

Wirklich? Das bezog sich wohl auf mein Alleinsein, an dem sie zweifelt.

Nein, trinken will sie nichts, sie hat eine Magenverstimmung, nichts Ernstes, nervös, sie trinkt keinen Alkohol mehr, rauchen tut sie auch nicht.

Ich wollte dich nur mal besuchen, du hast doch gesagt, ich sollte mal kommen, oder war das nicht ernst gemeint? Du arbeitest? Albert hat gesagt, du wolltest vorläufig nicht arbeiten.

Ich übersetze ein Buch. Nur für mich, zur Übung, vielleicht nimmt es ein Verlag, ich weiß es noch nicht.

Ist es interessant?

Doch. Es interessiert mich sehr.

Wovon handelt es denn?

Du willst doch nicht mit mir über dieses Buch sprechen, das du gar nicht kennst.

Nein. Sie legte es wieder auf den Tisch, wandte sich zum Klavichord, hob den Deckel, schlug ein paar Töne an.

Bitte nicht! Ich sagte es heftiger, als es nötig gewesen wäre. Es ist meins, bitte laß das!

Sie verstand mich und schloß den Deckel, ließ die Hände darauf liegen, sagte nichts.

Wenn sie nicht den Mut hatte anzufangen, mußte ich ihn haben. Warum heiratet ihr nicht?

Ich will nicht, oder auch: Ich kann nicht.

Warum?

Weißt du immer genau, warum du etwas willst und warum du etwas nicht willst?

Ich versuche dahinterzukommen und es nicht bei diesem diffusen Ich-weiß-nicht zu belassen.

Ich kann meine Mutter nicht im Stich lassen. Sie hat niemanden außer mir.

Das ist doch nicht der Grund! Albert hat auch niemanden.

Albert? Der hat doch dich, auf dich kann er notfalls zurückgreifen.

Red keinen Unfug! Deine Mutter ist noch nicht alt, sie wird sich daran gewöhnen.

Sie ist fast ständig krank, sie muß gepflegt werden.

Sie wird krank, damit du bei ihr bleibst, soviel verstehst auch du davon, Albert wird dir das längst auseinandergesetzt haben. Dagegen muß man angehen, das ist doch eine Rücksichtnahme, die keinem nutzt, sie ist doch bestimmt auch jetzt nicht glücklich.

Nein, sie ist nicht glücklich.

Also!

Du weißt immer alles so genau! Du denkst drüber nach, erkennst, wie es zusammenhängt, und dann entschließt du dich; immer ganz akkurat eines nach dem anderen. Du läßt dich scheiden, und dann können die anderen zusehen. Bei mir ist das alles nicht so einfach.

Es ist bei mir auch nicht einfach gewesen, Lisa.

Nein? Wann hast du dir die Haare kurz schneiden lassen, Hanna?

Im Winter.

Ich mochte es lieber, als du langes Haar hattest.

Was ist los, Lisa?

Sag ihm, er soll mich in Ruhe lassen! Sag du es ihm! Ich liebe ihn nicht. Ich komme mir vor wie eingefangen. Ich ertrage es nicht mehr, schon lange nicht mehr. Ich versuche, ihm aus dem Weg zu gehen, aber manchmal laufe ich eben doch noch hin, wenn er da ist, und manchmal gehe ich in seine Wohnung, wenn er fort ist, und sitze dort, um nicht zu Hause sein zu müssen, wo Mutter mich mit Blicken verfolgt und wartet, daß ich mich ausspreche, »mein Herz erleichtere«, daß ich zur Beichte gehe, »meinen Frieden mit der Kirche mache«, alle paar Wochen kommt einer dieser schwarzen Herren nur mal eben vorbei, weil er in der Nähe zu tun hat. Alle erwarten etwas von mir, du auch, du vor allem. Ich weiß nicht mal mehr, was ihr eigentlich von mir erwartet, jeder erwartet doch was anderes. Was ist denn eigentlich richtig? Eins kann doch nur richtig sein. Sprich du mit ihm, du kennst ihn, du weißt am besten, wie man ihm so etwas sagen muß, du mußt ihm doch auch mal gesagt haben, daß du ihn nicht mehr liebst.

Du bist feige, Lisa!

Ich habe nie behauptet, tapfer zu sein.

Bist du krank? Du siehst nicht gut aus, hat Albert dich nicht mal zu einem Internisten geschickt?

Albert? Nein. Er kann doch seine Freundin nicht zum Arzt schicken! Vegetative Störungen, nichts Ernstes, ich war vor ein paar Wochen beim Arzt, das ergab sich so. Luftveränderung. Änderung der Lebensgewohnheiten.

Willst du denn leben wie deine Mutter? Man muß doch etwas tun! Man muß sich doch wehren!

Um etwas anderes zu tun, müßte man etwas anderes wollen, wirklich wollen. Ich will gar nichts.

Albert braucht dich, siehst du das eigentlich nicht, Lisa? Er ist alt geworden in diesem Jahr, du quälst ihn doch. Während ich es sagte, tat es mir schon leid, sie sieht elender aus als er. Trotzdem fragte ich weiter: Hast du ihn nur haben wollen, nur wegnehmen?

Vielleicht. Ich weiß nicht. Ich weiß gar nichts, ich sage es doch die ganze Zeit. Es hat keinen Zweck, darüber zu reden, nichts hat Zweck. Albert und du, ihr meint immer, das sei alles ganz einfach, ihr tut, als gäbe es kein anderes als ein juristisches Hindernis, als eine bereits bestehende Ehe; wenn sie gelöst ist, ist alles gut, dann kann man eine neue eingehen. Man liebt sich, also heiratet man.

Ist es nicht so?

Nein, es ist nicht so, Hanna.

Für mich ist es so.

Hast du mal ein Taschentuch für mich? Leih mir bitte eines, ich habe keins in der Tasche, ich sorge dafür, daß du es wiederbekommst.

Ich ging ins Schlafzimmer, das Taschentuch zu holen. Während ich vor dem Schrank stand und eines mit mei-

320

nem Monogramm suchte, fiel mir eine Szene aus dem Buch ein, das ich übersetze. Merkwürdig. Das ist nicht die einzige Parallele.

Als ich ins Zimmer zurückkam, saß sie auf ihrem alten Platz am Fenster, die Beine hochgezogen, die Arme um die Knie geschlungen. Ein Kind, mit einem zu alten Gesicht.

Es sind nicht mehr soviel Tauben da wie früher.

Nein.

Liegt das daran, daß die Fremden sie am Dom füttern, jetzt, in der Reisezeit?

Vielleicht. Mußt du zur Probe ins Funkhaus, Lisa?

Nein, ich spiele nicht mehr im Orchester.

Gibst du wieder Privatstunden?

Ich habe keine Schüler mehr, es sind ja auch Schulferien; es stört meine Mutter.

Kommst du denn ohne diese Einnahmen aus? Ich meine, könnt ihr denn von dem Geld deiner Mutter leben?

Albert finanziert mich. Das tut er schon lange, seit Jahren, weißt du das nicht?

Nein.

Du scheinst es nicht passend zu finden?

Nein.

Dich finanziert er doch auch.

Geh! Geh, Lisa, ich kann so nicht mit dir reden!

Sie blieb auf der Fensterbank, sah mich aus ihren Augenschlitzen an, böse, lauernd. Ich hatte einen Moment das Gefühl, daß ich sie aus dem Fenster stürzen würde, wenn sie nicht sofort da herunterkäme. Ich hielt mich an der Tischkante fest, versuchte, meiner Erregung Herr zu werden. Sie beobachtete mich, sagte dann: Ich wollte nur mal sehen, wie das ist, wenn du die Beherrschung verlierst.

Ich drehte mich um. Wenn du nicht gehst, werde ich gehen. Ich warte unten auf der Straße. Mach die Korridortür hinter dir zu!

321

Sie sprang im selben Moment von der Fensterbank, lief hinter mir her, hängte sich mir an den Hals. Hanna, ich habe das doch nicht so gemeint, entschuldige, ich dachte, du würdest mich verstehen, bitte, sei mir nicht böse, alle sind mir böse. Sie weinte und küßte mich.

Ich schob sie zurück, ich mag solche Ausbrüche nicht. Ich bin dir nicht böse. Ich war wie Eis. Alle Sympathie, die ich bisher für sie empfunden hatte, ist verschwunden. Sie scheint es gemerkt zu haben. Sie war ganz entstellt, ihr Haar verwühlt, an den Schläfen traten die Adern hervor, zwei scharfe Falten zu den Mundwinkeln.

Wär' ich nur nicht gekommen, jetzt ist alles aus!.

Ich werde Albert nichts von deinem Besuch sagen, sei unbesorgt. Ich spreche nicht mit ihm über dich, ich sehe ihn sehr selten, nie von mir aus.

Sie ging ins Badezimmer, kam ziemlich bald wieder zum Vorschein, nicht geschminkt, aber doch wenigstens gekämmt. Sie ist dann gegangen.

Willst du mir nicht die Hand geben, Hanna?

Wenn dir daran etwas liegt, bitte.

Als sie etwa eine Stunde weg war, hatte sich meine Beunruhigung so gesteigert, daß ich es für richtiger hielt, Albert zu verständigen. Ich ging in eine Telefonzelle am Bahnhof. Ich hatte nicht erwartet, daß Lisa in seine Wohnung gegangen sein könnte. Ich war so überrascht und erschrocken, daß ich nicht darauf kam, den Hörer aufzulegen; mir sind ja nie rasch genug glaubwürdige Ausreden eingefallen. Ich bat sie, mir Albert an den Apparat zu holen. Wieder war er nicht da und sie allein in seiner Wohnung. Ich sagte danke und legte auf. Sie ist mir ein Rätsel. Ihre Stimme klang hell, heiter, liebenswürdig, nahezu zärtlich. Soll ich etwas ausrichten? Ich schreibe ihm sowieso einen Brief, damit er eine Nachricht vorfindet, wenn er zurückkommt.

Danke, nein, es hat sich erübrigt.

Wahrscheinlich denkt sie nun, ich wollte ihm doch von ihrem Besuch bei mir erzählen. Sie muß, nach meinem Anruf, annehmen, daß ich lüge. Wo man hinfaßt, Unordnung, Verwirrungen, nichts ist mehr richtigzustellen.

Ich war zu unruhig, um weiterzuarbeiten, ich versuchte, eine Lektion in dem italienischen Sprachführer zu lernen, gab auch das wieder auf, spielte Klavier, ging schließlich ins Kino.

Heute morgen habe ich das Fernmeldeamt angerufen und veranlaßt, meine Gespräche wieder durchzustellen.

Ich habe gestern alles verzerrt gesehen, das muß an dem Roman gelegen haben. Lisa war gereizt oder einfach nur traurig, weil Albert so oft fort ist. Ich weiß selbst, wie schwer mir die Trennungen gefallen sind. Sie ist eifersüchtig auf mich, damit war ja zu rechnen, diese Eifersucht auf eine Vergangenheit, an der man nicht teilgehabt hat. Sie wollte wohl nur feststellen, wie oft er noch hierherkommt. Sicher war sie im Badezimmer, um zu kontrollieren, ob noch etwas von seinen Sachen hier ist, sie kam mir auch ins Schlafzimmer nach. Woher soll sie denn wissen, ob ich ihn noch liebe? Ich muß fort, dann wird alles einfacher für die beiden. Solange ich hier bin, irritiere ich sie. Ich muß mit J. darüber sprechen, ich kann nicht alles aufschieben. Vielleicht kann ich mir in D. eine Wohnung nehmen, dann sehen wir uns öfter. Ich muß zu einem Entschluß kommen, wie es weitergehen soll.

Am selben Abend

Ich habe nicht mit J. darüber gesprochen. Ich deutete an, wieviel angenehmer es sein würde, wenn wir in derselben Stadt lebten. Er stimmte mir nicht zu, er opponierte wie eigentlich immer. Er behauptete statt dessen, daß man es sich in der Liebe nicht bequem machen dürfe; sobald ein Gefühl angenehm würde, behaglich könne man es auch nennen, sei es schon verdächtig. Für eine Geliebte müsse man Unbequemlichkeiten auf sich nehmen. Entfernungen müßten gleich Widerständen überwunden werden; für das andere, das Behagliche, Bequeme, habe man die Ehe. Das gilt für ihn, nicht für mich, aber das merkt er nicht.

Er hat mir in allen Einzelheiten dargelegt, daß er jetzt schon anfangen will, die Kunstabteilung auszubauen, später gedenkt er, sich ihr ausschließlich zu widmen, wenn Ruth soweit ist; sie zeigt so viel Begabung und Begeisterung, außerdem könne sie gut mit den Kunden umgehen, habe so viel natürlichen Charme, wenn erst noch Kenntnisse dazukämen, würde sie eine gute Buchhändlerin werden, hübsch sei sie, außerdem fröhlich. Es ist noch nie so viel gelacht worden bei uns wie jetzt, sie steckt alle an, irgendwann mußt du einmal kommen, damit ich euch bekannt mache, das kann unauffällig geschehen, sie kennt bereits viele unserer Kunden mit Namen. Sie wird dir gefallen, du wirst sehen, ich habe nicht zuviel von ihr erzählt. Sie stellt Blumen in die Schaufenster, sorgt für Aschenbecher, all so etwas, man sieht, daß eine Frau im Laden ist, das haben die Angestellten nie getan. Ich zahle ihr eine Prämie als Verkaufserfolg am Ende jeder Woche, damit sie nicht nur das Lehrlingsgeld hat, ihre Mutter weiß davon nichts, sie würde es vielleicht nicht billigen, die beiden stehen nicht gut miteinander. Von dem Geld kauft sie sich Bücher, verstehst du, sie kauft sich Bücher, solche, die ihr gehören sollen, und hat doch den ganzen Tag mit Büchern zu tun! Sie kauft Blumen für den Laden. Sie ist jung, das ist es! Sie ist noch begeisterungsfähig, sie ist noch nicht angesteckt von der Skepsis, sie ist nicht wie andere junge Leute, sie hat Ideale, richtige Ideale, und was ich dazu tun kann, daß sie

die behält, soll und wird geschehen. Sie geht zur Berufs-
schule, natürlich, sie muß auch auf die Buchhändlerschule,
aber sonst kommt sie nicht viel mit jungen Leuten zusammen. Sie ist jung und weiß es nicht; wenn man anfängt,
sich jung zu fühlen, ist man es bereits nicht mehr, tatsächlich fühle ich mich neben ihr manchmal jung, sie steckt
mich an, manches macht mir Spaß, verstehst du, ganz einfach Spaß, hörst du mir zu, Hanna?

Doch, natürlich, ich höre dir aufmerksam zu.

Er hat es bereits durchkalkuliert, es ist auch technisch
möglich, daß er die Etage über der Buchhandlung dazu-
mietet. Man kann einen Zwischenstock einziehen, eine
kleine Wohnung dort einrichten, Ruth kann dort später
wohnen oder auch er selbst, wenn die Kinder zur Ausbil-
dung aus dem Haus sind und er mit seiner Frau allein
bleibt. Er will nicht nur Kunstbücher, Kalender, Drucke
führen, er denkt daran, eine kleine Galerie einzurichten.
Mit dem Malen sei es nichts geworden, er wolle sich nicht
länger darüber täuschen, sein Talent habe nie ausgereicht.
Wäre es wirklich ein Talent gewesen, hätte ihn nichts hindern können, nichts. Er selbst sei es gewesen, der die
Hindernisse zwischen sich und die Kunst geschoben habe,
immer sei man es selbst. Wenn man etwas wirklich will,
erreicht man es auch, eines Tages setzt man es dann durch,
allen Widerständen zum Trotz.

Wenn er seine Liebe zur Kunst aber dazu nutzen könne –
er müsse jetzt einmal in so schlichten Ausdrücken wie
»Liebe zur Kunst« reden, Ruth brächte ihn dazu, die Dinge
wieder einfach zu sehen –, wenn er diese seine Liebe zur
Kunst, übrigens seien solche Ausdrücke für ihn, nachdem
er sie so viele Jahre für tabu gehalten habe, mit neuem
Glanz versehen, dazu nutzen könne, daß er Ausstellungen
noch unbekannter Künstler veranstalte, vielleicht verbunden mit Dichterlesungen, abends in seinen eigenen Räu-

men, in dieser Intimsphäre, die heute die Kunst nötiger habe denn je … Ob er sehr enthusiastisch wirke? Er habe tatsächlich kaum noch gewußt, wieviel Möglichkeiten zu Begeisterung, zu echter Begeisterung, echt sei übrigens auch so ein geschontes Adjektiv, in seiner Arbeit liegen. Ich langweile dich, Hanna?

Nein, es interessiert mich sogar sehr, ich muß dieses neue Kapitel nur erst lernen.

Du bist so distanziert, neben dir kommt man sich wie ein Schwärmer vor, ein alberner. Dabei fällt mir ein, wie geht es ihm eigentlich?

Wem?

Du weißt doch, deinem Mann, deinem Albert, wie nennst du ihn jetzt?

Danke, ich hoffe gut, ich habe ihn längere Zeit nicht gesehen.

Er stand auf. Komm, fahren wir ein Stück, der Abend ist schön!

Der Abend war wirklich schön. Wolken am Himmel, zuerst rosa, dann weiß, dann grün. Ich wäre lieber ein Stück zu Fuß gegangen, aber J. geht nicht gern, vorerst wenigstens nicht, vielleicht bringt ihm das Ruth noch bei. Bisher pflegte er zu sagen, man soll nie etwas tun, was eine Maschine besser tun kann. Also sind wir mit dem Auto gefahren, an irgendeinem Waldrand hielt er an. Ich entzog mich ihm, ich mag diese Umarmungen im Auto nicht.

Man muß es sich nicht unbequemer in der Liebe machen als nötig. Ich lachte, als ich das sagte, ob er den Unterton gehört hat, weiß ich nicht.

Sehr bequem hat man es mit dir sowieso nicht, Bürgerin, da kannst du unbesorgt sein. Er ließ mich sofort los.

Beklagst du dich?

Du hast dich verändert seit Paris, Hanna. Hat deine

Liebe nicht diese eine Woche ausgehalten? Die angewandte Liebe?

Er sagt deine Liebe, früher hätte er unsere gesagt. Nuancen, die er nicht wahrnimmt.

Komm, fahren wir nach Hause zu mir, ich habe etwas zu trinken besorgt, du kannst einen Pernod haben.

Pernod? Den kann man nur in Paris trinken, das ist stilwidrig.

Verzeihung!

Du bist sehr empfindlich geworden! Ich kann heute nicht spät zurückkommen, ich setze dich am besten an deiner Wohnung ab und fahre gleich weiter.

Was gibst du eigentlich an, wenn du abends zu mir kommst?

Willst du das wirklich wissen? Warum fragst du, Hanna, es ist gegen unsere Abmachungen.

Auf der Rückfahrt hat er mir erzählt, daß vor einiger Zeit, es könnte zwei, aber auch schon drei Wochen her sein, eine junge Dame bei ihm im Laden gewesen sei. Man habe ihn gerufen, sie habe ihm Grüße von mir ausgerichtet, vielmehr eine Empfehlung von Hanna Grönland, sie habe nach der Nennung meines Namens eine erwartungsvolle Pause gemacht. Sie habe nach Noten gefragt, man habe ihr eine Musikalienhandlung genannt und bedauert, ihre Wünsche nicht erfüllen zu können. Den Namen habe er vergessen, er habe die Dame aber schon mal bei mir gesehen, flüchtig. Sie habe ihn an diese Begegnung erinnert, ihm sei es entfallen. Jetzt eben erinnere er sich auch nur, weil sie ihr Cello mit sich herumgeschleppt habe wie einen Begleiter. Es sei kurz vor Ladenschluß gewesen, sie habe zum Bahnhof gewollt, sie hatte nichts dagegen einzuwenden gehabt, daß er ihr das Instrument bis zur Bahnsteigsperre trug. Es war immerhin eine Bekannte von dir oder sogar eine Freundin. Sie schien dich gut zu kennen, sie redete die ganze Zeit von dir. Ich war mir nicht im klaren, ob sie etwas von uns weiß, ich verhielt mich zurückhaltend. Ein reizvolles Gesicht mit so viel Dunkelheiten, wenn du weißt, was ich damit sagen will, etwas labil. Du weißt, wer es ist?

Ja. Sie hat mich gestern besucht, sie hat mir nichts davon erzählt, daß sie bei dir gewesen ist.

Nein? Sie war nämlich noch einmal da, deshalb erwähne ich es, vorgestern, oder nein, gestern, gestern vormittag, sie hat etwas gekauft, irgendein Taschenbuch. Ich war zufällig vorn, ich ging hin, um sie zu begrüßen, ich erkannte sie gleich, ein Gesicht, das sich einprägt, ihr Cello hatte sie nicht mit, ich fragte danach. Sie flirtete mit mir, ganz unverkennbar, fragte, ob ich nicht eine Tasse Kaffee mit ihr trinken wolle, nebenan in der Espressobar, wir könnten zusammen plaudern. Ich hatte gerade meinen Mokka getrunken, außerdem saß ein Verlagsvertreter hinten, mit dem ich mich zusammensetzen mußte, Ruth beobachtete mich, sonst hätte ich es vielleicht getan, nur aus Neugierde. Sie hat etwas Beunruhigendes, etwas, das unmittelbar unter die Haut dringt. Sicher taucht sie noch einmal wieder auf. Ich begleitete sie zur Tür und bat sie, dir Grüße auszurichten. Ich bringe sie ihr, nachher, hat sie gesagt, gleich, wenn ich vom Bahnhof komme. Sie wird es vergessen haben.

6. August

Lisa liegt in der Klinik. Selbstmordversuch.

Du würdest es ohnehin erfahren. Sie ist sehr schwach durch den Blutverlust, es ist keine Gefahr mehr, physisch wenigstens nicht. Sie wird schon durchhalten, sie ist zäher, als wir alle denken. Aber ich halte es nicht mehr durch. Es ist das dritte Mal, Hanna, das dritte Mal in diesem Jahr! Nein, das stimmt nicht, das erste Mal liegt schon weiter zurück. Jedesmal macht sie es besser, eines Tages wird es ihr dann geraten. Seit Monaten lebe ich in ständiger Beunruhigung: Wo ist sie? Was hat sie getan? Leider habe ich ihr früher, als ich noch dachte, man könne sie wie eine erwachsene Frau behandeln, gesagt, welche Methode ästhetisch und außerdem auch noch todsicher sei. Mit ärztlicher Anweisung! Sie kann das jederzeit gegen mich vorbringen, verstehst du! Es ist grotesk! Sie hat trotzdem noch etwas falsch gemacht, ich habe versäumt, ihr zu sagen, daß man den Schnitt nicht quer führen muß, sondern längs …

Albert, bist du wahnsinnig?

Noch nicht. Aber ich werde es noch, dafür wird sie schon sorgen. Hast du was zu trinken im Haus?

Willst du nicht lieber …

Komm doch nicht gleich wieder mit deinen Bedenken! Ich brauche einen Schnaps, keine Vorhaltungen.

Du bist mit dem Wagen da, du willst doch noch weiter!

Man wird dich nicht hineinziehen, sei unbesorgt, ich gedenke auch nicht an eine Mauer zu fahren, im Augenblick paßt es mir noch nicht, ich habe was anderes vor.

Ich holte ihm was zu trinken, stellte eine Flasche Mineralwasser daneben. Er trank zwei Gläser Wasser. Er »spült es hinunter«. Soweit kenne ich ihn noch.

Wann hat sie es getan?

Vorgestern schon. Sie hat sich ein Hotelzimmer genommen, mit Bad, auf meinen Namen. Als ich zurückkam, fand ich ihren Brief vor und eine polizeiliche Benachrichtigung. Die Mutter saß an ihrem Bett, Einzelzimmer, sehr hübsch! Ich finanziere das ja. Ich trat als der Mörder auf. Von den Schwestern angestarrt, der Stationsarzt bezweifelte meine Zuständigkeit für sie, die Mutter wollte mir sogar den Zutritt ins Zimmer verwehren. Lisa schlief, wie

ein Engel, blaß und nahezu verklärt, irgendwer hatte ihr
die Haare mit einem Seidenband zurückgebunden und
eine Kette um den Hals getan, Brautbett und Totenbett,
alles auf einmal. Und übermorgen beginnt meine Vertretung, begreifst du? Ich muß da auch hin, ich habe es
zugesagt, der alte Mann muß zur Kur, ich kann ihn nicht
im Stich lassen, außerdem willl ich es nicht. Es hat keinen
Sinn, daß ich mich neben die Mutter an Lisas Bett setze, ich
kann ihr nicht helfen, ich habe keinen Zugang mehr zu ihr,
sie will mich nicht sehen, das ist doch schon lange so. Entschuldige, wenn ich davon rede, ich bin auch nur gekommen, um nach zwei Büchern zu suchen, die ich dringend
brauche.

Wie lange muß sie in der Klinik bleiben?

Je nachdem, es kann sein, daß sie sich schnell erholt, es
kann aber auch lange dauern, es kommt auf ihren Lebens-
willen an. Zwei Bluttransfusionen, sie sind ihr allem Anschein nach gut bekommen, sie ist organisch ja völlig
gesund.

Und wenn sie aus der Klinik kommt?

Ich gehe heute abend noch zu einem Psychiater, ich
habe mich angemeldet, wir kennen uns von einem Kon-
greß her. Es ist krankhaft bei ihr, sie wird es wieder versuchen, man muß herausbekommen, warum sie es tut. Sie
muß … Ich habe es ihm am Telefon erklärt, soweit ich das
überhaupt übersehe, er wollte sich dazu nicht äußern,
begreiflicherweise, aber sicher ist wohl, daß sie unter Aufsicht kommen muß. Ich habe das angerichtet, Hanna, ich!
Weißt du noch, wie sie früher hierher kam, die Libelle,
heiter, verspielt?

Kurz vor dem Gewitter, hast du damals gesagt.

Ja? Habe ich das? Jetzt haben wir das Gewitter. Entschuldige, ich werde zynisch, ich meine es nicht zynisch.
Ich muß nur darüber reden, hör nicht hin, dich geht es ja

330

nichts an. Früher habe ich mir eingebildet, ich hätte einen gesunden Blick für Menschen, er käme mir in einer eigenen Praxis mal zustatten! Selbst diesen Blick habe ich verloren. Was habe ich denn falsch gemacht mit ihr? Was will sie denn mit ihrem Selbstmord erreichen? Sie will nicht meine Aufmerksamkeit auf sich lenken, so einfach liegt das alles nicht, es ist ihr jedesmal ganz ernst, sie vergißt nur immer etwas dabei, sie ist zerstreut. Ich sehe in sie wie in einen Spiegel, der das Licht verstreut und nicht sammelt, nein, das ist falsch gesagt, ich meine …

Sie ist vorher bei mir gewesen.

Hier bei dir? Wann? Warum sagst du es jetzt erst?

Vorgestern, am Nachmittag, da war sie hier.

Was hat sie gewollt? Red doch endlich!

Sie wollte mich besuchen, nichts weiter, sie hat hier eine Weile auf der Fensterbank gesessen, wie früher.

Und – und? Was noch? Was ist geschehen, es ist doch bestimmt etwas vorgefallen zwischen euch? Hast du ihr etwas angemerkt?

Nein. Aber sie hat geweint, und ich habe sie weggeschickt; ich habe sie aufgefordert zu gehen, ich konnte sie nicht länger ertragen. Ich hatte nachher ein ungutes Gefühl, deshalb wollte ich dir Bescheid sagen, aber sie war am Telefon und war ruhig und liebenswürdig und wollte dir ausrichten, daß ich angerufen hätte.

Ein ungutes Gefühl! Ist das alles? Sonst hast du nichts gemerkt?

Das ist alles.

Deine Ruhe müßte man haben!

Das hat Lisa auch gesagt. Sie versuchte, mich aus dieser Ruhe herauszubringen, und es ist ihr gelungen. Daraufhin habe ich zu ihr gesagt: Geh fort, ich will dich nicht mehr sehen. Du wirst vermutlich finden, daß ich schuld daran bin.

Du selbst findest das nicht?

Nein.

Albert stand auf. Gut so! Sehr gut! Ich danke dir, daß du es mir gesagt hast. Ich weiß jetzt Bescheid. Von dir ist also keine Hilfe zu erwarten, ich hätte es mir denken können, du siehst zu, daß du dich aus allem heraushältst. Er faßte in die Innentasche seines Jacketts. Hier, das hat mir ihre Mutter gegeben, ein Taschentuch von dir. Sie soll es in der Handtasche gehabt haben, deine Initialen sind drin. »Es scheint Ihrer Frau zu gehören, Herr Dr. Grönland« – überaus angenehme Situation für mich.

Danke, ich hatte es ihr geliehen, als sie hier war. Sie hat gesagt, daß sie dafür sorgen würde, daß ich es zurückerhielte.

Mir wurde schlecht, er sollte endlich gehen, ich wollte allein sein, meine Beherrschung war längst nur noch äußerlich. Wie grauenhaft! Sie muß es in der Badewanne getan haben. Albert hat mir das auch als die beste Methode geschildert: ein heißes Vollbad und zuletzt noch den Stöpsel aufziehen, dann fließt das Blut mit dem Wasser ab, »der Anblick ist durchaus ästhetisch«.

Hast du meine Bücher woanders hingestellt? Alberts Frage holte mich zurück, er war ins Nebenzimmer gegangen.

Unten im Kleiderschrank, ganz hinten, rechts, da liegt noch ein Stoß medizinischer Bücher.

Nach zwei Minuten rief er: Nein! Das, was ich suche, ist nicht dabei. Hast du sonst noch irgendwo Bücher von mir?

Was suchst du denn?

So ein Handbuch, Quartformat, ich glaube, es ist braun, noch von der Universität her, mit Notizen am Rand, das »Siebenmännerbuch«, du hast das sicher mal von mir gehört. Es heißt Vademecum, therapeutisch-diagnostisches Vademecum, so ähnlich, das muß doch noch hier sein, es ist ein unersetzliches Buch, es wird nicht mehr aufgelegt, soviel ich weiß. Hast du Bücher in den Keller getragen, besinn dich doch! Sitz doch nicht einfach herum, als ginge dich das nichts an. Ich habe noch Wege zu erledigen, ich muß noch mal in die Firma, immerhin trete ich einen sechswöchigen Urlaub an. Ich will auch noch mal zur Klinik, vielleicht ist Lisa dann wach, und ich kann sie sprechen.

Es fiel mir ein. Entschuldige, es tut mir leid, ich konnte nicht wissen, daß du es brauchen würdest.

Hast du es etwa weggeworfen? Verbrannt?

Nein, ich habe es Fabian geliehen. Er fragte vor einigen Wochen, ob es von dir noch medizinische Bücher gäbe, du brauchtest sie ja doch nicht mehr. Er ist immer auf der Suche nach gebrauchten Büchern, wirklich gebrauchten, mit Strichen und Kommentaren am Rand, auf die kommt es ihm an, sonst könnte er sie auch im Laden kaufen.

Das interessiert mich nicht! Wo wohnt der Kerl? Wie kommt der hierher? Schnüffelt in meinen Sachen, was hat der hier zu suchen? Hat er Telefon?

Das weiß ich nicht, ich habe ihn nie angerufen.

Wenn er hierherkommt, ist das ja auch nicht nötig.

Ich werde nachher versuchen, ihn zu erreichen. Es tut mir leid, wirklich, Albert, du hättest deine Sachen eben alle mitnehmen sollen.

Ja, das hätte ich! Ich bedaure, daß ich es nicht getan habe. Man hätte reinen Tisch machen müssen, man ist immer zu nachgiebig mit euch. Solange du hier in unserer Wohnung bleibst, kommt nichts in Ordnung, das scheint ja auch deine Absicht zu sein. Ruf doch endlich an! Steh nicht so herum, los, tu etwas! Es ist dir wohl wieder nicht recht, wenn jemand deine Ruhe stört?

Morgen früh hast du das Buch, bis dahin hat es Zeit, vorher schlägst du es doch nicht auf. Ich schicke es dir in deine Wohnung. Und jetzt geh bitte.

Ich habe auch ihn weggeschickt.

Es hat drei Stunden gedauert, bis ich das Buch endlich hatte. Fabian war nicht da, nur seine drei Frauen waren in der Wohnung, sie ließen mich nicht hereinkommen. Telefon gibt es nicht. In Abständen von einer halben Stunde bin ich dort gewesen, um festzustellen, ob er zurück sei. Schließlich hatte ich das Buch, er wollte es nicht hergeben, er brauche es dringend. Dann habe ich es verpackt und am Nachtschalter als Eilsendung aufgegeben. Kein Wort dazu.

Ich bin schuld. Aber anders, als Albert denkt. Auf ungeheuerliche Weise. Mit wem könnte ich darüber sprechen? Ich weiß niemanden. Ich glaube, mit Mutter hätte man darüber reden können, sie war nüchtern genug und zwang einen dazu, nur das zu sagen, was man wußte, und es deutlich zu formulieren. Unter ihrem Blick ordnete sich wie von selbst, was vordem noch ein heilloses Durcheinander war. Nie habe ich davon Gebrauch gemacht, jetzt tue ich es, in meinen Gedanken wird sie zum Partner, dem ich mich zu erklären versuche. Es fällt mir wie Schuppen von den Augen.

Und J. war es, der mir diesen Roman unwissentlich in die Hand gespielt hat, ich weiß sicher, daß er ihn nicht gelesen hat. Ohne dieses Buch wäre ich nie auf den Gedanken gekommen. Alles greift ineinander, ganz folgerichtig, wenn man nur erst das Kennwort weiß. Es gibt sich alles so harmlos. Dieses Taschentuch, das sie haben wollte und dann bei sich trug. Daß sie bei J. gewesen ist. Woher weiß sie, daß ich ihn liebe, sie muß es mehr geahnt als gewußt haben. Sie will ihn mir wegnehmen, damit ich ihn nicht liebe. Auch Albert hat sie mir weggenommen, weil ich ihn liebte. Sie meint mich. Mit allem, was sie tut.

Ich habe meine Übersetzung des Romans verbrannt. Er hat seinen Zweck erfüllt. Über zweihundert saubere Manuskriptseiten, die Arbeit von vielen Wochen. Die Geschichte von zwei Lesbierinnen, die nichts von ihrer krankhaften Veranlagung wußten. Latent. Überdeckt. Albert hat oft gesagt: Ihr ergänzt euch wunderbar, ihr beiden, zusammengenommen wäret ihr die ideale Frau, einzeln bleibt immer etwas zu wünschen übrig. Lisa küßte mich, wenn sie kam und wenn sie ging, flüchtig, auf die Backe, aufs Haar, wie zufällig, ich ließ das zu, von mir aus hätte ich das nie getan. Sie ist zärtlich, ich mochte es gern, wenn sie ihren Arm unter meinen schob. Albert hinter uns, wir vornweg, sie hatte alles, was mir fehlte, und Albert fand bei ihr, was er bei mir nicht fand. Warum hat er mir nichts von den beiden ersten Selbstmordversuchen gesagt? Sie muß es vorgehabt haben. Es kann nicht nur daran gelegen haben, daß ich sagte: Geh, geh, ich will dich nicht sehen. Aber vielleicht hat sie es davon abhängig gemacht, von meinem Verhalten. Sie wollte mich noch einmal sehen. Sie hat immer angerufen, nur um meine Stimme zu hören und zu wissen, daß ich noch in ihrer Nähe war, und dann hat sie das eine Mal Albert hören müssen und das andere Mal Jörn. Ich bin, so muß es ihr vorgekommen sein, die Stärkere gewesen, an der sie scheitern mußte. Neulich hat sie an der Ecke gestanden und auf mich gewartet. Wer weiß denn, wie oft sie das getan hat? Auch sie wird nichts von ihrer Veranlagung ahnen. Es muß mit ihrer Mutter zusammenhängen, dieses düstere Leben der beiden im Domschatten, wie sie das immer genannt hat. Sie liebte nur den Albert, den ich liebte. Als ich aufhörte, ihn zu lieben, verlor er seine Anziehungskraft.

Was soll ich denn tun?

Darüber kann man doch nicht sprechen! Es ist doch nichts zu beweisen. Vermutungen. Mein Instinkt sagt das. Fabian? Er versteht nicht genug von Frauen, er kennt immer nur Probleme, für ihn ist alles nur Material. Ich fühlte mich vom ersten Augenblick an zu ihr hingezogen; ich hatte nie vorher eine Freundin, die mir so nahe war.

Dabei bin ich doch ganz normal. Man müßte mit dem Arzt sprechen, den Albert zu Rate ziehen will, es ist ein Fall für einen Arzt.

Aber ich will nichts damit zu tun haben! Es soll aufhören. Man muß es kennen, um es erkennen zu können. Kenntnisse. Erkenntnisse. Ich habe meine Lektion bekommen.

August

Ich werde für zwei Wochen zu Cora fahren. Sie muß entlastet werden, sie wissen niemanden außer mir, der Zeit hat. Helmut hat mich darum gebeten. Traust du es dir zu, Hanna? Cora ist diesmal schwieriger als sonst, es geht ihr nicht gut, ihre Beine sind sehr geschwollen, Krampfadern, dazu neigt sie ja, Thrombosegefahr. Ich wehrte ab, ich mag nicht, daß er mit mir über ihren Zustand spricht, immer klingt durch seine Bemerkungen durch: Du warst mit einem Arzt verheiratet, man kann mit dir offen über so etwas sprechen. Ich mag Intimitäten nicht, schon gar nicht bei dem Mann meiner Schwester. Ich schlug vor, daß sie mir die Kinder für ein paar Wochen schickten, dann hätte Cora Ruhe. Das wird sie nicht wollen, du kennst sie doch, sobald sie nicht in ihrer unmittelbaren Nähe sind, glaubt sie, es passiert ihnen etwas, nicht einmal im Kindergarten paßt man gut genug auf sie auf. Du hast auch zuwenig Erfahrungen mit Kindern.

Gut, ich komme. Ich werde mir Mühe geben. Ich kann allerdings nur für zwei Wochen bleiben.

Warum, hast du etwa eine Stellung angenommen?

Ich gehe auf eine längere Reise, ich habe bereits gebucht.

Er hat nicht weitergefragt, er hat gemerkt, daß ich nicht darüber zu sprechen gedenke.

Vielleicht finden wir in der Zwischenzeit eine andere und bessere Lösung, habt ihr einmal Fräulein Hedwig gefragt? Die Eltern waren sehr zufrieden mit ihr, sie kann vielleicht für ein paar Monate zu euch kommen.

Wir müssen über die Erbschaftssache sprechen, Hanna!

Das hat sicher Zeit, bis euer Kind geboren ist und bis ich von meiner Reise zurückkomme.

Ganz wie du meinst.

Morgen fahre ich. Ich brauche nicht mehr hierher zurück. Meine Koffer sind bereits gepackt, ich gebe sie zur Aufbewahrung. Ich war in den beiden letzten Wochen mit den Vorbereitungen sehr beschäftigt, wiederholte Gänge zum Reisebüro, zur Paßstelle, zur Bank, meine Garderobe mußte für eine Seereise vervollständigt werden.

Ich hatte mir vorgenommen, am 12. September in Genua abzufahren, ich wollte in derselben Pension wohnen. Das war ein zweites Mal wie ein Magnet: der 12. September, Genua. Ich äußerte diesen Wunsch bei meinem Reisebüro auf das nachdrücklichste, man war auch bereit, auf alle meine Wünsche einzugehen, aber nicht bereit, mir zu glauben, daß man damals, an diesem Tag, in Genua zu einer Griechenlandreise aufbrechen konnte.

Sie müssen sich täuschen, irgendein Irrtum, die Hafenstädte sind sich ähnlich. Man reist von Brindisi mit dem Schiff ab, von Venedig, auch von Triest.

Er redete es mir aus. Ich hatte sogar das Gefühl, er habe recht, ich täuschte mich wirklich, und es war gar nicht Genua. Fabians Geschichte tauchte wieder auf – »dreht euch nicht um«, »nahm den Mantel und ging« –, ich konnte das nicht mehr voneinander trennen. Was war Wirklichkeit, was Erfindung von Fabian, was gaukelten mir meine Erinnerungen vor? Vielleicht hatte ich es nur geträumt, auch J. hat nie mehr davon gesprochen. Der Lorbeerzweig? Auch der besagte nichts. Ich reise nicht von Genua ab, ich bin am 12. September schon auf dem Schiff. J. hat sich bereits für den Tag entschuldigt, wir haben ihn in den letzten Jahren zusammen verbracht. Wohin kann ich dir Blumen schicken lassen? Er will mit den Kindern an die See, mit den beiden Jüngsten, sein Sohn neigt zu Bronchialasthma, er selbst muß auch etwas für seine Gesundheit tun, wenn erst die Buchmesse kommt und das Herbst- und Weihnachtsgeschäft anfängt. Es ist schließlich ein Tag wie jeder andere, wir können ihn nachholen.

Du mußt dich nicht entschuldigen, ich werde gar nicht hier sein.

Wo bist du?

Unterwegs.

Ah, darf man fragen, wohin?

Ich werde dir eine Ansichtskarte schreiben, wenn ich dort angekommen bin. Ich mache das alles falsch, ich bin gehemmt ihm gegenüber, ich drücke mich ungeschickt aus, wie ich es früher bei Albert auch tat, ich habe Angst, es könnte wieder aufbrechen, was eben anfängt zu heilen.

Ich bin noch einmal bei ihm im Laden gewesen. Er war nicht da, ich hatte es so eingerichtet. Ich habe Ruth gesehen. Ich habe auch ein paar Worte mit ihr gesprochen. Sie hat mir Bildbände von Griechenland vorgelegt; ich habe zwei gekauft. Sie hat sich erkundigt, ob ich ein Konto bei ihnen hätte. Nein, kein Konto, ich erledige das gleich. Ich habe einen Scheck ausgeschrieben, sie hat ihn gelesen und mich aufmerksam angesehen. Sie sind das?

Ja, ich bin das.

Ich glaube nicht, daß sie ihrem Vater gesagt hat, daß ich dort gewesen bin. Ich wollte dieses Kind, an dem er hängt, sehen, nicht ihn.

Lisa ist in ein Sanatorium überwiesen worden, gleich von
der Klinik aus. Ich weiß nicht, nach welchen Methoden
man dort arbeitet, vielleicht mit Schlafkuren. Ich mochte
Albert nicht danach fragen. Er hat nur einmal seither
angerufen. Ich habe nach der Praxis gefragt, ob er zu-
rechtkomme. Die ersten Tage seien schwierig gewesen,
jetzt ginge es schon ganz gut. Viel sei nicht los, Nagel-
bettvereiterung, verstauchter Fuß, Durchfall bei Kindern,
die grünen Äpfel, an vieles könne er sich aus seiner
Kindheit erinnern, an die Verordnungen der Großmutter, zum Arzt sei sie natürlich nicht gegangen. Leider sei
es mitten im Quartal, die Leute schienen gleich nach
dem Ersten ihren Krankenschein bei der Kasse zu holen
und ihn zum Arzt zu tragen, sich Medikamente ver-
schreiben zu lassen, irgendeine Frau säße immer unter
dem Bestrahlungsapparat. Sie lassen sich in ihren Gewohnheiten durch mich nicht stören, sie benutzen die
Apparate der Praxis und meinen Rezeptblock, einige
Frauen kommen aus Neugierde, man hält mich für einen
Junggesellen, ich fahre einen größeren Wagen als ihr
Doktor. Wenn die Ernte vorbei ist, der Hafer ist noch
draußen, es hat sich alles durch den Regen sehr verzö-
gert, werden sie wohl alle noch mal kommen, es gehört
zu den Abwechslungen. Wenn sie erst beim Kartoffelaus-
machen sind …

Ich lachte.

Findest du mich sehr komisch, Hanna?

Eben hast du wie die Großmutter gesprochen!

Wirklich?

Er hat ein älteres Fräulein, das in der Sprechstunde hilft,
sie kennt alle Patienten und erzählt ihm die Lebensge-
schichten und vor allem natürlich die Krankheitsgeschich-
ten, sie weiß auch in der Rezeptur Bescheid, macht ihm
Vorschläge, eigentlich könnte sie die Sprechstunde auch

allein machen, ohne sie hätte der alte Doktor ihm seine Praxis sicher gar nicht anvertraut. Er wohnt im Arzthaus, ißt in einem Gasthof, gegen Abend säße er manchmal eine Stunde am Fluß, eigentlich wäre es mehr ein Bach, er hätte aber ziemlich viel Wasser. Er angelte, er hätte früher schon mal geangelt.

Das weiß ich doch, Albert!

Ach so, natürlich, ich vergesse immer, daß du mich schon so lange kennst. Er habe sich Angelzeug geliehen, er wäre viel an der Luft, er käme auch sonst mit sich ins reine. Und du, Hanna, wie geht es bei dir? Alles in Ordnung?

Ja, danke.

Hast du Pläne?

Ich will verreisen, aber das weißt du ja schon.

Läßt du von dir hören?

Ich schreibe von dort.

Du tust, als führest du ans Ende der Welt.

Dahin fahre ich auch.

Wann wirst du zurück sein?

Im Herbst, Ende Oktober, vielleicht auch erst Anfang November, genau weiß ich es noch nicht.

Du hast genügend Geld?

Ja, danke, ich komme aus.

Ich möchte nicht, daß du dich einschränken mußt, kann ich dir zu deinem Geburtstag einen größeren Betrag überweisen?

Bitte nicht! Du hast sicher hohe Ausgaben durch das Sanatorium.

Das wird nicht von mir finanziert. Lisas Mutter hat den Vater veranlaßt, das zu übernehmen, er ist zuständig für Lisa, sie muß ihn davon überzeugt haben, die Schäden, die jetzt bei ihr ausbrechen, rühren, laut ärztlicher Analyse, aus jener Zeit, als der Vater versagt hat.

Hast du Lisa nicht gesehen seitdem?

340

Nein. Der Arzt hält es für besser so. Er will abwarten, bis sie selbst mich sehen will.

Dann haben wir noch über das Wetter gesprochen, dort regnet es noch mehr als hier. Ich habe mich erkundigt, ob er auch die richtige Garderobe mithabe, ich könnte ihm sonst das Nötigste noch schicken.

Danke, nein, ich habe mir einiges gekauft, mit dem Wagen bin ich in zwanzig Minuten in der Stadt, über Mittag, die Sprechstunde fängt erst um drei wieder an.

Es war auch nur ein Vorschlag, ich wollte mich nicht aufdrängen.

Ich bitte dich, Hanna, so war es nicht gemeint, ich habe mich zu entschuldigen, mein Verhalten neulich war unkorrekt, du hast nichts damit zu tun, ich hätte dich nicht hineinziehen dürfen.

Du brauchst dich nicht zu entschuldigen, Albert, ich habe mich nicht richtig verhalten.

Wir schwiegen beide.

Hanna?

Ist noch etwas, Albert?

Wenn ich dich nun fragen würde …?

Was?

Es hat keinen Zweck.

Du weißt nicht einmal die Frage, Albert, und bist gekränkt, daß ich keine Antwort weiß.

Es gab eine Zeit, Hanna …

Unsere Zeit ist vorbei, Albert.

Aber ich brauche dich doch!

Du hast mir einmal gesagt, Albert, als ich meinte, ich brauchte dich, mit keinem Wort würde so viel Mißbrauch getrieben wie mit dem Wort brauchen. Brauchen und mißbrauchen. »Ich brauche dich«, das ist keine Basis, von der aus wir jetzt entscheiden könnten. Das habe ich von dir gelernt.

Du bist nachtragend, Hanna.

Ich bin nur weniger vergeßlich. Laß es dir gutgehen, Albert!

Man kann dich durch nichts von dieser Reise abhalten?

Nein, durch nichts.

Ich denke, er wird versuchen, diese Praxis später zu übernehmen, darauf läuft es hinaus. Er hat sich wohl nur nicht gleich entscheiden wollen. Ich habe ihn gefragt: Läufst du vor Lisa weg?

Muß ich das beantworten?

Nein, natürlich nicht, aber du kannst mich auch nicht fragen, ob ich mit weglaufen will.

Du bist kein Mitläufer, ich weiß.

Während wir redeten, immer an dem vorbei, worum es doch in Wahrheit geht, fiel mir ein, was Marlene so oft gesagt und was sie mir geschrieben hat: Sie sind unerwachsen, glaub es mir doch, sie klammern sich an unseren Rock, man darf nicht hinhören.

Ich habe versucht, nicht hinzuhören und ruhig zu bleiben, obwohl ich weiß, daß er der Ansicht ist, ich ließe ihn im Stich. Er muß sich allein entscheiden. Jeder für sich, sonst werden wir nie damit fertig. Jörn hat nie gesagt: »Ich brauche dich«, er wird es für ein unredliches Mittel halten.

Abends

Ruth war hier. Sie hat mir einen Besuch gemacht, sie hatte sogar einen Blumenstrauß mit.

Weiß Ihr Vater, daß Sie hier sind?

Nein.

Weiß es Ihre Mutter?

Nein. Sie sind mit den Kleinen bei den Großeltern,

dahin fahren wir doch jeden zweiten Sonntag, wissen Sie das denn nicht?

Nein. Ich wußte nicht einmal, daß es Großeltern gibt, sind es seine Eltern? Die Eltern seiner Frau? Es geht mich nichts an. Sie kannten meine Adresse?

Ich habe einmal einen Katalog an Sie geschickt.

Ich verreise morgen.

Ich hab's mir gedacht. Ich wollte Sie nur noch einmal sehen und wissen, wohin Vater abends fährt. Reisen Sie dorthin, wo er damals gewesen ist?

Ja.

Er hat dort Bilder gemalt, zwei davon hängen in seinem Zimmer zu Hause. Waren Sie mit ihm dort?

Nein.

Sie saß ganz vorn auf der Sesselkante und betrachtete mich aufmerksam, folgte jeder Regung in meinem Gesicht, jeder unruhigen Bewegung meiner Hände. Sie war nicht befangen. Sie war ruhig und ernst und blieb während des ganzen Besuches wohlerzogen. Sie wünschte mir eine gute Reise, fragte, wann ich zurückkehren würde, ich beantwortete die Frage nicht.

Ich gebe mir Mühe, meinem Vater Freude zu machen, damit es ihm nicht so schwerfällt.

Das hat er mir schon gesagt, Ruth, ich habe es auch gemerkt, er liebt Sie sehr.

Ich stand dann auf, um den Besuch zu beenden. Grüßen Sie ihn von mir!

Danke. Plötzlich faßte sie nach meiner Hand. Sie sind wunderbar, bestimmt! Ich verstehe Vater, aber wir können doch nichts dafür, daß er uns schon hat.

Ich nahm sie in die Arme. Nein, ihr könnt nichts dafür. Sie hat weiches braunes Haar, selbst ihr Haar fühlt sich jung an. Sie könnte meine Tochter sein.

Ich sah ihr nach, als sie aus dem Haus trat und die Straße

343

entlangging, sie spürte meinen Blick, sah zum Fenster hoch und winkte mir zu. Sie ist ihm ähnlich, sie sieht ihm so vieles ab. Diese Ähnlichkeiten, die aus dem Herzen kommen, nicht aus den Genen. Sie liebt ihn mit einem unverbrauchten Herzen. Sie ist besser für ihn als ich.

9. September

Die beiden Wochen mit Cora und den Kindern sind rascher vergangen, als ich befürchtet hatte. Helmut nahm sofort Urlaub und fuhr zu seinen Eltern. Gerichtsferien. Wenn Cora und ich allein sind, vertragen wir uns. Wir geben uns beide Mühe, wir vermeiden Gespräche, die Konfliktstoff in sich tragen, das sind natürlich viele. Es bleibt dann kaum etwas, außer dem Haushalt, den Kindern. Sie weiß, daß ich über meine Angelegenheiten nicht sprechen will, und hat es gelernt, das zu respektieren. Sie ruft auch nicht mehr, wenn ich David auf den Schultern reiten lasse: Laß ihn bloß nicht fallen!

Die Kinder hängen sich an mich, ich bin neu für sie, ich habe nicht dieselbe Erziehungs- und Strafgewalt wie die Mutter, das wissen sie sofort; meine Einschlafgeschichten kennen sie noch nicht, aber ich bleibe auch ihnen gegenüber zurückhaltend, Cora soll nicht eifersüchtig werden, ich will ihr keines ihrer Kinder auch nur für ein paar Tage wegnehmen. Thomas legt beim Essen den Löffel hin, verkündet wieder einmal sein: Ich muß schnell mal was sagen! Als seine Mutter ihn auffordert, es zu tun, sagt er mit verklärtem Gesicht: Tante Hanna ist so schön!

Ich lache, Cora lacht auch. Nachmittags liegt sie zwei Stunden im Liegestuhl auf dem Balkon, das hat sie seit Jahren nicht haben können, währenddessen gehe ich mit den Kindern auf den Spielplatz, unterhalte mich mit anderen Müttern, wische Staub aus den Augen, kämme Sand aus dem Haar, putze die drei mir anvertrauten Nasen und auch noch ein paar andere, manchmal fragt jemand: Welches sind denn Ihre? Dann zeige ich auf die drei und fühle mich zugehörig. »Der Familienclan«, sagt J. Keine Frau ist davon frei. Fabian spricht von »Familienensemble«. Männern ist das unheimlich, von jeher, dieses Eintauchen in die Sippe. Gegen fünf Uhr treibe ich sie vor mir her nach Hause, sorge für das Abendbrot, Cora bringt sie ins Bett, beim Baden helfe ich ihr; wenn es im Kinderzimmer ruhig wird, essen wir unser Butterbrot auf dem Balkon. Die Abende sind mild, es hat wenig geregnet, seit ich hier bin, um die Lampe schwirren Baumspanner. Cora sieht die Pullover der Kinder durch, was für den Winter in Ordnung gebracht werden muß, ich helfe ihr dabei; meine Gedanken laufen mir voraus. Ich bin nur noch scheinbar hier, ich habe Angst, daß meine Erwartungen sich nicht erfüllen könnten, diesmal richten sie sich an keinen anderen, einzig an mich und an die Zutat einer fremden Zeit, eines fremden Landes.

»Erinnerungen? Nichts. Versprechen? Nichts.«

Vor dem Schlafengehen machen wir einen Spaziergang, ein paarmal die Straße auf und ab, damit Cora Bewegung hat, die Treppen werden ihr sauer, sie zieht sich am Geländer hoch. Sie ist ausgeruhter als in den ersten Tagen, sie erholt sich rasch, das hat sie schon immer getan, zwei Nächte ungestörter Schlaf, schon das merkt man ihr an. Alles ist bei ihr einfacher zu regulieren, nur zu einem Teil ist das glückliche Veranlagung.

Der Hausbau ist bis zum nächsten Frühjahr verschoben, die Baugenehmigung steht noch aus. Die Gespräche mit Helmut über den Nachlaß der Eltern, über alle Schwierigkeiten, die sich dem Testamentsvollzug noch entgegenstellen, wurden gutwillig von beiden Seiten geführt. Wir waren in Hamburg alle in schlechter Verfassung, die Gegenwart Alberts machte es nicht besser. Es sieht günstiger aus, als es zunächst den Anschein hatte. Fräulein Hedwig hat sich bereit erklärt, für einige Monate zu kommen, sie ist den Umgang mit Kindern nicht gewöhnt, aber sie kann wenigstens für den Haushalt sorgen, mit den Kindern wird Cora schon fertig. Sie trifft morgens ein, abends fahre ich ab.

Zwei Wochen, in denen alle Schwierigkeiten, auch die größeren, sich als überwindbar erweisen, wenn man sie nur beherzt anfaßt. Das war eine gute Lehre für mich.

Ich fahre morgen abend. Willst du wirklich nicht deinen Geburtstag hier feiern? Das ist hübsch bei uns, bestimmt! Dann fangen wir mit dir an, und dann kommt einer nach dem anderen, und zuletzt kommt das Baby.

Ich glaube ihr das. Sie macht so etwas reizend, es gibt dann das Geburtstagsessen, den Geburtstagskuchen, das Geburtstagslicht; das Lied, mit dem man morgens geweckt wird, können die Kinder schon singen. Cora hat einen Ritus eingeführt, man wird auf einem Steinsockel vorm Haus fotografiert, jedes Jahr, alle bekommen ein kleines Geschenk. Ich sorge für die Erinnerungen meiner Kinder, ich glaube, es ist besser, wenn man das nicht dem Zufall überläßt. Sie sollen später mal erzählen: »Unsere Mutter pflegte zum Geburtstag immer ...« Bei uns war das immer so, sie sollen in einen Rhythmus hineinwachsen, der sich ihnen einprägt, dieses zuverlässig Gleichbleibende eines »Immer« und »Mutter pflegte«.

An solchen Äußerungen merkt man, daß sie weniger naiv ist, als es zunächst den Anschein hat. Diesmal scheint mir ihr Bemühen, »es richtig zu machen«, weniger verkrampft als im Januar.

Einmal nur hat sie gefragt: Du reist diesmal allein, Hanna?

Ja, ich schließe mich aber für einige Zeit einer Reisege-sellschaft an, es ist keineswegs so abenteuerlich, wie es dir jetzt vorkommen mag.

Du machst es dir sehr schwer.

Warum meinst du das? Ich freue mich doch auf diese Reise.

Man merkt es dir nicht an, daß du dich freust, ich habe fast den Eindruck, als fürchtest du dich davor. Du hast es dir fest vorgenommen? Dann hat es also gar keinen Zweck, es dir ausreden zu wollen?

Nein.

Du hast dich verändert in diesem Jahr, Hanna. Thomas hat recht, als er neulich sagte, du bist so schön. Du wirkst so durchlässig, ich weiß nicht, wie ich es ausdrücken soll.

Helmut hat das schon im Januar, als ich zuletzt hier war, festgestellt, unglücklich sein ist eben kleidsam für mich. Ich lachte, ich wollte das abtun, aber sie wollte das nicht.

Du kannst es gut mit den Kindern, ich habe dich oft beobachtet, ich dachte vorher, du machst dir nichts mehr draus. Du solltest wieder heiraten, es wäre doch das beste, es ist gar nicht wichtig, daß man sich liebt, so daß man immer davon reden muß, meine ich. Man muß miteinan-der leben können, jeder muß verträglich sein. Ich habe Helmut geheiratet, weil der andere mich nicht gewollt hat, und ich habe das nicht bereut, und Helmut hat es auch nicht bereuen müssen. Ich habe mir, nicht ihm, verspro-chen, ihm eine gute Frau zu werden, ob ich das immer gewesen bin, weiß ich nicht, aber ich hatte mehr guten Willen, als wenn ich mich auf die Liebe verlassen hätte.

Sie wischt mit der Hand die Tränen weg, sie sitzen vor der Geburt eines Kindes jedesmal locker bei ihr.

Du bist ihm eine gute Frau, Cora, das ist sicher. Bei dir ist alles einfacher als bei mir.

Ich will auch nicht, daß es sich kompliziert! Ich lasse

nichts herumliegen; wie ich abends das Spielzimmer und das Wohnzimmer aufräume, bevor ich schlafen gehe, so halte ich es auch sonst, innerlich. Ich erledige alles sofort, ich spreche sofort mit Helmut, kein Kind schläft abends ein, ohne daß es gut ist zwischen ihm und mir und der Welt. Es darf sich nichts ansammeln.

Das hast du von Mutter, weißt du das eigentlich? Als ich zuletzt bei ihnen war, hat sie gesagt: Ich gestatte mir nicht, unglücklich zu sein. Es war ja nicht leicht mit Vater. Vielleicht komme ich auch noch dahin. Es war ein schwieriges Jahr, alles, was ich angefaßt habe, komplizierte sich, ich weiß nicht, ob das an mir gelegen hat. Lassen wir es doch ruhen, Cora! Wenn ich zurückkomme, benehme ich mich wieder ganz normal.

Was ist mit Albert? Hat er wieder geheiratet?

Nein.

Will er das?

Ich weiß es nicht.

Ihr saht in Hamburg aus, als sei nie etwas zwischen euch vorgefallen.

Das täuscht, Cora.

21. September

Patmos, länger als eine Woche schon.

Wenn ich nachmittags unten am Hafen vor dem Hotel Neon sitze und mein Täßchen Kaffee trinke, lese ich das Datum auf dem Wandkalender ab und mache ein Zeichen in mein Notizbuch, welcher Tag es ist, die Sonntage sind hier wie überall rot gedruckt. Wenn der Wirt vergißt, das Kalenderblatt abzureißen, werde ich es nicht merken, die Zeitungen, die das Schiff mit den Briefen von Piräus her mitbringt, sind einen, oft auch drei Tage alt, woher soll ich

348

wissen, welcher Tag es ist, niemand versteht meine Sprache. Manchmal kommen Zeitungen mit den kleinen Motorschiffen von den Nachbarinseln, nur zweimal kommt das Schiff direkt von Piräus nach hier. Die Männer sitzen und stehen vor dem Kafeneion und lesen in der Athener Zeitung und reden über Politik, manchmal höre ich Namen, die mir bekannt sind. Zeitungen und Post werden gleich am Hafen ausgeteilt, ein Briefträger ist unnötig, aus jedem Haus ist jemand da. Mich beachten die Männer nicht, man blickt einer Frau nicht nach, man spricht sie nicht an, in Athen war das anders. Ich wohne in einem Haus nicht weit von der Kirche, ich habe das Zimmer für vier Wochen gemietet, ich kann die Küche benutzen, die Frauen zeigen mir alles, sie schüren das Herdfeuer für mich, sie holen mir das Wasser vom Brunnen. Ein großer brauner Krug mit zwei Henkeln, in der Form der alten Amphora, steht immer gefüllt auf dem Steinboden meines Zimmers, das Wasser bleibt kühl darin. Ein flaches Bett, zwei Laken, ein hartes Kissen. Der Ständer mit der Emailleschüssel, ein Tisch, ein Stuhl, ein Wandbrett mit ein paar Gläsern, Tellern, Bestecken. Bilder an der Wand, eines neben dem anderen, eine häusliche Ikonostasia.

König Paul und Friederike, koloriert hinter Glas, mit Papierblumen besteckt, Familienfotografien, ebenfalls hinter Glas, alle mit Papierblumen geschmückt, zu jedem Bild gibt es eine Geschichte, die man mir alle schon erzählt hat. Ich sitze auf dem Bettrand, die Frauen stehen in einiger Entfernung, sie setzen sich nie in meiner Gegenwart. Sie zeigen auf das Ehepaar auf dem Bild und erzählen, was es mit den beiden auf sich hat, es sind die Eltern der Frau, der Mann ist beim Fischfang verunglückt. Dynamit? Oder war das der Sohn? Die Mutter ist auch tot, sie ist jung gestorben, im Kindbett, denke ich. Der junge Mann auf dem nächsten Bild ist der Bruder, der wollte Geld verdienen, er arbeitet in Athen in einer Fabrik, aber er ist nicht glücklich dort, im Frühling, wenn es auf der Insel blüht, kommt er immer nach Hause mit seiner Frau und den Kindern. Der Mann meiner Wirtin ist nicht tot, er hat sie verlassen, er hat ein Schiff gehabt, ein eigenes Motorboot, er lebt jetzt auf Rhodos, er mußte fort von hier.

Die Frauen auf den Bildern tragen alle schwarze Kleider. Es gibt ein neues Kleid, wenn jemand aus der Familie stirbt, es stirbt aber öfter einer, als eine Frau ein neues Kleid bekommt. Meine Wirtin mag etwas älter sein als ich, das Gesicht ist noch jung, der Körper ist schon gebeugt, das Tragen von Lasten macht den Gang nicht schön, nur bei den jungen Mädchen. Ihre Haare sind heller als die der anderen Frauen. Wovon lebt sie? Handarbeiten, die sie im Sommer an die Fremden verkauft, der Wein aus dem Weinberg, der doch nur für den eigenen Gebrauch reicht und für das Glas, das man dem Besuch anbietet.

Die beiden Mädchen sind fünfzehn und dreizehn Jahre alt, sie zeigen die Jahre mit den Händen an, es macht ihnen Spaß, daß ich versuche, sie zu verstehen, noch nie waren Fremde im Haus, die aus einem anderen Land kamen. Die Nachbarinnen besuchen uns. Wenn sie Wasser geholt haben, lehnen sie eine Weile in dem weißgekalkten Torbogen, der auf unseren Hof führt, heben den schweren Krug von der Schulter und setzen ihn auf die Hüfte. Drei Seiten des Hofes sind von einstöckigen Gebäuden umgeben, die vierte öffnet sich zum Meer hin, man sieht über die Häuser hinweg, flach und weiß gekalkt wie dieses, verdorrte Weinstöcke, eine staubige Geranienhecke, die braunen zerklüfteten Berghänge, das Meer. Die Frauen stehen da mit ihren Krügen und warten, daß ich aus dem Zimmer komme und mich auf die Steinmauer setze. Sie bleiben stehen, lehnen an der Wand und betrachten mich, sprechen untereinander über mich, dann kommt eine und umarmt mich und

350

fordert mich auf, mitzugehen in ihr Haus. Sie zeigt es mir mit Stolz und Würde. Das Zimmer, in dem sie mit ihrem Mann schläft, das breite, flache Bett, die Bilder an der Wand, sie erklärt mir, wer es ist, ich zeige auf den König und die Königin und bewundere die schöne Fotografie. Die Geschichten sind sich alle ähnlich, die Worte kehren wieder, wenn einer tot ist, macht sie ein Kreuz für ihn. Ich muß mich auf das Bett setzen, ich bekomme eine Schale mit süßen kandierten Weintrauben zu essen, dazu ein Glas frisches Wasser aus dem Krug, den sie eben am Brunnen gefüllt hat. Ich lobe das Wasser, ich bedanke mich. Man zeigt mir die Handarbeiten, alle Frauen klöppeln Decken, sehr mühsam und kunstfertig, einige weben auch, die alten Frauen sieht man manchmal mit ihrer Spindel in der Haustür stehen. Sie sind sehr arm, aber die Laken sind sauber, der Lehmboden ist gefegt. Die Küche in einem abseits liegenden Lehmbau, weiß getüncht wie das Haus, hat eine offene Herdstelle, altes rauchgeschwärztes Gerät; sie essen von billigem Steingutgeschirr, trinken aus Kunststoffbechern, rosa, hellgrün, sie zeigen mir, daß es nicht kaputtgeht, und werfen es auf den gestampften Boden, sie sind stolz auf die paar Dinge, die sie selbst erworben haben, die neu und bunt und unzerbrechlich sind. Auf den Regalen stehen Puppen aus Zelluloid mit Schaumgummikleidern und Hüten, himmelblau, getüpfelt von Fliegenschmutz.

Männern begegne ich bei meinen Besuchen nie, sie stehen unten am Hafen und warten auf Arbeit, auf Ereignisse, einige mögen auf den Feldern sein, aber zu tun ist auch da nichts. Manchmal sieht man einen, der sein Haus und die Stufen der Gasse mit einem weißen Brei aus gestampften Muscheln kalkt. Einer teert das flache Dach. Man holt mich nur, wenn kein Mann in der Nähe ist. Die Frauen führen ihr Leben für sich, man kann sich nicht vorstellen, daß nachts ein Mann in dem Bett schläft, auf dem am Tag die

Frau ihren Besuch sitzen läßt. Die Welten scheinen sorgsam getrennt, die Frau im Haus, der Mann auf der Straße oder auf dem Meer. Die älteren Männer grüßen mich, wenn sie mit ihrem Esel vorbeikommen, die jüngeren nicht. Die Frauen sagen das alte homerische »Chairete«, das nicht in meinem Wörterbuch steht, ich sage es auch: Chairete – seid glücklich.

Die Frauen betrachten mich mit Mitleid. Eine Frau! Das allein schon ist schlimm. Eine, die in der Fremde sein muß, das ist noch schlimmer, und ohne Mann, der sie beschützt. Sie scheinen sich zu freuen, daß ich gern hier bin. Obwohl sie arm sind, haben sie immer noch etwas, das sie mir schenken können. Manchmal bringt ein Kind ein Metallkännchen voll Öl, selbstgepreßt, goldfarben, dick wie Honig, von dem eigenen Olivenbaum neben dem Haus, manchmal einen Krug Harzwein, sie backen Brot für mich mit, und ich erwerbe ihre Handarbeiten.

Ich schlafe in dem Bett meiner Wirtin, sie schläft noch draußen. Wenn die Nächte kälter werden, wird sie sich ihre Matratze in das Zimmer der Mädchen ziehen. Sie hat den einen Raum im Sommer immer, seit der Mann fort ist, an Leute aus Athen vermietet, die jedes Jahr kommen. Sie hält zwei Hühner und eine Ziege, die jetzt trocken steht. Ich kaufe manchmal ein Ei, ich bringe Fleisch für uns alle mit, wenn unten am Hafen ein Hammel verkauft wird, das Fleisch liegt ausgebreitet, in Stücke gehauen auf Zeitungen. Manchmal kaufe ich Fische dort, man brät sie in Öl und taucht Brot hinein.

Morgens brennt das Herdfeuer noch nicht, ich kaue ein Stück von dem trockenen Brot, trinke ein Glas Wasser dazu, kaufe mir in dem kleinen Laden unter den hohen Tamarisken eine Tüte mit Trauben, es sind die letzten, bald hört das auf, hellrote kleine Beeren, sehr süß, sie löschen den Durst nicht. Ich nehme das Badezeug mit, falls ich eine

Stelle entdecke, wo ich schwimmen kann. Meist aber ist bei den Klippen zuviel Brandung, oder man sieht Seeigel in schwarzen Nestern an den Steinen hängen, dann ist es ratsam, nicht ins Wasser zu gehen. Der Wirt vom Hotel Neon, wo ich die ersten Tage gewohnt habe, hat mich gewarnt; am ersten Morgen schon brachte er mir zwei Seeigel auf den Tisch, einen lebenden, tiefschwarz, hartborstig, er schnitt ihn kreuzweise auf, hieß mich, ihn auszutrinken, ich tat das auch, es schien ihm zu gefallen, daß ich mich nicht davor ekelte. Der andere, graue, war tot, die Stacheln nicht mehr hart. Ich sehe sie jetzt manchmal im seichten Wasser treiben.

Meist verlasse ich den Pfad gleich hinter den letzten Häusern, gehe über die verdorrte Erde, über Geröll, riesige Steine wie Findlinge, man fürchtet, sie könnten sich in Bewegung setzen und alles noch Lebendige überrollen. Das letzte Erdbeben liegt erst wenige Jahre zurück. Manchmal hohe Disteln, silbern, aber auch golden, niedriges Gesträuch, dornig, undurchdringlich, duftend, »deine Füße duften nach Thymian und Lavendel«. Und Steine, Steine, eine zertrümmerte Insel. Zum Kloster hinauf bin ich nur einmal gestiegen, gleich am ersten Morgen nach der nächtlichen Ankunft. Ein kleiner Omnibus fährt regelmäßig von dem einen Teil der Ortschaft, der am Hafen liegt, zu dem anderen, oben auf dem Berg, an dessen höchstem Punkt das Kloster liegt, weiße Quadern ineinandergeschachtelt, ähnlich wie die Wohnhäuser, ohne Türme. Bögen, Arkaden, Treppen, organisch miteinander verwachsen, dabei doch kunstvoll; ich nehme an einer Führung teil, der Mönch spricht griechisch, ein Franzose gibt mir in seiner Sprache ein paar Erklärungen. Ich sehe aus den Fenstern, ich steige über die Treppen auf die Dächer zu den Glockenstühlen und sehe über die Insel und über das Meer, ich bin noch gar nicht da, ich suche noch.

Begegnet mir ein Fremder, Tourist wie ich, betrachtet er mich neugierig; kommt der Omnibus vorbei, streckt der Chauffeur den Kopf aus dem Fenster und hupt, ob ich mitfahren will. Ich schüttle den Kopf. Ein Mann treibt einen zweiten Esel neben sich her, zeigt auf ihn, auf mich, ob ich reiten will, der Berg ist steil, es ist heiß am Vormittag. Seinen eigenen Esel würde er einer Frau nicht anbieten, nicht denkbar, daß er selbst hinter dem Esel hergehen würde, aber er ist ein Geschäftsmann, er hat einen zweiten Esel mit für die Fremde. Ich schüttle den Kopf, ich will lieber zu Fuß gehen, sie wissen bereits, daß die Fremden nein meinen, wenn sie mit dem Kopf schütteln. Sie halten mich wohl für zu arm, weil ich weder das Auto noch den Esel benutze. Eine Frau allein in der Fremde, sie respektieren das, ein Gegenstand ihres Mitleids.

Ist eine Frau in einem der Gärten, an denen ich vorbeikomme, bricht sie einen Granatapfel aus dem grünen Laubgestrüpp und reicht ihn mir, schickt ein Kind mit einer blauen Windenblüte. Ich lächle, lobe das Geschenk und gehe weiter, beiße in den hartschaligen Apfel, sauge den Saft heraus, der kühl ist und erfrischend, spucke die Kerne aus. Die Frauen haben Kohlpflanzen gesteckt. Tau fällt in der Nacht, bald wird der erste Herbstregen kommen, und dann wird es noch einmal grün auf der braunen Insel werden. Sie schütteln die blauschwarzen Früchte von ihren Ölbäumen, sammeln sie in Leintücher. Auf den Dächern trocknet Mais, trocknen Rosinen, wenig von allem, der Boden, der Frucht tragen kann, ist rar.

Wenn es zu heiß wird, bald nach neun schon, suche ich den Schatten eines vorspringenden Felsens, wo der Meerwind vorbeistreicht, oder einen der krüppligen Feigenbäume und sehe übers Wasser. Es gibt eigentümliche Vögel hier, sie hocken in den Mittagsstunden auf den Steinblöcken, auf manchen mehrere, auf manchen nur ein

Vogel, sie sind größer als unsere Krähen, grau, unter den Flügeln braun, sie wenden den Kopf; wenn ich komme, fliegen sie hoch, schreien nicht, sie haben scharfe, harte Schnäbel, ich habe Angst, mich zu bewegen. Gegen Abend sehe ich sie manchmal dicht überm Meer, vielleicht sind es Raubvögel, die von Fischen leben. Kein Vogel singt auf der Insel, immer nur das Schreien der Zikaden.

Ich erfahre nichts. Ich kann niemanden fragen, niemand versteht mich, ich benutze mein Wörterbuch nur selten. Es ist mir recht so, ich habe zuviel, mit zu vielen in den letzten Monaten geredet. Ich weiß nicht einmal, wie die Inseln heißen, die man von den Dächern und Umläufen des Klosters aus sehen kann. Samos, Leros, Lissia, vielleicht kann man das Festland sehen, Kleinasien, Vorderer Orient. Fremde. Der Wirt unten spricht ein wenig Italienisch, auch der Kaufmann, die älteren Männer können das aus der Zeit, als der Dodekanes italienisch war, aber sie lieben das Italienische nicht. Im Schiffahrtsbüro kann jemand ein paar französische und ein paar englische Wörter, ein wenig Touristik auch auf dieser Insel, auf der es kein klassisches Griechenland gibt, keine Säulen, keinen Marmor, keine Götter und Helden.

Mittags kehre ich von meinem Ausflug zurück. Ich gehe im Schatten der Hauswände, es ist sehr heiß, ich habe mir angewöhnt, ein Tuch um den Kopf zu binden wie die anderen Frauen. Unterwegs kühle ich mir an dem Brunnen im Schatten der Eukalyptusbäume Arme und Gesicht. Wenn ich zu Hause ankomme, brennt im Herd ein Feuer von getrocknetem Eselmist, Wurzeln, Gestrüpp, ich weiß nicht, wo sie das zusammentragen, es wächst so wenig. Ich esse Brot zu den gebratenen Fischen und tunke es in Öl, manchmal schneidet meine Wirtin Kartoffeln in eine Kasserolle und Tomaten und kleine Kürbisse, die im Garten wachsen, ein Stück Fleisch, nicht vom Knochen gelöst, weißes oder schwarzes Ziegenhaar noch daran. Abwechslung gibt es nicht, zuweilen überlege ich, wie Jörn davon hat leben können. Sie füllt mir einen Teller, die Portion ist nicht groß, man ißt nicht viel, es ist zu heiß. Ich setze mich an den Tisch, den sie morgens unter die Pergola gerückt hat, auch jetzt, wo der Wein schon geerntet ist und das Laub dürr wird, gibt sie noch etwas Schatten, ein schwacher Windhauch vom Meer her. Die Frauen essen getrennt von mir, meist später, wenn ich fertig bin, sie schenken mir Wasser ein, halten den Krug mit Retsina hin, ob ich Wein trinken will wie die anderen Fremden. Ich werde schläfrig nach dem Essen, ich lege mich aufs Bett, die Zikaden schreien, die Fensterläden sind halb geschlossen, es ist dämmrig, von der Küche her der Geruch von Öl und Retsina, Desinfektionsmittel. Meist schlafe ich ein.

Ich habe Ansichtskarten gekauft, auch Briefmarken, aber ich habe noch nicht geschrieben.

Das Schiff aus Piräus kommt zwischen eins und zwei nach Patmos. Es legt auf seiner Route nach Rhodos einmal an dieser, das nächste Mal an einer der anderen kleinen Inseln an.

Die Touristen reisen zur Roseninsel Rhodos, hier steigt nur aus, wer von Patmos stammt; ein paar Neugierige, Theologen, Lehrer unterbrechen ihre Reise, um die Insel des Heiligen zu sehen, der seine Offenbarung auf Patmos niederschrieb. Sie schlafen den Rest der Nacht in dem kleinen Hotel am Hafen, fahren morgens mit dem Auto zum Kloster, besichtigen die Bibliothek und das Museum, suchen ein Restaurant, suchen einen Badestrand und warten, daß das Schiff kommt und sie fortholt aus dieser Einöde.

Vor einer Woche bin ich nachts hier angekommen. Das Linienschiff legt nicht an, man muß ausgebootet werden. Mein Zimmer im Hotel Neon war bestellt, der Wirt stand

356

am Hafen, das Reisebüro hatte alles vorbereitet. Man hat mich gewarnt, noch in Athen, der Dodekanes sei fast schon Orient, eine Frau brauche männlichen Schutz. Sie braucht ihn nicht, sie ist ja auch nicht damit verwöhnt. Hier wird sie in den Schutz ihrer Geschlechtsgenossinnen aufgenommen. Eine Frau unter Frauen. Die anderen scharen sich um die Verlassene. Niemand wird mir etwas zuleide tun, ich bin in der Fremde, und der Fremden geschieht kein Leid.

Es wird früh dunkel. Man sieht, ist erst die Sonne untergegangen, keine Frau mehr in den Gassen zwischen den Häusern, keine eilt mehr zum Brunnen, keine geht dann noch auf den Platz am Hafen, dort sitzen immer noch und schon wieder die Männer, rauchen ihre Zigaretten, reden, lassen ihre Bernsteinketten durch die Finger gleiten, stehen am Bootssteg und sehen zu, wie die Fischer die Boote fertigmachen, die Laternen anhängen. In den Restaurants werden kaum noch Fische gebraucht, seit die Ferienzeit vorüber ist. Die Schwammfischer fahren nicht mehr aus, es ist nichts los hier, die Fremden haben recht, wenn sie weiterfahren nach Rhodos, die Eintönigkeit zerrt an den Nerven, es gibt kein gutes Restaurant, es gibt keinen Sandstrand, die Dusche im Hotel wird von einer alten schwarzgekleideten Frau versorgt, sie ist die Wasserleitung vom Brunnen zum Hotel Neon. Es gibt keine Abenteuer, keine Vergnügungen, eine lange Liste von Dingen, die es nicht gibt. An den ersten Abenden habe ich dort am Hafen gesessen, ich habe einen Ouzo getrunken. Vielleicht wird der Wirt bald einen Kühlschrank haben, vorerst sind die Getränke warm, alle Stunde bringt er ein frisches Glas Wasser. Ich rauche eine Zigarette, ich habe ein Buch mit, die elektrische Birne an der Hotelwand ist nicht hell genug, aber ich möchte auch nicht lesen, die Geräusche sind zu fremdartig, die Stimmen der Männer, die ich nicht verstehe, Radiomusik, orientalischer Jazz, das Meeresrauschen, die Zikaden, die erst spät in der Nacht Ruhe geben, es ist nicht eigentlich laut, aber lesen kann man dabei nicht, weil die Gegenwart zu stark ist, man kann nicht aus ihr in eine andere, die eines Buches, gehen.

Jetzt bleibe ich zu Hause, wenn ich kurz vor Sonnenuntergang von meinem Spaziergang und dem Bad in der flachen Bucht zurückkomme. Der Tisch wird an die Mauer gerückt. Ich esse mein Abendbrot: weißen Ziegenkäse, das eine Mal frisch und weich, das andere Mal hart und trocken, Brot dazu, ein Glas Wein. Der Himmel verfärbt sich, vom Kloster her das rasche Bimmeln der Glocken, die Glocken unserer Kirche antworten. Unterhalb der Mauer, an der ich sitze, blüht roter Hibiskus, er leuchtet in der Dämmerung, der Jasmin fängt an zu duften, sobald der Tau fällt. Ich suche die Sternbilder, Kassiopeia, Pegasus, das Haar der Berenike.

In den ersten Tagen bin ich an den Häusern entlanggegangen und habe in die Höfe gesehen, ich wollte wissen, wo er gewohnt hat. Ich dachte, ich würde irgend etwas wiedererkennen, ich habe doch seine Bilder gesehen. Während der Schiffahrt und schon während der langen Bahnreise bildete ich mir ein, ich führe hierher, um ihn wiederzufinden, ihn, den ich liebe, mit dem ich hier hatte leben wollen. Er ist nicht hier. Keiner ist hier. Der Platz neben mir ist leer, zum erstenmal.

Man hat mich gewarnt, nicht zu weit ins Meer hinauszuschwimmen, vor allem nicht bei den Klippen, man fürchtet Haifische. Aber das sind Warnungen noch aus Athen. Ich schwimme lange in der Bucht neben dem Hafen, dort ist es meist windstill, nur flache Wellen. Ich bin früher mit Albert weite Strecken geschwommen, er hat weniger Ausdauer als ich. Er rief oft: Komm zurück, Hanna! Hier ruft keiner.

Als die Enttäuschung, J. nicht zu finden, am größten

war, es muß der dritte Abend gewesen sein, da wollte ich nicht zurück, ich wollte schwimmen, so lange ich konnte, ein Unfall. Dann wurde es dunkel; als ich mich auf den Rücken drehte und zur Insel hinsah, flammten die Lichter auf an der Straße zum Kloster hin. Eins nach dem anderen. Ich habe mich ausgeruht und bin dann langsam zurückgeschwommen. Als ich das Haus betrat, in dem ich am Morgen ein Zimmer gemietet hatte, standen die Frauen schon da und warteten auf mich, liefen, um mir Brot und Wasser und Wein zu holen, einen Stuhl, nahmen mir das Badezeug ab, umarmten mich. Sie haben etwas gemerkt.

Am Sonntag habe ich am Gottesdienst teilgenommen, ich stand hinter den anderen Frauen im Seitenschiff; zu dem Hauptraum, in dem der Pope das Meßopfer darbringt, haben die Frauen keinen Zutritt. Ich erkenne im liturgischen Wechselgesang der Popen und der Männer das Kyrie eleison wieder, das Hosianna.

Kein »J. würde jetzt sagen«, kein »Albert hat oft gesagt« stört mich mehr.

Anfang Oktober

Der Herbst kommt. Die Nächte werden spürbar länger; mittags ist es noch immer sehr heiß. Ich dehne meine Ausflüge jetzt weiter aus. Ich breche früh am Morgen schon auf, damit ich zurück bin, bevor die Mittagshitze kommt. Nachmittags gehe ich, nachdem ich ein paar Stunden auf meinem Bett gelegen habe, zum Schwimmen, trinke anschließend mein Täßchen Kaffee am Hafen. Um fünf Uhr wird es dunkel. Immer noch kommen abends die Nachbarinnen in unseren Hof. Sie haben mir jetzt alles erzählt, nun bin ich dran. Ich spüre, daß sie warten, daß ich nun anfangen soll zu erzählen. Meine Wirtin nimmt meine Hand in ihre, dreht meinen Ehering, den ich während dieser Reise trage, zeigt auf ihre Kinder, zeigt auf die Bilder an der Wand, fragt, ob ich keine Bilder habe.

Es ist leicht, sich zu verständigen, es stört sie auch nicht, ob ich ihre Worte kenne oder nicht, sie spricht einfach weiter, die anderen Frauen hören ihr zu, sie hat lange nicht mehr so viele Zuhörer um sich versammeln können. Ich halte es wie die anderen, ich erzähle in meiner Sprache, ich hole aus dem Koffer die Mappe mit den Fotografien. Ich reiche ihnen das Bild von den Eltern und berichte von den beiden, daß sie ertrunken sind im Wasser, nicht so groß wie das Meer, aber Schiffe liegen dort im Hafen, die größer sind als die Schiffe, die von Piräus kommen. Piräus verstehen sie, die Worte für Schiff und Meer und Auto kenne ich, ich wiederhole sie ihnen. Sie sind tot, ertrunken. Ich mache das Kreuzzeichen, wie ich es bei ihnen gesehen habe, sie lassen das Bild von einer zur anderen gehen, besprechen das Gehörte, betrachten mich aufmerksam.

Ich reiche ihnen ein Bild von Albert. Ich erzähle ihnen, daß ich zehn Jahre mit ihm verheiratet war, zehn Jahre, deka, das ist lange, sie schütteln den Kopf. Ich sage ihnen, daß wir uns sehr geliebt haben, daß wir kein Geld hatten, wir waren arm, der Krieg war noch nicht lange vorbei, wir mußten viel arbeiten, mußten Geld verdienen. Ja, sie schütteln wieder den Kopf, der Krieg, sie wissen Bescheid, sie haben die Stukas gehört, die die Nachbarinsel Leros bombardiert haben. Ich nehme das Bild von Tutti aus der Mappe, das ich immer bei mir trage, und zeige es ihnen und mache wieder das Kreuzzeichen, und sie sagen, daß sie schön sei, und ich deute auf das Bild und dann auf meinen Kopf, lasse ihn fallen, zucke mit den Schultern und Armen. Sie müssen das wohl kennen, sie reden alle gleichzeitig, dann fragen sie, ob ich nur das eine Kind hatte. Ja, nur das eine. Zum erstenmal habe ich erzählt, daß ich mit einem anderen Mann zusammengewesen bin, daß ich mein Kind allein gelassen habe, obwohl ich wußte, daß es krank war. Ich bin nicht zuverlässig, sage ich. Sie verstehen mich ja nicht. Sie wollen mehr Bilder sehen. Ich zeige ihnen eine Fotografie von Lisa, sie sitzt am Fenster meiner Wohnung. Albert hat das Bild gemacht. Lisa lacht, sie ist hübscher darauf als in Wirklichkeit. Eine Lisa aus Alberts Optik. Ich zeige auf das Bild von Albert. Sie wissen gleich Bescheid. Alles ist ganz einfach, es ist gar nichts Besonderes daran, es ist leicht zu verstehen und leicht, darüber zu reden vor diesen fremden Frauen. Kein ungewöhnliches Schicksal.

Kein Mann? Oh, das ist nicht so schlimm, aber kein Kind mehr, das ist schlimmer. Ich habe ihnen ein Bild von J. gezeigt. Wer ist das? Der Vater von der anderen Frau? Der Vater von dem Mann? Nein. Ich habe es gesagt, rasch und in vielen Worten, sie haben mich nicht verstanden. Sie ziehen sich zurück. Ich sitze noch eine Weile auf der Mauer, habe die Bilder auf dem Schoß und betrachte sie für mich allein. Keine hat ihn wiedererkannt. Deshalb, nur deshalb hatte ich sein Bild herumgereicht. Die Wirtin hat die elektrische Birne ausgeschaltet, nachdem die Bilder betrachtet waren, der Strom ist teuer auf der Insel, die Sterne geben etwas Helligkeit.

Am nächsten Nachmittag bringen die Frauen ihre Kinder mit. Sie hängen an ihren schwarzen Röcken; die kleinen Jungen mit ihren kurzgeschorenen runden Köpfen, halbnackt, barfuß, die Mädchen mit ihren mandelförmigen Augen unter dichten schwarzen Brauen, byzantinisch, wie die Madonnen hinter den Glasscheiben an den Wänden der Schlafzimmer. Die Kleinen zögern, sie sind ängstlich gegenüber der Fremden. Ich hole Pfefferminzbonbons aus dem Koffer, sie werden zutraulicher, ich versuche, mit ihnen zu spielen, kleine Fingerspiele, die ich mit Tutti gespielt habe. Sie lachen. Leiser als die Kinder bei uns, sie schreien auch nicht beim Spielen, sie weinen sogar leiser. Wenn ich durch die Gassen komme, laufen sie jetzt ein Stück neben mir her, greifen wohl auch nach meiner Hand, ich habe immer eine Tüte mit Bonbons bei mir. Karamella rufen sie aus den Haustoren, wenn sie mich sehen. Karamella! Manchmal gleicht unser Hof einem Kindergarten, dann bitte ich die Wirtin um Entschuldigung. Sie breitet die Arme aus, zeigt über die Kinder hin, schließt die Arme vor der Brust: Sie gehören alle der Fremden, solange sie da ist. Ein Junge von fünf Jahren kommt regelmäßig, gleich früh, wenn ich mir die Waschschüssel auf die Mauer stelle und die Zähne putze, ist er schon da und stellt sich neben mich, gurgelt wie ich, er bekommt auch ein Glas und darf meine Zahnbürste benutzen. Er wohnt bei seiner Großmutter, Geschwister hat er nicht, die Mutter ist tot, er hat schöne schwarze Augen. Der magere Körper ist gleichmäßig erdbraun, er trägt eine alte Männerhose, die man in Höhe seiner Knie abgeschnitten hat, zwei Riemen halten sie an den Schultern fest. Ich habe meine Wirtin gefragt, ob ich ihm wohl eine neue Hose schenken dürfte. Sie wird das besorgen, ich zeige ihr, wie sie sein muß, kurz und eng, und auch ein Hemd soll er haben für sonntags, ein gelbes vielleicht? Gelb, ich zeige auf mein Kleid. Sie weiß Bescheid, sie werden das untereinander regeln, sie besprechen es am Abend. Nachmittags kommt er mit, wenn ich in der Bucht schwimme, er hockt dann am Ufer und wartet, daß ich zurückkomme, er weigert sich, auch nur einen Schritt ins Wasser zu tun. Wenn er sieht, daß ich auf dem Rücken liege und zurückblicke, winkt er, das Ärmchen angewinkelt, grapscht er mit der Hand nach etwas Unsichtbarem in der Luft, kein Fortwinken, ein Zusichholen, anders als bei uns. Er ruft nie, er wartet geduldig, er geht auch nicht weg. Trotzdem kehre ich jetzt eher um. Petros heißt er, ich nenne ihn Peterchen. Die Frauen haben es gehört und sagen es nach, Peterchen, sie lachen. Peterchen schlingt die Arme um meinen Hals, legt sein Gesicht an meines, erklärt mich als sein Eigentum. Vielleicht hat ihn noch nie jemand im Arm gehabt, seine Mutter ist tot, die Großmutter hat nicht viel Zeit, sie muß für die Männer sorgen, für das Haus, für den Garten und für den Esel; sie haben auch ein Schwein, das unterm Feigenbaum neben dem Haus liegt. Petros ist mein Sprachlehrer, er zeigt auf einen Baum und sagt mir das Wort dafür, er zeigt auf das Haus, zeigt auf das Meer, das Stück Brot, das er ißt, manchmal lacht er, wenn ich etwas falsch sage, es macht uns beiden Freude. Oft trottet er ein Stück hinter mir her, ich denke, er wird umkehren und zurücklaufen, auf einmal taucht er vor mir wieder auf, er ist durch eine andere Gasse gelaufen, über Stufen, die ich noch nicht kenne. Manchmal kommt jemand auf einem Esel vorbei, dann hebe ich Petros hoch, der Mann setzt ihn vor sich auf den hölzernen Sattel, ich gehe hinterher, in drei Schritt Abstand wie die anderen Frauen.

Die Fremde, sagen sie, meinen Namen kennen sie nicht und wollen ihn nicht kennen, und wenn ich jahrelang hierbliebe und unter ihnen leben würde, ich bliebe, was ich am ersten Tag war: die Fremde.

Petros und ich sind zusammen bei den Windmühlen gewesen, der Weg war zu weit für ihn, ich habe ihn zurück auf dem Rücken getragen. Es war sehr heiß, ich war erschöpft, als wir wieder unten im Ort ankamen. Unterwegs hat uns eine Frau in ihr Haus geholt und uns Wasser zu trinken gegeben und ein Stück frisch gebackenes Brot dazu. Ich habe wieder eine Handarbeit gekauft. Die Frau schien sehr arm zu sein und war besonders freundlich zu mir. Sie hat mir ihre Geschichte erzählt, dreimal das Kreuzzeichen dabei, sie lebt allein in ihrem Haus, die Kinder sind alle fort. Jetzt kommt der Winter, sie wird nichts mehr verkaufen können, der Karton ist bis obenhin angefüllt mit Spitzendecken, bis hierhin kommen die Fremden selten, nur um die drei Windmühlen zu fotografieren, aber kein Korn wird mehr gemahlen, sie verfallen, sie sind nicht mehr mit weißen Segeln bespannt und nicht mehr so malerisch, seit Wochen war schon niemand mehr hier oben; den ganzen Tag beobachtet sie die Windmühlen, ob sich jemand dort sehen läßt, heute ist die Fremde gekommen, sie hat Tränen in den Augen, sie schließt mich in die Arme, sie ist krank, sie zeigt auf den geschwollenen Leib, ich kann die Furchen in ihrem Gesicht lesen, vermutlich hat sie Krebs und muß sehr leiden. Ich sitze auf ihrem Bett, dessen Laken weiß und sauber sind wie in den anderen Häusern. Sie zeigt mir den leeren Spinnrocken, sie hat keine Wolle mehr zum Spinnen, kein Schaf mehr und keine Ziege mehr, der Stall ist leer, die Hühner hat der Habicht geholt, sie zeigt in die Lüfte, aber sie braucht auch keine Wolle mehr. Sie hat niemanden, für den sie Strümpfe stricken müßte, sie weint, sie hat ihre Geschichte so lange niemandem mehr erzählt, was tut es, daß ich nicht alles verstehe. Ich kaufe ihr die größte ihrer weißen Decken ab. Ich will ihr mehr dafür geben, als sie verlangt hat, nein, das will sie nicht, ich bin doch auch nur eine Frau, allein wie sie und in der Fremde. Sie hat noch Konfitüre, ich muß davon essen. Petros darf Löffel und Teller ablecken, auf dem sauberen Bett neben mir darf er nicht sitzen, er wird vor die Tür geschickt, er ist gekränkt. Ich will ihr Geld für den Doktor geben, für Arznei, nein, da nutzt keine Arznei. Sie umarmt mich zum Abschied. Sie steht unter der Tür, als ich mit Petros an der Hand den Berg hinuntersteige, wir drehen uns um und winken. Ihr Haus ist lange nicht mehr gekalkt, man sieht noch, daß Fenster und Tür in glücklicheren Zeiten einmal blau umrandet waren.

Ein Tag wie der andere, wie die ovalen gelben Bernsteine an den Ketten, gleichförmig, beruhigend. Ein Gewitter hat den ersten Regen gebracht, einen Tag später fing es in den Gärten an zu wachsen. Die Frauen stecken Salatpflanzen, woher haben sie die Setzlinge?

Es dauert lange, bis das Meer sich wieder beruhigt, der Himmel ist nach vierundzwanzig Stunden wieder wolkenlos, trotzdem ist alles verändert, die Luft ist klarer, man kann weiter blicken, Inseln tauchen auf, von denen ich vorher nichts ahnte. Einige Tage bin ich nicht geschwommen. Ich fühlte mich nicht recht wohl, seit zwei Tagen machte mein Magen Schwierigkeiten. Ich holte schwarzen Tee aus dem Koffer und brühte mir morgens und mittags eine Tasse auf und aß trockenes Brot dazu, ich schluckte Tabletten zur Beruhigung der Magennerven. Als ich mir die Bademütze aufsetzte und schon mit einem Fuß im Wasser war, fing Petros an zu weinen und hielt mich zurück. Die Wellen kamen kurz und hastig, das Meer hatte seine Bläue verloren, es war dunkel, feindlich, der Wind war kühl, er hatte gedreht. Ich zog mir also mein Kleid wieder über, nahm Petros bei der Hand und ging nach Hause. Ich schrieb ein paar Briefe, einen ausführlichen an Cora; wenn er sie erreicht, fünf oder sechs Tage wird es dauern, auch wenn er ab Athen mit Luftpost befördert wird, hat sie ihr Kind wohl schon. Ich habe endlich auch an Marlene einen Brief geschrieben und auch an Albert. An J. nur eine Ansichtskarte, der Blick auf den Berg mit dem weißen Kloster, vorn die Bucht mit dem Hafen, so wie man die Insel liegen sieht, wenn man mit dem Schiff kommt oder abfährt. Ein Gruß an Ruth. Es war spät, als ich zur Post ging, um meine Briefe in den Kasten zu werfen. Es war ruhiger am Hafen als sonst, es fuhr kein Boot aus. Der Wirt kam auf mich zu, erkundigte sich, ob ich nicht einmal nach Leros wollte oder nach Lissia, oder viel-

365

leicht lieber nach Samos, wo man den berühmten süßen Wein hätte. Das seien auch sehr schöne Inseln, die anderen Fremden führen alle nach dort. Ich dankte, nein, ich sei lieber hier. Er fing wieder davon an, bis ich begriff, daß das eine Möglichkeit sei, daß einer der Schiffer mich mit seinem Boot hinbrächte und damit Geld verdienen könnte. Wir verabredeten die Fahrt für den kommenden Sonntag, der Herr aus dem Schiffahrtsbüro kam dazu, wir verhandelten über den Preis. Ich erinnerte mich der Ratschläge aus Athen, daß man erwartet, daß ich um den Preis feilsche, ich tat es, obgleich er mir gering erschien, ein Boot für mich allein, für den ganzen Tag.

Am Sonntag war ich morgens um acht am Hafen, da waren alle schon da. Ich hatte Petros mitnehmen wollen, aber seine Großmutter hat es nicht erlaubt. Er soll nicht aufs Meer, jetzt noch nicht, er ist noch ein Kind, später wird auch ihn das Meer holen; sie bekreuzigt sich. Die Töchter meiner Wirtin kommen mit, sie haben ihre Sonntagskleider an, Handtaschen in der Hand, das Haar steht kraus um die runden Gesichter, am Abend zuvor hatten sie es sich mit Zuckerwasser befeuchtet und auf Papierrollen gedreht, sie haben sich von mir Zeitungen geholt, ich hörte sie noch lange nebenan kichern. Ein Sonntagsausflug. Immer mehr Leute steigen in das Boot und verschwinden in der Kajüte, um deren niedrige Wände eine Holzbank läuft, auf der sie dichtgedrängt sitzen. Zwischen den Beinen stehen ihre Weidenkörbe, hocken lebende Hühner, mit den Beinen aneinandergebunden, ein Ziegenlamm ist auch da, Gastgeschenke an die Verwandten, die auf den Nachbarinseln leben. Die Luft ist stickig, schon ehe der Motor angelassen wird. Ich gehe nach draußen, setze mich auf die Bank am Heck, auf eine Ölhaut, die der Schiffer mir hinlegt. Als wir aus der Bucht herausgefahren sind, setzt er das Sonnensegel, das Meer ist unruhig, kurze

Wellen, schaumgekrönt. Wir fahren mehrere Stunden, haben an einer Insel angelegt, und einige Frauen sind mit ihren Kindern und flatternden Hühnern ausgestiegen. Ich liege mit unterm Sonnensegel, die Männer teilen ihre Mahlzeit mit mir, schneiden mir ein Stück Melone ab, brechen ein Stück von dem weißbraunen Ziegenkäse, den sie aus einem Sack holen, ich trinke Wein aus dem Krug, den sie mir zureichen. Sie zeigen nach Osten, wo ein neuer Streifen Land auftaucht, die Türkei. Wir legen wieder an. So geht es den ganzen Tag; man fragt, ob ich nicht ein paar Stunden bleiben will, aber ich gehe nur wenige Schritte am Hafen entlang, während die anderen aus- und wieder einsteigen. Ein alter Mann schenkt mir am Hafen von Leros eine Tüte mit gesalzenen Melonenkernen, eine der Frauen bringt mir Pistazien mit, noch in der Schale, sie wachsen auf der Insel, sie zeigt mir, auf welchem Baum. Ich knacke sie zwischen den Zähnen, die Frauen lachen, die beiden Männer lachen auch, sie scheinen über den Liebeszauber der Pistazienkerne zu reden, ich lache mit ihnen. Sie müssen diese Fahrt längst geplant haben, die Frauen werden alle am Hafen abgeholt. Ich will auf keiner Insel bleiben, während das Boot weiterfährt; es ist auch Angst dabei, hier ist die Fremde noch fremder. Ich sage: Patmos ist schöner als alle anderen Inseln. Sie stimmen mir zu. Ich habe recht, ihre ist die schönste Insel. Es ist dunkel, als wir zurückkommen. Wir werden erwartet, als hätten wir eine weite Reise gemacht. Die Männer nehmen ihre Frauen und Kinder in Empfang, zum erstenmal sehe ich, daß Männer ihre Kinder auf den Arm heben, daß sie neben ihren Frauen nach Hause gehen, es ist ein Erzählen und Lachen zwischen ihnen. Auch meine Wirtin hat ihre Mädchen abgeholt, ich habe dem Schiffer und seinem Maschinisten noch ein Trinkgeld gegeben und mich bedankt, und dann gehe ich allein durch den dunklen Ort; sie haben mich verges-

367

sen, alle sind in den Häusern verschwunden. Das Laub der Platanen fällt, seit dem Regen riecht es nach Herbst, aus den Weingärten, aus den Hausgärten; es wird Zeit, daß ich reise.

Petros hat seine Hose bekommen und ein gelbes Hemd und eine Strickjacke, die beiden Mädchen tragen Pullover von mir. Ich verteile, was ich entbehren kann, ich habe sehr billig gelebt in diesen Wochen. Schon nehme ich Abschied, gehe noch einmal zu der Bucht an der Ostseite der Insel, wo ich so oft gesessen habe, gehe zu den Windmühlen und sitze auf dem Bett der kranken Frau, gehe zum Kloster. Ein paar der Mönche kennen mich, wir sind uns begegnet, sie neigen den Kopf, grüßen mich lächelnd; es wird Zeit, daß die Fremde geht, den Winter über will man unter sich sein. Abends kommen die Nachbarinnen nicht mehr, Petros spielt wieder mit den anderen Kindern, sie werfen über die Hausmauern mit den Früchten der Platane nach mir, das ist nicht böse gemeint, nur so aus Spaß, ich höre ihr Lachen. Wenn ich Petros rufe, läuft er auf bloßen Füßen davon. Ich locke ihn mit Karamella, Karamella – vergeblich. Ich habe Kaugummi gekauft, das ist noch einmal eine Anziehung für Kinder.

Keine der Frauen hat gefragt, ob ich wiederkommen werde. Sie wissen, daß ich nicht wiederkomme. Aber sie wissen nicht, daß diese Wochen ein einziger Abschied waren.

Ich lasse mehr zurück als eine Insel im Dodekanes.

»Du hast eine eigentümliche Art, treu zu sein, Bürgerin.« J. hat mir einen Brief geschrieben, bevor ich gefahren bin. »Wenn Du zurückkommst von Deiner Reise, müssen wir einen Weg finden, einen Ausweg. Ich spüre, daß Du Dich in ein Reservat begibst. Spuren von Fremdheit zwischen uns. Sandkörner. Bereits denkt man: damals. Damals, dieses Kräftigungspräparat einer alternden Liebe.«

Für jeden Satz eine neue Zeile. Ein montierter Brief, aus vorfabrizierten Fertigteilen. Er ist mißtrauisch wie früher gegenüber dem Selbstgedachten und dem Selbstempfundenen. Auch er kommt nicht aus ohne dieses »wenn – dann«. Versprechungen. Erinnerungen. Nichts. Das zieht sich zusammen. Versteinerungen. Herzsteine.

»Patmos? Gibt es das denn? Das ist doch nur eine Chiffre.«

Ich hatte ihm etwas mitbringen wollen, einen Stein, einen Zweig Salbei, eine Muschel. An jedem Tag habe ich etwas von meinem Spaziergang nach Hause getragen und auf das Wandbord gelegt. Ich werde nichts davon in den Koffer tun. Es gibt nichts, was ich mitnehmen könnte. Es gibt keinen Beweis für Patmos.

Ich werde ihn nicht wiedersehen. Ich werde seine Stimme nicht mehr am Telefon hören. Ich werde nicht. Ich werde nicht.

Ich werde. Ich werde.

Als hätte ich das noch nie gesagt und noch nie gedacht: Ich werde, und ich werde nicht. Befreit von dem endlosen: Albert hat, J. war, ich habe nicht. Ich bin und ich werde.

Vielleicht werde ich sogar froh sein und zuversichtlich, wenn ich sage: Ich werde. Vorerst bin ich gefaßt und nahezu ruhig.

Am vierzehnten November werde ich diese Aufzeichnungen in einem Exemplar an Albert schicken und in einem zweiten an J. Was er daraus lesen wird, weiß ich nicht. Albert wird darin die Antwort auf seine Fragen finden. Man muß versuchen, sich verständlich zu machen.

Dann werde ich die Wohnung aufgeben und mir eine Tätigkeit suchen, von der ich erwarten kann, daß sie mich bis zu dem möglichen Grad ausfüllt. Ich werde, und ich werde nicht.

Ich werde den Kampf gegen meine Unzuverlässigkeit aufnehmen und weiterhin versuchen, in der mir eigentümlichen Art treu zu sein. Haltung, Johanna, Haltung!

Der Hibiskus blüht nicht mehr. Die letzten Geranien in der braunen Hecke. Der scharfe Geruch des Krautes erweckt Übelkeit. Es ist genug jetzt.

Fünf Stunden vor der Abfahrt

Der letzte Tag. Das Schiffsbillett ist schon ausgeschrieben. In Athen werde ich eine Reisegesellschaft treffen, ein Brief der Agentur hat die Termine bestätigt. Ich werde unter sachkundiger Leitung zu den Stätten des klassischen Altertums fahren. Eine Bildungsreise, von der ich zurückkehren werde wie alle anderen Griechenlandreisenden. Dann ist es November. Meine Gebrauchsfähigkeit wird dann schon erprobt sein. Geeignet zur Weiterverwendung.

Ich habe so viel Neugriechisch gelernt, daß ich mich verständlich machen kann, ich kenne etwas vom Leben der Menschen auf den Inseln. Ich habe in den letzten beiden Wochen viel gelesen und geschrieben, ich war schon nicht mehr ganz hier. Die Frauen haben es gemerkt, man spürt das, sie haben sich von mir zurückgezogen, sie kommen abends nicht mehr, ich sitze allein auf der Hausmauer.

Die Mädchen helfen mir beim Packen, sie sehen sich die Bilder in meinem Reiseführer an. Die Akropolis, der Turm der Winde in Athen, der Niketempel. Doch, Bilder davon haben sie schon gesehen, später werden sie auch nach Athen gehen und dort arbeiten und Geld verdienen. Zwei Jahre noch, das haben sie der Mutter versprochen. Ich werde mit demselben Schiff reisen, mit dem ich gekommen bin. Ich werde wieder um Mitternacht am Hafen stehen, die Frauen werden aufbleiben, bis das Schiff kommt, die Männer tun das immer, es könnte sein, daß es etwas zu tun gibt, etwas zu sehen auf jeden Fall.

Die Zikaden sind verstummt, es ist so still, daß man das Meer bis in mein Zimmer hört. Ich war noch einmal draußen. Kassiopeia und Pegasus stehen am Himmel wie immer, ein wenig weiter im Norden vielleicht. Es ist bereits zu kühl, um draußen zu sitzen, nachts habe ich unter einer Wolldecke geschlafen.

Ich höre meine Wirtin, sie ruft einer Frau zu, die am Haus vorbeigeht: Die Fremde reist heute nacht, komm an den Hafen!

Ich bin die letzte. Es ist kein Tourist mehr auf der Insel.

An Deck des Schiffes

Die Frauen hatten die Kinder mitgebracht, sie trugen sie auf den Armen, die kleinsten hatten den Kopf an den Hals der Mutter gelegt und schliefen fest. Auch Petros war mit seiner Großmutter da. Ich nahm ihn auf den Arm, ich sagte, daß er mich besuchen soll, wenn er groß ist, er kann viel Geld verdienen in Deutschland. Er kaut einen Kaugummi, er hat die neue Strickjacke an. Ich verspreche, einen Brief zu schreiben, der Lehrer wird ihn übersetzen, er kann englische Briefe lesen. Ich rede auf ihn ein, er betrachtet mich mit seinen schwarzen Augen und sagt »Karamella«, und dann rufen die anderen Kinder auch »Karamella«. Meine Taschen sind leer. Die Frauen umarmen mich, eine nach der anderen, sie sagen: Du mußt wieder ein Kind haben, eine Frau muß Kinder haben. Ich weine nun doch.

Schon sieht man das erleuchtete Schiff am Horizont, die Männer drängen, ich muß in das Boot steigen, man kann das Schiff nicht warten lassen. Sie ziehen mich auf den Sitz,

mein Gepäck ist schon im Boot, sie lassen den Außen-
bordmotor an. Die Frauen stehen im Chor beieinander,
dunkel und schweigend, und blicken mir nach, sie winken
nicht. Die Männer stehen vorn am Bootssteg und sehen
dem Schiff entgegen und reden untereinander. Vor dem
Hotel Neon brennt die Lampe wie in der Nacht, in der ich
angekommen bin. Oben auf dem Berg brennt in ein paar
Häusern noch Licht. Vielleicht kehrt mit dem Schiff einer
der Mönche zurück.

Patmos.

Das Schiff gewinnt Abstand.

Wer sich umdreht oder lacht. Il ne restera rien. Sie
werden sagen: Du hast dich verändert, Hanna. Und dann
werde ich sagen: Ich hoffe es.

Bitte beachten Sie
die folgenden Seiten

Jauche und Levkojen

Im ersten der »Poenichen«-Romane läßt Christine Brückner das Schicksal einer pommerschen Gutsfamilie vom Ende des Ersten bis zum Ende des Zweiten Weltkriegs lebendig werden.

»Es gibt nicht viele deutsche Beispiele für diese gleichsam zeitlose Erzählkunst. Ein ganzes Zeitalter und seine Gesellschaftsverhältnisse werden besichtigt – mit der richtigen Mischung von Geist, Herz und Sinnlichkeit.«
JOACHIM GÜNTHER

Christine Brückner
Jauche und Levkojen
Roman
320 Seiten
Ullstein TB 20077

Die Zeiten der unverstandenen Frauen sind vorbei

Wer verstanden werden will, muß sich verständlich machen. Zornige und aufsässige Monologe, auch sentimentale und pathetische – die vierzehn Reden dieses Buches wurden nicht überliefert, weil sie nicht gehalten wurden. Aber wenn diese Frauen ungehalten waren – wozu sie allen Grund hatten –, hätten ihre Reden diesen Wortlaut haben können: nach Ansicht der Autorin. Frauen aus der Geschichte, aus der Literatur, die angehört werden und etwas bewirken wollen.

Christine Brückner
Wenn du geredet hättest, Desdemona
Ungehaltene Reden
ungehaltener Frauen
208 Seiten
Ullstein TB 23841